AF126315

Kim Leopold
The Colors of Your Soul

KIM LEOPOLD

The
Colors
of your
Soul

Roman

PIPER

Mehr über unsere Autorinnen, Autoren und Bücher:
www.piper.de

Wenn Ihnen dieser Roman gefallen hat, schreiben Sie uns
unter Nennung des Titels »The Colors of Your Soul«
an empfehlungen@piper.de, und wir empfehlen Ihnen
gerne vergleichbare Bücher.

ISBN 978-3-492-06301-2
© Piper Verlag GmbH, München 2022
Satz: Uhl + Massopust, Aalen
Gesetzt aus der Bembo
Druck und Bindung: CPI Books GmbH, Leck
Printed in the EU

Für mich,
weil ich endlich den Mut gefasst habe,
einen Kindheitstraum wahr zu machen.

The trouble is, you think you have time.
– Buddha

Holly

Los Angeles, Kalifornien

Meine Wohnung ist zu klein!, schießt es mir durch den Kopf, als ich die riesige Sperrholzplatte in mein Wohnzimmer manövriere und dabei einem maunzenden Orlando ausweiche. Ich lehne sie gegen das Bücherregal und wische mir den Schweiß von der Stirn. Ein bisschen Hilfe wäre nett gewesen, aber jeder weiß, dass man den Leuten von Craigslist besser nicht zu viel Vertrauen schenkt. Kaufen ja, aber in die Wohnung lassen ... besser nicht.

Orlando streicht mir um die Beine, also begrüße ich ihn mit einer kurzen Krauleinheit, bevor ich mir die Kamera schnappe und sie auf dem Stativ platziere. Die Lichter habe ich schon aufgestellt, als sich der Verkäufer von Craigslist angekündigt hat, um mein neu erworbenes Stück Wohnungsdekoration vorbeizubringen.

»Also dann«, murmle ich und checke noch einmal, ob ich alles habe, was ich für das Video brauche. Sperrholzplatte, zwölf quadratische Spiegel vom schwedischen Möbelgiganten, einige Holzleisten, die ich bereits gestern schwarz lackiert habe, eine große Flasche Holzkleber – fehlt nur noch die passende Musik. Als die ersten Takte von Shawn Mendes' *Wonder* erklingen, verkrümelt sich Orlando im Schlafzimmer.

Schulterzuckend mache ich mich daran, die Möbel im Wohnzimmer zu verrücken, damit ich genug Platz auf dem Boden habe, um die Sperrholzplatte dort auf ein altes Malervlies zu legen.

Der Vormittag vergeht wie im Flug, während ich an meinem neuen Projekt arbeite. Mit dem Holzkleber befestige ich die Spiegel in gleichmäßigen Abständen auf der Platte und klebe dann die Holzleisten auf, um die Spiegel einzurahmen. Zwischendurch wechsle ich immer wieder die Position der Kamera, um meine Arbeit aus verschiedenen Winkeln aufzuzeichnen. Das wird mein Video später deutlich interessanter machen.

Als ich mit den Spiegeln fertig bin, schlüpfe ich aus meinen Schuhen und stelle mich auf die Couch, um einen Blick von oben auf mein neuestes Werk zu werfen.

Hach, was für ein cooles DIY. Der Industrial Look gefällt mir richtig gut. Ich glaube, die Spiegelwand wird eines meiner Lieblingsstücke. Nicht alle Projekte, die ich irgendwo entdecke und für mich umsetze, werden am Ende so perfekt wie dieses hier.

Zufrieden klettere ich von der Couch, schalte die Lichter und die Kamera aus und schnappe mir mein Notebook, um die Kommentare unter meinem letzten Video zu lesen. Bis der Holzkleber trocken ist, wird es schließlich noch eine ganze Weile dauern. Ich sitze keine zwei Minuten, da kommt Orlando aus dem Schlafzimmer, um es sich auf meinen Füßen gemütlich zu machen. Verrückter Kater.

Unter meinem Video finden sich viele begeisterte Kommentare, aber wie jedes Mal ist auch jede Menge Bullshit dabei, inklusive meines Lieblingsspruches: *Holly*

Wood? Echt jetzt? Das ist hundertprozentig ein Fake-Name. So bescheuert.

Seufzend lösche ich den gefühlt tausendsten Kommentar dieser Art, bevor darunter wieder eine Diskussion über die Echtheit meines Namens entbrennen kann oder sich noch mehr von den Leuten ansammeln, die meinen, das wäre etwas, worüber man sich im Netz amüsieren muss. Ich kann schließlich nichts dafür, dass meine Mutter dachte, sie müsse aus meinem Namen eine Erinnerung an ihre Jugendsünden machen.

Gut, ich hätte meinen Youtube-Kanal vielleicht nicht unbedingt *Holly Wood's DIY* nennen müssen, aber als wir *The Creative Bugs* vor zwei Jahren aufgelöst haben, war mein Name auf der Plattform längst bekannt. Es wäre dumm gewesen, diesen millionenfach genutzten Suchbegriff nicht als Namen für meinen neuen Kanal zu übernehmen.

Und so blöd es auch ist: Selbst die lästernden Zuschauer sind Zuschauer, mit denen ich meinen Lebensunterhalt verdiene – also räume ich einfach in den Kommentaren auf, bis ich keine Lust mehr habe, und verteile fleißig Herzchen unter den netten Antworten, die zu meinem neuen Video eingegangen sind. Die wenigsten davon sagen irgendetwas zum Inhalt – *5 einfache DIYs, mit denen dein 4. Juli unvergesslich wird* –, meistens geht es eher um die Dinge, die ich gesagt oder getan habe, oder darum, wie meine Haare liegen oder mein Make-up aussieht. Wie immer sind auch einige Kommentare von Leslies Fans dabei, die nicht ganz so freundlich ausfallen – und wie immer versuche ich, die Worte nicht zu nah an mich heranzulassen, obwohl sich jedes einzelne davon wie ein Nadelstich anfühlt.

Nach einer Weile klappe ich mein Notebook mit einem Seufzen zu und lege es neben mich auf den Couchtisch. Orlando hebt müde den Kopf, streckt seine Vorderpfoten aus und rollt sich dann wieder auf meinen Füßen zusammen.

»Tut mir leid, Sportsfreund. Ich brauche dringend einen Kaffee«, entschuldige ich mich, bevor ich meine Füße so sanft wie möglich unter ihm hervorziehe. Er maunzt protestierend und verlässt seinen Schlafplatz, um es sich stattdessen auf seinem selbst gebauten Kratzbaum am Fenster gemütlich zu machen.

Ich bahne mir den Weg durch den Verpackungsmüll von Ikea, um in die Küche zu gelangen. Auf der Arbeitsplatte steht noch die Müslischüssel vom Frühstück, die ich schnell in die Spülmaschine räume, damit die Fläche frei und bereit für die nächste Mahlzeit ist. Egal, wie sehr ich das kreative Chaos in den anderen Räumen liebe, eine ordentliche Küche ist ein Muss. Ohne freie Arbeitsfläche kann ich einfach nicht kochen. Und fünf Mal die Woche Lieferservice ist auch keine Option, da hilft selbst die Arbeit am ersten Buch nicht mehr als Ausrede.

»Och nö«, seufze ich. Die Kaffeetüte ist gähnend leer. Wie konnte ich das übersehen? Ich rümpfe die Nase, werfe die Verpackung in den Müll und schiebe meine Verpeiltheit – und meinen übertrieben hohen Kaffeekonsum – auf den Schreibmarathon, den ich in den letzten Tagen hinter mich gebracht habe, um in meinem Manuskript ein gutes Stück weiterzukommen.

Eigentlich habe ich mit der Arbeit am Bastelbuch auch genug zu tun, aber heute wollte ich eine Pause einlegen, um ein Video zu filmen und mich um meine Abonnenten zu kümmern. Stattdessen darf ich jetzt einkaufen gehen – und das bei der Hitze!

Stöhnend stelle ich den leeren Kaffeebehälter zurück in den Schrank. Wer arbeiten will, braucht Kaffee … und wer Kaffee braucht, muss wohl auch bei der Hitzewelle des Jahrzehnts das schön gekühlte Apartment verlassen, um welchen zu kaufen.

★

»Hey, Holly«, begrüßt mich Asher an der Kasse meines Stammsupermarktes. »Du bist aber früh dran.«

»Kaffee war alle.« Ich lächle ihn entschuldigend an. »Das reicht doch als Ausrede, um das Apartment mal vor dem Abend zu verlassen, oder?«

Er lacht und scannt den Kaffee, bevor er eine Packung vegane Eiscreme hochhält. Die Ringe an seinen Fingern glänzen im künstlichen Licht. »Das ist aber kein Kaffee.«

Ich zucke grinsend mit den Schultern. »Die Hitze ist schuld – und diese Sorte gibt es nicht oft. Also nehme ich sie mit, wann immer ihr sie auf Lager habt.«

Er inspiziert die Packung und verzieht skeptisch das Gesicht. »Pistazieneis … Das soll schmecken?«

»Du verpasst was, wenn du es nicht probierst«, versichere ich ihm und bezahle meinen Einkauf.

Zurück im Apartment, hat mir die Hitze die Lust auf Kaffee verdorben. Stattdessen fülle ich eine Schale mit Pistazieneis und setze mich wieder auf die Couch, um mit den Kommentaren weiterzumachen. Es ist eine unausgesprochene Abmachung zwischen meinen Zuschauern und mir: In den ersten drei Stunden nach dem Upload eines neuen Videos beantworte ich ihre Kommentare und verteile Herzchen en masse.

Zuschauerbindung, sagt meine Managerin.

Ich nenne es: einen Teil von dem zurückgeben, was sie mir geben.

Denn sie geben mir irre viel. Ein Leben, in dem ich machen kann, was ich am liebsten mache. In dem ich frei von Schulden und Geldsorgen bin. Frei von irgendwelchen Verpflichtungen außer denen, die ich mir selbst auferlege.

Und so kann ich mich selbst über die Hass-Kommentare nicht wirklich aufregen. Immerhin gucken auch diese Leute meine Videos, oft sogar bis zum Schluss, um irgendetwas zu finden, worüber sie sich auslassen können – und ich verdiene mit jeder angesehenen Minute Geld.

Ich löffle mein Eis und scrolle mich weiter durch, bis mein Blick plötzlich an einem Kommentar hängen bleibt.

HunterAngel87: Holly, du solltest mal ein Video mit Pax Pacis machen! Das wäre ziemlich witzig!

Pax Pacis? Ich krame in meinem Gedächtnis nach der passenden Person zu diesem Namen, doch ich glaube, ich habe noch nie etwas von ihm gesehen oder gehört. Schnell gebe ich den Namen in die Youtube-Suche ein und stoße auf den Kanal eines Vloggers, der überraschend viele Fans hat, obwohl er erst seit anderthalb Jahren Videos dreht. Über eine Million Abonnenten – wie konnte mir das entgehen?

Pax Pacis hat einen Kanal, der meinem nicht unähnlicher sein könnte. Während mein Kanalbanner in pastelligen Farben und goldener Schrift leuchtet, ist seines in gedämpften Tönen gehalten, blau, grün, braun, ein Bild von ihm vor einem Wasserfall. Seine dunklen, lockigen Haare sind kurz geschnitten, und er hat ein leichtes Lächeln auf den Lippen. Aber es sind seine kastanienbraunen Augen, die mich sofort in den Bann ziehen: Sie scheinen aus dem Foto direkt auf den Grund meiner Seele zu blicken.

Er sieht gut aus.

Nicht die Marke Sonnyboy, die hier in L.A. so angesagt ist, sondern eher der Typ »Ich lese dir nachts Liebesgedichte vor, bevor ich dich nach Strich und Faden verführe«.

Sollte ich jemals mit ihm zusammenarbeiten, werde ich entweder kein Wort über die Lippen bringen – oder viel zu viele. Allein der Gedanke daran reicht, um mir ein nervöses Kribbeln zu bescheren.

Ich unterdrücke ein Kichern und klicke sein beliebtestes Video an: *Wie das Van-Life mein Leben verändert hat.*

Schon in den ersten Sekunden wird mir klar, dass er nicht nur ein verdammt guter Filmemacher ist, sondern noch dazu sehr bedacht, und sich nicht scheut, das online zu zeigen. Pax ist einer dieser Kerle, die ihr bisheriges Leben aufgegeben haben, um mit einem Van durchs Land zu reisen. Er ist durch und durch Minimalist, zumindest was sein Leben angeht. Was seine Wortwahl in dem Video und die Bildgewalt der Aufnahmen betrifft, könnten sich einige Youtuber ruhig eine Scheibe davon abschneiden – mich eingeschlossen.

Ich verweile bei seinen Videos und sehe mir auch noch ein paar von denen an, in denen er darüber spricht, wieso er sich für diesen Lebensweg entschieden hat, wie er seinen Van für die Reise hergerichtet hat, welche Abenteuer er erlebt und welche Erkenntnisse er dabei gewonnen hat.

Ehe ich michs versehe, taucht die Sonne den Himmel in ein Rosarot, und der Rest Eis in meiner Schale ist zu einer grünen Pfütze geschmolzen. Genauso wie mein Selbstbewusstsein, denn ich fühle mich plötzlich verdammt eingeschüchtert.

Der Typ hat so viel Tiefgang. Er ist nur zwei Jahre älter als ich, und doch redet er, als hätte er schon ein ganzes Leben gelebt. Kein Wunder, dass er innerhalb kürzester Zeit so viele Fans für sich gewinnen konnte. Meine Videos spiegeln dagegen immer noch die naive Sechzehnjährige wider, die dachte, Bastelvideos wären der Trend schlechthin. Vielleicht sollte ich meinen Fokus noch mehr aufs Upcycling legen, um zu zeigen, dass auch ich erwachsen geworden bin.

Ich klappe den Laptop zu und lasse meinen Blick durchs Zimmer gleiten. Nach Pax' Videos mit den Naturaufnahmen und seinen Ausführungen über einen minimalistischen Lifestyle erschlägt mich der bunte Mix aus Farben und Materialien in meiner Wohnung beinahe.

Orlando kommt zu mir und springt mir auf den Schoß. Anscheinend hat er das Zuklappen des Laptops als Signal verstanden, dass nun Zeit für sein Abendessen ist. Ich streichle ihm über das weiche Fell.

»Findest du, wir haben zu viele Sachen?«, frage ich ihn leise und versuche, das nagende Gefühl in meiner Magengrube zu verdrängen. Bislang fand ich meine überfüllten Bücherregale eher gemütlich, und auch die Schränke voller DIY-Materialien im Büro haben mich nicht sonderlich gestört. Gut, vielleicht habe ich hier ein paar Leinwände zu viel stehen, und meine Kerzensammlung ist eventuell auch ein bisschen übertrieben, aber …

»Das gehört zu uns, oder, Orlando?«

Der Kater maunzt und springt von meinem Schoß, um stolz erhobenen Hauptes in die Küche zu marschieren. Ich folge ihm nachdenklich und öffne den Geschirrschrank, um eine Schale für sein Futter herauszuholen. Dabei versuche ich, mir nicht allzu viele Gedanken über das Lager für meinen Online-Shop zu machen. Was als kleiner Spaß angefangen hat, ist in den letzten Monaten zu einem ganzen Zimmer voller selbstgestalteter Sachen mutiert, die nur darauf warten, gekauft zu werden. Irgendwas musste ich mit all den Kunstwerken ja anfangen – und die Verkäufe über den Shop machen immerhin ein Viertel meines Einkommens aus.

Orlando schubbert sich an meinen Beinen.

»Ist ja gut.« Ich reiße mich aus meinen Gedanken und serviere ihm seinen Truthahn in Gelee, bevor ich mir selbst die Nudeln von gestern warm mache. Während ich in der Pfanne rühre, denke ich wieder an Pax. Das wäre ziemlich witzig, stand in dem Kommentar, und ich ahne allmählich auch, wieso – Pax und ich könnten nicht unterschiedlicher sein. Auf ihn zu treffen wäre, als würden Feuer und Eis kollidieren. Eine Begegnung, die eine gute Herausforderung sein könnte. Aber bin ich dafür wirklich bereit?

★

Die Gedanken an Pax Pacis lassen mich auch nach ein paar Stunden nicht wieder los. Seine Videos haben etwas mit mir gemacht, ohne dass ich genau sagen kann, warum sie mich so berührt haben. Und sie haben mich auf den Menschen neugierig gemacht, der hinter all dem steht. Selbst wenn ich mir niemals vorstellen könnte, zur Minimalistin zu werden – dafür liebe ich all die schönen Dinge um mich herum viel zu sehr –, ich würde dennoch gerne mehr über Pax erfahren. Also beschließe ich, bei meiner guten Fee anzurufen, um mich mit ihr zu beraten.

»Holly?« Maevis begrüßt mich mit einem herzhaften Gähnen. »Sorry, ich habe gerade die Twins ins Bett gebracht und bin weggenickt.«

Sofort regt sich mein schlechtes Gewissen. »Tut mir leid, ich habe gar nicht auf die Uhr geguckt. Wir können auch morgen reden.«

Sie spricht in gedämpftem Tonfall weiter. »Ich habe Zeit. Karson guckt irgendeinen Film, der mich eh nicht interessiert. Ich gehe nur kurz in die Küche. Was ist los?«

»Kennst du Pax Pacis?«

»Du meinst den sexy Kerl, der über Minimalismus, Frieden und all die anderen guten Dinge spricht?« Sie lacht leise auf. »Wer kennt den bitte nicht?«

Natürlich ist sie bestens informiert. Als meine Managerin ist es schließlich ihr Job, ein Auge auf die neuen Stars der Plattform zu haben.

»Ich kannte ihn nicht!« Ich stehe auf und gehe ins Schlafzimmer, um meine Kopfhörer zu suchen, damit ich während des Telefonats die Wäsche zusammenlegen kann. »Sein Kanal ist irgendwie total an mir vorbeigegangen.«

»Kein Wunder. Seit wann interessierst du dich für Minimalismus?«

»Ich interessiere mich für ... Au! Verdammt!« Es klirrt.

Ich hopse auf einem Bein und reibe mir die Zehen, bevor ich das Licht im Schlafzimmer einschalte und den Übeltäter identifiziere. Ich bin gegen einen Stapel alter Teller gestoßen, die ich vor einiger Zeit auf einem Flohmarkt in der Nähe erstanden habe, um damit die freie Wand in meinem Flur zu dekorieren... wo ab morgen aber nun mein neuer Spiegel seinen Platz findet. »Okay, vielleicht bin ich nicht unbedingt eine Minimalistin, aber es ist nicht so, dass mich das Thema nicht interessieren würde. Jedenfalls ist mir ein Kommentar unter meinem letzten Video ins Auge gefallen. Da hat jemand eine Zusammenarbeit mit Pax vorgeschlagen.«

Maevis prustet los. »Pax und du? Sorry, das ist...« Sie kriegt sich gar nicht mehr ein vor Lachen, und auch ich kann nicht mehr an mich halten. Sie hat recht, eine Zusammenarbeit zwischen uns wäre verrückt... Aber gleichzeitig doch auch irgendwie cool. Das könnte wirklich ein witziges Video ergeben.

»Gott, diese Zuschauer haben manchmal echt die besten Ideen.« Maevis kichert immer noch. »Und hast du Lust drauf? Soll ich dir seine Mailadresse raussuchen?«

Ich unterdrücke ein Lächeln und stecke mir die Kopfhörer in die Ohren, die ich endlich in meinem zerwühlten Bettzeug gefunden habe. »Glaubst du denn, das könnte funktionieren?«

»Sicher. Ich kann es mir schon richtig gut vorstellen.« Sie klingt vielsagend. »Holly trifft endlich einen Kerl. Deine Fans werden ausrasten.«

Ich schnaube entnervt. »Wir reden hier über die Arbeit, nicht über mein Privatleben!«

»Komm schon. Hast du ihn dir mal angeguckt? So richtig, meine ich. Wer könnte bei diesen Augen nicht an ein Date denken?«

»Das wäre kein Date!«, widerspreche ich vehement und beginne, die Wäsche zusammenzulegen. Wenn ich meine Hände nicht beschäftige, weiß ich nicht, wohin mit all der Aufregung. Dabei verstehe ich nicht einmal, wieso ich überhaupt so nervös bin. Dass mich der Gedanke an eine Zusammenarbeit so sehr durcheinanderbringt, ist ein deutliches Zeichen dafür, dass ich zu wenig mit anderen Menschen zu tun habe. Dafür bin ich einfach noch nicht bereit. »Du hast gerade noch gelacht. Du weißt also ganz genau, dass er nie und nimmer mit mir zurechtkäme. Abgesehen davon geht's mir gut. Ich brauche keinen Mann, um glücklich zu sein.«

»Schätzchen, hast du noch nie davon gehört, dass Gegensätze sich anziehen?«

»Ich … Das wäre kein Date, okay? Das wäre ein Meeting. Zumindest dann, wenn du die Idee gut findest – und er überhaupt Interesse daran hat, mit mir zusammenzuarbeiten.«

»Ich muss zugeben, ich bin erstaunt. Du rufst mich an, um über eine Zusammenarbeit mit einem anderen Youtuber zu reden. Damit hätte ich im Leben nicht gerechnet.«

»Na ja … Ja.« Ich zucke mit den Schultern, auch wenn Maevis das nicht sehen kann. Und sie hat recht, ich weiß ja selbst nicht, was in mich gefahren ist. Doch der ernste Ton ihrer Stimme bringt sofort all die Bedenken zurück, derentwegen ich nicht mehr mit anderen Influencern zusammenarbeite. »Weißt du, was? Ich glaube, das war eine Schnapsidee. Wenn ich es mir recht überlege, habe ich für so was auch gar keine Zeit.«

»Holly ...«

»Wir sehen uns morgen, ja?«, spreche ich weiter, damit sie gar nicht erst die Gelegenheit bekommt, mich doch noch zu einer Zusammenarbeit zu überreden.

»Pax ist bestimmt anders«, wirft sie ein, bevor ich auflegen kann. Ich verharre mit dem Daumen über dem Handydisplay und setze mich auf die Bettkante. Es fällt mir schwer, nicht an das zu denken, was in Maybrook geschehen ist. »Du hast dir doch sicher seine Videos angesehen. Er scheint nett zu sein.«

»Das sind sie in ihren Videos alle«, entgegne ich mürrisch. In den Kommentaren, in Chats, hinter verschlossenen Türen, da geschehen die Dinge, die einen tief ins Herz treffen. Die Menschen dazu bringen, aus ihrem Leben zu fliehen und irgendwo anders einen Neustart zu wagen.

Maevis seufzt. »Pax ist nicht Leslie, okay?«

»Bis morgen, Maevis«, verabschiede ich mich, ohne auf ihre Worte einzugehen. Sie hat das geschafft, wofür ich sie insgeheim angerufen habe: mich daran erinnern, wieso ich mich nicht an den Laptop setzen und Pax eine Mail schicken sollte.

Pascal

Lake Tahoe, Kalifornien

»Komm zu Papa«, flüstere ich und löse eine Hand vom Controller, um meine Drohne sicher aufzufangen, bevor ihr der Akku ausgeht und sie in den Lake Tahoe stürzt. So etwas passiert einem nur einmal im Leben. Nie wieder werde ich mein teures Spielzeug in einem See versenken.

Ich stelle die Drohne aus, nehme die Speicherkarte und den Akku heraus und verstaue sie sicher in ihrer Tasche, wo sie sich bis zu ihrem nächsten Einsatz ausruhen darf. Es ist schon spät, von der Sonne ist fast nichts mehr zu sehen, und ich sollte mir dringend etwas zu essen besorgen, bevor die Supermärkte schließen, aber ich bin zu neugierig auf das Material, das ich heute Nachmittag gefilmt habe.

Mittlerweile ist der Emerald Bay State Park beinahe leer. Die Tagesausflügler sind längst wieder fort, und die Camper sitzen beim Abendessen. Von irgendwo zieht der Geruch eines BBQ zu mir herüber und lässt meinen Magen knurren.

Ein saftiges Steak. Das wäre es jetzt.

Ich klettere vom Dach meines Vans hinunter, um einen Blick in den eingebauten Kühlschrank zu werfen. Ernüchternd. Eine angebrochene Flasche Club Mate, eine Tüte Milch, drei Eier und ein Apfel.

»Dann soll es wohl Rührei sein«, murmle ich und hole eine Pfanne vom Haken, um sie auf eine der beiden Herdplatten zu stellen. Während ich darauf warte, dass sie heiß wird, schalte ich den Mac ein, um die Speicherkarte einzulesen und das Videomaterial der vergangenen Tage zu sichten.

In einer halben Stunde geht mein neues Video online. Die Zeit sollte reichen, um zumindest die Drohnen-Shots anzuschauen. Obwohl dies schon meine zweite Drohne ist, faszinieren mich die Aufnahmen aus der Vogelperspektive noch immer.

Die Bilder verleihen den Videos das gewisse Etwas und helfen, die Botschaft noch eindrücklicher zu vermitteln. Nicht, dass irgendeines meiner Videos perfekt wäre. Im Gegenteil, manchmal will ich sie mir fast nicht noch mal ansehen, weil mir dann zig Sachen auffallen, die ich hätte besser machen können.

Aber das ist eben der Deal mit diesen wöchentlichen Uploads. Man muss so viel wie nur möglich aus der wenigen Zeit machen, die man für ein Video hat.

Und leben will ich ja schließlich auch noch.

Mit meinem Rührei und der noch halb vollen Flasche Club Mate setze ich mich an den schmalen Schreibtisch, den ich damals hier eingebaut habe, und widme mich der Speicherkarte. Die Aufnahmen vom Lake Tahoe sind atemberaubend. Das Wasser ist so unglaublich türkis, dass es aussieht, als hätte man den Regler für den Türkiston im Bildbearbeitungsprogramm bis zum Anschlag geschoben. Das erklärt jedenfalls, wieso die Bucht Emerald Bay heißt.

Am liebsten würde ich sofort ins Wasser springen, aber das verschiebe ich lieber auf einen anderen Tag. Im Dunkeln ist es mir zu unsicher.

Der Schwenk vom Wasser des Sees über die dichten Fichtenwälder und die Berge der Sierra Nevada im Hintergrund verleiht den Aufnahmen den Kontrast, den sie brauchen. Die Bilder erinnern mich an meine Kindheit. An die unzähligen Campingausflüge ins Umland von L.A., an die Auszeiten mit meiner Familie, die zu meinen schönsten Erinnerungen gehören – und ich denke, einen Teil davon habe ich mit den Aufnahmen eingefangen.

Die rohen Clips sind so wunderschön geworden, dass mir der Atem stockt. Mit der richtigen Musik, gut gesetzten Schnitten und einer leichten Farbbearbeitung werden die Videos ein wahrer Augenschmaus sein.

Perfekt, um über das zu reden, was mich in den letzten Tagen beschäftigt hat: der Mut, still zu sein. Nicht tagein, tagaus die Lautstärke anderer in unsere Gedanken zu lassen – ob als Videos oder über die sozialen Medien. Seinen eigenen Gedanken endlich wieder den Raum zu geben, den sie verdienen.

Doch dafür muss man mutig sein.

Das ist zumindest meine Erfahrung, denn lange genug war ich es nicht. Mich einfach mal eine Stunde hinsetzen und gar nichts tun, einfach nur in die Weite gucken und in Gedanken schwelgen, das musste ich erst wieder lernen.

Und ich bin der festen Überzeugung, dass es vielen meiner Zuschauer genauso geht. Viel zu schnell dreht sich unsere Welt, viel zu viele Informationen prasseln Tag für Tag auf uns ein und übertönen das, was uns eigentlich zu etwas Besonderem macht.

Unsere Fähigkeit, etwas zu erschaffen.

Unserer inneren Stimme zu folgen.

Zuzuhören, wenn wir den Mut dazu haben.

»Verdammt«, murmle ich mit einem leisen Lächeln und zücke mein Notizbuch, um meine Gedanken niederzuschreiben, damit ich sie in mein nächstes Skript einarbeiten kann.

Das wird ein gutes Video.

Ich freue mich schon darauf, es zusammenzuschneiden. Aber zunächst einmal steht das auf dem Plan, was gerade online gegangen ist.

Ich öffne meinen Kanal und sehe, dass es in den ersten fünfzehn Minuten bereits von mehreren Hundert Zuschauern angeklickt wurde. Die Zahlen jagen mir auch heute wieder einen Schauder über den Rücken.

Vor anderthalb Jahren hätte ich niemals geglaubt, dass mein Kanal so schnell wachsen würde. Andere brauchen fünf, sechs Jahre, bis sie so viele Zuschauer haben – wenn sie solche Zahlen überhaupt erreichen. Bei mir brauchte es bloß ein paar wenige Videos, und die Zuschauerzahlen gingen durch die Decke – das schiebe ich nach wie vor auf mein Filmstudium und meinen Anspruch an die Qualität meiner Videos.

Dankbarkeit für das, was mir meine Zuschauer geben, durchströmt jede einzelne meiner Poren. Ich scrolle mich durch die Kommentare, lese, was sie schreiben, und freue mich darüber, dass so wenig Bullshit kommt.

Diese Leute sind echt genial. Sie lieben meine Videos, ziehen sich Inspiration daraus, geben mir Rat und wollen welchen von mir. Wenn ich manchmal sehe, was Menschen unter anderen Videos kommentieren, kann ich mich wirklich glücklich schätzen, dass meine Community so herzlich und offen ist.

> LittleMuffin: Pax, ich liebe deine Videos!
> Sie treffen mich immer mitten ins Herz.
> Danke für so viel Gutes im Leben!

> Micah Moretti: Alter, muss ich erst unter deinen
> Videos kommentieren, damit du dich mal meldest?
> Ruf endlich deine Schwester an, die braucht dich.

Das Herz sackt mir in die Hose, als ich den Kommentar meines Bruders entdecke. Sofort ist mein Höhenflug angesichts des positiven Feedbacks vorbei. Ich fühle mich, wie sich meine Drohne gefühlt haben muss, als sie in den Salt Lake gefallen ist. Mit dem Unterschied, dass es mir in solchen Augenblicken nicht vergönnt ist, fröhlich gluckernd unterzugehen.

Ohne lange nachzudenken, entferne ich den Kommentar, damit meine Zuschauer nichts davon mitbekommen, dass auch ich als tiefenentspannter Minimalist meine Probleme habe.

Probleme, die die Namen Micah, Allegra und Papa tragen.

Ich schreibe Micah eine Nachricht, dass ich mich bei Allegra melden werde und er aufhören soll, solche Dinge unter meine Videos zu posten. Die Antwort meines Bruders kommt prompt.

> Würde ich ja, wenn du auf Nachrichten oder
> Anrufe reagieren würdest, du Arsch.

Seine Worte versetzen mir einen Stich.

> Ich habe viel zu tun. Der Podcast und
> mein Kanal laufen nicht von allein.

> Deine Familie läuft auch nicht von allein.

Ich wünschte, er würde es mir nicht so schwer machen. Wenn einer von ihnen mich versteht, dann er – und doch tut er es nicht. Und egal, wie oft ich es ihm erklären will, er nimmt mir meine Entscheidung immer noch übel.

Wieso also weitermachen und immer wieder auf die Fresse fliegen?

> Ich rufe sie morgen an. Ehrenwort.

Ich schicke die Nachricht ab, dann schleudere ich mein Handy in hohem Bogen aufs Bett, als würde das dabei helfen, nicht an meine Geschwister zu denken. Aber Micah sei Dank werde ich vermutlich die halbe Nacht wach liegen und grübeln.

Eine Weile versuche ich, mich damit abzulenken, Kommentare zu beantworten oder zumindest Herzen zu setzen. Aber irgendwie reicht das nicht, um meinen Kopf von dem bevorstehenden Gespräch mit Allegra abzulenken, also widme ich mich lieber den Mails, die teilweise schon ein paar Tage auf mich warten. Es ist wie immer viel Spam dabei, aber es gibt auch einige nette Nachrichten von Zuschauern, die mir dringend etwas mitteilen wollen oder auf ein paar gute Tipps zum Videomachen hoffen. Vieles beantworte ich nur knapp oder gar nicht, denn wenn ich allen eine lange Nachricht zurückschreiben würde, wäre ich an meinem achtzigsten Geburtstag noch mit meinen Mails beschäftigt. Die Zeit könnte ich besser in einen Online-Kurs zum Filmemachen investieren, damit könnte ich vielleicht reich werden – zumindest wenn all die Leute, die mich um Rat bitten, auch tatsächlich dafür bezahlen würden.

Es sind aber auch einige Nachrichten dabei, die interessant klingen. Anfragen von Marken für Kooperationen, die dafür sorgen, dass ich mir dieses Leben weiterhin leisten kann, oder Mails von Kollegen und Bekannten, die ich in meinen Podcast eingeladen habe oder mit denen ich auf irgendeine andere Weise zusammenarbeiten möchte.

Das sind die Mails, die mich tatsächlich von meinen familiären Problemen ablenken. Ich bin schon eine gute Stunde damit beschäftigt, Termine einzutragen oder Themenvorschläge für meinen Podcast zu formulieren, als mir eine der neueren Mails ins Auge fällt. Allein der Betreff sorgt dafür, dass mein Herz schneller schlägt. Hollywood? Ich träume schon seit meiner Kindheit davon, meine Fähigkeiten irgendwann bei einer großen Produktion beweisen zu können. Ist das vielleicht meine Chance?

Neugierig öffne ich die Mail.

Von: Maevis@laart-management.com
An: pax.pacis@gmail.com
Betreff: Kooperation mit Holly Wood

Lieber Pax,

als Managerin beim *Los Angeles Artist Management* vertrete
ich unter anderem Holly Wood vom Youtube-Kanal *Holly
Wood's DIY*. Sie hat mir von einem Kommentar unter ihrem
Video erzählt, der eine Zusammenarbeit mit dir vorschlägt.
Ich habe mir deinen Kanal angesehen und finde deine Arbeit
großartig! Ein gemeinsames Video mit Holly stelle ich mir
sehr spannend für eure Zuschauer vor – du als Minimalist
und sie als Dekoqueen.

Falls du Lust auf ein gemeinsames Projekt hast, melde dich
gerne bei ihr: h.wood@gmail.com.

Maevis King
Los Angeles Artist Management

Enttäuschung macht sich in mir breit. Irgendwie hatte ich
auf eine andere Art von Mail gehofft. Eine Möglichkeit,
eine Tür, die sich für mich öffnet, um mich dorthin zu
führen, wo ich mich schon lange hinträume.

Erst jetzt fällt mir auf, dass »Holly Wood« in der Betreff-
zeile nicht zusammengeschrieben ist. Da habe ich mich
wohl ein bisschen zu sehr von meiner Hoffnung leiten
lassen.

Kooperationen sind generell super – sie helfen mir
dabei, mehr Zuschauer auf meinen Kanal aufmerksam zu

machen. Zumindest dann, wenn man sie mit den richtigen Leuten realisiert. Dass Holly mich nicht selbst angeschrieben hat, sondern die Mail von ihrem Management kam, lässt vermuten, dass sie bekannt ist.

Ich suche auf Youtube nach ihrem Kanal, um mehr über sie herauszufinden. Die Belustigung über ihren Namen bleibt mir allerdings im Halse stecken, als ich sehe, wie viele Abonnenten sie hat.

»Acht Millionen?«, keuche ich überrascht auf. Das sind achtmal so viel, wie ich habe.

Holly ist einer der Stars dieser Plattform, und mir wird schnell klar, wieso. Sie ist bunt und laut, sie lacht gerne und zeigt der Welt, wer sie ist. Eine hübsche Frau mit dunklem Haar und einer besonderen Vorliebe für ausgefallene Kleidung. Noch dazu hilft sie mit ihren Videos den Menschen, die eher zwei linke Hände haben. Ich sortiere die Liste nach den beliebtesten Videos und suche nach etwas, was für mich interessant ist. Die Tutorials für den Back-to-School-Kram überspringe ich lieber, ein paar ihrer Vlogs speichere ich mir für später, genauso wie ein paar der Videos, in denen sie zeigt, wie sie auf ihrem Tablet ihre digitalen Kunstwerke entstehen lässt.

Hi, mein Name ist Holly Wood (ja, wirklich!), heißt eines ihrer beliebtesten Videos. Ich klicke auf Play, weil ich hoffe, darin mehr über sie zu erfahren, und höre gespannt zu.

»Hi, mein Name ist Holly Wood«, beginnt sie und lächelt charmant in die Kamera. Unwillkürlich erwidere ich ihr Lächeln. »Das ist kein Scherz und auch kein Clickbait und, nein, auch kein peinlicher Künstlername, aber danke für den netten Kommentar, der das behauptet hat. Mein Name ist Holly Wood, und ich bin stolz darauf.«

Es folgt ein professionell gemachter, kurzer Trailer, in dem Holly, eine weiße Perserkatze und ein paar kurze Aufnahmen von ihr in Aktion zu sehen sind. Dann geht es mit dem Video weiter.

»Es gibt wohl kaum ein spannenderes Thema in den Kommentaren zu meinen Videos als meinen Namen«, erklärt sie schmunzelnd. Sie hat süße Grübchen, die sie sehr sympathisch machen, und in ihren rehbraunen Augen reflektiert sich das Ringlicht, mit dem sie die Aufnahme ausleuchtet. Egal, wie sehr sie das Video nachbearbeitet hat, das Strahlen in ihrem Gesicht ist echt. Es ist das, was ich in jedem Youtuber sehe, der mit Leidenschaft bei der Sache ist. »Also dachte ich mir, ich räume ein für alle Mal mit dem Thema auf, damit ihr euch nicht mehr den Kopf darüber zerbrechen müsst, ob ich *wirklich* Holly Wood heiße. Denn ja, das tue ich. Und heute erzähle ich euch, wieso.«

In den folgenden fünf Minuten berichtet sie von einer Affäre, die in Hollywood begann und mit der Geburt einer Tochter endete. Hollys Vater scheint irgendeine Berühmtheit zu sein, ihre Mutter eine Kleinstädterin von der Ostküste, die eine Zeit lang in Kalifornien gelebt hat. Als Hollys Mom schwanger wurde, begrub sie ihren Wunsch nach einer Schauspielkarriere und kehrte stattdessen in ihre Heimat zurück, wo sie Holly nach dem Ort ihrer verlorenen Träume benannte.

»Tja, Freunde, das ist die traurige Geschichte, wie ich zu diesem Namen gekommen bin«, beendet sie ihre Erzählung, und obwohl die Geschichte wirklich irgendwie traurig ist, lächelt sie. »Aber wisst ihr, andere Leute heißen Paris oder North West, ich finde also, mit Holly habe ich es gar nicht so schlecht getroffen. Und abgesehen davon kommt es doch wirklich nicht auf den Namen an, den eine Person trägt. Es gibt so viele Dinge, die wichtiger sind, und ich würde mir wünschen, dass wir als Community den Fokus auch auf diese Dinge legen, statt immer wieder sinnlose Unterhaltungen über meinen Namen zu führen. Ich bin mir sicher, wir schaffen das.«

Sie verabschiedet sich von ihren Zuschauern. Ich drücke auf Pause und scrolle zu den Kommentaren, in denen sich viele positiv äußern und sie dafür loben, das Thema so offen angegangen zu sein. Es findet sich aber auch viel Bullshit darunter, was echt deprimierend ist. Leider ist das wohl normal in einer Zeit, in der die Anonymität des Internets einem das Gefühl gibt, es wäre okay, ein Arsch zu sein.

Holly

Los Angeles, Kalifornien

3 »Eliza fragt, wann du uns mal wieder besuchen kommst«, begrüßt mich Mom in anklagendem Tonfall, und ich ahne, dass es nicht nur meine Schwester ist, die mich dringend wiedersehen will, sondern in erster Linie sie selbst. »Sie denkt schon, du vermisst uns gar nicht.«

»Und wie ich euch vermisse!«, erwidere ich und kraule im Vorbeigehen Orlandos Köpfchen. Der Kater hat sich auf meinem Bett zusammengerollt und bewacht die Bügelwäsche, auf die ich um diese Uhrzeit keine Lust mehr habe. »Ich kann hier nur gerade nicht weg. Es laufen so viele coole Sachen, und i…«

»Holly! Du warst schon so lange nicht mehr hier. Komm doch wenigstens zu deinem Geburtstag her. George und ich haben uns extra freigenommen.«

Ich verziehe das Gesicht. Mir war klar, dass eine derartige Predigt nicht mehr lange auf sich warten lassen würde. Immerhin sind meiner Mom Geburtstage heilig, und ich habe in den letzten beiden Jahren nicht nur ihren, sondern auch die von Eliza und meinem Stiefvater verpasst, weil ich mich nicht getraut habe, in meine Heimat zurückzukehren.

»Ich weiß, Mom. Ich hab's einfach nicht geschafft. Ich

würde echt gerne kommen, aber im September stehen schon so viele Termine in meinem Kalender.«

Noch eine Lüge.

Mom seufzt. »Leslie zieht nächsten Monat weg.«

Mein Magen verkrampft sich, so wie jedes Mal, wenn Leslie zum Gesprächsthema wird – und obwohl ich sie am liebsten vergessen würde, frage ich: »Wohin geht sie denn?«

»Nach New York.« Ich höre, wie Mom in der Küche hantiert. »Katherine war letztens zum Kaffee hier und hat mir davon erzählt. Sie hat wohl einen tollen Vertrag abgeschlossen und zieht jetzt für ein halbes Jahr in eine WG mit zwei anderen Youtuberinnen.«

Nach New York also. Das hört sich wirklich nach einer tollen Gelegenheit an. Von Leslies Arbeit zu hören, versetzt mir wie jedes Mal einen Stich. Ich wünschte, es wäre mir egal oder ich könnte mich vielleicht sogar für sie freuen, aber nach allem, was geschehen ist, werde ich das wohl niemals schaffen.

»Hat Katherine noch mehr darüber erzählt?«, hake ich vorsichtig nach, auch wenn ich nicht weiß, ob ich überhaupt weitere Erfolgsgeschichten von Leslie hören will. Aber wenn sie einen Vertrag mit Youtube gemacht hat, vielleicht sogar in einer der neuen Serien auftreten wird … dann will ich das wissen, bevor mich die Startseite demnächst damit überrumpelt.

»Du kennst Katherine doch. Sie hat eigentlich keine Ahnung davon, was ihre Tochter macht.« Mom lacht leise auf. »Genau wie ich. Aber das könntest du ändern, indem du uns mal wieder besuchst. Jackson zieht übrigens auch in ein paar Wochen weg. Er hat einen Job in Philly angenommen, habe ich gehört.«

Der Klumpen in meinem Magen wird noch fester. Ich bezweifle, dass Mom wirklich versteht, was passiert ist, sonst würde sie nicht glauben, dass ich durch Leslies und Jacksons Weggang die Ereignisse der Vergangenheit vergessen könnte.

»Ich kann wirklich nicht, selbst wenn die beiden nicht mehr da sind. Aber was hältst du davon, wenn ich euch Flugtickets buche? Dir, Eliza und George? Wir könnten meinen Geburtstag hier in L.A. feiern«, schlage ich vor und höre mich jämmerlich dabei an. Aber ich kann nichts dafür – ich vermisse meine Familie wirklich, auch wenn Mom mir das nicht immer zu glauben scheint. »Ich kann bestimmt zwei oder drei Termine verschieben, sodass wir einen Ausflug in die Berge machen können.«

»Du weißt doch, dass ich nie wieder nach L.A. zurückkehren wollte. Und lange Strecken wandern kann ich auch nicht mehr.« Sie klingt hart, unnachgiebig irgendwie, und ich kann immer noch den Schmerz heraushören, den ich ihr vorletztes Jahr zugefügt habe, als ich mir nichts, dir nichts meine Sachen gepackt habe, um ausgerechnet hierher zu ziehen.

Ratlos suche ich nach den richtigen Worten, um sie zu überzeugen. »Wir müssen ja nicht ewig lange laufen. Wir können auch einfach in L.A. bleiben. An den Strand fahren oder eine Ausstellung besuchen. Mach eine Ausnahme, Mom, bitte.« Ich flehe sie beinahe an. »Für mich.«

»Du könntest dich auch einfach in ein Flugzeug setzen und nach Hause kommen. Für uns.«

Und schon sind wir wieder da, wo wir seit zwei Jahren stecken. Sie will nicht nach L.A., ich will nicht zurück nach Maybrook, und uns alle in der Mitte zu treffen, haben wir bisher erst ein einziges Mal geschafft.

»Überleg es dir einfach«, bitte ich sie schließlich. »Ich bezahle die Flüge und die Unterkunft. Ich muss jetzt los, Mom.«

Sie seufzt und atmet schwer aus. »Ich habe dich lieb, Schatz.«

»Ich dich auch.« Ich drücke einen Kuss in den Hörer, bevor ich das Gespräch beende und niedergeschlagen auf dem Bett zusammensacke. Orlando nutzt die Gelegenheit und springt mir auf den Brustkorb, um sich schnurrend darauf zusammenzurollen. Er weiß, wann ich ihn brauche. Wusste er schon immer.

»Vielleicht sollte ich mit George sprechen und ihnen einfach Tickets schicken«, überlege ich laut, um mich von dem Gedankenchaos, das in meinem Kopf tobt, abzulenken. George würde sich mit Eliza verbünden, und die beiden würden Mom so lange bearbeiten, bis sie einfach nachgeben muss – und wenn sie erst hier sind, wird Mom sehen, dass ihre Geschichte schon so lange zurückliegt, dass sie gar nicht mehr daran denken muss.

Die Idee finde ich so gut, dass ich Orlando von mir schiebe und aufspringe, um zu meinem Telefon zu hechten und bei meinem Stiefvater anzurufen. Erst ist er skeptisch, aber als ich ihm von all den Dingen vorschwärme, die wir hier unternehmen könnten, ist er Feuer und Flamme und verspricht, sein Glück bei Mom zu versuchen.

Eine gute Stunde später habe ich ein paar Termine verschoben und nicht nur Flüge für die drei gebucht, sondern auch eine erstklassige Unterkunft ganz in der Nähe meines Apartments. Ich hätte sie gerne bei mir wohnen lassen, aber dafür ist die Wohnung zu klein... oder die Masse an Kram, die ich besitze, einfach zu groß.

Nachdem das geschafft ist, widme ich mich wieder meiner Arbeit. In meinem Postfach warten ein paar Mails auf mich, aber da Maevis sich in der Regel darum kümmert, überfliege ich bloß die Absender, um zu sehen, ob etwas davon wichtig ist. Doch bei einer Nachricht macht mein Herz plötzlich einen Satz. Maevis hat doch nicht etwa...?

Von: pax.pacis@gmail.com
An: h.wood@gmail.com
Betreff: Lust auf eine Kooperation?

Hey, Holly,

dein Management hat mich kontaktiert und nach einer Zusammenarbeit gefragt. Ich bin gerade in Kalifornien. Wenn du Lust hast, können wir uns gerne auf einen Kaffee treffen und ein paar Ideen durchsprechen. Meld dich doch!

Bis demnächst vielleicht,
Pax

Himmel! Mir wird abwechselnd heiß und wieder kalt. Was hat sich Maevis nur dabei gedacht? Wenn es nicht bereits so spät wäre, würde ich sie direkt anrufen und zusammenstauchen, weil sie sich über meine Einwände hinweggesetzt hat. Aber das muss bis morgen warten.

Da sie es wahrscheinlich so formuliert hat, als wäre die Idee von mir gekommen, bleibt mir kaum etwas anderes

übrig, als mich wenigstens mit ihm zu treffen. Andernfalls
merkt er ja sofort, dass ich nicht mal halb so cool bin, wie
ich online vorgebe zu sein.

★

Am nächsten Morgen weckt mich die Türklingel. Stöhnend streife ich die Bettdecke zurück und werfe einen
kurzen Blick in den Spiegel.

Guten Morgen, Medusa, begrüße ich mich in Gedanken und versuche, zumindest die dunklen Mascaraschatten
unter meinen Augen fortzuwischen, bevor ich die Haustür öffne.

»Sag bloß, du hast unser Meeting vergessen?« Maevis
schiebt sich an mir vorbei in die Wohnung. Sie riecht verführerisch nach gutem Kaffee und dem Parfüm, das ich
für ein Video hergestellt und ihr zum letzten Geburtstag
geschenkt habe. »Oder haben dich die Gedanken an Pax
etwa wachgehalten?«, fügt sie schmunzelnd hinzu.

»Wundert dich das etwa? Nach deiner Mail gestern hat
er mir sofort geschrieben«, erwidere ich anklagend und
schließe die Tür, um ihr ins Wohnzimmer zu folgen. Gähnend schiebe ich einen Stapel Stoffe beiseite und lasse
mich auf die Couch fallen.

»So schnell?« Überrascht verzieht sie den Mund. »Und?
Habt ihr euch verabredet?«

»Morgen früh zum Frühstück.« Ich stiere sie finster an.
»Das ist deine Schuld.«

Breit grinsend drückt sie mir einen Becher von *Starbucks* in die Hand. »Hier, ein Versöhnungsangebot, weil
ich ihn kontaktiert habe. Ein Vanilla Latte mit Hafermilch

und einem extra Schuss Karamellsirup. Vielleicht hilft dir das, wach zu werden und dich über die neue Möglichkeit zu freuen. Wieso trägst du überhaupt noch deinen Schlafanzug? Ich bin schließlich ein ganzes Stück zu spät. Der Verkehr war die Hölle.«

»Was?« Aber tatsächlich: Es ist schon halb zwölf, und damit hätte unser Meeting schon vor einer halben Stunde anfangen sollen. »Verdammt! Ich habe total verschlafen, tut mir leid.«

»Kein Wunder. Ich kann ja verstehen, dass dich das alles nervös macht, aber«, sie hebt mahnend einen Zeigefinger, »unser Programm ist straff. Ich habe jede Menge Anfragen von Firmen mitgebracht, die gerne mit dir zusammenarbeiten wollen. Und die Social Media Week steht auch bald vor der Tür. Du weißt, wie wichtig diese Convention für uns ist. Außerdem müssen wir das Programm für die kommenden Monate durchsprechen. Also los, geh dich fertig machen. Ich will vor den Kindern zu Hause sein, damit ich noch heimlich den Kuchen essen kann, den ich mir von *Starbucks* mitgenommen habe.«

»Ist ja gut.« Ich genehmige mir noch einen großen Schluck von meinem Kaffee, bevor ich ins Badezimmer verdufte, um mich anzuziehen, mir die Zähne zu putzen und meine Haare zu einem lockeren Pferdeschwanz zusammenzubinden. Für mehr habe ich keine Zeit und auch keine Geduld – ich bin viel zu neugierig, was mir Maevis dieses Mal auf den Tisch legen wird.

Und das ist wie versprochen ganz schön viel. Maevis und ich planen erst das Programm für die Convention in sechs Wochen und verbringen dann fast anderthalb Stunden damit, die nächsten Kooperationen mit Firmen durchzusprechen und über die Inhalte nachzudenken, die wir auf meinem Kanal und meinem Instagram-Feed in den kommenden Monaten bringen möchten.

»Hier, die wollen noch mal eine Kooperation mit dir«, sagt Maevis und deutet auf ihr E-Mail-Postfach, in dem sich eine Anfrage einer Online-Lernplattform befindet.

»Erneut?« Überrascht überfliege ich die Zeilen. »Oh, sie wollen einen Kurs mit mir auf ihrer Seite featuren? Wie cool! Das machen wir auf jeden Fall! Ich habe schon eine Idee.«

Ich springe auf und laufe in mein Büro, um die Lesezeichen und Schmuckanhänger zu holen, die ich vor ein paar Tagen aus Epoxidharz gegossen habe. Nacheinander breite ich sie vor Maevis auf dem Tisch aus. Sie betrachtet sie begeistert.

»Was hältst du davon?«, frage ich sie. »Mit Epoxidharz kann man so unglaublich tolle Dinge basteln. Da fällt uns bestimmt was Spannendes ein.«

»Holly, die sind wunderschön.« Sie hält eines der klaren Lesezeichen ins Licht. Das dünne Blattgold darin funkelt und betont die verschiedenfarbigen getrockneten Blüten, die ich in das Harz eingearbeitet habe.

»Darf ich mir eines mitnehmen?«, fragt Maevis.

»Klar! Such dir gerne welche aus. Ich überlege, die Sachen auch in meinen Shop aufzunehmen. Ohne Witz, du musst dir echt mal ein paar Videos dazu anschauen. Daraus kann man sogar Tischplatten gießen!« Ich grinse sie an und nehme ein Lesezeichen, in das ich blaue Farbe eingearbeitet habe, sodass es aussieht, als würde es sich dabei um Wellen handeln. »Ich bin total angefixt und habe auch schon tausend Ideen, was man noch mit Epoxidharz machen könnte: Untersetzer, Schmucktabletts, ganze Schmuckkollektionen ...«

Jetzt bin ich richtig in Fahrt und komme aus dem Schwärmen gar nicht mehr heraus.

Maevis lacht und steckt ein Lesezeichen in ihre Tasche. »Deine Kreativität hätte ich gerne. *Learning Skills* wird begeistert sein.«

Pascal

Lake Tahoe, Kalifornien

4 Langsam lasse ich den Atem durch meine Nase ausströmen, doch es hilft alles nichts. Die Gedanken, die seit der Mail von Holly in meinem Kopf kreisen, wollen einfach nicht zur Ruhe kommen.

Ich hätte ihr nicht anbieten sollen, nach L.A. zu kommen. In die Stadt mit ihrem erstickenden Verkehr und den tückischen Erinnerungen, die dort hinter jeder Ecke lauern.

Es ist nur für einen Tag, rede ich mir ein, aber das Gefühl, einen Fehler gemacht zu haben, bleibt.

Seufzend beende ich meine Meditation, stehe auf, klopfe mir den Staub von der Badehose und gehe ans Ufer. Es ist schon Mittag, doch heute ist der Himmel nicht so sattblau wie gestern, was womöglich der Grund dafür ist, dass nicht so viele Besucher am See sind. Heiß ist es dennoch. Die Sommer in Kalifornien können einem schon mal das Genick brechen, wenn man diese Hitze nicht gewohnt ist.

Über mir fliegen zwei Vögel, und irgendwo in der Ferne höre ich das gedämpfte Brummen eines Motorbootes, das ich jedoch nirgends entdecken kann. Es muss auf dem großen Teil des Sees unterwegs sein, den man von dieser Bucht aus nicht einsehen kann.

Das Wasser kühlt meine erhitzte Haut und vertreibt die Müdigkeit, die nach dem Videoschnittmarathon der letzten Nacht in meinen Gliedern sitzt. Immerhin ist mein nächstes Video fast fertig, nur das Voiceover muss ich noch mal neu aufnehmen, denn so spät in der Nacht war meine Stimme viel zu rau.

Aber wenn ich mit dem Video fertig bin, habe ich bereits Content für die nächsten drei Wochen und kann ein bisschen Pause machen. Kreative Energie tanken und mich auf die Suche nach neuer Inspiration begeben.

Ich tauche unter und blende die Welt für einen Moment aus. Das Wasser ist so klar, dass ich kleine silberfarbene Fische umherschwimmen sehen kann. Sie bewegen sich in einem Schwarm, von links nach rechts, von hierhin nach dorthin, und ihr schuppiges Gewand glitzert dabei immer wieder im einfallenden Licht. Keiner von ihnen schwimmt gegen den Strom, was ich ein bisschen schade finde, denn die Schönheit liegt oft in der Unordnung der Dinge. Aber für einen Fisch wäre es vermutlich gefährlich, sich aus der Gruppe zu lösen und eine andere Richtung einzuschlagen.

Ich tauche wieder auf, plötzlich befallen von der Inspiration für ein neues Projekt. Gegen den Strom schwimmen. Dinge tun, die niemand sonst tun würde. Das erfordert Überwindung, aber die Belohnung ist dafür umso größer.

Schnell schwimme ich zurück ans Ufer und laufe zu meinem Van, um meine Gedanken nicht im Wasser zu verlieren. Ich trockne mich notdürftig ab und krame mein Notizbuch hervor, um aufzuschreiben, was mir gerade durch den Kopf geht.

Es gibt nur noch wenige leere Seiten, so viel Inspiration konnte ich auf meiner anderthalbjährigen Reise schon sammeln. Viele dieser Gedanken habe ich umgesetzt, einige warten immer noch auf den richtigen Zeitpunkt. Aber bei dieser Idee bin ich mir sicher, dass sie nicht lange Theorie bleiben wird.

Zu diesem Thema will ich schon eine ganze Weile ein Video machen, um meinen Zuschauern Mut zuzusprechen. Den braucht man oft, um Grenzen zu durchbrechen und das zu tun, was einen wirklich glücklich macht. Ich weiß zumindest, dass ich eine Weile gebraucht habe, bis ich mich getraut habe, meinen Podcast und den Youtube-Kanal zu starten.

Aber das Leben ist zu kurz, um seine Träume nicht zu erfüllen. Auch das musste ich auf schmerzhafte Weise lernen.

Die Gedanken an meine Familie bringen die Erinnerung an die Nachrichten von Micah zurück.

»Verdammt«, murmle ich und nehme mein Handy, um bei Allegra anzurufen. Nicht dass Micah sich noch in sein Auto setzt, weil er meint, er müsse mich an den Ohren zu ihr schleifen.

Es dauert nicht lange, bis sie sich meldet. »Pascal?«

»Ja, hi, äh … wie geht's dir?«

»Was willst du?«, brummelt sie in bester Allegra-Manier. »Hat Micah dir gesagt, dass du anrufen sollst?«

»Nein, ich … ja, hat er«, gebe ich zu und fühle mich schlecht, weil ich mich ohne die Ansage meines jüngeren Bruders vermutlich noch eine ganze Zeit lang nicht gemeldet hätte. »Aber ich wollte sowieso mal wieder anrufen, um zu hören, wie es bei dir läuft«, flunkere ich.

Sie seufzt und bittet jemanden, kurz zu warten. »Es ist echt nett, dass du an mich denkst, aber ich sitze gerade an einer Hausarbeit, die ich in ein paar Tagen abgeben muss.«

»Oh, klar. Das ist gut.« Ich nicke zufrieden. »Das heißt, du bist wieder voll drin?«

»Kann man so sagen.« Es tut weh, den unterkühlten Ton in ihrer Stimme zu hören. Ich vermisse die alte Allegra. Die, mit der man den ganzen Tag herumalbern konnte. »Hör zu, ich muss wirklich Schluss machen. Eine meiner Freundinnen hilft mir hier mit dem Stoff, ich will sie nicht so lange warten lassen.«

»Okay …« Obwohl ich sie eigentlich gar nicht anrufen wollte, bin ich nun traurig, dass sie sich nicht mal ein paar Minuten Zeit für mich nehmen möchte. Schon verrückt. »Ich wünsche dir viel Erfolg für die Hausarbeit. Melde dich doch, wenn du wieder mehr Zeit hast.«

»Mach ich«, erwidert sie, doch ich ahne, dass es nur ein leeres Versprechen ist. Sie wird mich nicht anrufen, genauso wenig wie ich sie in den letzten Monaten angerufen habe. »Bis bald, Pascal.«

»Bis bald, Lela.« Ich lege seufzend auf und fahre mir mit beiden Händen durch die Haare. Ist es meine Schuld, dass wir an diesem Punkt stehen?

★

Einige Zeit später bin ich bereit, mich meiner Vergangenheit zu stellen. Nun ja, nicht wirklich, aber nachdem ich mich für den nächsten Tag mit Holly zum Frühstück verabredet habe, muss ich mich wohl oder übel auf den

Weg nach L.A. machen. Nach der Mail ihrer Managerin ist mir schnell klar geworden, dass ich mir diese Kooperation nicht entgehen lassen sollte – spätestens als ich das Foto von Holly und Perry James in ihrem Instagram-Feed gesehen habe. Wer mit einem so großartigen Regisseur befreundet ist, ist mindestens ein Frühstück wert – wenn nicht sogar mehrere. Ich meine, der Typ hat einen Oscar bekommen. Ihn zu treffen, ihm vielleicht sogar ein paar meiner besten Aufnahmen zu zeigen ... das wäre eine unglaubliche Chance.

Die Fahrt nach L.A. dauert fast acht Stunden, und einen großen Teil davon möchte ich tagsüber hinter mich bringen, damit ich die Nacht nutzen kann, um mich zu erholen.

Unterwegs höre ich zwei Podcasts – ein Interview mit einer Autorin über White Saviorism und ein Gespräch über Essentialismus mit Greg McKeown, den ich sehr bewundere –, bevor ich schließlich auf eine Playlist wechsle und mir mit Musik die Zeit vertreibe.

Auf den Straßen ist die Hölle los, und ich bereue es ein weiteres Mal, mich mit Holly verabredet zu haben. Als ich wenig später im Stau stehe, weil durch die Hitze ein Feuer am Straßenrand entstanden ist und gelöscht werden muss, ist meine Laune am Tiefpunkt. Ich denke kurz darüber nach, den Van einfach zu wenden, zur nächsten Ausfahrt zu fahren und mich auf den Weg nach New York zu machen. So weit weg von L.A. wie nur möglich.

Aber da rauscht die Polizei an mir vorbei und erinnert mich daran, dass es mich ziemlich viel Geld kosten könnte, wenn ich den Highway falsch herum verlasse. Außerdem wäre Micah vermutlich noch enttäuschter von mir, als er es sowieso schon ist. Also ergebe ich mich meinem Schicksal, schalte den Motor aus und klettere durch die Vordersitze nach hinten, um ein paar der Dinge zu erledigen, die ich sowieso schon die ganze Zeit machen wollte: meine Steuerunterlagen sortieren, das kleine eingebaute Badezimmer putzen... Dinge eben, die man praktischerweise direkt erledigen kann, wenn man im Stau steht und sein Zuhause immer dabeihat.

Die Löscharbeiten dauern geschlagene zwei Stunden, sodass ich L.A. erst in der Abenddämmerung erreiche und mich trotzdem noch eine Weile durch dichten Verkehr fädeln muss. Mit jeder Meile durch die Straßen, die mir einst so vertraut waren, zieht sich mein Herz stärker zusammen. Der Verkehr lichtet sich erst, als ich vom Highway abfahre und der Straße folge, die sich über den Franklin Canyon schlängelt.

Hier bin ich ewig nicht gewesen. Die Aussicht über das Valley ist spektakulär, zumindest an klaren Tagen. Heute hängt der Smog über der Stadt und weckt in mir die Sehnsucht nach der unendlichen Weite der Nationalparks. Dagegen kann nicht einmal der tiefrote Sonnenuntergang etwas tun.

Aber umdrehen werde ich nicht. Nicht so kurz vorm Ziel.

Eine Viertelstunde später suche ich mir einen Parkplatz in der Nähe des Lokals, in dem ich morgen mit Holly verabredet bin. Das *Vegan Toast* befindet sich mitten in Beverly Hills, einem der Stadtbezirke, in dem die Reichen wohnen. Hier reiht sich eine Villa an die andere, ganz anders als in der Gegend in Pasadena, in der ich aufgewachsen bin. Palmen säumen die breiten Straßen, die von Laternen erhellt werden. Obwohl es bereits spät ist, sind immer noch viele Menschen unterwegs.

Ich frage mich, ob Holly hier irgendwo in der Nähe wohnt. Bei acht Millionen Abonnenten ist es zumindest realistisch, dass sie sich ein Apartment in der Gegend leisten kann. Vielleicht ist auch sie noch unterwegs, trifft sich mit Freunden zum Abendessen in einem der zahlreichen Diners und Clubs um die Ecke.

Der Vorteil an einer so großen Stadt ist, dass viele Läden auch nachts geöffnet sind – und so suche ich mir gleich einen Waschsalon und einen Supermarkt, um mich um so lebenswichtige Dinge wie meine Wäsche und einen gefüllten Kühlschrank zu kümmern.

Doch das Gespräch mit Allegra lässt mich nicht los. Ich wünschte, sie hätte mir mehr aus ihrem Leben erzählt. Was sie so macht, mit wem sie unterwegs ist, ob sie noch zu ihrer Therapeutin geht. Aber ich schätze, die Karte habe ich verspielt, als ich meine Sachen gepackt habe und in den Van gezogen bin.

Oft genug habe ich mich gefragt, woran unsere Familie zerbrochen ist. Ob es meine Schuld war, dass Dad seinen Job aufgeben musste, Allegra ein Jahr lang zu nichts zu gebrauchen war und Micah seine freien Tage mit einem Zweitjob füllt, um ja nicht nachdenken zu müssen.

Aber immer wieder mache ich mir bewusst, dass unsere Familie schon im Eimer war, bevor ich den Van gekauft und restauriert habe. Es ist nicht meine Schuld, dass meine Familie so ist, wie sie ist.

Ich reibe mir über die müden Augen und bin froh, als der Trockner mit einem lauten Piepen ankündigt, dass meine Wäsche fertig ist. Dieses ewige Gedankenkarussell ist ganz schön ermüdend. Ich wünschte, meine Geschwister würden ihr Leben einfach im Griff haben, dann müsste ich mich nicht mehr darum sorgen.

Mit meiner Wäsche in einem großen Baumwollbeutel und den Einkäufen in meinem Rucksack verlasse ich schließlich den Waschsalon. Mittlerweile ist es vollkommen dunkel, und die Straßen haben sich rasant geleert. Nur die Hitze liegt immer noch über der Stadt und erinnert mich an ein anderes Leben. Es ist eine Ewigkeit her, dass ich das letzte Mal in Beverly Hills war. Seitdem ist so viel geschehen, und der Gedanke daran lässt mich sentimental werden.

Ich sollte ein Video darüber machen.

Heimkehr.

Warum Heimkehr manchmal ein Fehler ist.

Vier Gründe, niemals nach Hause zurückzukehren: Micah, Allegra, Dad.

Und Mom.

Ganz besonders Mom.

Holly

Los Angeles, Kalifornien

5 Der erste von drei Weckern erledigt seine Arbeit gewissenhaft und weckt mich um kurz vor acht, anderthalb Stunden bevor ich mich mit Pax zum Frühstück im *Vegan Toast* treffe. Zugegeben, vielleicht hätte ich das mit dem Aufstehen auch allein hinbekommen, immerhin bin ich so nervös, dass ich die halbe Nacht wach gelegen habe.

Die Angst davor, neue Menschen in mein Leben zu lassen, wird mit jedem Monat schlimmer. Maevis ist die Einzige, die meine vier Wände von innen kennt – die mich kennt – und von der ich weiß, dass sie mich nicht hintergehen würde. Menschen wie Asher von der Supermarktkasse oder meine Nachbarin Debby sind bloß Statisten in meinem Leben. Ich würde niemals auf die Idee kommen, ihnen die Holly zu zeigen, die ich abseits von Youtube und Instagram bin. Die Angst davor, ein weiteres Mal enttäuscht zu werden, ist einfach zu groß.

Und trotzdem wage ich es und treffe mich mit Pax.

Bestimmt haben mich nur seine vertrauensvollen braunen Augen dazu gebracht. Oder ich hatte zur richtigen Zeit einen kleinen Mutanfall, wer weiß?

»Guten Morgen, Orlando«, begrüße ich meinen schnurrenden Freund, der sich an meiner Seite zusammengerollt hat und mich ansieht, als wollte er sagen: Hast du 'nen Knall, so früh aufzustehen?

»Heute ist ein kleiner Tag für die Menschheit, aber ein großer Tag für dein Frauchen! Ich hoffe, ich bereue das nicht«, murmle ich in Orlandos flauschiges Fell. Er maunzt, springt auf und verlässt das Schlafzimmer. »Na, danke auch für deinen Zuspruch!«, rufe ich ihm hinterher, aber er beachtet mich nicht weiter.

Typisch Katze.

Ich checke meine Social-Media-Accounts und sehe, dass Pax mir nun auch auf Instagram folgt. Dass ich ihn da noch nicht gestalkt habe, schiebe ich auf meine arbeitsreiche Woche und nicht darauf, dass ich anscheinend vergesslich werde. Seine Fotos stehen im krassen Gegensatz zu meinen, deren Mindestanforderung es ist, knallbunt zu sein. Je mehr rosa, gelb und himmelblau, umso besser. Seine Bilder sind schlicht, ruhig, wunderschön – genau wie sein Videomaterial. Ich hoffe, mir ein paar Tipps zur Videobearbeitung von ihm holen zu können. Meinen Stil vielleicht sogar zu verändern. Ihn ruhiger werden zu lassen, erwachsener. Vielleicht wird es Zeit für einen neuen Look. Immerhin bin ich nicht mehr die knallige Sechzehnjährige, die anderen zeigt, wie sie ihre Sachen für das neue Schuljahr aufpeppen können, sondern eine junge Frau, die gelegentlich sogar Möbel für ihre eigene Wohnung baut. Wenn das nicht der Inbegriff des Erwachsenseins ist, dann weiß ich auch nicht.

Zum neuen Album von *The Weeknd* suche ich nach einem passenden Outfit für den Anlass. Ein bisschen wehmütig hänge ich mein rotes Lieblingskleid zurück in den

Schrank, immerhin soll Pax nicht denken, ich wäre auf ein Date aus. Stattdessen entscheide ich mich für eine hochgeschnittene Jeansshorts und die schwarze Bluse mit dem tiefen Ausschnitt und den weiten Ärmeln, die ich mir vor Kurzem erst gekauft habe. Die Musik beruhigt meine Nerven und übertönt die Gedanken in meinem Kopf, die mir einen Strich durch die Rechnung machen könnten. Leise höre ich die Stimme trotzdem.

Was, wenn er dich nur ausnutzt? Wenn er dir wehtut? Willst du nicht doch lieber zu Hause bleiben? Du könntest Eis zum Frühstück essen.

Ich zwinge mich dazu, nicht hinzuhören, und trage stattdessen den roten Lippenstift auf, den ich immer dann trage, wenn ich mich vor die Kamera setze und zu einem anderen Menschen werde.

Er kann mich nicht ausnutzen, wenn ich es nicht zulasse. So einfach ist das.

★

Eine gute Stunde später verlasse ich mein Apartment und mache mich auf den Weg zu unserem Treffpunkt. Das *Vegan Toast* ist eines meiner Lieblingslokale in der Gegend, weil es nicht nur gemütlich ist, sondern sie dort auch das beste Frühstück in der ganzen Stadt servieren. Außerdem war ich schon so oft da, dass ich die Bedienung ein wenig kenne und mich sicher fühle.

Auf der gegenüberliegenden Straßenseite bleibe ich trotzdem erst mal mit klopfendem Herzen stehen. Meine Handflächen sind feucht, und das liegt nicht an der drückenden Hitze, die bereits um diese Uhrzeit über der Stadt liegt. Es liegt an den Erinnerungen an die Geschehnisse in Maybrook, die auf mich einprasseln und mich daran hindern, einen Schritt vor den anderen zu setzen.

Ich kann das nicht. Was, wenn ich kein Wort über die Lippen bringe? Bei Pax kann ich die Kamera nicht einfach ausschalten und es zu einem späteren Zeitpunkt noch mal versuchen.

Vielleicht sollte ich einfach umkehren und ihm schreiben, dass mich eine elende Magen-Darm-Grippe dahingerafft hat. Noch ist es nicht zu spät. Ja, das klingt nach einer guten Idee.

Also drehe ich um und gehe zurück in die Richtung, aus der ich gekommen bin. Niemand hat mich gesehen, niemand weiß, dass ich wie ein Feigling …

Ich bleibe stehen.

Ein Feigling.

Genau das ist es, was ein Feigling machen würde. Abhauen und eine Ausrede erfinden. Aber ist es nach zwei Jahren nicht endlich wieder an der Zeit, mit ein bisschen mehr Mut durchs Leben zu gehen?

Mit geballten Fäusten kehre ich um und überquere die Straße, um das Lokal zu betreten, bevor ich es mir doch anders überlegen kann. Augenblicklich begrüßt mich leise Jazzmusik, und der Duft von frisch gemahlenem Kaffee dringt beruhigend in meine Nase. Hinter der Theke zischt und dampft es, weil der Koch etwas in einer Pfanne zubereitet. Vermutlich eines seiner himmlisch guten Omeletts.

Es ist noch nicht allzu viel los. An einem Tisch sitzt ein etwas älterer Mann und liest Zeitung, an einem anderen eine Frau mit ihren beiden Kindern. Mein Blick gleitet über die Anwesenden hinweg, bis er an dem Mann hängen bleibt, den ich mittlerweile aus zahlreichen Videos kenne.

Pax.

Er sitzt in einem Sessel am bodentiefen Fenster, trägt graue Jeans und ein einfaches schwarzes Shirt und spielt nachdenklich mit einem Stift in seiner Hand. Die andere Hand ruht auf dem Tisch, auf dem ein Notizbuch und sein Handy liegen. Vor ihm steht eine Tasse, es sieht so aus, als würde er schon eine Weile hier sitzen und aus dem Fenster gucken.

Aus dem Fenster gucken ... O nein, hat er mich etwa gesehen? Ich mache einen Schritt zurück, würde am liebsten davonlaufen und mich nie wieder blicken lassen, aber da spricht mich bereits jemand an.

»Hey, Holly! Du bist aber früh dran.« Ruby lächelt erfreut, und nun ärgere ich mich, ausgerechnet eines der wenigen Lokale ausgesucht zu haben, in denen die Kellnerin meinen Namen kennt. »Möchtest du heute hier essen?«

»Äh, ja«, beeile ich mich zu sagen und deute auf Pax, der inzwischen auf mich aufmerksam geworden ist. Ich winke ihm zu. »Ich bin verabredet.«

»Oh.« Ruby blickt zu Pax und zurück zu mir, bevor sie auffällig unauffällig ihre gepiercte Braue hochzieht. Und dann noch mal: »Ooh.«

Ich unterdrücke ein Augenrollen, weil alle mehr in diesem Meeting sehen wollen, als da ist, und schiebe mich an ihr vorbei. Pax steht auf, um mir die Hand zu geben. Er ist größer als ich, aber nicht so groß, dass es komisch wäre, und sein Lächeln ist genauso herzlich wie in seinen Videos.

»Hey, ich bin Pascal, freut mich, dich kennenzulernen«, sagt er mit seiner dunklen, ruhigen Stimme, die sich live genauso gut anhört wie in seinen Videos.

Ich versuche das Kribbeln, das allein der Klang seiner Stimme in meiner Magengrube ausgelöst hat, zu ignorieren. Meeting, es ist nur ein Meeting!

Neugierig lasse ich den Blick über sein Gesicht gleiten, nehme den Dreitagebart wahr und die geschwungenen Lippen, die Lachfalten um die Augen und das kleine Muttermal auf seiner Stirn, und stelle erst dann fest, dass er mich mindestens genauso interessiert betrachtet.

»Ich freu mich auch total«, schieße ich nervös hervor. Einen Herzschlag lang sehen wir uns noch in die Augen, dann lösen wir verlegen lachend die Hände voneinander. Hoffentlich hat er den dünnen Schweißfilm auf meinen Handflächen nicht gespürt – oder ist es schlichtweg nicht anders gewohnt, weil in L.A. eben alles und jeder schwitzt.

»Setz dich doch.« Pascal deutet auf den freien Platz, während er selbst wieder auf seinen Sessel rutscht. »Ich bin schon eine Weile hier und habe mir einen ersten Kaffee gegönnt. Ich hoffe, das stört dich nicht.«

»Warum sollte es?« Ich winke vermeintlich gelassen ab, nehme Platz und atme tief durch, um endlich wieder einen klaren Gedanken zu fassen. Meine Wangen glühen, in meinem Kopf herrscht dichter Nebel. »Wenn ich gewusst hätte, dass du so früh aufstehst, wäre ich eher gekommen.«

»Normalerweise schlafe ich länger«, erwidert er schulterzuckend und dreht sein Handy um, damit das Display nach unten zeigt. Ich bin überrascht von dieser respektvollen Geste, immerhin ist es mittlerweile fast normal, in

Gesprächen ständig aufs Handy zu blicken. Um ihm mit dem gleichen Respekt zu begegnen, hole ich mein Handy gar nicht erst aus der Tasche, sondern schnappe mir bloß mein Bullet Journal, um das Wichtigste mitzuschreiben.

Ruby kommt an den Tisch, bevor wir überhaupt in ein Gespräch starten können, und nimmt unsere Bestellung auf. Dankbar für die kurze Schonfrist suche ich mir das aus, was ich sonst immer zum Mitnehmen bestelle – einen Frappuccino mit Karamellsirup und einen Bagel mit Basilikumpesto und Tomaten – und warte neugierig darauf, wofür Pascal sich entscheidet.

Er bestellt einen einfachen Kaffee und nimmt den gleichen Bagel wie ich. Erfreut lächle ich ihn an.

»Der ist wirklich gut«, verspreche ich ihm. Allmählich lichtet sich der Nebel in meinem Kopf, die Hitze verlässt meine Wangen. »Also eigentlich sind hier alle Bagels gut. Und die anderen Sachen auch. Die Omeletts sind zum Beispiel echt lecker. Und die Muffins. Und …«

Ich werde erneut rot und schließe abrupt den Mund. Gut, Holly, texte ihn direkt voll!

Er sieht mich forschend an. »Ich war überrascht, dass du ein veganes Restaurant ausgesucht hast. Isst du komplett vegan?«

Ich nicke. »Schon seit Ewigkeiten. Bei meiner Mom gab es immer vegetarisches Essen, und irgendwann haben wir beide den Cut gemacht und alle tierischen Produkte weggelassen.« Der Gedanke an Mom lässt mich wehmütig werden, und ich ärgere mich, dass ich gleich mit diesem persönlichen Thema eingestiegen bin.

»Find ich cool. Ich habe überlegt, mal ein Video darüber zu machen. Eine Dreißig-Tage-vegan-Challenge oder so«, erzählt er, und ich bin erleichtert, dass er keine blöden Witze über meine Ernährungsweise reißt. Andererseits wundert es mich fast, dass er als Minimalist selbst noch nicht ausprobiert hat, sich vegan zu ernähren.

Und schon fange ich an, aufzutauen und mich wohler zu fühlen. Wir reden über verschiedene Ernährungsweisen und Video-Ideen, die wir immer umsetzen wollten, aber dann nie dazu gekommen sind, weil uns andere Sachen doch wichtiger erschienen. Ehe ich michs versehe, serviert Ruby unser Frühstück, und ich habe fast vergessen, dass ich noch vor ein paar Minuten am liebsten abgehauen wäre.

Pascal wirkt während unseres Gesprächs genauso gelassen, wie ich das aus seinen Videos kenne. Er redet nicht zu viel und bei Weitem nicht so schnell, wie ich das manchmal tue. Im Gegenteil, er bringt so viel Ruhe in unser Gespräch, wie ich es schon ewig nicht mehr erlebt habe. Die meisten Leute in meinem Umfeld haben es immer eilig, egal, wie viel Zeit sie für einen Termin eingeräumt haben.

Er erzählt, dass er zwar in Italien geboren wurde, aber in L.A. groß geworden ist. Sein Dad hat damals einen Job in Pasadena angenommen, mit dem die fünfköpfige Familie später gut über die Runden kommen konnte.

»Wohnt deine Familie immer noch hier?«, frage ich neugierig nach.

»Ja.« Er lächelt, aber das Lächeln spiegelt sich nicht in seinen kastanienbraunen Augen wider. Im Gegenteil, mir kommt es so vor, als sähe ich plötzlich Traurigkeit in seinem Blick. Ich traue mich aber nicht nachzufragen. Dazu kennen wir uns nicht gut genug. »Was ist mit deiner Familie? Wohnen sie noch an der Ostküste?«

»Mom war noch nie ein Fan von L.A. Es wäre ihr also gar nicht in den Sinn gekommen, mit mir hierherzuziehen.«

»Ich erinnere mich. Hab dein Video angesehen, in dem du erzählst, wie du zu deinem Namen gekommen bist.«

»Hast du dich etwa auch gefragt, ob das ein schlechter Scherz ist?«

Bevor er antwortet, trinkt er einen Schluck von seinem Kaffee, der inzwischen kalt geworden sein dürfte. »Ich gebe zu, ich habe mich ein bisschen… gewundert«, gesteht er dann. »Aber dein Video hat meine Fragen beantwortet.«

Wenigstens hat er so viel Anstand, beschämt dreinzuschauen. Aber ich nehme es ihm nicht übel. Wie auch? Wenn ich jemandem mit diesem Namen begegnen würde, der noch dazu in L.A. wohnt, würde ich mich vermutlich auch fragen, ob das ein Künstlername ist.

»Wollen wir über unsere Zusammenarbeit reden?«, fragt Pascal schließlich, um das aufkommende Schweigen zu brechen. Er schlägt sein Notizbuch auf und blättert es durch, bis er eine freie Seite erreicht. Verblüfft stelle ich fest, dass er wohl jede Menge Dinge aufschreibt. Für einen Kerl schon fast außergewöhnlich. Glaube ich zumindest, denn nach Jackson hatte ich quasi keinen Kontakt mehr zu Männern. Und Jackson wäre es nie in den Sinn gekommen, ein Tagebuch zu führen.

»Was ist los?«, fragt Pascal schmunzelnd, und es ist fast, als würde sein gesamtes Gesicht durch die Grübchen und die kleinen Lachfalten mitlächeln.

Himmel! Dieses Gesicht würde ich gerne häufiger ansehen.

»Oh, ich habe mich bloß gefragt, ob das das Büchlein ist, in dem die Magie passiert«, antworte ich schnell auf seine Frage, bevor ich ihn noch länger mit offenem Mund anstarre. »Irgendwo musst du diese ganzen superschlauen Gedanken ja sammeln.«

Er lacht leise. »Ja, hier schreibe ich wirklich alles auf, was mir im Laufe des Tages so einfällt. Wenn ich es nicht tun würde, hätte ich es im Nu wieder vergessen.«

»So viel Disziplin hätte ich gerne«, entgegne ich und blättere mein eigenes heiß geliebtes Bullet Journal durch, das ich jeden Monat wieder vorbereite und dann Tag für Tag mit Stickern, To-do-Listen, Terminen, Bildern und Ideen fülle.

Pascal deutet mit einem schiefen Lächeln auf mein Notizbuch. »Deins sieht aber auch aus, als würdest du es heiß und innig lieben.«

»Eine Hassliebe«, gebe ich zu. »Die Bullet-Journal-Videos gehören zu den beliebtesten auf meinem Account, aber es ist wirklich viel Arbeit, sie jeden Monat wieder vorzubereiten. Wenn ich viel zu tun habe, stresst mich allein der Gedanke daran, das auch noch erledigen zu müssen – aber dann wiederum entspannt es mich auch total, die Seiten zu gestalten.«

»Das kann ich mir vorstellen.«

Wir trinken noch einen Kaffee und sammeln währenddessen ein paar Ideen, wie wir unsere Unterschiede auf witzige Weise herausarbeiten könnten. Pascal gibt mir kein einziges Mal das Gefühl, er würde mich für meinen DIY-Kram verurteilen – aber er hat das Ausmaß meiner maximalistischen Ader ja auch noch nicht live gesehen. Hätte ich ihn in meine Wohnung eingeladen, wären ihm vermutlich die Augen aus dem Kopf gefallen, aber so begegnet er meiner Lebensweise auf sehr respektvolle Art.

Idealerweise werden wir nicht nur ein Video für meinen Kanal machen, sondern auch eines für seinen, damit unsere Zuschauer den jeweils anderen kennenlernen können. Uns kommen Ideen wie eine Minimalismus-DIY-Bibel oder ein einfaches Minimalist-vs.-Maximalist-Video, aber nichts davon packt uns so richtig. Eine Stunde später ist uns immer noch kein zündender Einfall gekommen, und wir sitzen etwas ratlos in unseren Sesseln. Aber wenigstens ist meine anfängliche Aufregung mittlerweile komplett verschwunden. So wohl habe ich mich schon lange nicht mehr in der Nähe eines Menschen gefühlt, den ich gerade erst kennengelernt habe.

»Hey Pascal, sollen wir vielleicht ein Bild für Instagram machen?«, frage ich ihn schließlich. Wenn ich schon mal andere Leute treffe, sollte ich auf jeden Fall ein Beweisfoto für die Nachwelt davon machen. »Vielleicht fällt uns später noch was Cooles ein.«

»Klar.« Er zückt sein Handy, steht auf und stellt sich hinter mich, bevor er sich zu mir hinunterbeugt und seinen Kopf über meine Schulter streckt. Zum ersten Mal ist er mir so nahe, dass ich seinen Duft wahrnehmen kann – und Himmel, riecht er gut! So holzig, männlich … Sofort wird mir warm ums Herz.

»Bitte lächeln«, fordert er mich auf, und meine Mundwinkel zucken ganz automatisch nach oben. »Wunderbar! Das ist ein tolles Foto. Ich schicke es dir, wenn du mir deine Nummer gibst.«

Er zeigt mir unser Selfie – und er hat recht. Das Foto ist wirklich schön geworden. Durch Zufall ist unsere

Kleidung perfekt aufeinander abgestimmt, und ich halte meine Schokoladenseite in die Kamera. Wie gut, dass ich sowieso ständig Fotos von mir mache – sonst hätten wir mit Sicherheit einige Anläufe gebraucht.

Ich gebe Pascal meine Nummer und lade das Foto wenige Minuten später in meinen Feed hoch, wo es zwischen all den knalligen Farben meiner anderen Bilder merkwürdig ruhig wirkt. *@pax.pacis und ich beim Pläneschmieden – lasst euch überraschen!,* tippe ich als Bildunterschrift und scrolle schließlich einmal kurz durch die neuesten Beiträge.

»Wir könnten natürlich auch kurz live gehen und unsere Zuschauer fragen, welches Thema unser Video haben soll. Was hältst du davon?«, überlegt Pascal. »Wir machen das ja schließlich für sie, also sollten sie auch entscheiden, was sie sehen wollen, oder?«

»Das ist eine verdammt gute Idee!« Erleichtert, selbst keine Entscheidung treffen zu müssen, nicke ich, und schon bauen wir uns auf dem Cafétisch ein kleines Studio auf. Pascal rutscht mit seinem Sessel neben mich, und wir lehnen unsere Handys gegen die Kaffeetassen, sodass wir beide in beiden Kameras zu sehen sind. Nicht einmal der Mann mit der Zeitung wirft uns einen verwunderten Blick zu, anscheinend ist der Anblick filmender Menschen in L.A. schon zur Gewohnheit geworden.

Einen Augenblick später zählt die App schon die Sekunden runter, dann sind wir live.

»Hallo, ihr Lieben!«, zwitschere ich fröhlich in die Kamera, und auch Pascal begrüßt die Zuschauer. Wir stellen einander kurz vor, weil wir vermutlich ein ganz unterschiedliches Publikum bedienen, und halten dann ein bisschen Small Talk. Die Kommentare trudeln so schnell ein, dass wir Probleme haben, mit dem Lesen hinterherzukommen. Aber es sieht ganz danach aus, als würden sich unsere Zuschauer freuen, uns gemeinsam vor der Kamera zu sehen.

»Wir überlegen gerade, ob wir mal zusammenarbeiten wollen«, erklärt Pascal, als die Zuschauerzahl im vierstelligen Bereich angelangt ist. »Und da diese Idee ursprünglich von euch kam, dachten wir, es wäre nur fair, euch zu fragen, worauf ihr Bock habt. Also los, haut mal ein paar Wünsche raus.«

Unsere Zuschauer schicken so wahnsinnig viele Kommentare, dass ich Schwierigkeiten habe hinterherzukommen. Ich versuche zu scrollen, ein paar Ideen aufzuschnappen und merke bald, dass sich das Feedback unserer Zuschauer verändert. Es wird plötzlich sehr eindeutig.

Tauscht eure Leben, steht da.

Jaaa, macht einen Wohnungstausch! Ich will sehen, wie Pax mit deiner Wohnung klarkommt, Holly!

Wohnungstausch, Wohnungstausch!

»Ach herrje«, murmle ich mit einem beklemmenden Gefühl im Magen. Damit hatte ich nicht gerechnet.

»Wir sollen unsere Leben tauschen?«, fragt Pascal ungläubig, nachdem in seinen Kommentaren offenbar ähnliche Wünsche laut geworden sind. Wir sehen einander an, und ich weiß ganz genau, dass er das Gleiche denkt wie ich.

Was für eine Schnapsidee, die Zuschauer zu fragen.

Pascal

Los Angeles, Kalifornien

Holly sieht mich entsetzt an. Ich bin mir zu hundert Prozent sicher, dass sie von der Idee genauso wenig begeistert ist wie ich.

»Äh, ja«, stoße ich hervor, weil mir bewusst wird, dass wir immer noch live sind. »Danke für die coolen Vorschläge. Wir reden mal darüber und...«

Meine Worte verrauchen im Nichts. Ich bin so schockiert von dem Wunsch des Publikums, dass ich nicht mal mehr mein Video beenden kann. Wie kommen die auf so was? Leben tauschen...

»Danke fürs Zusehen!«, kommt mir Holly zu Hilfe. »Ihr werdet es merken, sobald wir uns entschieden haben. Passt auf euch auf!«

Sie beendet ihr Video und drückt danach auf mein Handy, um auch dort dem Mitschnitt ein Ende zu setzen. Dann lässt sie sich mit einem lauten Seufzen in ihren Sessel zurückfallen.

Ihr fruchtiger Duft streift mich und reißt mich aus meiner Erstarrung. Ich blicke sie an, ihre großen braunen Augen mustern mich eindringlich – und schließlich müssen wir beide lachen.

»Was für eine bescheuerte Idee«, kichert sie. Ein paar

Strähnen haben sich aus ihrem geflochtenen Zopf gelöst und umspielen ihre geröteten Wangen. »Ich frage nie wieder meine Zuschauer!«

»O ja, das war mir eine Lehre.« Ich fahre mir über die feuchte Stirn. Trotz Klimaanlage im Café ist mir heiß geworden. Kein Wunder bei so verrückten Vorschlägen.

Ich rücke meinen Sessel wieder auf die gegenüberliegende Seite des Tisches, die Kellnerin kommt vorbei, und wir bestellen noch eine Runde Kaffee – also ich nehme Kaffee, Holly nimmt wieder eines dieser süßen Trendgetränke, und ich frage mich unwillkürlich, ob es vielleicht am Zucker liegt, dass sie oft so schnell redet.

»Die waren echt begeistert von der Idee eines Wohnungstauschs.« Sie schüttelt immer noch ungläubig den Kopf. »Ich meine, ich kann's mir vorstellen. Du würdest in meiner Wohnung wahrscheinlich erst mal Beklemmungen und dann einen Ausmistanfall bekommen.«

»So schlimm wird's schon nicht sein«, entgegne ich belustigt, wobei allein ihr Notizbuch schon in einem krassen Kontrast zu meinem eigenen steht. So bunt, so laut, so Holly. Irgendwie ärgere ich mich nun, dass ich mir ihre Wohnungstour nicht mehr angesehen habe. Doch ich wollte nicht noch tiefer in ihr Leben eindringen, als ich es mit den Videos, die ich gesehen habe, ohnehin schon getan habe. »Aber ehrlich gesagt ziehe ich es vor, die Stadt spätestens in ein oder zwei Tagen wieder zu verlassen.«

Holly lächelt mich sanft an. Ich mag diesen Blick. Er gibt mir das Gefühl, dass unter all der Lautstärke und Flippigkeit eine ruhige Seele verborgen ist. Eine Verbündete in einer Welt, die sich viel zu schnell dreht. »Fehlt dir die Natur?«, fragt sie schließlich.

»Auch.« Ich erwidere ihr Lächeln und überlege kurz, ob ich ihr von meinen Sorgen wegen meiner Geschwister erzählen soll, aber dafür kennen wir uns nicht gut genug. »Was ist mit dir? Hast du nie das Gefühl, dass die Stadt dich erdrückt?«

Sie schüttelt den Kopf, kaut einen Moment auf ihrer Unterlippe herum, als würde sie es sich doch anders überlegen, dann leuchtet ihr Gesicht auf. »Überhaupt nicht! Ich liebe die Stadt. Mein Heimatdorf Maybrook ist winzig, da gibt's einen Supermarkt, zwei Ärzte, ein Café, ein Diner und eine Tankstelle. Für alles andere muss man in den nächsten Ort fahren.«

Ich schmunzle. »Ist doch charmant.«

»Das wäre es vielleicht, wenn Maybrook in den Bergen liegen würde oder am Meer. Aber da sind bloß Felder weit und breit. Und jeder kennt jeden«, ergänzt sie mit einem Augenrollen. Sie nimmt ihr Handy, scrollt durch ihre Fotos und hält es mir kurz darauf unter die Nase. »Sieh mal, da bin ich aufgewachsen.«

Sie zeigt mir ein kleines Reihenhaus mit grau gestrichener Holzfassade und weißen Fenstern. In der langen Auffahrt steht ein abgerockter Honda, näher am Haus befindet sich ein runder Gartentisch mit zwei Stühlen, daneben liegt einer von diesen Tretrollern, mit denen Micah und ich uns früher Wettrennen geliefert haben.

Man sieht, dass Hollys Familie nicht viel Geld hat. Selbst wir, die auch nicht gerade reich waren, sind in Pasadena in einem deutlich größeren Haus mit riesigem Garten aufgewachsen.

»Sieht hübsch aus«, sage ich trotzdem.

»Du musst nicht lügen.« Sie schüttelt belustigt den

Kopf und steckt das Handy wieder weg. »Ich rede seit Monaten auf Mom ein, aber sie will nicht, dass ich ihr ein moderneres Haus kaufe. Lieber wohnt sie weiter in der Bruchbude da.«

Ich bin überrascht, dass Holly ihr Vermögen nutzen möchte, um ihrer Familie einen höheren Lebensstandard zu ermöglichen. Ich glaube, die wenigsten in unserem Alter würden an so etwas denken. Vorher würden sie das Geld wohl eher für Reisen, Partys und Klamotten zum Fenster rauswerfen. »Ich schätze, für sie ist das Haus mehr als bloß ein Dach über dem Kopf. Du und deine Schwester, ihr seid dort aufgewachsen. Da hängen bestimmt viele Erinnerungen dran.«

»Da hast du vermutlich recht.« Sie verzieht die vollen Lippen zu einem Schmollmund. Mir wird warm, und es fällt mir schwer, meinen Blick von ihrem Mund zu lösen. Ob ihr bewusst ist, dass der rote Lippenstift jegliche Aufmerksamkeit auf ihre Lippen lenkt?

»Euer Kaffee«, unterbricht die Kellnerin meine Gedanken, die eindeutig in die falsche Richtung abgedriftet sind. Ich rede mir ein, es läge daran, dass ich schon lange niemanden mehr gedatet habe, aber als Holly sich nun mit einem strahlenden Lächeln bei der Kellnerin bedankt, weiß ich, dass es vielmehr an ihrer fröhlichen Art liegt. Sie ist eben einfach anziehend. So anziehend, dass sie mit großer Wahrscheinlichkeit längst einen Mann in ihrem Leben hat und ich mich zum Affen mache, wenn ich mit ihr flirte und sie mich eiskalt abblitzen lässt.

Mal ganz abgesehen davon, dass das hier ein berufliches Meeting ist und ich sowieso nicht in L.A. bleiben möchte.

»Pascal?«

»Hm?« Ich blinzle sie an.

Sie muss lachen. »Du warst gerade ganz schön weit weg, oder?«

Ich grinse. »Ich habe den Moment genutzt, um ein bisschen zu träumen.« Wovon, verrate ich ihr allerdings nicht.

Wir trinken unseren Kaffee und plaudern noch eine Weile miteinander über alle möglichen Themen. Das Einzige, worüber wir nicht mehr sprechen, ist unsere Zusammenarbeit. Irgendwie hat der Livestream uns komplett aus unseren Überlegungen rausgerissen, und statt uns Gedanken zu machen, wie wir den Wunsch unserer Zuschauer erfüllen können, ohne dass einer von uns darunter leiden muss, ignorieren wir ihn lieber komplett. Offenbar ist Holly genauso ein Naturtalent im Verdrängen wie ich.

Irgendwann wirft sie allerdings einen Blick auf die Uhr. »Oh, verdammt«, stößt sie hervor. »Ich muss los. Orlando wartet schon seit einer Stunde auf sein Mittagessen.«

Orlando?

Sie kramt in ihrer Handtasche nach ihrer Geldbörse und wirft einen Schein auf den Tisch. »Das sollte reichen«, sagt sie und steht auf.

Schnell rapple auch ich mich auf, verwirrt über ihre plötzliche Eile. Wer ist Orlando? Und wieso ist sie für sein Mittagessen zuständig? Ist das ihr Freund? Erwartet er etwa von ihr, dass sie für ihn kocht?

»Tut mir leid, Pascal. Ich wünschte, wir könnten noch länger reden«, setzt sie mit Bedauern an.

»Mach dir keinen Stress«, beeile ich mich zu sagen. Mir schießt ihr Foto mit Perry James durch den Kopf, aber sie jetzt danach zu fragen, käme mir falsch vor. Dafür kennen wir uns nicht gut genug. »Es war cool, dich zu treffen.«

»Ich fand es auch sehr schön.« Sie lächelt, hält kurz inne und beugt sich dann vor, um mich zum Abschied zu umarmen. »Echt blöd, dass wir keine gute Idee hatten.«

»Ich bleibe noch ein bisschen in L.A.! Wir können uns gerne noch mal verabreden«, schlage ich schnell vor, bevor sich die Möglichkeit einer Zusammenarbeit − und damit auch die Chance auf einen Kontakt zu Perry James − in Luft auflösen kann.

Holly zögert kurz, aber dann antwortet sie: »Wenn du Lust hast, komm doch heute Abend zum Essen vorbei. Ich koche uns etwas. Dann können wir noch mal drüber reden.«

»Einem guten Abendessen konnte ich noch nie widerstehen«, erwidere ich erfreut.

»Ich schicke dir die Adresse.« Und damit ist sie weg. Ich blicke ihrem dunklen Schopf hinterher, bis sie nicht mehr zu sehen ist, und setze mich wieder. Mir schwirren so viele Dinge durch den Kopf, dass es mir schwerfällt, einen klaren Gedanken zu fassen. Erst Minuten später frage ich mich, ob Orlando nicht ein Problem damit haben könnte, dass ich zum Abendessen vorbeikomme.

★

Das Treffen mit Holly geht mir erst aus dem Kopf, als ich meinen Van in einer Nebenstraße des Mountain View Cemetery parke und mich damit zwinge, an meine Mom zu denken. Ich stelle den Motor aus, ziehe den Schlüssel aus der Zündung und bleibe sitzen.

Ich war nicht mehr hier, seit wir sie vor zwei Jahren zu Grabe getragen haben. Damals war mein Leben ein ganz anderes. Ich war gerade mit meinem Studium fertig und hatte einen Job gefunden, bei dem ich jede Menge hätte lernen können. Dann veränderte sich alles.

Mein Hals schnürt sich zu, als ich an den Moment zurückdenke, in dem Mom und Dad uns zusammenriefen. Allegra, Micah und mich. Es gab die beste Lasagne der Welt und die schlimmsten Nachrichten, die man je übermittelt bekommen konnte.

Ein paar Wochen später war das Leben, so wie wir es kannten, vorbei.

Ich fahre mir durch die Haare und blicke aus dem Fenster. Der Friedhof ist zwar ein ganzes Stück von unserem Wohnhaus entfernt, aber ich kenne mich in der Gegend trotzdem ganz gut aus, weil ich in meiner Jugend viel Zeit hier verbracht habe. Die Straßen sind breit und von Palmen gesäumt. Im Hintergrund sieht man den Mount San Antonio, der sich majestätisch vor dem blauen Himmel abzeichnet.

Alles hier erinnert mich an glückliche Zeiten, und das gibt mir den Rest. Ich kann kaum atmen, so heftig überrollen mich die Erinnerungen. Wanderungen mit Dad und Micah, hinauf bis zu den Gipfeln des Gebirges, Ausflüge in die umliegenden Nationalparks, bei denen Mom regelmäßig ausgeflippt ist, weil sie solche Angst vor Insekten hatte.

Wenn ich doch bloß die Zeit zurückdrehen, all das Leid ungeschehen machen, wenn ich meine Mom doch nur wiedersehen könnte … Ich würde so gerne mit ihr über all das sprechen, was in den letzten anderthalb Jahren bei mir geschehen ist. Über den Youtube-Kanal, den Podcast und meine Erfolge, über das Van-Life und all die Einsichten, die ich auf meinen Reisen hatte, verdammt, ich würde ihr jetzt auch gerne von meinem Frühstück mit Holly erzählen.

Sie hätte sich kaputtgelacht, wenn ich ihr von dem Live-Video berichtet hätte.

Seufzend öffne ich schließlich die Tür und steige aus dem Wagen, bevor ich es mir doch noch anders überlege. Ich mache es nicht für mich, ich mache es für sie. Wenn sie irgendwo da oben sitzt und auf mich runterschaut, würde sie mich verfluchen, sollte ich einfach wieder fahren, ohne ihr Hallo gesagt zu haben.

Obwohl ich schon so lange nicht mehr hier war, tragen mich meine Füße ganz automatisch zu ihrem Grab. Es ist, als hätte sich dieser Weg durch die Tränen, die ich an jenem Tag geweint habe, für immer eingeprägt.

An ihrem Grabstein liegen frische Blumen, rosa Dahlien, wie sie früher immer auf dem großen Esstisch standen. Ob Dad sie ihr gebracht hat?

Ich blicke mich um, bevor ich mich zu dem Stein mit der Inschrift *Lucinda Moretti* niederknie. »Hey, Mom, ich bin's, Pascal«, flüstere ich. »Tut mir leid, dass ich erst jetzt vorbeikomme.«

Sie antwortet nicht.

Natürlich nicht.

»Ich hoffe, es geht dir gut da oben.«

Ich komme mir blöd dabei vor, mit einem kalten Stein zu sprechen, also schweige ich einfach eine Weile und denke an sie.

»Pascal?«

Ich erstarre, als ich die vertraute Stimme hinter mir höre. Keine Ahnung, was ich gedacht habe. Ob ich wirklich davon ausgegangen bin, dass ich Moms Grab aufsuchen kann, ohne auf jemanden aus meiner Familie zu treffen. Dazu hätte ich wahrscheinlich nachts über die Steinmauer klettern müssen.

Mit klopfendem Herzen drehe ich mich um – und da steht er.

Micah.

Seine Haare sind kürzer, als ich sie in Erinnerung habe, und er hat sich einen kurzen, akkurat gestutzten Vollbart stehen lassen. Er blickt mich fassungslos an.

»Hi.« Ich hebe eine Hand und lasse sie sofort wieder sinken, weil es sich komisch anfühlt, ihm bloß zu winken. Ich sollte ihn in den Arm nehmen, wie es sich für Brüder gehört.

»Was zum Teufel machst du hier?«, fährt er mich an, und meine Gedanken an eine brüderliche Begrüßung sind sofort wie weggefegt. »Du hättest ja mal Bescheid sagen können, dass du in der Stadt bist. Weiß Dad davon? Oder Lela?«

»War eine ziemlich spontane Entscheidung.« Ich schiebe die Hände in die Hosentaschen und sehe mich um. Wir sind allein, es gibt also keine Ausrede, keinen Vorwand, um unser Gespräch auf einen anderen Ort und eine andere Zeit zu verlegen. »Ich bin erst gestern Abend angekommen.«

»Und da hast du nicht eine Sekunde dran gedacht, mir wenigstens eine Nachricht zu schreiben?« Micah bebt vor Wut. Alles an ihm ist angespannt, sein rotes T-Shirt mit der Aufschrift *Los Angeles Firefighter* scheint plötzlich zu klein für seinen muskulösen Körper zu sein.

Er haut dir gleich eine rein, denke ich noch, doch da ist

es schon zu spät. Seine Faust fliegt auf mein Gesicht zu, und im nächsten Moment explodieren heiße Schmerzen hinter meiner Stirn.

Holly

Los Angeles, Kalifornien

»Tut mir leid, dass ich so spät dran bin, Kumpel.«
Ich beuge mich zu Orlando hinunter, der mit lautem Protest um meine Beine streicht. »Du hast bestimmt schon einen Riesenhunger. Na komm. Es gibt Lachs.«

Ich kraule sein Köpfchen, bevor wir zusammen in die Küche gehen. Meine Handtasche landet auf der Arbeitsplatte, mein Handy und die Kopfhörer, über die ich auf dem Rückweg Musik gehört habe, gleich daneben. Orlando springt hoch und schubbert sich an meiner Hand, während ich sein Futter in ein Schälchen fülle.

»Ich habe heute einen sehr netten Mann kennengelernt«, berichte ich ihm. »Ich glaube, du wirst ihn mögen.«

Orlando wirkt nicht sonderlich interessiert an dem, was ich ihm über Pascal erzähle, aber das macht nichts. Ich erzähle es ihm trotzdem, einfach weil er keine Kommentare dazu abgeben und mich somit auch nicht verunsichern kann.

Nachdem ich ihm sein Futter gegeben habe, setze ich mich auf die Couch und überlege, welches Gericht ich heute Abend für Pascal und mich kochen könnte. Ich frage mich, ob es zu aufdringlich war, ihn gleich zum Abendessen einzuladen. Vielleicht hatte er andere Pläne, immerhin ist er hier aufgewachsen. Er hat sicher Freunde und Familie, die er besuchen möchte… Doch wenn er keine Lust gehabt hätte, hätte er das bestimmt gesagt, oder?

Und wenn er nur aus Höflichkeit zugesagt hat? Ich spüre, wie meine Wangen heiß werden, und fahre mir nervös durch die Haare. Hoffentlich denkt er nicht, ich wäre verrückt oder so.

Hoffentlich mag er mich.

Denn ich mag ihn. Er ist nett, höflich, charmant… Er hat dieses tolle Lächeln, lässt mich nicht merken, wenn ich mich komisch benehme, und gibt mir ein gutes Gefühl. Zum ersten Mal, seit ich in L.A. wohne, habe ich jemanden kennengelernt, mit dem ich mir eine Freundschaft vorstellen könnte. Der Haken ist bloß, dass er in ein paar Tagen die Stadt wieder verlässt und sich all das dann sowieso erledigt hat. Mal ganz abgesehen davon, dass ich ihn gar nicht gut genug kenne, um ihm wirklich zu vertrauen.

Und selbst wenn ich ihn gut kennen würde… Leslie und Jackson kannte ich in- und auswendig. Das dachte ich zumindest, aber meine Menschenkenntnis ist wohl eher für den Allerwertesten.

Um mir nicht noch weiter den Kopf über Dinge zu zerbrechen, die nicht geschehen werden, beschäftige ich mich weiter mit der Menüauswahl. Ich entscheide mich schließlich für Burger mit selbst gemachten Gemüse-Patties und Kartoffelspalten als Hauptspeise und Eis mit Erdbeeren zum Nachtisch. Damit werde ich hoffentlich nichts verkehrt machen.

Ich sitze gerade an der Einkaufsliste, als mein Handy klingelt. Es ist Maevis.

»Ich warte schon den ganzen Tag auf deinen Anruf«,

begrüßt sie mich gespielt vorwurfsvoll. »Wie war's mit Pax? Wie ist er so? Ich sterbe hier vor Neugier! Erzähl mir alles!«

Ich muss lachen, weil sie so neugierig ist, und berichte ihr von unserem Frühstücksmeeting. Als ich bei unserer grauenvollen Idee mit dem Live-Video angelangt bin, ist Maevis Feuer und Flamme.

»Holly, ich habe euch für vielleicht fünf Minuten zusehen können, aber ihr... ihr wart grandios zusammen! Die Leute werden euch so was von shippen. Ein Rollentausch wäre die Idee des Jahres!«, jauchzt sie. »Das müsst ihr machen!«

Verdattert lasse ich beinahe mein Handy fallen. »Was?«

»Überleg doch mal, was euch das für eine Reichweite bringen könnte. Pax könnte noch mal ein ganz anderes Publikum auf deinen Kanal lenken, sodass ihr beide dadurch wachsen könntet. Ganz zu schweigen von den weiteren Kooperationsmöglichkeiten, die sich dadurch vielleicht ergeben.«

Maevis redet wie ein Wasserfall auf mich ein, aber ich höre gar nicht richtig hin, denn ich bin immer noch verblüfft darüber, dass sie die Idee so toll findet. Damit hätte ich im Leben nicht gerechnet. Im Gegenteil, der Videofahrplan für die nächsten drei Monate steht bereits, und davon ist noch lange nicht alles abgedreht.

»Wie stellst du dir das vor? Ich kann hier nicht einfach so weg«, unterbreche ich sie schließlich. »Was ist mit den Kooperationen? Und mit meinem Buch? Dem Online-Shop? Und Orlando?«

Maevis lacht. »Schätzchen, du wirst doch nicht ewig weg sein. Deinen Shop kannst du in die Sommerpause schicken, um die Kooperationen kümmere ich mich. Und ein Buch schreibt sich auch unterwegs.«

»Aber Orlando ...«, werfe ich schwach ein.

»Orlando ist abenteuerlustig, du könntest ihn mit in den Van nehmen. Eine Leine ist er schließlich gewohnt.«

»Aber ...«

»Das ist *die* Kooperation des Jahres«, fällt sie mir ins Wort. »Ich sehe es schon ganz groß vor mir: Vier Wochen Leben tauschen! DIY-Queen Holly wird zur Minimalistin! Minimalist Pax muss sich durchs Chaos kämpfen! Und die Live-Videos – Gott, Holly, das wird so genial!«

Ich öffne empört den Mund und weiß gar nicht, worauf ich zuerst reagieren soll. »Hier herrscht kein Chaos«, wehre ich mich vehement. »Meine Wohnung ist wohl durchdacht und gut sortiert.«

Maevis schweigt bedeutungsvoll, und ich muss einsehen, dass sie recht hat. Ich habe seit meinem Umzug hierher, bei dem ich alles fein säuberlich einsortiert habe, eine ganze Menge Kram angehäuft, der noch keinen festen Platz gefunden hat. Ein Ausmistmarathon wäre wohl längst überfällig, aber das ist meine Aufgabe – nichts, was Pascal für mich übernehmen könnte.

»Ich bin nicht chaotisch«, betone ich noch einmal und rümpfe die Nase. »Und außerdem: *vier* Wochen? Bist du verrückt?«

»Na, für ein paar Tage braucht ihr den Aufwand nicht zu betreiben«, entgegnet sie, und ich fürchte, damit hat sie recht. Sollten wir tatsächlich einen Wohnungstausch in Erwägung ziehen, müssen wir das für ein paar Wochen planen. Ansonsten haben wir gar nicht genug Zeit, um uns mit dem Lebensstil des anderen wirklich auseinanderzusetzen. »Bedeutet dein Schweigen, dass du darüber nachdenkst?«

Ich seufze. »Pascal hält die Idee auch für bescheuert. Du müsstest also nicht nur mich, sondern auch ihn überzeugen.«

»Hat er denn kein Management?«

»Keine Ahnung, Maevis. Wir haben uns gerade erst kennengelernt. Er hat mir auch noch nicht verraten, ob er einen Zweitnamen oder Tätowierungen an versteckten Körperstellen hat. Aber vielleicht finde ich das ja heraus, wenn er später zum Abendessen kommt«, witzle ich.

»Du hast ihn zum Abendessen eingeladen?«, fragt Maevis überrascht. »In deine Wohnung?«

Oh, verdammt. »Äh, ja … vielleicht. Ich meine, wir hatten noch so viel zu besprechen und …«

»Du magst ihn, oder?«, unterbricht sie mich.

Überrumpelt stehe ich auf und durchquere den Raum. Ja, er ist nett. Er ist ruhig und tiefgründig und sieht noch dazu gar nicht übel aus. Wenn ich auf der Suche nach einem Mann in meinem Leben wäre, würde ich mich bestimmt für ihn interessieren. Aber das bin ich nicht.

Ich bin nicht einsam.

Mir geht es gut.

Alles ist gut, so wie es ist.

»Lass ihn nicht einfach weiterziehen, wenn du ihn magst, Holly«, spricht Maevis weiter, ohne meine Antwort abzuwarten. »Ich weiß, dass Leslie dir wehgetan hat, aber nicht alle Menschen sind so. Und das wird er dir vielleicht beweisen, wenn du ihm die Gelegenheit gibst.«

Ich kann das Lächeln in ihrer Stimme förmlich hören und verstehe gar nicht, wie sie nicht argwöhnisch sein kann. Maevis gehört zu diesen Menschen, die so viel Gutes in ihrem Leben tun, so viel geben, dass man sie in einem anderen Jahrhundert vielleicht mit einer Heiligen gleichgesetzt hätte. Heute nennen die Leute sie Engel oder Schatz, wann immer sie ihnen einen Gefallen tut... doch fordert sie jemals etwas ein, lassen die Leute sie fallen wie eine heiße Kartoffel.

Und trotzdem würde sie niemals aufhören, ihr Herz in alles zu stecken, was sie tut. Sie ist zu gut für diese Welt.

»Vier Wochen sind wirklich keine lange Zeit, Süße.«

Ich seufze, fahre mir durchs Haar und blicke Orlando an, der sehnsüchtig aus dem Fenster hinaus auf die Straße starrt. Als wüsste er genau, dass da draußen ein Abenteuer auf uns wartet.

Ich gebe mich geschlagen. »Also ein bisschen kürzer wäre mir schon lieber...«

★

»Hey, Holly«, begrüßt mich Asher mit seinem typischen breiten Lächeln, bevor er anfängt, meine Einkäufe einzuscannen. Piep, piep, piep. Mit jedem Piepen steigt meine Nervosität. Ob Gemüse-Burger wirklich eine gute Idee für dieses Abendessen sind? Vielleicht hätte ich lieber etwas frei von Ersatzprodukten wählen sollen, nicht dass er noch allergisch auf Bohnen ist oder so. »Du siehst besorgt aus. Ist alles in Ordnung?«

»Klar«, sage ich schnell und fange an, meine Einkäufe in den mitgebrachten Baumwollbeuteln zu verstauen. »Alles bestens. Ich habe mich nur gerade gefragt, ob ich alles habe.«

»Sieht ganz danach aus.« Asher schmunzelt und hält mir die Packung Burgerbrötchen hin, dann greift er nach der Pistazieneiscreme. »Scheint ein guter Abend zu werden.«

»Ich hoffe es.« Gott, man hört mir sogar an, wie aufgeregt ich bin. Und das alles nur, weil Pascal zum Essen kommt. Vielleicht hätten wir lieber in ein Restaurant gehen sollen, irgendwohin, wo ich die Flucht ergreifen kann, wenn ich mich wie ein sozialer Sonderling benehme.

Asher blinzelt mich erwartungsvoll an. Offenbar hätte er gerne mehr Informationen über mein Abendprogramm.

»Ich habe später ein Meeting mit einem Geschäftspartner, den ich kaum kenne«, erzähle ich ihm. »Ich weiß gar nicht, ob er vegane Sachen mag, weißt du? Was, wenn ich mit Burgern total falschliege? Oder er kein Pistazieneis mag? Vielleicht sollte ich noch eine Alternative vorbereiten, was meinst du?«

Er lacht und reibt sich mit dem Handrücken über die Stirn. »Mit Burgern dürftest du ziemlich richtigliegen. Was das Pistazieneis angeht …« Er hebt die Schultern. »Mag nicht jeder.«

»Nicht?« Ich gaukle Entsetzen vor und stelle fest, dass er längst fertig ist mit dem Einscannen.

»Mach dir keinen Kopf. Ich glaube kaum, dass es deinem Freund ums Pistazieneis geht.« Er deutet auf das kleine Display, das den Betrag anzeigt. Erst jetzt wird mir bewusst, dass das vermutlich der Grund für seinen erwartungsvollen Blick war. Er wollte gar nicht wissen, worüber ich mir den Kopf so zerbreche. Er will einfach nur sein Geld.

Peinlich. Mit roten Wangen krame ich in meiner Handtasche nach meinem Portemonnaie, um zu bezahlen. »Danke, Asher. Auch für den guten Rat.«

Ob ihm eigentlich klar ist, dass er einer der wenigen Menschen ist, mit denen ich regelmäßig rede?

»Genieß den Abend, Holly«, erwidert er lachend, bevor er sich dem nächsten Kunden zuwendet. Ich stopfe meine Geldbörse zu den Einkäufen und verlasse das Geschäft, um nach Hause zu eilen.

In drei Stunden kommt Pascal, und ich habe noch einen Haufen Arbeit vor mir, zumindest wenn ich alles schaffen will, was ich mir vorgenommen habe. Manches davon ist vielleicht übertrieben. Er mag zwar ein Minimalist sein, aber deshalb muss ich doch jetzt nicht die Hälfte meines Krams aus dem Wohnzimmer im Schlafzimmer oder meinem Lagerraum verstecken, oder?

Nein, denke ich entschlossen. Ich werde mich nicht verstellen.

Wenn er mich für meinen Lebensstil verurteilen möchte, soll er nur. Ist ja nicht so, als wäre mir seine Meinung wichtig. Innerlich lache ich auf, weil ich ganz genau weiß, dass das nicht stimmt. Ich mache mir viel zu viel daraus, was andere Menschen über mich denken – das abzustellen habe ich auch nach all den Jahren voller Hasskommentare noch nicht geschafft. Ich weiß nicht, wie ich damit umgehen würde, wenn er mir seine Geringschätzung auf dem Silbertablett präsentiert. Könnte ich überhaupt damit umgehen? Es fällt mir ja schon schwer genug, mich nicht von negativen Kommentaren runterziehen zu lassen.

Seufzend schließe ich die Wohnungstür auf und betrete meine vier Wände. Orlando streicht mir um die Beine, ich begrüße ihn ausgiebig, bevor ich die Einkäufe wegräume und mich dem Wohnzimmer widme. Ein paar Sachen verstecke ich tatsächlich im Schlafzimmerschrank: den hohen Turm aus DIY-Zeitschriften zum Beispiel, aus denen ich mir häufiger Inspiration für meine Videos hole, und die riesige Sammlung antik aussehender Bilderrahmen, die ich für ein neues Video gekauft habe.

Ich überlege, mein Kamera-Set-up abzubauen, damit wir den großen Esstisch nutzen können, doch der Balkon scheint mir die gemütlichere Wahl für den Abend zu sein. Also wische ich dort über den niedrigen Tisch und lege Polster und Kissen auf die selbst gebauten Palettenmöbel. Die Pflanzen in den Kästen am Geländer haben Wasser bitter nötig. Zwei Jahre wohne ich nun schon hier, und doch habe ich mich immer noch nicht daran gewöhnt, sie oft genug zu gießen. Ich schalte die Lichterketten und Lampions ein, die den Balkon später am Abend in ein behagliches Licht tauchen werden, und suche in meinem Büro nach der tragbaren Box, um Musik abspielen zu können.

Als ich fertig bin, begutachte ich zufrieden mein Werk. Selbst ein Minimalist muss sich doch auf diesem Balkon wohlfühlen. Oder?

Pascal

Los Angeles, Kalifornien

»Hier.« Micah hält mir ein Coolpack hin. Seine Stimme klingt versöhnlich, sein Gesichtsausdruck lässt jedoch kaum erahnen, was gerade in seinem Kopf vorgeht. Ein Penny für deine Gedanken, denke ich und muss beinahe lächeln. Wie in alten Zeiten. Ich konnte Micah noch nie lesen, sondern musste immer darauf warten, dass er sich mir anvertraute.

»Danke.« Ich nehme das Coolpack entgegen und drücke es an meine schmerzende Braue. Zuschlagen hat er offenbar in seiner Ausbildung zum Feuerwehrmann gelernt, früher war sein Muskelspiel nur Show.

Micah lehnt sich gegen die Küchentheke, verschränkt die Arme vor der Brust und mustert mich mit düsterem Blick. Ich lasse ihm seine Zeit und sehe mich stattdessen im Apartment um. »Nett hier.«

Er muss erst hergezogen sein, nachdem er die Zusage für seine feste Stelle bekommen hat, vorher hätte er es sich nicht leisten können, bei Dad auszuziehen. Aber selbst das eine Jahr, in dem er nun arbeitet, hat nicht gereicht, um aus der Wohnung mehr als einen Schlafplatz zu machen.

Am Kühlschrank hängt ein Foto von ihm und seinem Mitbewohner Ben, gehalten von einem Magneten des

LAFD. Der einzige Hinweis darauf, womit er sein Geld verdient. Auf dem runden Tisch steht eine Vase mit rosa Dahlien. Die gleichen wie an Moms Grab. In mir keimt der leise Verdacht auf, dass die Blumen auf dem Friedhof doch nicht von Dad waren.

»Wie lange bleibst du?« Micah reibt sich über die Stirn, bevor er den Kühlschrank öffnet und zwei Dosen Bier herausholt. Eine davon reicht er mir, die andere öffnet er direkt und trinkt einen großen Schluck. Ich stelle meine Dose auf der Theke ab, ohne sie zu öffnen, immerhin muss ich später noch fahren.

»Nicht lange. Ein paar Tage, vielleicht auch nur bis morgen.« Je nachdem, was Holly und ich aus unserer Kooperation machen. »Ich hatte eigentlich nicht mal vor, in die Stadt zu kommen.«

Er starrt mich an. »Warum bist du's dann?«

»Aus beruflichen Gründen.«

Seine Braue zuckt, so wie sie das immer tut, wenn er seine Verachtung nur mühevoll unterdrücken kann. »Aus beruflichen Gründen? Du meinst wegen deines Youtube-Kanals? Oder des Podcasts? Oder reden wir hier von einem richtigen Job?«

»Ich verdiene damit genug Geld zum Leben«, entgegne ich kühl. Allmählich kribbelt auch in meinem Magen die Wut. Vielleicht bin ich ein Dummkopf, weil ich einfach gegangen bin, aber das Leben geht für jeden von uns weiter. Allegra studiert, er arbeitet beim LAFD, selbst Dad hat mittlerweile einen neuen Job. Wieso sollte ich nicht tun, wofür mein Herz schlägt?

»Was auch immer.« Jetzt schnaubt er doch und leert seine Dose in einem Zug. Dann schleudert er sie an die gegenüberliegende Wand. Ich zucke zusammen. »Allegra kommt nur noch, um Geld abzuholen, Dad kommt ohne Mom immer noch nicht besonders gut klar, Scheiße, selbst ich renne zwischen meinen Jobs hin und her, um das alles irgendwie am Laufen zu halten, schaue ständig nach Dad und Allegra... Und du hast nichts Besseres zu tun, als durch die verdammte Weltgeschichte zu bummeln.«

Seine Worte versetzen mir einen Stich. »Das ist nicht fair. Ich überweise euch jeden Monat einen großen Teil meiner Einnahmen. Wenn das nicht genug ist, musst du es mir sagen. Dann schicke ich euch mehr. Ich kann Aufträge...«

»Darum geht's doch überhaupt nicht«, unterbricht er mich barsch. »Denkst du echt, du kannst dich von der Verantwortung freikaufen?«

Ich klappe den Mund zu, ungläubig, dass er mir so etwas vorwirft. Nach allem, was ich für unsere Familie getan habe. Nach all den Tagen, die ich damit zugebracht habe, ihn mit Filmen und Ausflügen von der Krankheit unserer Mutter abzulenken. Nach all der Zeit, die ich aufgewendet habe, um Allegra bei den Prüfungen fürs College zu helfen.

Hätte ich mich nicht von ihnen gelöst, wäre ich gnadenlos untergegangen in all der Verantwortung.

»Ich bin dreiundzwanzig«, antworte ich schroff. Die Bitterkeit liegt mir auf der Zunge, und sie lässt sich nicht herunterschlucken. »Hast du ernsthaft von mir erwartet, ich würde Moms Platz einnehmen?«

»Ich habe von dir erwartet, dass du der Bruder bist, der du mal warst.« Micahs Stimme bricht weg, und ich sehe, dass er mit den Tränen kämpft. Doch er unterdrückt sie tapfer. So war er schon immer. »Allegra braucht dich. Dad braucht dich. Fuck. *Ich* brauche dich.«

Mein Kiefer verkrampft sich. Er hat recht. Ich bin nicht mehr der Bruder, der ich mal gewesen bin. An einem Tag war ich da, am nächsten weg. Alle Brücken abgebrochen, nur das Geld überweise ich ihnen regelmäßig.

Alles andere tut zu sehr weh.

»Es tut mir leid«, spreche ich die Worte aus, die er von mir hören will. Ob ich sie auch so meine, weiß ich nicht. Tut es mir wirklich leid, dass ich zum ersten Mal auf mein Herz gehört habe? Dass ich mich zum ersten Mal an erste Stelle gestellt habe? »Hör mal, Micah, ich wollte nie, dass es euch durch meinen Weggang schlecht geht. Ich brauchte … «

Scheiße. Kloß im Hals. War klar, dass mir das passieren würde. Im Gegensatz zu Micah habe ich allerdings kein besonderes Talent dafür, meine Gefühle zu verbergen. Ich presse eine Faust vor den Mund und schließe für einen Moment die Augen, kämpfe gegen die Erinnerungen an, die sich ihren salzigen Weg an die Oberfläche bahnen wollen.

»Ich brauchte Abstand«, sage ich schließlich und blinzle die Tränen weg. Micah sieht sie natürlich trotzdem, doch er nimmt mich nicht in den Arm. Heute nicht. Heute bleibt er auf Distanz und mustert mich mit diesem abfälligen Blick, der mir nur noch mehr das Gefühl gibt, ein beschissener Bruder zu sein.

Ich seufze. Es wird nicht leicht werden, mich mit ihm zu versöhnen, und es wird lange dauern. Vielleicht so lange, dass ich irgendwann unterwegs aufgebe. »Was kann ich tun, um das wiedergutzumachen?«

Früher hätte er mich überredet, ihm ein neues Spiel für unsere gemeinsame Konsole zu besorgen. Vielleicht hätte er sich auch mit einer extragroßen Portion Eis von *Tiffy's* zufriedengegeben – je nachdem, wie groß mein Vergehen gewesen wäre.

Aber heute ist er erwachsen. Da werde ich mir wohl mehr Mühe geben müssen.

»Bleib hier. In L.A.«, fordert er mich auf, als hätte er sich schon wochenlang den Kopf darüber zerbrochen, was er sagen würde, sollte ich ihm diese Frage jemals stellen. Seine Augen flackern herausfordernd auf. »Kümmere dich mit mir um Allegra und Dad – und wenn das Chaos beseitigt ist, kannst du fahren, wohin du willst, und meinetwegen nie wiederkommen.«

Ich hasse es, dass er so wütend ist und sich all diese Wut gegen mich richtet. Dass er mich nicht versteht. Denn diese Entscheidung war nie eine gegen meine Geschwister – es war eine Entscheidung zwischen Untergehen oder Weiterleben.

Und ich habe mich fürs Weiterleben entschieden.

★

Micah schiebt das Handy zurück in die Hosentasche, das uns eben aus dem Gespräch gerissen hat. »Sorry, das war meine Kollegin.« Er verdreht die Augen. »Wollte sichergehen, dass ich ihre Petition unterschrieben habe. Ohne Witz, diese Frau macht mich wahnsinnig. Sie kann so hartnäckig sein, wenn sie etwas will.«

Ich unterdrücke ein Lächeln, weil der Micah durchschimmert, der er ohne seine schlechte Laune ist. Ich denke an die zahlreichen Nachrichten, die er mir geschickt hat, damit ich meinen Hintern endlich nach L.A. bewege. »Kommt mir bekannt vor.«

Micah schnaubt. »Glaub mir, gegen Quinn bin ich noch harmlos. Sie ist manchmal einfach… ein bisschen speziell.«

»Hört sich nett an.«

»Ja…« Ein Lächeln schleicht sich auf seine Lippen. »Meistens ist sie das, deswegen unterschreibe ich auch fast alles, was sie mir unter die Nase hält… Sag mal, hast du auch so einen Hunger?«

»Bin später noch zum Essen eingeladen«, erwidere ich schulterzuckend. »Tut mir leid. Ich leiste dir aber gern Gesellschaft.«

Seine Braue zuckt erneut gefährlich nach oben. Schätze, ich muss besser auf meine Wortwahl achten. Ein falscher Satz und er verpasst mir wieder eine.

»Sicher«, murmelt er dann und greift nach seinen Schlüsseln, die auf der Küchentheke liegen. »Lass uns zu *Pizza Hut* gehen. Ich verhungere.«

Wir verlassen seine klimatisierte Wohnung und laufen durch die Straßen Pasadenas. Ich habe vergessen, wie staubig die Hitze hier sein kann. Wie schnell einem das T-Shirt am Körper klebt. Bevor ich später zu Holly fahre, muss ich definitiv duschen und etwas anderes anziehen.

»Du hast also ein Date?«, fragt Micah geradeheraus. Hätte er nicht einfach übers Wetter reden können?

»Ein Meeting«, verbessere ich ihn. »Sie heißt Holly und ist auch Youtuberin. Ihr Kanal nennt sich *Holly Wood's DIY*. Kennst du vielleicht.«

Er lacht trocken auf. »Bescheuerter Name. Aber in dieser Welt ist ja sowieso alles Fake.«

Ich schüttle den Kopf und erzähle ihm Hollys Geschichte, die ich aus ihrem Video kenne. Irgendwie habe ich das Bedürfnis, ihren Namen zu verteidigen.

»Jedenfalls ist das, was sie bei Youtube macht, so ziemlich das Gegenteil von dem, was ich mache«, spreche ich weiter, während wir das Restaurant betreten. Der Geruch nach frisch gebackenem Teig lässt mir das Wasser im Mund zusammenlaufen, aber da ich Holly nicht mit Appetitlosigkeit enttäuschen möchte, beschließe ich, standhaft zu bleiben. Pizza kann ich auch morgen noch essen. »Ihr Management hat mich kontaktiert, und wir haben uns heute Morgen schon getroffen, um über eine Kooperation zu sprechen. Wir haben aber noch nichts festgemacht.«

Micah pfeift leise durch die Zähne. »Management… Hört sich wichtig an. Hast du so was auch?«

Wir finden einen freien Tisch und setzen uns.

»Noch nicht. Aber vielleicht wär's nicht schlecht. Allmählich wachsen mir die Mails über den Kopf.«

»Also kann man damit wohl echt ganz gut verdienen.« Er verzieht das Gesicht, eine Mischung aus Zweifel und Anerkennung, und greift nach der Speisekarte.

Ich nehme mir eine Serviette aus dem Halter und beginne, sie ordentlich zu falten. Gewohnheitssache. »Ich habe mehrere Einkommensströme«, erkläre ich ihm. »Das meiste läuft über Sponsoren in meinen Videos, im Podcast oder auf Instagram. Außerdem können Unternehmen Werbeanzeigen bei Youtube schalten, die dann vor meinem Video eingeblendet werden. Dafür bekomme ich auch Geld, wenn ich das zulasse. Und ich nehme gelegentlich Aufträge von Kollegen an, wenn ich weiß, dass eine größere Investition bevorsteht.«

»Hm.« Micah nickt und steckt die Speisekarte zurück in ihren Halter. Ich könnte wetten, dass er sich sowieso wieder für die *Barbecue Lover's* entscheidet, die er schon früher am liebsten genommen hat. So kenne ich meinen Bruder: Karte studieren, hin und her überlegen, den Klassiker wählen. Doch er überrascht mich, als die Bedienung – Tracy, wie das Namensschild an ihrer Schürze verrät – kommt, um unsere Bestellung aufzunehmen.

»*Veggie Deluxe?*«, hake ich ungläubig nach. »Okay, Hand aufs Herz: Wer bist du und was hast du mit meinem Bruder gemacht?«

Micah wirft mir einen finsteren Blick zu.

Ich hebe entschuldigend die Hände. »Zu früh für solche Witze, hm?«

»Ich esse kein Fleisch mehr«, erklärt er schließlich – und ich kann nicht anders, ich fange an zu lachen, weil ich denke, dass er mich verarschen will. Mein Bruder isst kein Fleisch mehr? Wer's glaubt ...

»Du hast Fleisch geatmet.« Ich erinnere mich nur zu gut an die halb garen Steaks beim BBQ und die Putenbrust, die in keinem Salat fehlen durfte. *Nur das Beste für die Muskeln,* hat er jeden blöden Spruch kommentiert, den er dafür kassiert hat. Und sein Körper hat ihm recht gegeben. Er war immer der Stärkere von uns, dabei haben wir beide früher oft zusammen trainiert. »Das sonntägliche BBQ war dein Highlight der Woche.«

»Zeiten ändern sich.« Er spannt seinen Bizeps an, um mir zu beweisen, dass man auch ohne Fleisch gut trainiert sein kann. »Auf der Wache isst fast niemand Fleisch, man gewöhnt sich schnell dran, wenn man mit den Leuten zusammen kocht.«

»Das ist … krass«, entgegne ich matt und bedanke mich bei Tracy, die unsere Getränke bringt. Die Eiswürfel in den Gläsern klimpern, während sie sie auf den Tisch stellt, und kündigen eine verlockende Abkühlung nach unserem Marsch durch die Hitze an. Ich trinke einen Schluck von der eiskalten Cola, bevor ich Micah frage, was ich noch verpasst habe.

»Ich glaube, es gibt keinen schonenden Weg«, druckst er herum, und die Art, wie er das sagt, lässt meinen Magen zu Stein werden. Er trinkt ebenfalls etwas, dann lehnt er sich vor. »Ich denke, Allegra hat 'nen Haufen Scheiße am Laufen.«

Mir wird augenblicklich übel. Ich hatte befürchtet, dass es in erster Linie um unsere Schwester geht. Dad kommt schon irgendwie klar, und auch Micah scheint gut zurechtzukommen, immerhin arbeitet er bei der Feuerwehr und isst kein Fleisch mehr. Jetzt muss er nur noch daran arbeiten, Leute nicht mit einem Faustschlag ins Gesicht zu begrüßen.

»Wieso denkst du das?«, frage ich vorsichtig nach.

»Sie hat sich auf den falschen Typen eingelassen.« Micah fährt sich durch die kurzen Haare. Sein Blick verdüstert sich, sein Kiefer ist angespannt. »Vor etwa zwei Wochen ist eine Cannabis-Plantage der Crips in die Luft geflogen. Ben ist in die Ermittlungen involviert und hat mir erzählt, dass sie Logan Zampiano verhört haben. Das ist der Bruder von Belinda, Allegras Mitbewohnerin«, erklärt er mit einem Seufzen. »Allegra meint, sie hätte kaum Kontakt zu Logan, aber …«

»Du glaubst ihr nicht?«

»Sie ist wie ausgewechselt. Seit Mom tot ist, kommt sie

eigentlich nur noch vorbei, wenn sie Geld braucht. Ich habe das Gefühl, ich kenne sie gar nicht mehr.« Er presst die Lippen aufeinander. »Ich mache mir Sorgen um sie. Ich habe bei ihrer Therapeutin angerufen, aber die hat nicht mal unseren Nachnamen erkannt. Erst als ich ein bisschen mehr ins Detail gegangen bin, wusste sie, von wem ich rede. Anscheinend ist Allegra schon eine ganze Weile nicht mehr da gewesen. Ich will unserer Schwester echt nichts Böses unterstellen, aber ... wieso redet sie nicht mit uns? Und was macht sie mit dem Geld, das sie sich für die Therapiesitzungen bei mir abholt?«

»Micah, sie wird schon wissen, was richtig ist und was nicht, sie ist doch nicht blöd«, versuche ich ihn zu beruhigen, aber was er da erzählt, hört sich überhaupt nicht gut an. »Ich rede mit ihr, okay?«, biete ich ihm an. »Ich denke, ich kann zumindest ein paar Tage bleiben. Da wird sich sicher eine Gelegenheit ergeben.«

»Und Dad?«, fragt Micah vorsichtig.

Ich seufze.

»Er braucht dich auch. Du hast es versprochen.«

»Habe ich nicht«, erwidere ich entrüstet, aber ich sehe das Aufflackern der Hoffnung in seinen Augen. Verdammt! So kann ich ihn unmöglich wieder allein lassen.

»Okay, ich spreche auch mit Dad«, gebe ich mich also geschlagen, auch wenn ich keine Ahnung habe, worauf ich mich da einlasse. »Aber wenn ich das mache, will ich nie wieder Vorwürfe hören.«

Micah hebt eine Braue und trinkt etwas. »Das sehen wir dann.«

Holly

Los Angeles, Kalifornien

Ich habe gerade die Kartoffelspalten in den Backofen geschoben, da klingelt es an der Haustür. Mein Herz macht einen Satz, schnell blicke ich auf die Uhr. Auf die Minute pünktlich. Himmel!

An der Tür werfe ich noch einen kurzen Blick in den Spiegel, um zu überprüfen, ob meine Haare auch einigermaßen liegen und mir nicht auf magische Weise eine längere Nase gewachsen ist. Man weiß ja nie so genau. Dann atme ich tief durch und öffne die Tür.

Pascal hat sich umgezogen, die graue Jeans und das schwarze Shirt hat er gegen eine blaue Jeans und ein weißes Hemd getauscht, dessen obere beide Knöpfe offen stehen. Die Ärmel hat er aufgerollt, sodass seine sehnigen, gebräunten Unterarme gut zur Geltung kommen. In der einen Hand hält er ein Sixpack Bier, in der anderen eine Flasche Wein.

Aber was mich am meisten irritiert, ist der blaue Fleck an seiner Augenbraue.

»Wie siehst du denn aus?«, stoße ich hervor und schlage mir sofort eine Hand auf den Mund. Die beste Begrüßung aller Zeiten. *Super, Holly!*

Pascal verzieht das Gesicht und zuckt mit den Schultern. »Ich habe mir den Kopf gestoßen. So ein Van ist manchmal deutlich enger, als man denkt.« Irgendwie kaufe ich ihm diese Erklärung nicht ganz ab, traue mich aber auch nicht, weiter nachzuhaken, denn offensichtlich will Pascal nicht darüber sprechen.

Er lächelt mich charmant an und hebt die Hände mit den Getränken. »Ich wusste nicht, ob du lieber gutes deutsches Bier oder den besten italienischen Wein aller Zeiten magst. O nein ...« Ihm scheint ein Gedanke zu kommen. »Trinkst du überhaupt Alkohol?«

»Manchmal schon, ja. Wenn ich Lust darauf habe.« Ich lasse ihn eintreten und nehme ihm die Getränke ab, damit er sich die Schuhe ausziehen kann. Er folgt mir ins Wohnzimmer, und ich kümmere mich lieber darum, die Getränke schnell in die Küche zu bringen, statt ihn dabei zu beobachten, wie er meine Wohnung begutachtet. Noch bin ich nicht bereit für eine vernichtende Kritik.

»Und? Hast du heute Lust darauf?«

Ich zucke zusammen, weil ich seine Stimme so nah bei mir höre, und drehe mich um. Pascal lehnt im Türrahmen zur Küche, ganz entspannt, bloß der blaue Fleck in seinem Gesicht stört das hinreißende Gesamtbild. Ihn hier zu sehen, in meiner Wohnung, fühlt sich sonderbar an. Wie ein Fremdkörper in meinen vier Wänden, und doch lässt die Aufregung über den Besuch mein Herz flattern.

»Ich denke schon«, entgegne ich betont lässig und wende mich ab, um in der Besteckschublade nach einem Flaschenöffner zu suchen. »Ich wäre für Bier. Das passt besser zu den Burgern.«

»Es gibt Burger?« Seine Stimme nimmt einen überraschten Klang an, und in mir keimt der Verdacht auf, dass er auf seiner Reise wahrscheinlich schon zig Burger gegessen hat.

Ich schließe die Augen, beiße mir auf die Lippe und drehe mich verlegen zu ihm um. »Das war eine blöde Idee, oder? Unterwegs isst du wahrscheinlich häufig Burger.« Ich blinzle ihn vorsichtig an. Er mustert mich amüsiert. »Es tut mir so leid, ich hätte etwas auswählen sollen, was man nicht immer und überall bekommt. Ich ...«

»Holly!«, unterbricht er mich lachend. In seinen Augen blitzt Freude auf. »Wenn man so viel unterwegs ist wie ich, macht man es sich zur Lebensaufgabe, den besten Burger im ganzen Land zu finden. Ich liebe Burger, okay?«

»Auch wenn sie vegan sind?«, frage ich unsicher.

»Du machst dir wirklich zu viele Gedanken.« Er kommt auf mich zu, nimmt mir den Flaschenöffner aus der Hand und öffnet uns zwei Biere. »Ich mag fast alles – und vegane Burger habe ich tatsächlich noch nicht viele probiert. Du kannst mich also nur positiv überraschen.«

Als er mir eine der kühlen Flaschen reicht, berühren sich für einen Moment unsere Finger, und ich zucke kurz zusammen, weil das Kribbeln unter meiner Haut mich so unerwartet erwischt.

»Danke«, sage ich heiser und weiß nicht genau, ob ich das Bier meine oder seine beruhigenden Worte.

★

Im Hintergrund läuft eine meiner ruhigen Playlists. Pascal steht wie selbstverständlich neben mir und schneidet das Grünzeug, während ich die selbst gemachten Burger-Patties aus dem Kühlfach hole, um sie scharf anzubraten. Die

Mischung aus Kidneybohnen, Haferflocken und Gewürzen habe ich schon heute Nachmittag vorbereitet, denn gekühlte Patties fallen beim Anbraten nicht so schnell auseinander wie frisch zubereitete.

»Wenn das nur halb so gut schmeckt, wie es aussieht, musst du mir auf jeden Fall das Rezept verraten.« Pascal deutet mit seinem Kinn in Richtung des Tellers, auf dem die Patties liegen, und ehe ich michs versehe, sind wir in ein Gespräch über die besten Zutaten für Burger vertieft. Pascals Herz schlägt mehr für die ganzen Klassiker, Hamburger, Cheeseburger, Chickenburger und so was, während ich gerne mal verrücktere Kombinationen ausprobiere. Kiwischeiben statt Gewürzgurken zu einem Patty aus Champignons zum Beispiel.

»Die waren wirklich gut«, beteuere ich lachend, während ich Pascal mit zwei frischen Flaschen Bier in der einen und den Kartoffelspalten in der anderen Hand auf den Balkon folge.

»So was kann unmöglich gut sein.« Er sieht immer noch entsetzt aus, was mich nur noch mehr zum Lachen bringt. In mir steigt der Wunsch auf, ihn von diesem Gericht zu überzeugen, indem ich ihn wieder zum Essen einlade, dabei weiß ich noch nicht einmal, wie dieser Abend ausgehen wird. Bisher hätte es jedenfalls schlimmer laufen können. Er hat noch keine kritischen Anmerkungen zum Zustand meines Apartments gemacht, und ich bin noch nicht zum sprechenden Wasserfall mutiert.

Ich stelle die Musik auf die tragbare Box um und drehe sie etwas leiser, um die Nachbarn nicht zu nerven. Die Geräusche hallen in dem kleinen Innenhof oft um ein Vielfaches wider, so manch eine Party hat mich nachts schon vom Schlafen abgehalten – und egal wie verständnisvoll die Nachbarn sind, wir müssen ihnen ja nicht unnötig auf den Keks gehen.

»Du hast es echt gemütlich hier.« Pascal lässt sich auf das Palettensofa sinken und macht es sich bequem. Sein weißes Hemd bildet einen so krassen Kontrast zu den pink-orangenen Kissen im Bohemian Style, dass ich mich unwillkürlich frage, ob er das nur sagt, um nett zu sein. Jemand, dessen Look so clean aussieht, kann sicher nicht viel mit all dem bunten Firlefanz anfangen. »Ich sollte mir auch mal eine Lichterkette für den Van besorgen«, überlegt er laut und breitet seine Serviette auf der blauen Jeans aus. Überrascht öffne ich den Mund. Er denkt tatsächlich darüber nach, sich etwas von meiner Gemütlichkeit abzugucken? Ein Stück Deko zu kaufen, um es etwas schöner zu haben? Widerspricht das nicht allem, wofür er steht?

»Was siehst du mich so an?«, fragt er amüsiert.

»Mein Kopf versucht gerade, die Verbindung zwischen Minimalist und Lichterkette herzustellen«, gestehe ich und greife nach meinem Teller, um mit dem Essen zu beginnen. »Ist das nicht total widersprüchlich?«

»Na ja...« Er zuckt mit den Schultern und schnappt sich seinen Burger. »Vielleicht. Vielleicht auch nicht. Ich sehe Minimalismus als Chance, nur die Dinge in mein Leben zu lassen, die ich wirklich brauche und mit denen ich mich wirklich umgeben will.«

»Und eine Lichterkette fällt in eine dieser beiden Kategorien?« Jetzt ist es an mir zu schmunzeln. »Spürst du etwa das unbändige Verlangen nach etwas mehr romantischer Atmosphäre?«

Er verschluckt sich beinahe an seinem Burger, legt das

angebissene Stück auf seinen Teller und hustet in seine Armbeuge. Da erst geht mir auf, was ich gerade mit meinen Worten angedeutet habe. Hitze schießt mir in die Wangen, und ich blicke mich hektisch um. Verdammt, ich habe auch wirklich alles so hergerichtet, dass es nach einem Date aussieht. Unterbewusst. Lichterketten, romantische Musik, Windlichter, ein selbst gekochtes Abendessen ... und nun denkt er, ich grabe ihn an!

»O Gott, tut mir leid«, murmle ich beschämt und widerstehe nur mit Mühe dem Drang, die Kerzen auszupusten und statt der Jazzmusik etwas Rockiges aufzulegen. Was habe ich mir nur dabei gedacht? Das ist ein Business-Meeting, kein Date! »Ich wollte nicht den Eindruck erwecken, dass ... Du weißt schon. Ich bin es nur so gewohnt, also, ich habe es gerne so gemütlich, und da dachte ich ...«

Pascal fängt sich wieder, wischt sich mit der Serviette über den Mund und sieht mich ernst an. In seinen dunklen Augen tänzelt jedoch Belustigung, und zum ersten Mal an diesem Abend fürchte ich, dass er mich auslacht, weil ich tatsächlich auf die Idee gekommen bin, er und ich könnten ...

»Glaub mir, Holly, es ist perfekt, so wie es ist«, sagt er schließlich rau. Seine Stimme jagt mir ein Schaudern durch den Körper. Eins von der Art, das mich leise ahnen lässt, dass ich nicht umsonst Kerzen aufgestellt und Musik eingeschaltet habe. Ich wollte diesen Blick. Diese Stimme. Das schwindelerregende Gefühl von Leichtigkeit in meinem Herzen. All das, was ich insgeheim schon so lange vermisse.

Pascal

Los Angeles, Kalifornien

10 Meine Hose ist zu eng. Ein Hoch auf die bunten Stoffservietten, die Holly augenscheinlich selbst genäht hat. Andernfalls würde sie jetzt vermutlich sehen, dass ihre Absicht, es *gemütlich* zu haben, ihre Wirkung bei mir gezeigt hat. Die Atmosphäre, das Essen, aber allem voran ihr Outfit – ein luftiges schwarzes Top und ein roter Rock, der verdammt viel Bein zeigt – führen dazu, dass ich mir zig verschiedene Arten ausmale, wie dieser Abend enden könnte.

Wenn es da nicht Orlando gäbe.

Wenn es nicht um eine Kooperation ginge.

Wenn ich nicht ein bisschen aus der Übung wäre, weil meine letzte Beziehung schon mehr als zwei Jahre zurückliegt.

»Äh... Möchtest du Eis? Ich habe Eis gekauft.« Holly springt auf, als stünde ihr Sofa in Flammen, und eilt in die Wohnung, ohne meine Antwort abzuwarten. Dabei haben wir die Burger gerade erst aufgegessen. Ich unterdrücke ein Lachen. Scheint, als wäre sie es nicht gewohnt zu flirten. Sie ist süß. Ich mag es, wie sich ihre Wangen rosa verfärben.

Ich stehe auf, lehne mich ans Geländer und blicke in

den Innenhof hinunter. Die Wohnung ist gut gelegen, recht nah an dem Lokal, in dem wir uns zum Frühstück getroffen haben. Beverly Hills ist zwar eher luxuriös, aber Hollys Wohnung sieht nicht aus, als könnte sie in einem Hochglanzmagazin abgedruckt werden. Der Apartmentkomplex bildet ein großes O, in dessen Zentrum sich ein Garten mit einem Springbrunnen befindet, den offenbar alle Bewohner nutzen können. Unten werfen sich drei Jungs einen Football zu, zwei etwas ältere Damen sitzen auf einer der Parkbänke und reden miteinander, eine von ihnen hat sich entspannt auf ihren Rollator gelehnt. Ihr Gespräch wird gelegentlich von den Hauswänden zurückgeworfen, doch in erster Linie hört man hier oben bloß das Plätschern des Springbrunnens.

Von den Balkonen auf der gegenüberliegenden Seite sind ein paar ähnlich hübsch geschmückt wie Hollys, doch auf den meisten stehen nur ein paar lieblos zusammengewürfelte Sitzmöbel, oder die paar extra Quadratmeter werden als Lager für Getränke und Fahrräder genutzt. Nicht alle genießen die Hitze, so manch einer verkrümelt sich lieber ins Haus, wo die Klimaanlage für angenehme Temperaturen sorgt.

»Ich hoffe, du hast noch Hunger.« Holly tritt wieder auf den Balkon, offensichtlich hat sie sich etwas gesammelt, denn die Röte auf ihren Wangen ist verschwunden, und auf ihren Lippen liegt ein verschmitztes Lächeln. Ich lehne mich mit dem Rücken gegen das Geländer und beobachte sie dabei, wie sie ein Tablett mit drei Schalen auf dem niedrigen Tisch zwischen den Sofas abstellt. Die Schalen sind genau wie alles andere in ihrem Zuhause mit einem bunten Muster bemalt. Ob sie die auch selbst gemacht hat? In zwei Schalen befindet sich eine grünliche Eiscreme, in der dritten sind frisch geschnittene Erdbeeren.

Mein Kopfkino reagiert prompt darauf, indem es mir vorspielt, wie sich Hollys volle Lippen verführerisch um eine Beere schließen. Verdammt! Es ist schon viel zu lange her, ganz eindeutig.

»Ist das Pistazieneis?«, frage ich und zwinge mich dazu, auf andere Gedanken zu kommen. Ich setze mich zurück auf meinen Platz, bevor sie die verräterische Beule in meiner Hose sehen kann.

»Gut erkannt.« Sie beißt sich auf die Lippen, überlegt, ob sie noch etwas dazu sagen soll, und fügt dann hinzu: »Ich habe meine Lieblingssorte gekauft, ohne nachzudenken. Dabei ist Pistazieneis schon …«

»Außergewöhnlich?« Ich denke an ihre Vorliebe für experimentelle Burger, offenbar zieht sich das durch sämtliche Lebensmittelkategorien. Aber mit dem Pistazieneis hat sie bei mir einen Volltreffer gelandet. »Keine Sorge. Ich liebe Pistazien.«

Ihre Augen leuchten begeistert auf. »Echt?«

»Meine Mom hat früher an meinem Geburtstag immer Pistazienkuchen gebacken«, erzähle ich ihr und versuche, die Erinnerung nicht allzu lebendig werden zu lassen. Aber das ist schwer. Spätestens als der himmlische Geschmack der Eiscreme meine Zunge trifft, habe ich die Bilder meines letzten Geburtstags im Kopf, den wir zusammen gefeiert haben. »Meine Schwester Allegra und ich haben uns immer um das letzte Stück gestritten. Einmal hat sie mir dabei fast den Finger gebrochen.«

Mom war eine begnadete Bäckerin. Und Köchin.

Und Mutter sowieso. Als sie nicht mehr da war, wurde die Küche zur Tabuzone; den Herd haben wir nur noch selten angemacht, den großen Esstisch noch weniger benutzt. Was macht das auch noch für einen Sinn, wenn die Hausherrin nicht mehr da ist, um sich über fehlende Essmanieren aufzuregen oder uns zum Tischdecken durch die Gegend zu scheuchen?

Ich habe plötzlich einen Kloß im Hals.

»Na ja, ich habe jedenfalls schon eine ganze Weile keine Pistazien mehr gegessen.« Schulterzuckend beuge ich mich vor, um mir ein paar Erdbeeren auf das Eis zu häufen. Ich traue mich nicht, Holly anzusehen. Ich fürchte das Mitleid in ihrem Blick, selbst wenn ich nicht explizit gesagt habe, dass Mom tot und meine Familie zerbrochen ist... Die Stimmung zwischen uns hat sich mit meinen Worten verändert, und das wird ihr wohl kaum entgangen sein.

»Meine Mom backt an jedem meiner Geburtstage einen anderen Kuchen«, erwidert sie schließlich leise. »Egal, wie sehr ich mir Erdbeerkuchen wünsche.«

Dankbar dafür, dass sie nicht nachfragt, nehme ich den Faden auf. »Bist du deswegen weggezogen?«, hake ich scherzhaft nach, um die Stimmung wieder zu lockern.

Doch als ich den Blick hebe und sie über den Rand meiner Schüssel ansehe, merke ich, dass mein Versuch vergebens war. Sie schiebt sich eine Erdbeere in den Mund, kaut nachdenklich darauf rum, ehe sie mich wieder ansieht. In ihren Augen flackert ein Schmerz auf, der lange zurückzuliegen scheint. »Ich... O nein! Orlando! Runter da!«

Bevor ich überhaupt realisiere, was geschieht, hüpft mir

etwas Weißes auf den Schoß und schreit mich herzzerrei-
ßend an. Holly schießt hoch, das weiße Etwas erschreckt
sich und flitzt davon, nur um ein paar Augenblicke später
wieder vorsichtig zurückzukehren.

Orlando ist ihr Kater. Ein weißer, plüschiger, frecher
Kater, der offensichtlich genauso scharf auf Pistazieneiscreme ist wie Holly.

Ihr Kater – und ich dachte die ganze Zeit, Orlando
wäre ihr Freund. Das erklärt dann auch, wieso sie ihn nicht
noch länger auf sein Mittagessen warten lassen wollte.

»Geh, Orlando! Das Eis ist nicht für dich!«, schimpft
Holly und deutet mit ausgestrecktem Finger in die Wohnung. Sie scheucht ihn rein und zieht die Balkontür von
außen zu, damit er uns nicht noch mal überfallen kann.
»Tut mir leid.« Sie setzt sich wieder und lehnt sich seufzend zurück. »Ich würde ja gerne sagen, sein schlechtes
Benehmen ist eine Ausnahme … aber das wäre glatt gelo-
gen.«

»Na, immerhin hat er nicht die Krallen ausgefahren«,
entgegne ich belustigt. Orlando steht laut maunzend hinter der Glastür und guckt uns aus blaugrauen Augen dabei
zu, wie wir sein Lieblingseis essen. Dass sie ihn meinetwegen eingesperrt hat, lässt mich auf seiner Beliebtheitsskala
vermutlich nicht besonders weit nach oben rücken.

»Glaub mir: Wenn Eis im Spiel ist, ist er zwar stürmisch,
aber der liebste Kater aller Zeiten.« Grinsend schnappt sich
Holly ihre Schüssel, die sie irgendwann zwischen Orlandos Überfall und ihrem Schimpfen auf den Tisch gestellt
hat. »Sonst ist er eigentlich eher schwierig, was Fremde
angeht.«

»Dann sollte ich beim nächsten Mal vielleicht Eis für

ihn mitbringen«, überlege ich und beobachte den Kater, der das Maunzen aufgegeben hat und sich nun mit der rosa Zunge übers Fell fährt, vermutlich, um es von meinem fremden Geruch zu reinigen.

Holly gibt einen überraschten Laut von sich. Ich sehe sie an. Sie öffnet den Mund, schließt ihn aber wieder und belässt es dann einfach bei einem Lächeln. Mir wird klar, wieso. *Beim nächsten Mal.* Kann es sein, dass sie mich genauso gerne wiedersehen würde wie ich sie? Oder bin ich damit zu schnell vorgeprescht?

Nicht, dass wir uns nicht sowieso bald wiedersehen würden, zumindest wenn ich es schaffe, sie zu der Zusammenarbeit zu überreden, über die ich mir den ganzen restlichen Nachmittag den Kopf zerbrochen habe. Nach dem Gespräch mit Micah ist mir jedenfalls klar geworden, dass ich ein bisschen mehr Zeit in der Stadt gut gebrauchen könnte.

Außerdem traue ich mich noch nicht, sie nach Perry James zu fragen. Dafür kennen wir uns nicht annähernd gut genug.

»Ich habe nachgedacht«, beginne ich also und stelle meine leere Schale auf den Tisch. »Was unsere Follower da vorgeschlagen haben, ist vielleicht gar keine so blöde Idee. Wir könnten beide davon profitieren, wenn wir für einen kurzen Zeitraum unsere Leben tauschen. Drei oder vier Wochen vielleicht.«

»Du hättest da also Lust drauf?« Holly zieht die Beine an den Körper, ihr Rock rutscht dabei ein Stückchen hoch. Schnell reiße ich meinen Blick von ihrem gebräunten Oberschenkel los. *Business, Pascal, Business.* »Ich habe da heute mit meiner Managerin drüber gesprochen. Maevis ist total begeistert.« Sie hält kurz inne, dann sieht sie mich mit leuchtenden Augen an. »Ich glaube, ich würde das sogar echt gerne machen. Das wäre eine Chance, mal auszubrechen. Raus aus dem Trott, ein Abenteuer für Orlando und mich. Er ist sogar schon an eine Leine gewöhnt, und ich …« Sie verstummt, wird rot. »Also ja, vier Wochen fände ich cool.«

Ich nicke, überrascht, dass ich so wenig Überzeugungsarbeit leisten musste. Nach dem Livestream heute Vormittag hatte ich einen ganz anderen Eindruck.

»Also ziehen wir das echt durch?« In meinem Magen beginnt es zu kribbeln. Etwas Neues erleben. Mich um meine Familie kümmern. Zusehen, dass Micah sich beruhigt, dass Allegra wieder in der richtigen Bahn läuft – und am Ende vielleicht mit der Nummer des Filmproduzenten aus Hollys Freundschaftsliste belohnt werden. »Du müsstest dich von all dem hier verabschieden.« Ich mache eine ausschweifende Geste, die ihre Wohnung mit einschließt, nicht nur den Balkon. »Das wäre eine ganz schöne Umstellung.«

Sie schluckt. Ganz wohl scheint ihr bei dem Gedanken, all ihre Dinge zurückzulassen, nicht zu sein. »Es sind ja nur vier Wochen. Wir könnten uns sogar Wochenaufgaben füreinander überlegen, um die Sache noch spannender zu machen. Das wird super.«

Überzeugt klingt sie nicht.

»Was hältst du erst mal von einer Führung?«, frage ich sie. »Damit ich weiß, worauf ich mich einlasse.«

»Wenn du mir im Gegenzug dann auch eine gibst?« Sie lacht nervös auf. »Ich sag's ja nur ungern, aber Wohnzimmer und Küche sind der ordentliche Teil meiner Wohnung. Hinter einer der Türen versteckt sich ein Endgegner.«

Mir wird klar, dass sie Angst hat, ich würde sie für all ihren Kram verurteilen, weil ich so anders lebe. Dabei würde ich vermutlich auch mehr besitzen, hätte ich einen festen Wohnsitz. Vielleicht nicht so viel wie sie, aber einen großen Teil davon braucht sie sicher für ihre Arbeit.

»Ich würde mich darüber freuen, wenn du mir deinen Endgegner vorstellst«, antworte ich verschmitzt. Dabei habe ich meine Entscheidung längst getroffen. Egal, wie chaotisch ihre Wohnung ist, ich werde nicht ablehnen. Aber ich bin neugierig, wie es hinter den geschlossenen Türen ihres Apartments aussieht. Ich brenne darauf, mehr über Holly zu erfahren.

Sie atmet laut aus. »Also gut, dann wollen wir das mal hinter uns bringen.«

★

Hollys Apartment ist so krass anders als mein Van, dass es mir nicht mal in den Sinn kommt, beides zu vergleichen. In ihren vier Wänden steckt so viel Liebe zum Detail, so viel Geschmack, was die Auswahl der Möbel angeht. Nichts davon sieht aus, als wäre es aus einer Massenfertigung. Das meiste hat sie wohl gebraucht gekauft und dann selbst aufgearbeitet.

Allein das Wohnzimmer besticht durch seine warmen, gemusterten Wände und die liebevoll ausgewählten Holzmöbel. Das Regal an der einen Wand ist gut gefüllt mit Büchern, Kerzen in allen Formen und Farben und einer überschaubaren Schallplattensammlung. Der dazugehörige

Spieler steht auf einem niedrigen Holztisch mit Buntglas-platte. Erst jetzt fällt mir der selbst gebaute Kratzbaum vor dem Fenster auf. Der muss mir vorhin wohl zwischen all den Zimmerpflanzen entgangen sein. Orlando liegt in einer der Hängematten und döst vor sich hin.

Den großen Holztisch mit den Metallbeinen benutzt Holly für manche ihrer Videos. Ihr Kamera-Set-up ist dort noch aufgebaut. Auf dem Tisch liegen ihr Laptop und zwei DIY-Zeitschriften.

»Bereit?«, fragt sie mich sichtlich nervös und legt ihre Hand auf die Türklinke zu einem der anderen Räume.

Ich nicke, gespannt, was sich hinter der Tür verbirgt. Und ich werde nicht enttäuscht. Sie zeigt mir ihr Büro, das in seiner Größe dem Wohnzimmer in nichts nach-steht. Hier befinden sich eine Werkstatt samt Studiolich-tern und Overhead-Mikro – sie hat sich ein Filmparadies erschaffen, auf das ich dezent neidisch bin. So viel Equip-ment besitze ich nicht.

Brauche ich aber auch eigentlich nicht für die Art von Videos, die ich mache.

»Wahnsinn!« Ich sehe mich bewundernd um. Vor dem großen Fenster steht ein langer Schreibtisch mit einem Mac und einem weiteren Arbeitsplatz, an dem sie Videos von oben filmen kann. Ich erkenne die Schreibtischplatte aus ihren Bullet-Journal-Videos. Die Fenster kann man mit einer blickdichten schwarzen Jalousie verdunkeln. In einer Ecke stehen verschiedene Untergründe für Fotos, und in dem langen Regal an der freien Wand befindet sich so unglaublich viel Kram, dass ich kurz sprachlos bin.

»Benutzt du das alles?«, frage ich dann entgeistert. Mein Blick gleitet über all die Kisten mit verschiedenen Bastelmaterialien. Von Farben über Stoffe bis hin zu Hölzern ist alles dabei.

»Ja«, antwortet sie gedehnt. »Nicht immer und ständig«, fügt sie hinzu und malt mit ihrem nackten Fuß Kreise aufs Parkett. Ihre Nägel sind rot lackiert. Sie steht im Türrahmen, die Hände hinter dem Körper, und sieht mich etwas zerknirscht an. »Man weiß ja nie so genau, wann man mal wieder etwas davon für ein neues Projekt gebrauchen kann.«

»Das ist echt cool.« Nicht unbedingt der ganze Kram, aber ein eigenes Studio wie dieses zu haben. »Du könntest deinen Arbeitsplatz unter Umständen vermissen. Damit kann der Van nicht aufwarten.«

Sie zeigt mir auch ihr Schlafzimmer mit dem großen Bett, dessen Kopfteil ich von einem ihrer Thumbnails wiedererkenne. Sie hat es selbst gebaut und ein Video drüber gemacht – Scheiße, ich glaube, diese Frau ist handwerklich deutlich begabter als ich.

Bei dem Gedanken daran, bald in diesem Bett zu schlafen, wird mir plötzlich warm. Was wir vorhaben, ist schon eine sehr intime Sache. Sie wird mich vier Wochen hier wohnen lassen, in ihrem Reich, inmitten all der Dinge, die sie angehäuft hat und die so viel über sie verraten. Im Vergleich dazu ist mein Van beinahe unpersönlich. Da gibt es nicht viel über mich zu erfahren. Die Dinge, die mir etwas bedeuten, werde ich einpacken und mitnehmen.

Der Van ist austauschbar, diese Wohnung ist es nicht.

»Tut mir leid für das Chaos.« Holly schiebt einen Stapel bunter Teller in verschiedenen Formen und Farben beiseite, um etwas mehr Platz zu machen, und geht weiter in den Raum hinein. Sie hebt die Hände über den Kopf und dreht sich einmal im Kreis, ihr Oberteil rutscht dabei ein wenig hoch und entblößt einen Streifen gebräunter Haut. Dann sieht sie mich erwartungsvoll an. »Und? Ist es so schlimm, wie du befürchtet hast? Oder noch schlimmer?«

»Besser«, antworte ich mit einem Lächeln.

Holly

Los Angeles, Kalifornien

Ich stehe da, in meinem Schlafzimmer, und sehe, wie Pascals Adamsapfel beim Schlucken auf- und abhüpft. Plötzlich fühlen sich meine vier Wände viel zu klein an. Mir wird abwechselnd heiß und kalt. Mein Herzschlag beschleunigt sich.

Besser. Heißt das, er mag meine Wohnung? Oder heißt das, er mag mich? Ich reibe meine Hände aneinander, unsicher, was ich darauf entgegnen soll. Also sehe ich ihn einfach nur an, lasse den Blick an seinem Körper herabwandern, weil ich nicht weiß, ob ich dem intensiven Funkeln in seinen Augen lange standhalten kann. Er lehnt gelassen im Türrahmen, ein Bein vor das andere geschlagen, die Arme vor der starken Brust verschränkt. Dass er gut trainiert ist, ist mir heute Morgen schon aufgefallen, aber da hat es mich noch nicht so nervös gemacht.

»Ich …«, setze ich an und verstumme. *Verdammt, Holly!* Ich zwinge mich dazu, ihm wieder ins Gesicht zu blicken und an die Arbeit zu denken. Deshalb ist er schließlich hier. *Kein Date, kein Date, kein Date!*

»Du hast den Endgegner noch nicht gesehen. Und das Badezimmer«, sage ich und schlucke mühsam gegen die Trockenheit in meiner Kehle an. Etwas trinken, das ist eine gute Idee. »Gleich neben der Haustür, falls du dir die beiden Zimmer ansehen möchtest. Wunder dich nicht, der Endgegner ist mein Lager für den Online-Shop und so. Da drin herrscht das pure Chaos. Willst du auch noch etwas trinken? Ich habe auch Eistee da.«

»Hört sich gut an.« Er lächelt, als wüsste er ganz genau, was in mir vorgeht, dann stößt er sich vom Türrahmen ab und macht sich auf den Weg. Als er aus dem Zimmer ist, atme ich erleichtert aus und lasse mich auf mein Bett sinken. Was ist nur los mit mir? Seit mir aufgegangen ist, wie romantisch ich es uns gemacht habe, spielt mein Kopf verrückt und zeigt mir am laufenden Band unanständige Bilder von Pascal und mir. Ich schnappe mir mein Handy vom Nachttisch, um Maevis eine kurze Nachricht zu schicken. *Wenn das vorbei ist, bringe ich dich um,* verspreche ich ihr, dann atme ich ein paarmal tief durch und verlasse das Schlafzimmer, um uns zwei Gläser mit Eistee zu füllen. Besser ich trinke kein Bier mehr. Es liegt bestimmt am Alkohol, dass ich so verrückte Dinge denke. Außerdem ist mir etwas schwindelig.

Ich trinke mein Glas leer, bevor ich mich wieder aus der Küche traue. Pascal steht bereits im Wohnzimmer und klimpert mit dem Schlüssel seines Vans. »Bereit?«

Nachdem auch er etwas getrunken hat, stellt er sein Glas auf den Tisch, und wir machen uns auf den Weg nach unten. Pascal hat recht nah bei der Wohnung geparkt. Allerdings hätte ich den weißen Van aus seinen Videos beinahe übersehen. Von außen sieht man gar nicht, dass es sich dabei um eine fahrbare Wohnung handelt. Der einzige Hinweis darauf sind die Fenster, die in einem normalen Transporter nicht eingebaut sind.

Das Fahrzeug ist riesig. Bei dem Gedanken daran, dieses Ungetüm durch die Straßen von L.A. zu fahren, wird mir schlecht – insbesondere da ich mit meinem Umzug nach Kalifornien auch das Autofahren aufgegeben habe. Hoffentlich baue ich keinen Unfall und erfülle damit das Klischee einer vollkommen ungeschickten Frau am Steuer. Gott, das wäre wirklich peinlich. Vielleicht sollten wir die ganze Sache doch lieber abblasen und uns stattdessen etwas weniger Gefährliches ausdenken?

»Hat das Ding eine Rückfahrkamera?«, frage ich und unterdrücke ein nervöses Lachen, während er die Tür des Mercedes-Sprinters aufschließt.

»Du hast Glück. Ich habe eine eingebaut, als ich den Van damals hergerichtet habe«, erklärt er mir und öffnet die Seitentür zu seinem fahrbaren Zuhause. »Herzlich willkommen in der Casa Moretti.«

Von dem Moment an, in dem er die Tür öffnet, weiß ich: Ich bin verliebt. Von außen ist der Van völlig unscheinbar, aber von innen ist er ein Stück Handwerkskunst auf winzigem Raum. Warme Holzdielen wechseln sich mit den cremeweißen Fronten der Möbel ab, dunkelgraue Polster für die Sitze runden das Ganze ab. Gegenüber der Tür ist ein Fenster mit weißen Vorhängen in die Wand eingelassen, darunter befinden sich Pascals Schreibtisch inklusive Mac und einem verschließbaren Container. Auf dem Tisch liegt sein Notizbuch.

»Hereinspaziert.« Pascal klettert kurzerhand die beiden Stufen hinauf und streckt mir seine Hand entgegen. Ich tue so, als bemerke ich es nicht, blicke überwältigt in die andere Richtung und steige allein in den Van. Besser er denkt, ich wäre ein bisschen sonderbar, als wenn mich der Körperkontakt noch mehr aus dem Konzept bringt. Kaum bin ich drin, schließt er die Tür hinter mir, um die Hitze auszusperren, die selbst um diese Uhrzeit noch in den Straßen hängt.

Über unseren Köpfen geht eine Lampe an und taucht den Raum in ein sanftes Licht. Was von draußen so riesig aussieht, ist im Inneren eng, aber gemütlich. An der Türseite gibt es eine schmale Küchenzeile, die mit zwei Herdplatten, einem schwarzen Waschbecken und einem kleinen Ofen ausgestattet ist. Über der Spüle ist ein weiteres Fenster in die Wand eingelassen, durch das das letzte Tageslicht in den Raum einfällt. Ein Glas steht umgedreht auf dem Abtropfgitter, das restliche Geschirr ist wohl in den geschickt eingebauten Schränken und Schubladen verstaut.

Im hinteren Bereich des Vans befindet sich ein Bett mit grauer Bettwäsche, nicht so groß wie meines, aber breiter als ein Einzelbett. In das Unterbettgestell sind zwei Stufen eingelassen, damit man leichter hinaufklettern kann – und Pascal zeigt mir, dass die Stufen herausnehmbar sind und sich dahinter sein Kleiderschrank verbirgt.

»Das ist echt abgefahren«, murmle ich fasziniert, nachdem er mir alle offensichtlichen und weniger offensichtlichen Stauräume des Vans gezeigt hat. »Ein wahres Raumwunder! Hast du das ganz allein gebaut?«

»Ich hatte ein bisschen Hilfe von meinem Dad«, gibt Pascal zu, und sein Blick verdüstert sich für einen Moment. Doch ehe ich mich fragen kann, was der Grund dafür sein könnte, redet er auch schon weiter. »Und hier befindet sich das luxuriöse Badezimmer«, erklärt er und öffnet die Tür gegenüber der Küchenzeile. Dahinter versteckt sich eine winzige Nasszelle, bestehend aus einer Toilette, einem Waschbecken und sogar einer Dusche. Alles ist weiß gefliest, der silberne Abfluss im Boden reflektiert das Licht.

Mein Blick fällt in den kleinen Spiegel, und ich sehe, dass sich ein paar Strähnen aus meinem geflochtenen Zopf gelöst haben und meine leicht geröteten Wangen umspielen. Wahrscheinlich liegt es am Alkohol, aber ich fühle mich hübsch. Begehrenswert.

»Gefällt es dir?« Pascals Gesicht taucht neben meinem im Spiegel auf. Seine Augen blitzen neugierig, der holzige Duft seines Aftershaves steigt mir in die Nase und sorgt dafür, dass mir wieder schwindelig wird. Ich müsste bloß einen halben Schritt zur Seite machen und stünde so dicht vor ihm, dass ich den Blick heben und ihn küssen könnte.

»Der Van ist toll«, krächze ich. Hätte ich bloß mein Glas mitgebracht, dann hätte ich jetzt wenigstens etwas, woran ich mich festhalten könnte.

»Freut mich, dass du ihn magst.« Pascals Stimme hat wieder diesen rauen Unterton angenommen, der mich irgendwie an das Rauschen des Meeres erinnert. Ich drehe mich um, in der Hoffnung, dass er ein bisschen Platz macht, mir etwas Luft lässt. Doch er denkt gar nicht dran.

Pascal steht dicht vor mir. Er hat einen Arm auf die Küchentheke gestützt, den anderen lässig gegen die Wand gelehnt. Hinter mir befindet sich nur noch das Bett, und allein der Gedanke daran lässt mein Herz ungewollt schneller schlagen.

»Ich …«, setzt er an, und ich blicke hoch, ihm ins Gesicht, um zu erfahren, was er sagen will, doch in dem Moment stockt ihm der Atem. Er schluckt, presst die Kiefer aufeinander. Seine Augen gleiten beinahe überrascht über mein Gesicht, doch die Verwunderung wird schnell von einer anderen Emotion abgelöst. Etwas Drängendem. Verlangen?

In mir zieht sich alles aufgeregt zusammen, dabei sollte ich ihm eigentlich sagen, dass er im Weg steht. Ihn darauf aufmerksam machen, dass sein Van nicht genug Platz bietet, damit ich mich an ihm vorbeiquetschen kann, doch alles, was ich herausbekomme, ist ein Laut, der sich ungefähr wie »Brimlf« anhört und nicht im Geringsten dem gerecht wird, was ich gerade fühle. Und das ist eine ganze Menge. Verwirrung, Verlegenheit und der unbändige Wunsch herauszufinden, wie sich diese weichen Lippen an meinen …

»Denkst du, du kommst damit zurecht?«, unterbricht Pascal mein Kopfkino. Er lässt die Arme sinken und macht einen Schritt zurück.

Ich bin verwirrt. »Womit?«

»Dem Van.«

Dem Van. Natürlich.

Er klopft auf die Arbeitsplatte der Küche, bevor er sich mit der Hand durch die dunklen Locken fährt. Irgendwie sieht er genauso verwirrt aus, wie ich mich fühle, aber ich habe keine Ahnung, was das zu bedeuten hat.

Pascal

Los Angeles, Kalifornien

12 »Hey, Micah? Hast du kurz Zeit?« Ich öffne die Hintertür des Vans, um mein Mountainbike aus dem großen Fach unter dem Bett zu holen.

»Was gibt's?«, brummelt mein Bruder ins Telefon. »Ich war gerade auf dem Weg ins Bett, bin eben erst von der Nachtschicht gekommen.«

»Sorry. Ich wollte dir eigentlich nur kurz erzählen, dass Holly und ich uns vor ein paar Tagen auf eine coole Sache geeinigt haben«, erkläre ich, während ich den Lappen in das warme Wasser tauche, um den Rahmen meines Rades von getrockneter Erde zu befreien. »Wir tauschen für vier Wochen unsere Wohnorte.«

»Okay. Äh, cool?« Er klingt, als wüsste er nicht genau, was er darauf erwidern soll. »Das heißt, du bleibst in L.A.?«

»Für vier Wochen, ja. Heute Abend geht's los.« Vier Wochen, vier Vlogs, dazwischen ein paar Livestreams mit Holly und die regulären Videos, von denen einige schon so gut wie fertig sind. Ein bisschen aufgeregt bin ich schon.

»Und dann wohnst du in ihrer Wohnung?« In meinen Ohren raschelt es, ein dumpfes Poltern ertönt. Ich zucke zusammen, weil die Geräusche durch die Kopfhörer so nah dran sind. »Sorry, mir ist das Handy in die Kissen gefallen.«

»Alles gut.« Ich wische mir den Schweiß von der Stirn und tauche den Lappen noch einmal ins Wasser, um ihn auszuwaschen. »Jedenfalls wollte ich dich fragen, ob wir uns diese Woche zum Essen treffen. Du könntest mir erzählen, wie die Arbeit läuft, und vielleicht sprechen wir auch noch mal drüber, wie wir Allegra und Dad ein bisschen unter die Arme greifen können. Was meinst du?«

»Klar. Ich habe Freitagabend noch nichts vor. Passt das?«

»Perfekt«, entgegne ich und seufze, nachdem er aufgelegt hat. *War doch gar nicht so schwer.* Jetzt muss ich nur noch das Abendessen mit ihm überstehen, ohne dass er mir erneut ein Veilchen verpasst, aber das sollte hoffentlich kein Problem sein. Er hat seine Wut an mir ausgelassen. Jetzt kann es doch eigentlich nur noch besser werden. »Hey, Siri, mach meine Playlist an«, bitte ich mein Handy, bevor ich mir den Kopf allzu sehr zerbrechen kann, und putze zum Klang von *Lauv* mein Fahrrad blitzblank.

Gegen Mittag besorge ich mir ein veganes Sandwich und einen Himbeer-Minz-Eistee aus dem *Vegan Toast* und setze mich damit auf eine Parkbank im Beverly Gardens Park. Im Schatten der Bäume lässt es sich zumindest eine kleine Weile aushalten.

Das letzte Mal bin ich während meiner Schulzeit hier gewesen. Damals, als die Welt noch in Ordnung war. Wir haben Fangen gespielt und uns vor dem großen Beverly-Hills-Schild in den albernsten Posen abgelichtet. Ein paar Tage zuvor hatte ich zum Geburtstag meine erste Digitalkamera geschenkt bekommen, mit der meine Leidenschaft für das bewegte Bild angefangen hat. Nachdem ich die Video-Funktion der Kamera entdeckt hatte, war ich Feuer und Flamme. Nichts war mehr sicher vor mir.

Die Box mit den Speicherkarten liegt immer noch auf dem Dachboden unseres alten Hauses. Ich habe sie seit Moms Tod nicht mehr angerührt. Zu viele schmerzliche Erinnerungen sind darin verborgen. Zu viel unwissendes Lachen, zu viele ahnungslose Glücksmomente.

Hätte sie gewusst, dass sie ein paar Jahre später sterben würde ... hätte sie dann etwas anders gemacht? Gesünder gegessen? Mehr Sport getrieben? Mehr auf sich selbst geachtet, statt für ihren Mann und ihre Kinder zu leben?

Ich schlucke und lege das Sandwich zurück in die Tüte. Die Gedanken an Mom liegen mir wie ein Stein im Magen. Vielleicht war es doch keine gute Idee zurückzukommen. So oft wie in den letzten Tagen musste ich schon lange nicht mehr an das denken, was geschehen ist.

Es fühlt sich an, als wäre L.A. ein einziger großer Fleck, der die Aufschrift »Triggerwarnung« verdient hätte. Aber gleichzeitig denke ich, dass ich einen Punkt erreicht habe, an dem ich mich damit auseinandersetzen muss. Dass ich hier sitze und eine einfache Erinnerung mich aus der Bahn wirft, ist ein ganz eindeutiges Zeichen dafür, dass ich mit der Vergangenheit noch längst keinen Frieden geschlossen habe.

Die kommenden vier Wochen fühlen sich gerade zwar wie eine Einschränkung meines Lebens, meiner Freiheit an, aber eigentlich sind sie das nicht. Eigentlich sind sie eine Chance, um mit dem Geschehenen abzuschließen. Je eher ich das begreife, umso leichter wird es mir fallen.

★

Erschöpft von meinem Putz- und Packmarathon klingle ich um fünf Uhr an Hollys Tür. Ich richte die Kamera auf das weiß lasierte Holz und warte darauf, dass Holly mir öffnet.

Als sie es schließlich tut, muss ich sofort lachen. Aus ihrer Wohnung blickt mir das dunkle Auge einer Kamera entgegen.

»Zwei Doofe, ein Gedanke«, begrüßt sie mich und lässt mich in die Wohnung. Mit der einen Hand führe ich die Kamera, mit der anderen packe ich den Riemen meiner Reisetasche fester, während sie die Tür hinter mir schließt.

»Wir hätten uns absprechen sollen.« Ich grinse sie an und beende das Filmen.

»Ach, das wird ein cooles Video.« Sie winkt ab. »Soll ich dir etwas abnehmen?«

»Das geht schon.« Ich folge ihr ins Wohnzimmer, wo ich meine Kamera auf den Esstisch lege und die Reisetasche abstelle. Orlando kommt laut maunzend angerannt und reibt sich an der Tasche. Er trägt ein Geschirr.

Bereit fürs Abenteuer.

Erst auf den zweiten Blick sehe ich die Boxen und Taschen, die Holly bereitgestellt hat. Ich presse die Kiefer aufeinander, um nicht lauthals loszulachen. Das will sie nicht ernsthaft alles mit in den Van nehmen, oder?

»Hilf mir mal kurz auf die Sprünge: Ich habe dir den Van schon von innen gezeigt, oder?«, necke ich sie.

Sie vergräbt das Gesicht in einer Hand, mit der anderen filmt sie immer noch. »Ich weiß, ich weiß. Es ist viel zu viel – und ich bin nicht mal ganz fertig mit dem Packen.« Als sie den Blick hebt, hat sie gerötete Wangen. »Aber, Pascal, ich *brauche* all diese Dinge.«

»Dann *brauchst* du wohl auch einen Anhänger.« Ich gehe um den Tisch herum und begutachte die Boxen und Taschen genauer. Ein Karton schreit förmlich nach meiner Aufmerksamkeit. »Ist das eine Kaffeemaschine?«

»Ich kann das erklären.«

Ich fahre zu Holly herum, die sich hinter ihrer Kamera versteckt hat. Es ist ihr sichtbar peinlich, dass sie so viele Sachen zusammengepackt hat, aber offenbar nicht peinlich genug, um die Kamera abzuschalten. Das mag ich an ihr. Sie gesteht sich ihre Schwächen selbst vor laufender Kamera ein und zieht damit jeden ihrer Zuschauer in den Bann. Ich gehe zu ihr, nehme ihr sanft die Kamera aus der Hand und richte sie auf sie.

»Das, liebe Leute, ist eine Maximalistin, wie sie im Buche steht«, erkläre ich mit einem breiten Grinsen. Holly muss lachen. »Aber glaubt mir, selbst Holly wird das schaffen.«

Dann schalte ich die Kamera aus, lege sie auf den Tisch und drehe mich wieder zu Holly um, die mit nachdenklichem Blick auf ihr Gepäck sieht.

»Gib's zu: Das hast du nur fürs Video getan«, sage ich, um ihr einen Ausweg aus ihrer peinlichen Befangenheit zu ermöglichen.

Sie schaut mich an, ihr Blick ist warm und weich. »Ich wünschte, es wäre so«, erwidert sie mit einem leichten Lächeln. Ihre Wangen sind immer noch gerötet. »Ich glaube, ich brauche deine Hilfe, Pascal.«

»Tut mir leid, dass ich dir diese Woche nicht so wirklich zur Seite stehen konnte.« Ich ziehe die Schultern hoch und lasse sie ruckartig wieder fallen. Für sie ist all das viel schwerer als für mich. Sie muss sich beschränken, ich habe plötzlich wieder zig Möglichkeiten. Wenn ich ein bisschen aufmerksamer gewesen wäre, hätte ich längst geahnt, dass es sie überfordern könnte, nur das Wichtigste einzupacken.

»Nein, nein.« Sie winkt ab. »Ist schon gut, ehrlich. Wir hatten beide viel zu tun, um all das zu regeln – und ich habe wirklich nicht damit gerechnet, dass es mir so schwerfallen würde.«

Sie seufzt, holt den Karton mit der Kaffeemaschine hervor und murmelt etwas, was sich verdammt nach »Auf Wiedersehen, leckerer Kaffee« anhört.

»Wollen wir noch mal zusammen schauen?«, biete ich ihr an.

»Das wäre wahrscheinlich eine gute Idee. Du könntest mir verraten, wie viele Anziehsachen ich für vier Wochen brauche.« Sie zerrt zwei riesige Koffer hervor. »Ist das zu viel?«

Ich lache. »Oh, Holly.« Weiß sie eigentlich, wie süß sie ist, wenn sie solche Dinge sagt? »*Viel zu lernen du noch hast.*«

»*Star Wars,* hm?« Sie rutscht ein Stück zur Seite, damit ich es mir neben ihr auf dem Boden bequem machen kann. »Dann lass mal dein Lichtschwert schwingen, großer Meister.«

Mein Licht … Was? Entgeistert werfe ich ihr einen Blick zu.

»O Gott.« Sie schlägt sich die Hände vor den Mund und sieht mich mit weit aufgerissenen Augen an. »Das klang definitiv anders, als ich es gemeint habe.«

★

Während Holly und ich ihre Sachen umpacken, erzählt sie mir von ihrer Woche. Von den Gesprächen mit ihrer Managerin Maevis, dem Buch, an dem sie gerade arbeitet, und all den Dingen, die sie organisieren musste, damit der Tausch unserer Wohnorte so unkompliziert wie möglich ablaufen kann.

Auch ich hatte viel zu tun. Deshalb haben wir uns diese Woche auch nur einmal getroffen, um noch ein paar wichtige Details zu besprechen. Doch da sich unser Kontakt überwiegend auf Sprachnachrichten und Mails beschränkt hat, habe ich mir zumindest nicht mehr am laufenden Band ausgemalt, wie es wäre, sie zu küssen.

Das hätte alles nur unnötig verkompliziert.

Holly scheint mir nämlich nicht die Frau zu sein, die nach einem Kuss – oder mehr – so weitermacht wie vorher, und wenn ich ganz ehrlich bin, bin ich auch nicht der Typ für eine schnelle Nummer. Doch für etwas Festes bin ich noch lange nicht bereit. Schon gar nicht in dieser Stadt.

»Brauche ich überhaupt ein Ringlicht für unterwegs?«, reißt Holly mich aus den Gedanken und hält einen Karton hoch.

»Du brauchst überhaupt keins. Die Sonne ist dein bester Freund. Du glaubst gar nicht, wie viele Variationen du damit erreichen kannst.«

Sie lacht auf und legt das Licht zu den Sachen, die sie doch hierlassen wird. »Das ist ziemlich widersprüchlich. Die Sonne ist hier immer mein größter Feind. Vor allem an bedeckten Tagen. Deswegen filme ich nur noch mit künstlichem Licht.«

»Dann wird's Zeit, dass du dich umgewöhnst«, erwidere ich und nehme auch das Stativ für die Standlampe und den dazugehörigen Schirm aus dem Stapel. Allmählich kommen wir in den Bereich des Möglichen. »Falls du dich am Schreibtisch filmen möchtest, ist das kein Problem. Ich habe da eine Lampe eingebaut, die dir gutes Licht gibt. Und oben auf dem Van-Dach ist ein Scheinwerfer, den du in alle Richtungen bewegen kannst. Damit solltest du auch abends oder nachts ganz gut zurechtkommen.«

»A-auf dem Dach?« Holly hebt den Blick und sieht mich verunsichert an. »Wie komme ich denn da hoch?«

»Über das Bett.«

»Ah.« Sie schlägt sich dramatisch die Hand vor den Kopf. »Wie dumm von mir! Wieso bin ich nicht gleich darauf gekommen?«

Ich unterdrücke ein Lachen.

»Mal ehrlich, Pascal. Wie um alles in der Welt soll ich über das Bett aufs Dach klettern, ohne mir dabei das Genick zu brechen? Hast du mich mal angesehen? Ich bin ein totales Stadtkind und keine täglichen Kletterpartien gewohnt. In einem Van zu leben ist schon Abenteuer genug, auf einen Van zu klettern … puh!« Sie wedelt sich Luft zu, lacht aber schließlich selbst. »Ich kann's ja mal versuchen.«

Obwohl sie ihre Nervosität gut überspielt, spüre ich, dass sie Angst vor den kommenden vier Wochen hat. Ich frage mich, wieso sie sich überhaupt darauf eingelassen hat, wenn der Gedanke, in einem Van zu leben, ihr solche Sorgen bereitet.

»Du schaffst das, Holly«, sage ich und meine damit nicht nur das Klettern, sondern die Reise an sich. Ich lächle sie aufmunternd an. Sie erwidert mein Lächeln, aber es erreicht ihre Augen nicht. Schnell wendet sie den Blick ab. Ihre Brust hebt und senkt sich schwer, und ohne darüber nachzudenken, greife ich nach ihrer Hand. »Weißt du, was ich mache, wenn ich mich draußen in der Natur einsam fühle oder Angst habe, weil weit und breit niemand da ist?«

Sie sieht mich wieder an und wirkt dabei so verletzlich auf mich, dass ich sie am liebsten an mich ziehen und vor allem beschützen würde. »Ich öffne die Hecktüren, mache mir eine schöne Playlist an und zähle die Sterne. Glaub mir, es gibt nicht viele Dinge, die schöner sind als eine einsame Nacht unter freiem Himmel.«

»Das hört sich traumhaft an«, wispert sie mit großen Augen.

»Am schönsten ist es in der Wüste«, verspreche ich ihr und denke an die Wochenaufgaben, die wir füreinander aufgeschrieben und in Briefumschläge gesteckt haben. Ich lasse ihre Hand los, stehe auf und gehe zu meiner Tasche, um meine Aufgaben für sie rauszuholen. Außerdem suche ich nach der kleinen Schachtel, die ich gestern für sie besorgt habe, bevor ich mich wieder neben sie setze und ihr das Päckchen reiche.

»Du hast mir ein Geschenk mitgebracht?« Ungläubig setzt sie sich aufrechter hin und zieht das Geschenkpapier ab. »Eine Lichterkette? O Gott, Pascal, das ist so süß von dir!«

Sie fällt mir um den Hals. Überrascht über die plötzliche Umarmung ziehe ich sie enger an mich heran, atme tief ein und versuche, ihren fruchtigen Duft für die nächsten vier Wochen in meinem Gedächtnis zu speichern.

»Na ja, ich dachte, zu einem Umzug gehört auch ein kleines Willkommensgeschenk.«

»Danke.« Ihr Atem streift meinen Hals und lässt den Wunsch in mir aufkeimen, den Tausch abzublasen und stattdessen an einem Projekt herumzudenken, an dem wir gemeinsam … zusammen … miteinander arbeiten könnten. Ich schlucke, doch da lehnt sie sich schon zurück und packt die Lichterkette in ihre Handtasche. »Die werde ich gleich anbringen.«

»Es sind auch schon Batterien drin«, erkläre ich, bevor ich ihr die Briefumschläge reiche, als wäre nichts gewesen. »Hier, das sind deine Wochenaufgaben.«

Sie schiebt die Umschläge ebenfalls in ihre Handtasche. »Deine liegen in der Küche. Im Kühlschrank steht auch noch etwas Essen für dich. Ich habe heute Mittag gekocht und gleich etwas mehr gemacht.«

Und dann, einfach so, ist plötzlich der Moment gekommen, in dem wir ihre Sachen zum Van bringen. Ich filme sie, während sie die Lichterkette anbringt und die Umzugskartons ausräumt, die ich wieder mit in ihre Wohnung nehmen werde. Ich filme Orlando, wie er neugierig meinen Van erkundet, und schließlich filme ich, wie Holly sich auf dem Fahrersitz einrichtet und den Schlüssel ins Zündschloss steckt.

»Hast du schon eine Idee, wo es jetzt hingehen soll?«, frage ich sie durchs offene Fenster, nicht nur für die Zuschauer, sondern weil auch ich vor Neugier brenne. Ich habe keine Ahnung, was sie in den kommenden vier Wochen vorhat.

Sie zuckt mit den Schultern und lächelt mich breit an. Ihre Bedenken, die Angst vor der Einsamkeit in der freien

Natur scheinen wie weggeblasen zu sein, und ich bin mir sicher, dass sie ihn hören kann – den Ruf der Freiheit.

»Wohin das Schicksal mich führt«, entgegnet sie und öffnet ihren Zopf, sodass ihr die Haare in sanften Wellen über die Schultern fallen. Dann zieht sie eine Pilotensonnenbrille aus ihrer Handtasche und schiebt sie sich auf die Nase. Der Van erwacht mit einem brummenden Geräusch zum Leben, und ich muss plötzlich hart gegen den Kloß in meinem Hals ankämpfen. Holly strahlt über das ganze Gesicht. »Bis bald, Pascal.«

Sie wirft mir – oder vielmehr den Zuschauern – ein Luftküsschen zu, dann ist sie weg. Ich blicke dem Van hinterher, filme Hollys bühnenreife Abfahrt und bin ein kleines bisschen stolz, doch als ich die Kamera schließlich ausschalte, muss ich an meine eigene Abreise aus L.A. vor zwei Jahren denken und fühle mich so einsam wie nie zuvor.

Holly

Angelus Oaks, Kalifornien

13 Die Tränen beginnen erst zu fließen, als ich L.A. hinter mir gelassen habe und der Route 38 hinauf in die Transverse Ranges folge. Vorher musste ich mich zu sehr auf den Verkehr konzentrieren, als dass ich überhaupt Gedankenkapazität frei gehabt hätte, um mir klarzumachen, welchen Schritt ich gerade gegangen bin.

Auf einem kleinen Rastplatz suche ich schließlich nach den Taschentüchern in meiner Handtasche. Meine Kamera liegt anklagend auf dem Beifahrersitz. Ich sollte filmen, wie es mir mit all dem geht. Sollte den Zuschauern zeigen, dass ich nicht mir nichts, dir nichts in einen Van steige, mich mit den Worten »Wohin das Schicksal mich führt« verabschiede, als könne mir das alles überhaupt nichts anhaben. Sie sollten sehen, was das für ein schwerer Schritt ist, sein Leben aufzugeben. Ein richtiges Scheißgefühl. Und sei es auch nur für vier Wochen.

Aber ich kann nicht. Ich kann jetzt kein Video machen, auch wenn das mein Job ist. Ich will diesen Moment für mich haben. Will mir keine Gedanken machen, ob ich beim Weinen süß aussehe oder grässlich, ich will einfach nur allein sein und die Emotionen rauslassen, die schon die ganze Woche lang unter der Oberfläche gebrodelt haben.

Eine halbe Stunde und eine Kuscheleinheit mit Orlando später geht es mir wieder besser. Ich fühle mich zwar immer noch seltsam leer, aber wenigstens habe ich nicht mehr das Gefühl, ich hätte gerade meine Existenz aufgegeben. Im Gegenteil, allmählich flammt die Aufregung in meiner Magengrube auf, die ich gespürt habe, als wir diesen Tausch beschlossen haben. Es ist nicht scheiße, nur weil es anders ist.

»Das wird gut«, spreche ich mir selbst Mut zu, bevor ich mein Make-up auffrische und die Kamera einschalte, um meinen ersten Eindruck für die Öffentlichkeit festzuhalten. »Das war er also. Der Augenblick, in dem sich mein Leben verändert hat.« Ich lache auf. »Ziemlich pathetisch, ich weiß. Ich habe keine Ahnung, ob die kommenden vier Wochen wirklich so viele Veränderungen bringen, wie man sich das immer vorstellt. Aber ganz ehrlich ...« Ich schlucke, blicke aus dem Fenster hinab auf L. A., die Stadt, die mir in den letzten zwei Jahren ein Wohnort war. Ein Wohnort, keine Heimat. Dazu fehlten die Menschen. Dann richte ich den Blick wieder entschlossen auf die Kameralinse. »... ich wünsche es mir. Ja, ich bin verdammt noch mal bereit für Veränderung.«

Mit einem vorfreudigen Flattern im Bauch schalte ich die Kamera wieder aus, lege sie auf die Mittelkonsole, weil Orlando es sich inzwischen auf dem Beifahrersitz bequem gemacht hat, und starte den Van, um dem Weg hinauf nach Angelus Oaks zu folgen.

Von Maevis weiß ich, dass es hier eine atemberaubende Wanderroute hinauf zum Gipfel des Mount San Gorgonio gibt. Der perfekte Start in mein geliehenes Leben.

Und tatsächlich: Mit jeder Meile, die ich L.A. hinter

mir lasse, fühle ich mich freier. Ich fahre mit halb geöffneten Fenstern, den Fahrtwind im Haar und mit lauter Musik in den Ohren. Hinauf, hinauf, hinauf. So lange wie heute saß ich schon ewig nicht mehr hinterm Steuer, und das fühlt sich gut an. Ich könnte überall hinfahren, mir steht ein ganzer Kontinent zur Verfügung. Endlose Möglichkeiten und so viel Natur, die ich schon immer von Nahem sehen wollte. Ich beginne zu ahnen, wieso Pascal dieses Leben so sehr liebt.

In Angelus Oaks halte ich an einem Supermarkt, um Lebensmittel und Toilettenartikel einzukaufen. Ich besorge auch die Zutaten für einen Salat zum Abendessen, Eistee und für Orlando eine Dose Nassfutter vom Feinsten. Dann erkunde ich den kleinen Ort mitten in den Bergen auf der Suche nach einem Stellplatz für die Nacht. Angelus Oaks ist winzig, ein paar schicke Häuser hier und da, eine Polizeistation und die Feuerwache, der Supermarkt und ein paar Unterkünfte und Restaurants für Wanderer – beschaulich, aber nichts Besonderes. Dennoch sammle ich ein bisschen Bildmaterial für meinen ersten Vlog.

Schließlich entdecke ich einen Parkplatz etwas außerhalb, auf dem ich nahezu für mich bin. Ich ziehe den Schlüssel aus der Zündung und klettere in den hinteren Teil des Vans. Verrücktes Gefühl, dass diese zwölf Quadratmeter für die nächsten vier Wochen mein Zuhause sein werden.

»Hast du Hunger, Orlando?«

Der Kater maunzt und kommt zu mir, also fülle ich ihm etwas aus der Dose ab und stelle es auf den Boden, bevor ich die Zutaten für den Salat zurechtlege und Pascals Küche einweihe, um mir mein eigenes Abendessen zuzubereiten. Ich bin gerade dabei, den Salat zu waschen, als mein Handy summt und eine eingegangene Nachricht anzeigt. Sie ist von Pascal.

> Danke für das geniale Abendessen.
> Wie nennt sich das?

Er hat ein Foto von der leeren Schüssel auf meinem Balkontisch geschickt. Die Lichterketten und Lampions sind eingeschaltet, was mein verrücktes Herz unerwartet in Aufruhr bringt. *Es sind nur Lichterketten, verdammt.*

> Freut mich, dass es dir geschmeckt hat. Das war eine
> Buddha-Bowl. Die kann man mit allem Möglichen
> zubereiten, aber das ist meine Lieblingsversion.

> Ich mag deine Lieblingsversion.

> Und ich mag Lichterketten.

Und ich mag dich, denke ich und schließe die Augen, um den Gedanken aus meinem Kopf zu vertreiben. Reiß dich zusammen, Holly. Ihr *arbeitet* zusammen. Vier Wochen. Vier Wochen, dann fährt er wieder und verschwindet aus deinem Leben.

Ich schicke ihm ein Foto von der eingeschalteten Lichterkette über seinem Bett.

> Ich mach's mir jetzt auch gemütlich. Es gibt Salat
> und Eistee. Und wenn ich danach noch Lust habe,
> vielleicht einen kurzen Livestream.

Wenn du möchtest, komme ich dazu. Wir könnten
unsere erste Wochenaufgabe öffnen.

Gute Idee! So in 30 Minuten?

Perfekt!

★

»Okay«, flüstere ich und klettere auf das Bett, um es mir
dort für das Live-Video bequem zu machen. Glückli-
cherweise habe ich mir noch ein zweites Kissen eingepackt, sodass ich mich jetzt gut gepolstert gegen die mit
Holz verkleidete Hecktür lehnen kann. Mein Handy stecke ich auf das kleine Stativ, das ich mitgebracht habe,
und positioniere es so, dass man sowohl mich als auch die
Lichterkette im Hintergrund sehen kann. Das Decken-
licht des Vans reicht aus, um mein Gesicht auszuleuchten.
Es ist nicht perfekt, aber gut genug, damit die Leute nicht
einfach wieder ausschalten, weil die Qualität zu schlecht
ist.

Nach einem kurzen Blick auf die Uhr öffne ich Instagram und gehe live. »Hey, ihr Lieben!«, begrüße ich die
Zuschauer mit einem breiten Lächeln. Es dauert keine
halbe Minute, da schauen mir bereits mehrere Hundert
Follower zu. »Dreimal dürft ihr raten, wo ich gerade sitze.
Oh, da ist er schon… dann hat sich das Ratespiel wohl
erledigt.«

Ein zweites Fenster baut sich auf, und dann ist er da.
Pascal. Er strahlt in die Kamera, die Haare feucht, die braunen Augen amüsiert, im Hintergrund erkenne ich meine

Pflanzenecke im Wohnzimmer. Interessanter Kamerawinkel. Den hatte ich noch nie.

»Hey!«

»Hey«, erwidere ich lächelnd. Er war offenbar duschen. In meiner Dusche. Verrücktes Gefühl.

»Du hast es dir gemütlich gemacht«, stellt er fest. »Wie gefällt dir der Van?«

Ich schildere ihm und unseren Zuschauern die Erfahrungen, die ich heute gemacht habe. Wie schwer es ist, sich auf das Wesentliche zu konzentrieren, wenn man keine Ahnung hat, was das Wesentliche ist.

»Eine Kaffeemaschine ist es jedenfalls nicht. Sagt zumindest Pax.«

Wir lachen gemeinsam, dann erklärt Pascal mir, wie er seinen Kaffee im Van-Alltag zubereitet: schwarz, direkt durch den Filter, den ich in einem der Schränke entdeckt habe.

»Man lernt sehr schnell, sich mit den einfachen Dingen des Lebens zufriedenzugeben«, erzählt er. »Früher habe ich meinen Kaffee nie ohne Milch und Zucker getrunken. Heute reicht er mir schwarz. Am liebsten frisch gemahlen und aufgebrüht. Es schmeckt sowieso alles gut, wenn man es still und allein an der freien Luft genießen kann.«

Ich muss lächeln. Mir fällt keine Erwiderung ein, aber das ist auch nicht schlimm. Es reicht, ihm zuzuhören, wenn er so schöne Dinge sagt, und den Kommentaren der Zuschauer nach zu urteilen, bin ich nicht die Einzige, die den ganzen Abend an seinen Lippen hängen könnte.

»Erzähl mal: Wie hast du deinen ersten Abend zurück in der Zivilisation verbracht?«, frage ich ihn, damit er weiterredet. »Hast du meine Wohnung schon ausgemistet?«

Sein warmes Lachen fühlt sich an wie eine Umarmung und lässt mich an unseren Abschied denken. Daran, wie es war, ihn so dicht an mir zu spüren. Gerade rechtzeitig kann ich ein leises Seufzen unterdrücken.

»Das hättest du wohl gerne.« Er grinst mich verschmitzt an. »Ich habe bloß die Sachen weggeräumt, die hier noch von deinem Auszug rumstanden«, erzählt er und malt beim Wort Auszug mit den Fingern Anführungszeichen in die Luft. »Dann habe ich deine grandiose Buddha-Bowl genossen, und dann – halt dich fest – habe ich mir ein luxuriöses Bad gegönnt.«

»Du warst *baden?*« Ich weiß nicht, wieso, aber ich finde die Vorstellung urkomisch. Niemals hätte ich gedacht, dass ausgerechnet ein Vollbad eines der Dinge ist, die er zuerst machen würde, wenn er wieder eine ganze Wohnung für sich hat.

»Nach zwei Jahren, in denen ich nur in Seen, dem Meer und Schwimmbädern war, hat sich das ziemlich gut angefühlt.« Er lächelt breit und fährt sich mit einer Hand durch die dunklen Haare. »Du solltest aufpassen. Vielleicht will ich nach den vier Wochen nicht mehr zurück in den Van ziehen.«

Seine leichtfertig dahingesagten Worte schleichen sich direkt in mein Herz. Ich messe ihnen viel zu viel Bedeutung zu, das wird mir noch im selben Augenblick klar, aber trotzdem kann ich nicht anders: In mir blitzt ein Fünkchen Hoffnung auf. Was, wenn er nach den vier Wochen vielleicht in L.A. bleibt?

»Vielleicht komme ich mit schwarzem Kaffee und einer Minidusche ja so gut zurecht, dass ich im Van bleibe«, witzle ich, um das Durcheinander meiner Gefühle zu überspielen. »Allerdings müsstest du dann wohl oder übel meine DIY-Projekte übernehmen.«

Er schlägt sich spielerisch eine Hand aufs Herz und tut so, als würde er vor Schreck umfallen. »Ich weiß nicht, ob mein Minimalisten-Herz das verkraften würde.«

Ich kichere, und wir albern noch eine Weile weiter herum, bevor wir schließlich unsere Umschläge mit den Wochenaufgaben heranziehen. Noch immer schauen uns mehrere Tausend Leute zu, die uns mit Kommentaren und Fragen überhäufen. Anscheinend können sie es kaum erwarten zu erfahren, welchen Aufgaben wir uns in der nächsten Woche stellen werden. Pascal hat seine Umschläge für mich sorgsam beschriftet. Seine Handschrift ist ordentlich und klar, es ist fast, als würde sein Charakter darin stecken.

Meine Umschläge für ihn sind nicht weiß, sondern bunt. Jede Woche hat eine eigene Farbe, die Beschriftung habe ich in bester Handlettering-Manier darauf gezeichnet. Einen davon hebt er jetzt in die Kamera.

»Witzig, schon an unseren Umschlägen kann man erkennen, wie unterschiedlich wir sind«, spricht er aus, was ich denke.

Ich zeige den Zuschauern den weißen Umschlag, bevor ich meinen Finger unter die Klappe schiebe, um ihn zu öffnen.

»Du zuerst«, fordert Pascal mich auf.

»*Liebe Holly, deine erste Aufgabe ist es, eine Nacht unterm Sternenhimmel in der Wüste zu verbringen. Ich wünsche dir eine atemberaubende Erfahrung*«, lese ich vor und blicke auf. Unser Gespräch vom Nachmittag ist mir noch gut in Erinnerung. Ob er daran denken musste, dass er mir genau das auf diese Karte geschrieben hat? »Das wird spannend. Wie gut, dass ich schon auf dem Weg in die Wüste bin.«

Meine Wochenaufgabe für ihn lautet ganz ähnlich.

»Lieber Pax, diese Woche darfst du die Vorzüge eines Apartments mitten in der Stadt genießen«, liest er meine Karte für ihn vor. *»Geh ins Kino, kauf dir in deiner Mittagspause etwas Neues zum Anziehen, besuch eine Ausstellung und lade jemanden zum selbst gekochten Abendessen ein.* Das wird eine teure Woche für mich.«

»Niemand hat behauptet, das Leben in einer Stadt wie L.A. wäre günstig«, erwidere ich belustigt. Wir reden noch eine Weile über die Wochenaufgaben, bevor wir durch den Chat scrollen, in dem die Kommentarspalten längst heiß gelaufen sind. Von »Pax ist so heiß« über »Oh, ihr zwei seid so süß zusammen« bis hin zu »Heißt du wirklich Holly Wood?« ist alles dabei, aber ich suche vor allem nach Fragen zu unserem Tausch, die wir in den verbleibenden Minuten noch beantworten können.

Nachdem wir eine halbe Ewigkeit geplaudert haben, verabschieden wir uns. Ich teile den Livestream in meiner Story, schieße ein Foto von Orlando und mir für meinen Feed und poste es, bevor ich noch ein paar Nachrichten in meinem Postfach lese. Das meiste davon sind Markierungen in den Storys anderer. Alles, was ich sehe, bekommt ein Herzchen von mir, doch es sind zu viele Nachrichten, als dass ich sie alle lesen könnte.

Nachdem ich den Social-Media-Teil meiner Arbeit erledigt habe, klingt die Aufregung ab. Der Tag hat mir kaum Zeit zum Durchatmen gelassen, und das spüre ich jetzt. Ich bin plötzlich wahnsinnig müde. Als ich meinen

Messenger öffne und ein Lob für den Stream von Maevis lese, bin ich schon wieder den Tränen nahe.

Ich bedanke mich und lege das Handy weg, bevor ich mich auf dem Bett ausstrecke und mein Gesicht im Kissen vergrabe. Es dauert nicht lange, da bin ich vor Erschöpfung eingeschlafen.

Pascal

Los Angeles, Kalifornien

14 »Was zum Henker…?« Ich schlage die Augen auf, irritiert über den plötzlichen Lärm, der mich aus meinen Träumen gerissen hat. Was ist das nur für ein Brummen?

An Schlaf ist dabei jedenfalls nicht mehr zu denken.

Müde stehe ich auf und reibe mir über die Augen, bevor ich die Jalousien hochfahre, aus dem Fenster blicke und die Ursache des Lärms erkenne.

Rasen mähen? So früh?

»Alter«, murmle ich und schlurfe zum Nachttisch, um den Flugmodus meines Handys auszuschalten und einen Blick auf die Uhr zu werfen. Es ist kurz nach acht, aber ich fühle mich nicht mal annähernd bereit für den Tag. Kein Wunder, nach nur fünf Stunden Schlaf. Nicht zum ersten Mal sehne ich mich nach der Ruhe des Vans. Da hätte ich auch nicht so lange gebraucht, um einzuschlafen, aber bei so vielen ungewohnten Geräuschen und Gerüchen um mich herum ist es mir schwergefallen, zur Ruhe zu kommen.

In der Küche mache ich mich zum ersten Mal mit Hollys Kaffeemaschine vertraut. Mit einem lauten Brummen erwacht sie zum Leben und reinigt sich erst mal selbst. Währenddessen suche ich nach einer Tasse und finde ein ganzes Regalbrett voll mit unterschiedlichen Motivtassen in allen Formen und Farben. Viele davon sind mit witzigen Sprüchen oder Weisheiten verziert. Am Ende entscheide ich mich für eine Tasse, auf der Holly und ihr Kater als Illustration abgebildet sind, und versuche, mir einzureden, dass ich überfordert mit der Auswahl war – und es nicht daran liegt, dass mir Holly bereits fehlt.

Ich frage mich, ob sie die Tasse selbst gemacht oder geschenkt bekommen hat. Wenn man so sehr in der Öffentlichkeit steht, bekommt man häufiger Fanpost. Bei mir beschränkt sich das auf Mails, immerhin wissen die Leute, dass ich unterwegs bin, aber Hollys Fans schicken ihr sicher auch mal selbst gebastelte Sachen. Ich nehme mir vor, sie danach zu fragen, wenn sich die Gelegenheit ergibt.

Dass diese allerdings wenige Augenblicke später gekommen ist, weil mich die Kaffeemaschine förmlich anschreit und entkalkt werden möchte, hätte ich nicht gedacht.

»Das fängt ja schon gut an mit uns beiden«, murmle ich und versuche, meinem bewährten alten Porzellanfilter nicht hinterherzuweinen. Ich überlege kurz, mich einfach über die Maschine hinwegzusetzen, aber dafür liebe ich Kaffee zu sehr – und wer weiß, wie lange Holly ihre Maschine schon nicht mehr entkalkt hat.

Also mache ich mich auf die Suche nach dem Entkalker und stelle dabei fest, dass Holly Unmengen an unterschiedlichem Geschirr besitzt – und die Sachen sind so kunterbunt gemixt, dass sie sich nur mit viel Geschick vernünftig stapeln lassen. Wie sie damit nicht verrückt wird, ist mir ein Rätsel. Wie viel sie davon wohl in ihrem Single-

Haushalt regelmäßig benutzt? Wahrscheinlich bekommt sie oft Besuch und bekocht ihre Freunde mit köstlichen Buddha-Bowls.

Ich stoße auf Backformen in den unterschiedlichsten Größen und zig Materialien, um damit Kuchen zu verzieren, vegane Kochbücher und Magazine, Teesorten en masse, und nachdem mir ein Haufen Frischhaltedosen aus einem Schrank entgegengefallen ist, entdecke ich endlich einen ganzen Regalboden voll mit bunten Reinigern, unter denen sich Gott sei Dank auch eine Flasche Entkalker befindet.

Ich atme tief durch und versuche, mich von dem Chaos in ihrer Küche nicht stressen zu lassen.

Es ist alles gut. Ich fühle mich rundum wohl.

Entschlossen nicke ich und mache mich auf die Suche nach der Anleitung der Maschine, ohne die die Wahrscheinlichkeit hoch ist, das teure Teil eher zu zerstören, als zu reinigen. Als ich sie zehn Minuten später immer noch nicht gefunden habe, rufe ich bei Holly an.

»Guten Morgen!«, zwitschert sie mir fröhlich ins Ohr. Offenbar hat sie besser geschlafen als ich. »So früh habe ich nicht mit dir gerechnet.«

»Bedank dich bei eurem Gärtner«, entgegne ich mürrisch. »Ich hoffe, du hattest einen schöneren Start in den Tag.«

Sie kichert und entschuldigt sich für den Weckruf, obwohl sie den Gärtner wohl kaum extra für mich einbestellt hat. Dann erzählt sie mir, dass sie schon unterwegs ist, um auf dem San Bernardino Trail zu wandern. »Ich glaube zwar nicht, dass ich es bis zur Spitze schaffe, aber ich wollte den schon eine ganze Weile wandern. Ich hatte

sogar schon die Wandergenehmigung zu Hause rumflie-
gen. Das passte perfekt.«

»Das hört sich super an.« Ich lasse die Kaffeemaschine
erst mal in Ruhe und lehne mich gegen die Küchentheke,
um mich ganz auf das Gespräch zu konzentrieren. »Den
bin ich früher ein paarmal mit Dad und meinem Bruder
gewandert. Der Weg ist wirklich schön, aber wir sind auch
nie bis zum Gipfel gekommen. Immer, wenn wir es versucht haben, lag oben so viel Schnee, dass man ohne passende Ausrüstung nicht weitergekommen wäre.«

»Schon verrückt, dass es in L.A. oft so heiß ist, aber
in den Bergen trotzdem Schnee liegt.« Ich höre ihre
Schritte auf dem Weg und schließe die Augen, um mir
den Ort vorzustellen, den ich nur noch vage in Erinnerung habe. Mittlerweile habe ich so viele unterschiedliche
Wanderungen hinter mir, dass die Bilder miteinander ver-
schwimmen. »Ich bin früher echt gern gewandert, aber
seit ich in L.A. wohne, habe ich noch nicht einen Fuß in
die Berge gesetzt.«

»Dabei ist das wirklich das Schönste an der Gegend
hier«, necke ich sie, doch in meine Magengrube hat sich
auch ein mulmiges Gefühl geschlichen. Nicht jede Wanderung ist ungefährlich, vor allem, wenn man allein unterwegs ist. »Hast du genug Wasser eingepackt?«

»Ich denke schon.«

»Und Proviant?«

»Machst du dir etwa Sorgen um mich?« Ich kann ihr
Grinsen förmlich hören. Sie klingt so fröhlich, dass sie
damit auch meine schlechte Laune vertreibt. »Ich passe
schon auf mich auf, Pascal.«

»Ich meine ja nur…« Ich zucke unwillkürlich mit den

Schultern. »Schreib mir einfach kurz, wenn du zurück im Van bist, ja? Dann weiß ich, dass ich keinen Suchtrupp losschicken muss.«

»Mach ich«, verspricht sie mir. Wir quatschen noch eine Weile weiter, aber dann wird ihr Empfang immer schlechter, sodass ich sie nur noch schnell nach der Anleitung frage und ihr einen schönen Tag wünsche. Nachdem wir uns voneinander verabschiedet haben, greife ich zum ersten Mal an diesem Tag zur Kamera, um den Zuschauern von meinem Start in den Tag zu erzählen. Ich nehme sie mit in Hollys Büro, wo ich mich auf die Suche nach der Anleitung mache.

»Schatzsuche«, erkläre ich an die Kamera gerichtet. »Ich bin gespannt, was dabei ans Tageslicht kommt. Ein bisschen Respekt habe ich vor diesem Zimmer ja schon.«

Ich mache einen Schwenk über die übervollen Regalbretter, bevor ich die Kamera so auf die Werkbank in der Mitte des Raumes lege, dass sie mich bei der Suche filmt.

»Anleitungen«, murmle ich und lasse meine Augen über das Regal gleiten. Es ist etwa vier Meter lang und fast deckenhoch, darin befinden sich so viele Kisten, Ordner und Bücher, dass mir schon bei bloßer Betrachtung ganz schwindelig wird. Braucht sie wirklich all diesen Kram für ihre Videos? Wenigstens ist alles fein säuberlich beschriftet.

In der untersten Etage entdecke ich eine ganze Reihe an bunten Ordnern, doch laut Holly suche ich nach einer Kiste. Wenig später entdecke ich das Ungetüm etwa auf Brusthöhe.

»Dann wollen wir mal.« Ich hebe sie aus dem Regal, doch irgendwie verkantet sie sich an einer der Metallstreben, sodass die ganze Konstruktion ins Wanken gerät. »Nein, nein, fuck!«, rufe ich, doch es ist zu spät. Mit einem lauten Scheppern fallen mehrere Plastikboxen aus dem Regal. Tausende kleine Perlen in sämtlichen Farben und Formen ergießen sich über den Boden.

»Scheiße.« Ich schließe die Augen. Verdammter Mist. Wie kann man nur so ungeschickt sein? Und wieso halten diese Plastikdinger keinen verdammten Sturz aus? Wieso liegen die überhaupt so nah am Rand?

Seufzend ergebe ich mich meinem Schicksal, befreie die Kiste aus dem Regal und tapse zum Tisch. Die Perlen stechen anklagend in meine Fußsohlen, aber ich versuche, keine Miene zu verziehen. So viel Genugtuung will ich den blöden Dingern echt nicht geben.

Nachdem ich die Kiste auf dem Tisch abgestellt habe, nehme ich die Kamera und filme das angerichtete Chaos. »So was, liebe Leute, passiert, wenn man nicht regelmäßig ausmistet.« Dann richte ich die Kamera wieder auf mich. »Und so sieht ein Trottel aus, der nun Tausende kleine Perlen aufsammeln und sortieren muss.«

Ich weiß nicht, ob ich lachen oder weinen soll.

Fest steht jedenfalls, dass ich erst mal einen Kaffee brauche, bevor ich mich dem Aufräumen widme.

★

Nachdem ich den ganzen Tag Perlen sortiert habe – und immer noch nicht fertig bin –, schnappe ich mir die Schlüssel und eine große Tasche, um dem Supermarkt um die Ecke einen Besuch abzustatten. Ich gebe mir Mühe, meine Laune nicht über den Einkauf bestimmen zu lassen, sonst werde ich mich die nächsten Tage von Süßkram ernähren. Stattdessen atme ich tief durch und packe jede Menge Obst und Gemüse in den Wagen, ein paar Flaschen Club Mate, etwas Käse, Brot, doch dann bleibe ich unsicher vor dem Frischeregal stehen. Was ist mit Eiern? Fisch? Fleisch? Holly fände es mit Sicherheit nicht so toll, wenn ich ihr Kochgeschirr verwenden würde, um tierische Produkte anzubraten.

»Hm«, seufze ich nachdenklich. Ich könnte mir eine Extrapfanne kaufen, oder ich verzichte ihr zuliebe darauf und esse innerhalb ihrer vier Wände nur vegan. Ich könnte das Ganze auch gleich für mein Vier-Wochen-vegan-Video nutzen, aber so ganz ohne Vorbereitung?

Der Käse in meinem Einkaufswagen sieht verlockend aus. Könnte ich wirklich so lange darauf verzichten? Auf all die Dinge, die ich sonst esse? Was ist mit Club Mate? Ist das Getränk überhaupt vegan?

Ehe ich michs versehe, stecke ich schon mittendrin und sortiere einige der Lebensmittel in meinem Einkaufswagen wieder aus. Ich weiß nicht genau, wann ich in den letzten zehn Minuten die Entscheidung getroffen habe, es zu versuchen, aber als ich an der Kasse stehe und die Einkäufe aufs Band lege, bin ich stolz darauf, in Hollys Küche nur das zuzubereiten, was auch sie dort kochen würde.

»Das Pistazieneis scheint neuerdings echt der Renner zu sein«, sagt der Kassierer belustigt, während er meine Einkäufe über das Band zieht. »Vielleicht sollte ich es doch mal ausprobieren.«

»Ich hab's letztens bei einer Freundin gegessen. Es ist wirklich gut«, erzähle ich ihm, da mustert er mich eindringlich. Ich runzle die Stirn, verwirrt über sein plötzliches Interesse, und sehe an mir hinunter. Habe ich einen Fleck auf dem Shirt?

»Meinst du etwa Holly?«, fragt der Kassierer nach. Ich blicke auf sein Schild. Er heißt Asher. Ist er ein Freund von ihr?

»Ja, genau. Woher weißt du das?«

»Holly kauft immer die merkwürdigsten Dinge.« Er lacht und kassiert weiter. »Sie hat mir erzählt, dass sie jemanden zum Abendessen eingeladen hat. War sich nicht sicher, ob das Eis die richtige Wahl war. Scheint, als hätte sie einen Volltreffer gelandet.«

Ich weiß nicht, was ich darauf erwidern soll. Ich weiß ja nicht mal, wie er das überhaupt gemeint hat.

»Du kommst nicht aus der Gegend, oder? Ich habe dich hier noch nie gesehen«, redet Asher weiter und begrüßt mit einem kurzen Winken einen seiner Kollegen, der gerade die zweite Kasse aufmacht.

»Holly und ich haben für vier Wochen unsere Leben getauscht«, erkläre ich. »Ist ein Experiment. Für Youtube.«

Asher hält inne und sieht mich erstaunt an. »*Das* hätte ich ihr im Leben nicht zugetraut.«

Ich packe die letzten Einkäufe ein und zücke mein Portemonnaie. »Warum nicht?«

»Na ja, ich kenne sie nicht besonders gut, aber...« Er zuckt mit den Schultern. »Sie kommt seit zwei Jahren hierher zum Einkaufen, seit vielleicht einem Jahr reden wir mehr als ein paar Sätze miteinander. Sie hat echt lange gebraucht, um aufzutauen. Verstehe ich gar nicht, immerhin bin ich doch der liebenswürdigste Kassierer in der ganzen Stadt.« Asher grinst mich vielsagend an. Ich lächle zurück, bin aber irgendwie immer noch irritiert.

»Sie wirkt auf mich sehr schüchtern. Wundert mich, dass sie sich auf so einen Tausch einlässt.«

»Nur weil sie schüchtern ist, heißt das ja nicht, dass sie nicht mutig wäre«, entgegne ich, weil ich das Gefühl habe, sie in Schutz nehmen zu müssen.

»Wohl wahr.«

Ich bezahle die Einkäufe und kehre zurück in Hollys Wohnung, wo ich ein Foto von den Lebensmitteln mache und es ihr mit den Worten »Vier Wochen vegan – zumindest in deinen vier Wänden« schicke. Nachdem ich alles weggeräumt habe, wechsle ich in meine Sportkleidung, um im Beverly Gardens Park mein Trainingsprogramm durchzuziehen.

★

Mein Handy kündigt summend eine neue Nachricht an, während ich mir eine einfache Reispfanne zum Abendessen zubereite.

Du hast Pistazieneis gekauft!
Ich bin neidisch!

Du hast mich angefixt. Ich
konnte nicht widerstehen.

Wehe, es gibt in vier Wochen keines mehr.

Das ist dann nicht meine Schuld. 😵
Bist du zurück?

Gerade zur Tür rein. Sozusagen.

Hat es dir gefallen?

Als Antwort schickt sie mir einen Haufen Fotos von grünen Wäldern, staubigen Wegen und einer Aussicht über das San Bernardino Valley, die sich bis zum Pazifik erstreckt, obwohl der Smog über der Stadt den Ausblick diesig macht.

Jetzt bin *ich* neidisch.
Ich habe heute Perlen sortiert …

???

Mir ist deine Perlensammlung runtergefallen,
als ich nach der Anleitung für die Kaffeemaschine
gesucht habe. Habe mich gefühlt wie Cinderella.

Ist es fies, wenn ich jetzt lache?

Nur ein bisschen.

Trotz dieses blöden Starts in unser Experiment muss ich lächeln, weil ich mir ihren Lachanfall vorstelle.

Pack die Perlen einfach in eine Tüte und leg sie ins
Regal. Ich weiß nicht mal, ob ich die Dinger überhaupt noch mal brauchen werde.

Das sagst du mir erst jetzt???

Konnte ja nicht ahnen, dass du dir ausgerechnet
Perlen als erstes DIY-Projekt aussuchst. 😊

Haha.

Ich muss Orlando etwas zu Essen geben und sterbe
selbst vor Hunger. Melde mich später noch mal.

Guten Appetit!

Ich lege das Handy weg und seufze. Es widerstrebt mir
zutiefst, die restlichen Perlen einfach in eine Tüte zu
packen, nachdem ich den ganzen Tag damit verbracht
habe, sie wieder ordentlich in die Kästen einzusortieren.
Andererseits kann ich mir definitiv Besseres vorstellen,
als den nächsten Tag wieder genauso zu verbringen, also
nehme ich ihren Vorschlag an. Immerhin habe ich diese
Woche ja auch noch einiges zu tun, wenn ich die erste
meiner Aufgaben nicht grandios versemmeln möchte.

Nach dem Abendessen setze ich mich mit einer Flasche
Club Mate, der Kamera und meinem Laptop auf den Balkon, um das neue Material auf die Festplatte zu ziehen
und mit dem ersten Video über dieses Abenteuer anzufangen. Morgen muss ich erst mal ein paar Dinge für meinen Podcast erledigen und werde die Mittagspause wohl
oder übel nutzen, um mir etwas Neues zum Anziehen zu
kaufen. Gott, ich habe keine Ahnung, wie ich mich ohne
ausgiebige Recherche im Vorfeld für ein T-Shirt oder
eine Jeans entscheiden soll. Ob Socken auch zählen?

Für den Mittwoch plane ich einen Besuch im Kino,
am Donnerstag werde ich eine Street-Art-Ausstellung in

der Gegend besuchen, und am Freitag kommt Micah zum Abendessen. Bevor ich es vergesse, schicke ich ihm eine Nachricht mit Hollys Adresse und klopfe mir gedanklich auf die Schulter, weil ich gute Pläne für meine Wochenaufgabe gemacht habe.

Schritt eins für mein neues Leben in der Stadt: meinen Bruder zum Abendessen einladen und hoffen, dass ein selbst gekochtes Gericht und ein paar Flaschen Bier helfen, die Wunden der Vergangenheit etwas weniger schmerzhaft zu machen.

Holly

Mojave-Wüste, Kalifornien

15 Am frühen Nachmittag verlasse ich Angelus Oaks und fahre durch die Berge in Richtung Calico. Die verlassene Goldgräberstadt wollte ich schon immer mal sehen, und jetzt ist der perfekte Augenblick dafür gekommen. Orlando verbringt die zweistündige Fahrt dösend auf dem Beifahrersitz, es scheint ihm nichts auszumachen, plötzlich nur noch so wenige Quadratmeter zur freien Verfügung zu haben.

Den Morgen habe ich damit verbracht, an meinem Buch weiterzuarbeiten, denn trotz all der Abenteuer, die auf mich warten, darf ich meinen Abgabetermin nicht versäumen. Doch wenn es weiterhin so gut läuft wie jetzt, werde ich damit keine Probleme bekommen.

Die etwa zweistündige Fahrzeit in die Mojave-Wüste nutze ich für meine Telefonkonferenz mit Maevis.

»Und? Kommst du zurecht?«, begrüßt sie mich neugierig. »Deine Storys und Fotos machen sich echt gut.«

»Ob du's glaubst oder nicht, ich habe dadurch in den letzten Tagen einige neue Abonnenten dazubekommen«, erzähle ich ihr. »Die Reichweite steigt.«

»Nicht nur die Reichweite, Schätzchen.« Sie erzählt mir von ein paar neuen Anfragen von Firmen für mögliche

Kooperationen. Nicht alles davon können wir umsetzen, dafür sind die vier Wochen einfach zu knapp, aber über ein paar der Vorschläge sprechen wir etwas detaillierter, damit Maevis sich bei den Firmen zurückmelden kann.

»Deine Lektorin hat sich auch bei mir gemeldet, um ein paar Ideen für die Vermarktung deines Buches durchzusprechen. Ich telefoniere morgen mit ihr und schicke dir dann eine Zusammenfassung unseres Gesprächs.«

»Perfekt, danke dir.«

»Kommst du gut voran?«, fragt sie vorsichtig, weil sie weiß, dass sie sich damit auf dünnem Eis bewegt. Meine letzte Schreibblockade liegt erst ein paar Monate zurück und hatte sehr viel damit zu tun, dass Leslies Buch angekündigt wurde. Ein Buch, das verdammt große Ähnlichkeit zu dem aufweist, an dem wir damals gemeinsam gearbeitet haben. Als wir noch beste Freundinnen waren.

»Kann nicht klagen. Ich brauche noch drei Kapitel, dann kann ich überarbeiten. Das Layout steht auch, ich bin echt froh, dass ich es selbst gestalten durfte.«

»Hat geholfen, oder?«

»Und wie! Keine Ahnung, wie das ohne Juliettes Vertrauen geworden wäre. Gibt keine bessere Lektorin.«

»Du kennst nur die eine.« Maevis kichert, bevor sie irgendetwas zu einem ihrer Kinder sagt, die im Hintergrund herumtoben. »Ich bin froh, dass es so gut läuft und du dich nicht von Leslies Buch aus der Bahn werfen lässt.«

»Sie hat mir das Leben schon einmal versaut, noch mal will ich das wirklich nicht zulassen«, brummle ich. »Ich versuche einfach, es zu ignorieren, wenn's erscheint.«

»Du bist ja gerade auch prima abgelenkt. Apropos, wie läuft es mit Pascal? Euer Livestream war absolut gelungen.

Eure Zuschauer fahren voll drauf ab. Wusstest du, dass ihr schon einen eigenen Hashtag habt?«

»Was?« Ich lache auf. »Nicht im Ernst.«

»Doch, man nennt euch #paxolly, und die Leute warten nur darauf, dass ihre eure Beziehung bekannt gebt.«

Beim Wort »Beziehung« bleibt mir kurz die Luft weg, doch dann fange ich mich wieder. »Wie soll das funktionieren, wenn wir meilenweit getrennt voneinander sind?« Ich verrate Maevis nicht, dass Pascal und ich seit unserem gemeinsamen Abendessen täglich Kontakt haben, weitaus mehr, als notwendig wäre. Und dass mein Herz neuerdings immer etwas schneller schlägt, wenn er mir ein Foto von sich im Chaos meiner Wohnung schickt.

»Keine Ahnung.« Sie seufzt laut. »Aber damit würdet ihr sehr viele Menschen glücklich machen.«

»Du vergisst die Frauen, die mir am liebsten den Kopf abreißen würden, wenn ich auch nur daran denke, ihn zu küssen. Und die Männer, die nicht müde werden, mir zu sagen, dass sie mir bis ans Ende meines Lebens jeden Tag einen Strauß Rosen schenken würden, wenn ich sie nur einmal in mein Bett lasse.«

Maevis schnaubt – und ich bin mir nicht sicher, ob aus Entrüstung oder aus Belustigung. Dabei sind die Rosen noch der harmlose Teil der Nachrichten, die mich manchmal erreichen. Ich will nicht nachzählen, wie viele perverse Fotos ich schon gelöscht und wie vielen Instagram-Nutzern ich den Kontakt gesperrt habe, weil sie mich sexuell belästigt haben. Zwar könnte ich einiges davon auch zur Anzeige bringen, aber dann wäre ich vermutlich mein halbes Leben vor Gericht beschäftigt.

»Hey«, meint Maevis plötzlich. »Wäre es in Ordnung

für dich, wenn ich Pascal kontaktiere und ihn frage, ob er Bedarf an einem Management hat?«

»Machst du Witze? Natürlich ist es das. Ich würde mich freuen, wenn er deine Unterstützung in Anspruch nimmt.«

»Danke.«

»Solange du es nicht wegen seiner braunen Augen oder des Bizeps machst«, necke ich sie.

»Pfft, du solltest mich besser kennen.«

»Schon klar.« Ich erblicke das Straßenschild, das meine Abfahrt nach Calico markiert. »Du, ich bin bald da. Danke für die Unterhaltung während der Fahrt!«

»Pass auf dich auf, Süße. Ich melde mich, wenn ich mehr für dich habe«, verspricht sie mir und legt auf. Mit einem zufriedenen Lächeln auf den Lippen fahre ich von der Interstate ab und suche nach der verlassenen Goldgräberstadt.

★

Calico ist alles andere als verlassen, der touristisch erschlossene Ort erinnert mehr an ein Freilichtmuseum als an eine Geisterstadt. Deshalb ist es nicht leicht, Clips zu filmen, auf denen keine Menschen zu sehen sind. Es kostet mich deutlich mehr Zeit, als der Besuch normalerweise in Anspruch nehmen würde, denn der Ort ist winzig. Ein Teil davon ist vor knapp zwanzig Jahren bei einem Brand zerstört worden, der Rest wurde restauriert und bietet eine tolle Kulisse für meinen ersten Vlog.

Insbesondere die alte Eisenbahnbrücke hat es mir angetan, sodass ich kurzerhand mein Stativ hole, um ein kleines Fotoshooting mit der Brücke im Hintergrund zu veranstalten. Ich bin fast ein bisschen überrascht, dass die Abendsonne ein so perfektes Licht für die Fotos bietet, aber andererseits hatte Pascal ja schon vorhergesagt, dass ich meine Kunstlichter nicht brauchen würde.

Zurück im Van, sortiere ich die Fotos und kopiere ein paar davon auf mein Handy, um sie für Instagram zu bearbeiten. Das erste lade ich sofort hoch und schreibe ein paar kurze Worte dazu, wie ich den Tag verbracht habe. Danach setze ich mich wieder hinters Steuer, fest entschlossen, heute meine erste Wochenaufgabe zu erfüllen.

Ich folge eine Weile der Straße, die nach Fort Irwin führt, biege dann aber irgendwann auf eine Schotterpiste ab. Dort suche ich nach einem Platz, von dem aus ich einen schönen Ausblick über die Wüste habe, und stelle den Van ab.

Orlando maunzt vorfreudig, als ich in den hinteren Teil klettere, um unser Abendessen zuzubereiten. »Heute werden wir Sterne zählen«, kündige ich an, bevor ich mich an die Arbeit mache und mir Nudeln mit mediterranem Gemüse und Hafersahne koche. Nichts Besonderes, aber immer wieder lecker. Bisher vermisse ich bloß das Pistazieneis.

Und Kaffee.

Kaffee mit Sirup und Pflanzenmilch in einer meiner Motivtassen, die mir jeden Tag versüßen. Ich frage mich, welche der Tassen wohl Pascals Liebling wird.

Als ich mein Essen auf den Teller geladen habe, steht die Sonne schon tief am Horizont. Ich mache die Hintertüren des Vans weit auf und atme ein weiteres Mal die trockene, warme Wüstenluft ein. Zum Glück ist es nahezu windstill.

Auf Sand in meinem Essen – und in meinem Bett – kann ich nämlich gut verzichten.

Wie ruhig es hier ist! So ruhig, dass es schon fast unheimlich wird. Alles, was ich höre, ist mein Atem und das Schmatzen von Orlando, der sein Futter in Windeseile verputzt. Von Menschen weit und breit keine Spur, nicht einmal das leiseste Anzeichen von Zivilisation liegt in meinem Blickfeld. Fast komme ich mir vor, als wäre ich allein auf einem fremden Planeten.

Nur ich und mein Kater und eine leckere Portion Pasta. Wie aufregend!

Ich sitze auf dem Bett, lasse die Beine hinunterbaumeln und esse schweigend meine Nudeln, versuche dem Drang zu widerstehen, mein Handy hervorzuziehen und die Stille mit Musik oder einem Video zu füllen. Immerhin ist das doch der Sinn der ganzen Übung. Abschalten von allem, was mich sonst beschäftigt.

Den Sonnenuntergang betrachten. Sterne zählen.

Sein.

Einfach nur ich sein.

Ich stelle den Teller neben mich, weil mir ein erschreckender Gedanke kommt. Wer bin ich eigentlich, wenn ich mal alles außen vor lasse, was mich und meinen Alltag ausmacht? Youtube, Instagram, die ganzen DIY-Projekte, mit denen ich einen Großteil meines Lebens verbringe … Wer *bin* ich dann?

Dass ich auf diese Frage keine Antwort finde, stimmt mich traurig. Nach außen hin wirkt es immer so, als hätte ich alles im Griff. Als wüsste ich genau, wo ich hinwill. Wie mein Leben verlaufen soll. Dabei habe ich überhaupt keine Ahnung. Ich lasse mich einfach nur treiben, von einer Möglichkeit zur nächsten. Die Dinge, die im Leben wirklich wichtig sind … tja, bei dem Thema scheitere ich gnadenlos.

Die einzigen funktionierenden Beziehungen führe ich mit meinem Kater und meiner Managerin. Meine Familie ist meilenweit weg, eine Beziehung habe ich seit Jackson nicht mehr gehabt. Eine beste Freundin? Hatte ich schon, ist schiefgegangen, will ich nicht mehr.

Die Karriere ist nicht alles, schießt es mir durch den Kopf. Aber wer bin ich ohne sie? Ich ziehe die Beine an den Körper und lege mein Kinn auf einem Knie ab. Die untergehende Sonne färbt den Sand fast rot, der Anblick ist atemberaubend und so viel größer als all die Probleme, die ich mit mir herumschleppe. Im Angesicht der gewaltigen Natur fühle ich mich winzig. Wie ein Sandkorn in dieser riesigen Wüste.

Ein sehr unglückliches Sandkorn, wenn ich ehrlich mit mir selbst bin. Was Leslie mir damals angetan hat, hat so scheiße viel kaputt gemacht. Weil ich es zugelassen habe, mich von ihr aus meiner Heimat vertreiben zu lassen. Weil ich nicht den Mumm hatte auszusprechen, was mir durch den Kopf ging. Weil ich Jackson nicht den Stinkefinger gezeigt habe, als er sich auf ihre Seite gestellt hat.

Ich spüre Tränen in meinen Augenwinkeln. Tränen, die ich schon viel zu lange in mir zurückgedrängt habe, weil nie die Zeit, nie der sichere Raum da war, um sie hinauszulassen. Aber jetzt, hier mitten in der Mojave-Wüste, ist der Augenblick plötzlich da, in dem ich um all die Dinge weine, die ich verloren habe. Es ist gleichzeitig schön und schrecklich, dass hier draußen niemand mein Schluchzen hört.

Pascal

Los Angeles, Kalifornien

Ich rubble meine Haare mit dem Handtuch trocken und schlüpfe in eine frische Boxershorts und ein T-Shirt, bevor ich mich mit einem Glas Wasser und meinem Laptop auf den Balkon verziehe. Die Sonne ist fast untergegangen, und ich frage mich, was Holly gerade macht. Ich weiß, dass sie in Calico gewesen ist. Das hat sie mir erzählt, und ihr Foto auf Instagram habe ich auch schon gesehen. Ob sie diese Nacht für die Erfüllung ihrer ersten Wochenaufgabe ausgesucht hat?

Bevor ich es mir anders überlegen kann, öffne ich den Messenger auf meinem Laptop und schreibe ihr.

Na? Fühlst du dich schon einsam?

Ein bisschen. Bin froh, dass ich wenigstens Orlando dabeihabe.

Das glaube ich dir. Wo steckst du gerade?

Zur Antwort schickt sie mir ein Foto der untergehenden Wüstensonne, das sie vor ein oder zwei Stunden aufgenommen haben muss, denn mittlerweile ist es fast dunkel.

Das ist wunderschön.

Ja.

Kaum zu glauben, dass ich in den letzten
zwei Jahren noch nie hier gewesen bin.

Was hat dich davon abgehalten?

Ich starre auf den Bildschirm meines Laptops, während mir angezeigt wird, dass sie tippt. Die Gespräche mit ihr sind das, was mir an diesem Experiment am meisten Spaß macht. Der Wohnungstausch an sich fühlt sich dagegen schon fast unbedeutend an.

Das Zeichen verschwindet. Sie hört auf zu tippen, doch die Nachricht schickt sie nicht ab. Stattdessen plingt plötzlich das Zeichen für den Video-Chat auf. Überrascht nehme ich den Anruf an.

»Hey.« Sie lächelt mich warm an. »Passt es dir?«

»Klar.« Ich mache es mir etwas bequemer und betrachte Holly, die auf dem Bett des Vans sitzt und offenbar die Türen geöffnet hat, um hinauszusehen. Sie lehnt an der Wand zur Nasszelle, das Gesicht vom Bildschirm und der eingeschalteten Lichterkette beleuchtet. Vielleicht liegt es an den schlechten Lichtverhältnissen, aber es sieht aus, als hätte sie geweint. »Geht's dir gut?«, frage ich.

Sie nickt hektisch. »Ja … sicher, wieso nicht?«

Also hat sie geweint, aber ich dränge sie nicht dazu, mir mehr zu erzählen. Die Natur kann schon überwältigend sein. Wenn man allein in der Wüste ist, kommen einem manchmal die sonderbarsten Gedanken.

»Wie war dein Tag?«, fragt sie mich und nimmt einen Schluck aus einer Bierflasche.

Ich erzähle ihr von meinem Arbeitstag und davon, wie ich mir zum Frühstück einen Lieferdienst habe kommen lassen, weil man das in einer so großen Stadt einfach machen kann. Sie soll mir schließlich nicht vorwerfen, ich hätte meine erste Wochenaufgabe nicht erfüllt. »Für Freitag habe ich meinen Bruder eingeladen. Ich hoffe, das ist okay für dich.«

»Natürlich. Wirst du ihm etwas Veganes kochen?«

»Ich dachte an eine vegane Lasagne«, überlege ich laut. »Damit könnte ich ihn vielleicht überraschen. Er isst sowieso schon vegetarisch.«

»Oh, wirklich? Das ist toll.«

»Tja, ja. Komisch eher. Micah hat früher Fleisch inhaliert. Er war sich sicher, dass er das für seine Muskeln braucht«, erzähle ich ihr. »Aber auf der Feuerwache essen sie wohl fast alle vegetarisch.«

»Er ist Feuerwehrmann?«

»Ja. Sie haben ihn gerade befördert, weil seine Probezeit vorbei war. Jetzt arbeitet er nicht mehr in Pasadena, sondern beim LAFD.« Noch während ich spreche, fällt mir auf, wie stolz ich auf ihn bin. Dass er sich den Wunsch erfüllt hat, den er schon als Jugendlicher hatte. »Da wollte er schon immer hin ... und ich freue mich echt, dass sein Traum wahr geworden ist.«

Holly lacht leise. »Micah heißt er? Hat er Instagram?«

»Willst du ihn etwa stalken?«

Sie grinst mich frech an. »Ich muss doch nachsehen, ob er wirklich so aussieht, wie ich ihn mir vorstelle.«

Ihre Worte versetzen mir einen unangenehmen Stich,

und das ärgert mich. »Er ist kleiner als ich«, erwidere ich spielerisch und ringe das nagende Gefühl in meiner Magengrube nieder. Verdammt! Bin ich tatsächlich eifersüchtig? »Und er hasst soziale Medien wie die Pest. Er kann immer noch nicht glauben, dass man damit Geld verdienen kann.«

»Schade, ich hätte wirklich nichts gegen ein paar Bilder von einem hübschen Mann in Uniform gehabt«, witzelt sie.

»Wer sagt denn, dass er hübsch ist?«

»Er ist dein Bruder«, erwidert sie schmunzelnd. Mir wird klar, dass das insgeheim ein Kompliment war, und ein Lächeln schleicht sich auf meine Lippen.

»Warte kurz«, sage ich und schnappe mir mein Handy, um in den Untiefen meines Fotoordners nach einem Bild von mir und meinen Geschwistern zu suchen und es ihr zu schicken. Es ist locker drei Jahre alt, aber das sollte trotzdem reichen, um ihre Neugier zu stillen. »Du hast Post.«

Ich beobachte, wie sie ihr eigenes Handy in die Hand nimmt, die Nachricht öffnet und das Bild betrachtet. Ihre Augen leuchten, die Grübchen an ihren Mundwinkeln vertiefen sich. »Oh, ihr seht euch alle so ähnlich. Aber ganz im Ernst, das ist ja nicht mal eine Handbreit Größenunterschied.«

Ich lache auf. »Ah, den wahren Unterschied siehst du nicht, den hörst du nur.«

»Am Ego?«, neckt sie mich und sieht mich durch die Kamera direkt an. »Du brauchst dir keine Sorgen zu machen. Er hat viel zu kurze Haare für meinen Geschmack.«

»Na, was für ein Glück.«

Sie lacht. »Und das Mädchen ist deine Schwester? Krass, wie leuchtend blau ihre Augen sind.«

»Ja, das ist Allegra. Sie ist die Jüngste von uns – und die Einzige, die Moms Augenfarbe geerbt hat«, erkläre ich und denke daran, wie schmerzhaft und gleichzeitig schön es ist, Allegra anzusehen.

»Und sie liebt Pistazienkuchen genauso sehr wie du.«

Überrascht blicke ich Holly an. »Daran erinnerst du dich noch?«

»Klar. Kommt schließlich nicht so oft vor, dass ich Menschen treffe, die so verrückt nach Pistazien sind.«

»Das muss jedenfalls ein Zufallstreffer sein.« Ich beginne zu grinsen. »Ich habe heute deinen Vorratsschrank durchforstet. Du hast wirklich den komischsten Geschmack aller Zeiten. Salziges Popcorn, koreanische Süßigkeiten, deren Namen ich nicht mal aussprechen kann, und was bitte ist Miso und Tempeh?«

Sie kichert. »Ich sehe schon, du hast noch viel zu lernen. Probier dich ruhig durch, aber lass bloß die Finger von den Haitai Osatsu.«

»So schlimm?«

»Nein, so gut! Wehe, du isst sie mir weg.« Wir lachen wieder, und dann wird ihr Gesichtsausdruck plötzlich ernst, und sie schaut wieder direkt in die Kamera. »Danke, Pascal.«

Ich runzle leicht die Stirn. »Wofür?«

Sie zuckt mit den Schultern. »Für all das hier. Die Möglichkeit, mal aus meinem Alltag auszubrechen. Ein Abenteuer zu erleben. Die Wüste zu sehen. Du weißt schon.«

Ich lege den Kopf schief und stelle mir vor, ich wäre jetzt bei ihr. Dann würde ich nach ihrer Hand greifen, ihr vielleicht sogar die Strähne hinters Ohr streichen, die sich schon zu Beginn unseres Gesprächs aus ihrem Zopf gelöst hat. Vielleicht würde ich sogar einen Schritt weiter gehen. Sie küssen.

»Warst du schon auf dem Dach des Vans?«, frage ich sie. Mein Hals ist plötzlich ganz trocken.

Sie schüttelt den Kopf.

»Dann los. Nimm mich mit rauf. Zeig mir den Nachthimmel. Von deinem Balkon aus sieht man nur ein paar einsame Sterne, aber ich weiß, dass da viel mehr sind.«

Kichernd steht sie auf. Ein paar Augenblicke später hat sie den Laptop aufs Dach gestellt und zieht sich ächzend hoch. »Du weißt schon, dass ich etwas getrunken habe und einsam und allein in der Wüste bin, oder? Wenn ich jetzt runterfalle, wird mich niemals jemand finden.«

»Sag mir einfach, wo du genau bist. Dann schicke ich den Rettungsdienst los, sobald du fällst.«

Sie lacht noch mehr, gibt mir aber trotzdem eine genaue Beschreibung ihres Standorts. Sicher ist sicher.

»Okay, und jetzt leg dich auf den Rücken«, weise ich sie an und beobachte, wie sie es sich auf dem Dach des Vans gemütlich macht. Dort, wo ich schon so viele Abende gesessen und über den Sinn des Lebens nachgedacht habe. »Mach den Bildschirm so dunkel wie möglich und klapp den Laptop fast zu.«

So sehe ich zwar nichts mehr, aber das ist nicht schlimm. Es fühlt sich trotzdem an, als wäre ich mit ihr da. Ich schließe die Augen, lehne mich gegen die Wand in meinem Rücken und lausche ihren gleichmäßigen Atemzügen.

»Was siehst du?«, frage ich sie leise.

Sie braucht eine Minute, bevor sie spricht. »Es ist wunderschön«, wispert sie. »So groß. Ich glaube, ich habe noch nie so viele Sterne auf einmal gesehen.«

Vor meinem inneren Auge sehe ich genau das, was sie sehen muss. Einen Himmel so reich an Sternen, dass einem ganz schwindelig wird.

»Pascal?«

»Ja?«

»Ist das echt die Milchstraße?«

Ich lache leise auf. »O ja, das ist die Milchstraße.«

»Das ist...« Sie verstummt, und ich weiß genau, wieso. Diese Überwältigung, wann immer man feststellt, wie klein man im Vergleich zum Universum doch eigentlich ist... ich kenne sie zu gut. Und ich wäre nun zu gerne an Hollys Seite, um ihr ins Gesicht zu sehen, während sie genau die gleichen Gefühle durchläuft, die ich in meiner ersten Wüstennacht erlebt habe.

»Ich...«, setzt sie an, dann atmet sie tief ein. Als sie weiterspricht, zittert ihre Stimme ein wenig. »Ich glaube nicht, dass ich einfach so in mein altes Leben zurückkehren kann, wenn das hier vorbei ist.«

Mein Herz macht einen Satz, weil in diesen Worten so viel Bedeutung liegt. So viel Sehnsucht danach, einen Sinn zu finden. In der Arbeit, im Leben, in der Art, wie man diese Welt bereichert.

»Das musst du auch nicht«, erwidere ich leise. »Du kannst sein, wer immer du sein willst. Du musst dich bloß trauen.«

Holly

Mojave-Wüste, Kalifornien

17 Das Van-Life erobert mein Herz im Sturm. Ich verbringe zwei Tage in der Wüste. Morgens öffne ich die Türen, schaue der Sonne dabei zu, wie sie über den Horizont klettert, bis es zu warm wird, um draußen zu sein. Dann verbarrikadiere ich mich im Van, schreibe an den letzten Kapiteln meines Manuskriptes, zeichne auf dem Tablet oder in mein Skizzenbuch, filme, wann immer ich Gedanken in Worte fassen möchte, und verliere den Überblick über Zeit und Ort, weil ich so sehr in meine Arbeit vertieft bin. Orlando döst am liebsten im Bett, auf dem Beifahrersitz ist es ihm oft zu warm, aber auch ihm scheint unsere Reise zu gefallen.

Wenn die Sonne untergeht, schließe ich meinen Laptop, koche mir etwas und klettere damit aufs Dach des Vans, sobald das Metall kühl genug ist, um mir darauf nicht den Hintern zu verbrennen. Dann schreibe oder telefoniere ich mit Pascal, frage ihn nach seinem Tag oder plane den nächsten Livestream mit ihm, mache Fotos von der im Abendlicht rot leuchtenden Wüste für Instagram und lege das Handy schließlich weg, um den Sonnenuntergang zu betrachten.

Sobald die Milchstraße am Himmel zu sehen ist,

kommt mein Körper zur Ruhe, doch in meinen Gedanken tost ein Sturm. Dann ist es plötzlich nicht mehr wichtig, wie viele Seiten mein Buch hat oder wie meine Haare für den Clip liegen. Nein, abends, wenn es nur noch mich und die Sterne gibt, stelle ich mich den wichtigen Fragen des Lebens: Wer bin ich? Wer will ich sein? Wie kann ich je wieder die alte Holly sein, wenn ich weiß, wie viele Abenteuer die Welt für mich bereithält? Und wieso bin ich noch nicht früher auf die Idee gekommen, den Kontinent mit all seinen wundersamen Flecken zu erkunden?

In den Stunden, in denen die Welt stillzustehen scheint, klettere ich irgendwann ins Bett und stelle mir einen Wecker, um den Sonnenaufgang nicht zu verpassen. Der Chat mit Pascal ruft verlockend nach mir. Es ist, als würde sich meine Seele nachts weiter öffnen, das Bedürfnis haben, sich mitzuteilen, und ich schreibe all die Worte, die mir durch den Kopf tanzen, in das kleine Chatfenster.

Aber egal, wie gut ich Pascal mittlerweile kenne, die Worte gehören mir – sie zu teilen, würde mich verdammt verletzlich machen. Und nach dem Schmerz, den mir Leslie und Jackson zugefügt haben, bin ich nicht bereit dazu, jemanden wieder so nah an mich heranzulassen. Also lösche ich sie Absatz für Absatz wieder und aktiviere mit einem schweren Seufzen den Flugmodus meines Handys, um mit Orlando an meiner Seite in einen tiefen Schlaf zu finden.

★

»O shit«, murmle ich, als ich die Füllstandsanzeige der Campingtoilette sehe. Voll bis oben hin. Damit habe ich nicht so schnell gerechnet.

Ich atme tief ein, trete von einem Bein auf das andere und versuche, mich daran zu erinnern, was Pascal zu dem Thema gesagt hat. Den Tank auf keinen Fall in der freien Natur entleeren, sondern einen Campingplatz anfahren. Diese Chemikalien gehören nicht in die Wüste.

»Yay«, japse ich mit voller Blase und schlüpfe in meine Schuhe, um mich gezwungenermaßen draußen zu erleichtern. Ein überlaufendes Klo ist nämlich auch keine Option, und der nächste Campingplatz ist mit Sicherheit ein oder zwei Stunden von hier entfernt.

»Bin gleich wieder da, Orlando.« Ich schnappe mir eine Rolle Toilettenpapier, öffne die Tür und trete in die warme Morgenluft hinaus. Den Start in den Tag habe ich mir anders vorgestellt. Hier draußen ist zwar weit und breit niemand zu sehen, aber wirklich viel Gebüsch, um sich dahinter zu hocken, gibt es hier leider auch nicht. Ich darf also hoffen und bangen, dass nicht ausgerechnet jetzt jemand vorbeifährt.

Ich suche mir eine Stelle nahe einer niedrigen Felsformation, ziehe meine Pyjamashorts und den Slip runter und hocke mich hin, um mich zu erleichtern. Wenigstens habe ich das in all den Jahren des Erwachsenwerdens nicht verlernt.

Als ich fertig bin und nach dem Klopapier greifen will, das ich vor mir auf den Felsen gelegt habe, erstarre ich. Mein Herz gerät ins Stolpern, und sofort bricht mir der Schweiß auf der Stirn aus. Ein riesiger Skorpion hat es sich keine zwanzig Zentimeter davon bequem gemacht.

Ich wage kaum zu atmen. Die Geschichten, die manchmal durch die Medien gehen, schwirren mir durch den Kopf. Ein Stich könnte tödlich sein.

Langsam ziehe ich meine Hosen hoch und schrecke zusammen, als der Skorpion sich bewegt. Er kommt direkt auf mich zu!

Panik erfasst mich. Ich will weglaufen, doch gleichzeitig fühlen sich meine Glieder schwer wie Blei an.

Der Skorpion zuckt mit dem Stachel.

»O Gott«, stoße ich hervor, und das ist alles, was es braucht, um mich aus meiner Starre zu reißen. Ich mache einen riesigen Satz zurück, gerade als das Viech das Ende des Felsens erreicht hat und runterfällt. Ich sehe nicht nach, ob es auf dem Rücken gelandet ist ... ich laufe einfach, so schnell mich meine Beine tragen, zum Van zurück, setze mich hinters Steuer und fahre.

Bloß weg aus der Wüste.

Auf solche Begegnungen kann ich gut und gerne verzichten. Jetzt weiß ich jedenfalls wieder, wieso ich gerne in der Stadt wohne. Da ist das Schlimmste, was mir passieren kann, ein betrunkener Nachbar oder eine Kellerspinne in der Wohnung.

Ich schüttle mich und versuche, das Bild des zuckenden Skorpions loszuwerden. Niemals hätte ich geglaubt, dass ich mich vor irgendetwas mehr ekeln würde als vor Spinnen, aber da habe ich mich wohl geirrt.

Mein Herz beruhigt sich erst, als ich längst auf die Interstate aufgefahren bin. Irgendwann fällt mir auf, dass ich immer noch meinen Pyjama trage, also steuere ich den nächsten Rastplatz an und ziehe mich um. Dann gebe ich Orlando sein Frühstück und suche mein Handy, das immer noch zwischen den Kissen im Bett liegt. Ich schalte den Flugmodus aus und sehe, dass Pascal versucht hat, mich zu erreichen.

Während ich mir mein eigenes Frühstück zubereite, rufe ich ihn zurück. »Hey, sorry, ich hatte den Flugmodus noch drin«, begrüße ich ihn.

»Macht nichts. Ich bin schon fündig geworden«, erwidert er. Seine Stimme ist rau. »Habe nach Müllbeuteln gesucht.«

»Bei den Reinigungsmitteln.«

»Da waren sie nicht.« Er lacht leise auf. »Ich habe sie zufällig im Badezimmer gefunden.«

»Oh, stimmt. Ich habe einen fürs Katzenklo gebraucht und muss dann vergessen haben, sie zurückzulegen.« Ich werfe einen Blick auf die Uhr. »Du bist aber echt früh wach.«

»Ich war laufen. Um diese Uhrzeit kann man wenigstens noch atmen«, erklärt er. »Und bei dir? Wie war dein Morgen?«

»Frag besser nicht. Ich hatte eine unschöne Begegnung mit einem Skorpion.«

»Hat er dich gestochen?«, fragt Pascal, und ich höre ernste Besorgnis in seiner Stimme.

»Nein, nein, ich habe die Beine in die Hand genommen und bin weggelaufen.«

»Gut. Die sind zwar nicht allzu giftig, aber wenn du allergisch reagierst, könnte das böse enden.«

»Ich habe mich schon auf den Weg gemacht, all diese Kreaturen aus der Hölle hinter mir zu lassen«, versuche ich zu witzeln, aber es hört sich keinen Deut lustig an. Dafür sitzt mir die Begegnung mit dem Skorpion noch zu tief in den Knochen. »Genug Wüstenerfahrungen für ein ganzes Leben getankt.«

»Ach komm, so schlimm war es bestimmt nicht.« Im

Hintergrund höre ich meine Kaffeemaschine zum Leben erwachen. Ich seufze neidisch. Ein Latte macchiato, das wäre es jetzt. »Nirgendwo sonst hast du so viel Ruhe und einen so tollen Ausblick auf die Sterne.«

»Das mag sein. Aber ich bin definitiv nicht gemacht für riesige, giftige Tiere. Ich fahre jetzt weiter.«

»Wohin denn?«

»Darüber habe ich mir noch nicht so viele Gedanken gemacht, ehrlich gesagt. Ich muss erst mal einen Campingplatz raussuchen, auf dem ich die Toilette leeren kann.« Ich schiebe meine Müslischale zur Seite, öffne meinen Laptop und schaue auf die Karte. »Las Vegas liegt gleich um die Ecke. Da war ich noch nie.«

»Du willst doch nicht etwa pokern gehen, oder?«, fragt Pascal belustigt. Ich höre, wie er schluckt und dann genießerisch aufseufzt. Verdammter Mistkerl, ich will auch einen Kaffee!

»Ich weiß nicht. Es ist ewig her, dass ich das letzte Mal Poker gespielt habe. Keine Ahnung, ob ich die Regeln noch kenne«, überlege ich laut. Allein nach Las Vegas zu fahren, hört sich gleichermaßen erschreckend und verlockend an. Ich könnte geniale Aufnahmen für meinen Vlog machen, mein grünes Kleid anziehen und einen Haufen Kohle verzocken. Carpe diem – oder so ähnlich.

»Mich musst du nicht fragen, ich kenne mich damit nicht aus. Ich lege mein Geld lieber an der Börse an, statt es sinnlos zu verspielen.«

Seine Worte bringen mein Vorhaben ins Wanken.

»Es wäre ja nur zum Spaß. Ich hatte nicht vor, mein ganzes Vermögen zu verzocken«, füge ich nachdenklich hinzu und frage mich, ob ich genügend Mumm habe, allein ein Casino zu betreten. »Wenn ich schon mal in der Nähe bin, sollte ich mir das nicht entgehen lassen. Wer weiß, vielleicht habe ich später eine coole Geschichte, die ich meinen Enkeln erzählen kann.«

»Ja, vielleicht«, gibt Pascal zu. »Vielleicht denkst du aber auch, du könntest das Spiel überlisten und reich werden, und verlierst all deine Besitztümer, weil du nicht mehr davon loskommst.«

Ich lache auf. »Jetzt übertreibst du aber ein bisschen. Es ist doch nur ein Abend. Ich will einfach mal etwas Neues wagen, ein kleines Abenteuer erleben, weißt du?«

Er zögert einen Augenblick. »Dann leg deinen Einsatz aber vorher fest und hol das Geld bar ab. Die Bankkarte würde ich lieber im Van lassen. Du solltest dir von vornherein klarmachen, dass du nicht hingehst, um reich zu werden, sondern um Geld gegen Spaß zu tauschen.«

Ich grinse. »Geld gegen Spaß?«

»Okay, das hört sich falsch an. Du weißt, was ich meine. Das Geld, das du mitnimmst, ist nach der Nacht aller Wahrscheinlichkeit nach weg. Also nimm nur so viel, wie du bereit bist zu verlieren. Und tausch dein Geld bloß nicht gegen anderweitigen Spaß ein. Und trink nicht zu viel. Nicht dass du am nächsten Morgen verheiratet aufwachst.«

Ich fange an zu lachen, weil ihm plötzlich tausend Dinge einfallen, für die Las Vegas berüchtigt ist. Es ist wirklich süß, dass er sich Sorgen macht, aber ich werde schon auf mich achtgeben.

»Gott, ich höre besser auf, ich klinge schon wie meine Mom.« Er seufzt und verstummt. Die Leichtigkeit unseres Gesprächs ist von einem Moment auf den anderen wie weggewischt, wie beim letzten Mal, als das Gespräch auf seine Mutter gekommen ist. Ich frage mich, was ihr zugestoßen ist, doch ich traue mich nicht, die Frage laut auszusprechen, aus Angst, ihm damit noch mehr wehzutun.

»Ich bin da, wenn du reden möchtest«, biete ich ihm schließlich an und stehe auf, um meine Müslischale abzuwaschen. Mittlerweile ist es schon nach neun, und ich sollte weiterfahren. Telefonieren kann ich ja auch währenddessen.

»Sie hatte Bauchspeicheldrüsenkrebs.«

Pascals Worte treffen mich wie aus dem Nichts. Ich ziehe scharf die Luft ein. »Oh, Pascal … Das tut mir leid«, flüstere ich und lasse mich wieder auf den Stuhl sinken. Ich kann mir nicht vorstellen, wie schlimm es sein muss, seine Mutter zu verlieren. Und dann auch noch so früh.

Er räuspert sich. »Es ging ziemlich schnell. Ein paar Wochen nach der Diagnose war sie … Ich glaube, sie hat es nicht mal gemerkt, weil sie so voll mit Morphin war. Sie ist einfach eingeschlafen.«

Ich will ihm so viele Dinge sagen. Ihn trösten. Ihn in den Arm nehmen und vergessen lassen, was geschehen ist. Ablenken. Aber meine Kehle ist wie zugeschnürt.

»Manchmal vergesse ich für einen Moment, dass sie nicht mehr da ist«, fährt er leise fort. »Wenn es mir dann wieder einfällt, vermisse ich sie umso mehr.«

»Das kann ich mir vorstellen.« Ich schließe die Augen und denke an meine Mom und daran, dass wir uns seit zwei Jahren nicht mehr gesehen haben, weil wir beide so stur sind. Weil wir so sehr in der Vergangenheit leben, dass wir nicht einen einzigen Moment daran denken, dass die Zukunft viel zu kurz sein könnte.

»Danke, Holly.«

»Immer«, erwidere ich ernst, und wir schweigen beide einen Moment. Es ist kein Schweigen der unangenehmen Art, im Gegenteil, die Stille zwischen uns fühlt sich fast wie eine tröstende Umarmung an.

Pascal fängt sich zuerst und räuspert sich. »Also auf nach Vegas?«

Ich atme tief durch, schüttle die dunklen Gedanken ab und konzentriere mich auf das, was vor mir liegt.

»Auf nach Vegas, Baby!« Ich beiße mir auf die Lippe. *Das* war vielleicht ein bisschen drüber, aber er lacht – und das ist alles, was zählt.

Pascal

Los Angeles, Kalifornien

18 Die Lasagne verströmt bereits ihren himmlischen Duft, als Micah an der Tür klingelt. Ich wasche mir die Hände, trockne sie ab und öffne ihm.

»Hey.« Wir schlagen miteinander ein. »Komm rein.«

Micah hat ein Sixpack Bier mitgebracht und sieht sich neugierig um. Er trägt Shorts und ein Shirt, dieses Mal ohne Aufdruck des LAFD. »Ist das nicht ein schräges Gefühl, in der Wohnung einer Frau zu leben, die du kaum kennst?«

»Schon«, erwidere ich und führe ihn ins Wohnzimmer, wo er den Träger auf dem Tisch abstellt. Sein Blick gleitet zu den vollgestopften Bücherregalen. »Aber man gewöhnt sich recht schnell dran. Ich muss sie zwar mindestens einmal am Tag anrufen und fragen, wo was in den übervollen Schränken zu finden ist, aber mittlerweile fühle ich mich schon fast zu Hause.«

»Und ist das auch okay für sie, dass du dir Gäste einlädst?« Er schraubt ein Bier auf und reicht es mir, dann nimmt er sich ein eigenes, damit wir anstoßen können.

»Sie hat es mir quasi vorgeschrieben«, entgegne ich und erzähle ihm von den Wochenaufgaben, die wir uns gegenseitig gegeben haben. Dass ich in ihrer ersten Wüstennacht virtuell dabei war, erzähle ich ihm jedoch nicht. Das bleibt Holly und mein wohlgehütetes Geheimnis. »Morgen Abend gehen wir wieder online und machen den nächsten Umschlag auf.«

»Ich habe mir heute Morgen eure beiden Vlogs angesehen«, gesteht Micah und macht ein paar Schritte durch den Raum, um sich die Fotos anzusehen, die über dem Sofa hängen. »Ich war neugierig auf die Frau. Sie scheint nett zu sein. Und hübsch ist sie auch. Stehst du auf sie?«

»Gleich mit der Tür ins Haus, hm?«

Er grinst mich an. »Ich meine ja nur. Du lebst in ihrer Wohnung. Du kennst sie jetzt wahrscheinlich besser als jeder andere. Oder hat sie einen Freund?«

Ich schüttle den Kopf, erwidere aber nichts darauf, weil ich mir über meine Gefühle für Holly selbst nicht im Klaren bin. Ja, ich finde sie anziehend. So anziehend, dass ich mir ab und zu ausmale, wie es wohl wäre, wenn ich in L.A. wohnen würde. Aber etwas Festes? Bin ich dafür wirklich bereit? Aktuell kann ich mir jedenfalls nicht vorstellen, meinen Van für eine Frau aufzugeben. Dafür liebe ich die Freiheiten, die dieses Leben mit sich bringt, viel zu sehr. Und ich bezweifle, dass Holly ihre Wohnung auflösen würde, um mit mir durch Amerika zu reisen. Nein, damit würde sie ihre Karriere in den Wind schießen. Das würde ich niemals von ihr verlangen.

»Ich glaube, die Lasagne ist gleich fertig«, weiche ich aus, bevor ich mich zu sehr in die Vorstellung hineinsteigern kann, aus Holly und mir könnte mehr als Arbeitskollegen werden. »Ich habe eine vegane Version gemacht.«

Micah folgt mir in die Küche und lehnt sich gegen die Theke. Er stellt die Flasche ab, verschränkt die Arme vor der Brust und beobachtet mich dabei, wie ich das Geschirr bereitstelle und die Lasagne aus dem Ofen hole. Er pfeift anerkennend. »Ich bin beeindruckt. Das sieht aus, als könnte es schmecken.«

»Ich hoffe es. Der Käse-Ersatz wirkte ein bisschen sonderbar auf mich.«

Micah lacht auf und nimmt das Geschirr, wir gehen hinaus auf den Balkon, um dort zu essen. Es ist immer noch warm, aber nicht mehr so heiß, dass die Lasagne einem den Schweiß auf die Stirn treibt.

»Also, du warst heute arbeiten?«, beginne ich ein Gespräch, nachdem wir eine Weile schweigend das Essen genossen haben. Es ist immer noch komisch zwischen uns. Die brüderliche Wärme von früher ist merklich abgekühlt. Wenn ich jetzt in seine Augen blicke, sehe ich da in erster Linie Misstrauen. In jedem seiner Worte schwingen Spott und Ärger darüber mit, dass ich losgezogen bin, um mein eigenes Ding zu machen. Aber er gibt sich Mühe und reißt sich zusammen, das muss ich ihm lassen.

Genauso wie ich mich bemühe, die Wogen zwischen uns zu glätten.

»Nicht auf der Wache, ich arbeite nebenbei noch bei Treks und repariere Fahrräder. Ich habe bei *Mortimer's* aufgehört, als Morty in Rente gegangen ist und das Diner verkauft hat. Der neue Besitzer ist… Lass uns lieber nicht davon anfangen.« Er schließt für einen Moment die Augen und massiert seine Nasenwurzel. »Es gibt ein paar Menschen auf dieser Welt, die vergisst man lieber wieder ganz schnell.«

»So schlimm?« Ich verziehe das Gesicht. »Ich wusste nicht mal, dass du den Job gewechselt hast.«

»Du weißt vieles nicht.« Seine Braue zuckt gefährlich nach oben.

»Zumindest das weiß ich«, versuche ich die Situation aufzulockern. Er lacht trocken auf. Das zähle ich mal als Sieg. »Also… machst du das gerne? Oder würdest du lieber keinen Zweitjob haben?«, stelle ich ihm die Frage, die mir seit unserem ersten Gespräch nicht mehr aus dem Kopf geht. »Wenn es ums Geld geht, finden wir bestimmt eine andere Lösung.«

Micah seufzt und lehnt sich zurück. »Es geht nicht ums Geld. Klar, mehr davon wäre schön, aber die Arbeit bei Treks mache ich, um mich zu beschäftigen. Ich habe zwischen den Schichten viel Freizeit, aber meine Freunde stecken fast alle in Beziehungen. Die Einzige, die aus Prinzip keine Beziehung führt, ist Quinn – und die hat trotzdem keinen Bock, immer mit mir abzuhängen.« Er sieht mich unglücklich an. »Das soll kein Vorwurf sein, Pascal, ich… Ich weiß, das hört sich an wie einer, aber es ist einfach die Wahrheit. Du bist weg, Allegra könnte auch genauso gut auf einem anderen Planeten wohnen, und Dad… Wenn ich ihn besuche, sitzen wir vor dem Fernseher und schauen uns irgendein Spiel an, an dem keiner von uns wirklich Interesse hat. Wir waren mal eine Familie, aber heute fühlt es sich an, als wäre ich ganz allein.«

Micahs Worte treffen mich mitten ins Herz. Es zieht sich schmerzhaft zusammen, und mir wird eindringlich bewusst, dass es mir ganz ähnlich geht. Wenn ich jetzt an die Zeit vor Moms Tod zurückdenke, sehe ich uns glücklich – und vor allem: zusammen. Und nun ist es, als hätte der Wind uns auseinandergetrieben wie trockene Blätter, fort von dem Baum, der uns zusammengehalten hat.

Den es jetzt nicht mehr gibt.

»Ich ... es tut mir leid, dass ich nicht für euch da gewesen bin. Ich hätte hier sein sollen. Bei Dad. Bei Allegra. Und vor allem bei dir.«

Micah schiebt den Kiefer vor, seine braunen Augen blitzen mich an, doch die Wut darin ist fast verraucht. »War L.A. für dich so schlimm, dass du es hier nicht mehr ausgehalten hast?«

Ich zucke mit den Schultern, blicke rüber auf die andere Seite des Innenhofes. Auf einem der Balkone sitzt eine Frau und liest ein Buch. Weiter unten chillen zwei Männer bei einer Kiste Bier und leiser Musik. Ich frage mich, ob auch sie so existenziell wichtige Dinge besprechen wie Micah und ich.

»Jedes Fleckchen in Pasadena erinnert mich an sie«, entgegne ich schließlich mit trockener Kehle. »Ich weiß nicht, wie du das machst. Wie du da wohnen kannst, arbeiten ... ich meine, musst du nicht ununterbrochen an sie denken?«

»Es wird irgendwann leichter.« Er zuckt lässig mit den Schultern. »Aber das klappt nur, wenn man nicht die ganze Zeit ausweicht. Das ist dir klar, oder?«

Ich werfe meine Serviette nach ihm. »Ich weiche nicht aus. Ich habe mich selbst verwirklicht.«

Jetzt müssen wir beide lachen, und zum ersten Mal fühlt es sich fast wieder an wie früher.

★

Nachdem Micah weg ist, schreibe ich Allegra eine Nachricht und lade sie für kommenden Dienstag zum Abendessen ein – ich verrate ihr nicht, dass auch Micah da sein wird, weil ich befürchte, dass sie nicht kommen würde, wenn sie es wüsste. Er hat mir erzählt, wie sehr er sie wegen der Sache mit den Crips zusammengestaucht hat, und so wie ich sie kenne, wird sie lange brauchen, um ihm das zu verzeihen.

Sie antwortet mir, als ich gerade mit dem Aufräumen der Küche fertig bin.

Ich weiß nicht, ob ich das schaffe. Ich muss
meine Hausarbeit am Mittwoch abgeben.

Komm schon. Es sind doch nur zwei
Stündchen. Ich bin nur noch drei Wochen
hier und würde dich wirklich gerne sehen.

Also gut, aber nur, wenn du kochst und ich
nicht beim Abwasch helfen muss.

Darauf kann ich mich für meine
Lieblingsschwester einlassen.

Der Spruch hat noch nie gezogen.
Ich bin deine einzige Schwester.

Und trotzdem die liebste. 😉

Schleimer.

Muss weitermachen. Bis Dienstag!

Zufrieden schließe ich den Messenger und checke meine Mails. Mein Blick bleibt an einer Mailadresse hängen, die mein Leben erst vor Kurzem in eine neue Richtung gelenkt hat.

Maevis King vom L.A. Art Management.

Hast du Bedarf an…

»…einem Management?«, lese ich tonlos den Betreff. Mein Herz bleibt für einen Moment stehen, dann galoppiert es gleich doppelt so schnell weiter, während ich die Mail öffne und sehe, dass es sich dabei tatsächlich um eine offizielle Anfrage handelt.

Hollys Managerin will auch meine Managerin werden. Heilige Scheiße!

»Ja, Mann!«, juble ich und mache direkt einen Termin zum Kennenlernen mit ihr aus. Dann öffne ich meine Anrufliste und hätte beinahe sofort bei Holly angerufen, doch ich kann mich gerade noch stoppen. Immerhin verbringt sie den Abend in Vegas und amüsiert sich.

Also scrolle ich stattdessen durch meinen Instagram-Feed, um zu sehen, ob sie vielleicht schon ein Bild oder eine Story hochgeladen hat.

Es gibt tatsächlich ein neues Foto von ihr, und verdammt, sie sieht umwerfend aus. Sie hat sich mit dem Rücken zur Kamera gedreht und wirft einen Blick über die Schulter. Das grüne Kleid ist bodenlang und hat einen tiefen Rückenausschnitt, der knapp über ihrem Po endet. In ihrer Hand hält sie eine schwarze, kleine Handtasche, die braunen Haare hat sie lässig hochgesteckt, ihre dunkel geschminkten Augen blitzen spielerisch in die Kamera.

Vegas, Baby!, steht in ihrer Bildunterschrift, und ich würde mich am liebsten sofort auf den Weg in die Glücksspielstadt machen, um die Kerle, die sie heute Nacht anquatschen werden, in ihre Schranken zu weisen ... oder selbst einer dieser Kerle zu sein, die sie schamlos anbaggern in der Hoffnung, mit ihr die Nacht zu verbringen.

Nicht nur die Nacht, schießt es mir durch den Kopf, und ich schalte schnell mein Display aus, als hätte ich mich an dem Foto verbrannt. Ich will mehr von ihr. Mehr Zeit mit ihr verbringen, sie besser kennenlernen, herausfinden, ob aus unseren gelegentlichen Flirts mehr entstehen könnte.

Ich schüttle über mich selbst den Kopf und gehe ins Büro, um mich mit der Arbeit an meinem nächsten Vlog davon abzulenken, dass Holly gerade in diesem Kleid ein Casino unsicher macht. Hoffentlich landet sie nicht mit irgendeinem schicken Kerl im Anzug im Bett. In meinem Bett.

Das fehlte mir gerade noch.

Wenn sie in diesem Van mit jemandem schlafen will, dann sollte ich derjenige sein.

Der Gedanke regt allerdings bloß mein Kopfkino an, damit mache ich es keinen Deut besser. Nicht mal die Arbeit kann meine Gedanken beruhigen, also ziehe ich kurzerhand mein Sportzeug an und verlasse die Wohnung, um laufen zu gehen.

Es hat sich merklich abgekühlt, doch die Straßen sind gut gefüllt, immerhin ist Freitagnacht, und viele der Menschen sind zum Feiern unterwegs. Ich drehe meine Musik auf und bahne mir meinen Weg zum Beverly Gardens Park, denn die Route, die ich nun schon dreimal gelaufen bin, erscheint mir am besten, um den Kopf freizukriegen.

Die riesige Portion Lasagne liegt mir immer noch

schwer im Magen, aber das kratzt mich nicht die Bohne. Als ich den Park erreiche und nicht mehr auf Autos achten muss, lege ich einen Zahn zu. Meine Füße fliegen förmlich über den Asphalt, ich renne, bis mir die Luft wegbleibt, und noch weiter. Fast bin ich mir sicher, ich würde eine neue Bestzeit erreichen, würde ich meinen Tracker mitlaufen lassen.

Irgendwann bleibe ich mit rasendem Herzen stehen und beuge mich um Atem ringend vor. Schweiß perlt von meiner Stirn und tropft auf den Boden. Mir ist kotzübel, und ich muss mich zusammenreißen, um mich nicht zu übergeben.

Da klingelt mein Handy.

Ich tippe auf meine Kopfhörer und nehme den Anruf an, ohne zu sehen, wer es ist.

»Rate mal, was passiert ist!«, ruft Holly mir aufgeregt ins Ohr. Selbst wenn mich das Laufen für eine halbe Stunde von den Gedanken an sie abgelenkt hat… jetzt sind die Bilder wieder zurück. Das Kleid, ihr Blick, die Art, wie sie lacht und spricht und… »Ich habe beim Roulette gewonnen, Pascal! Ich habe keine Ahnung, was passiert ist. Im einen Moment erklärt mir jemand die Regeln, im nächsten knalle ich da meine Chips auf den Tisch und habe überhaupt keinen Plan, was ich tue. Und dann gewinne ich auch noch!«

»Was?« Überrumpelt setze ich mich auf eine nahe gelegene Parkbank. Holly ist total aufgekratzt. »Wie viel hast du denn gewonnen?«

»Ich habe zwanzig Dollar auf eine Zahl gesetzt. Und plötzlich sind daraus siebenhundertzwanzig geworden. Siebenhundertzwanzig! Keine Ahnung, wie das passiert ist. Ich bin reich!« Sie lacht glockenhell, und auf meinen Wangen breitet sich ein Grinsen aus, weil ich mich einfach mit ihr freuen muss – ganz egal, wie viel ich normalerweise vom Glücksspiel halte.

»Holly, das ist Wahnsinn! Herzlichen Glückwunsch!«

»Ich habe die Chips sofort gegen Geld eingetauscht und bin rausgegangen. Das Verlangen, das Geld noch mal einzusetzen, war echt gigantisch«, gesteht sie mir. »Wenn man einmal so viel gewinnt, denkt man, man könnte es wieder schaffen.«

»Das kann ich mir vorstellen. Und hey, siebenhundertzwanzig Dollar sind ein nettes Taschengeld. Davon kannst du etwas Tolles unternehmen oder es sparen.«

»Ich finde, ich sollte dich davon einladen«, erwidert sie, und ich spüre durch meine Kopfhörer, wie zufrieden sie gerade ist. »Immerhin wäre ich ohne unsere Challenge und deinen Van niemals hierhergekommen.«

»Das lasse ich mir bestimmt nicht entgehen.« Ich grinse vor mich hin, während ich mich frage, ob sie dann auch dieses atemberaubende Kleid tragen wird. »Ich erinnere dich dran, wenn du zurück in L.A. bist.«

»Oh, das werde ich nicht vergessen«, verspricht sie mir. »Keine Sorge. Ich freue mich drauf.«

Mir wird warm ums Herz. »Ich mich auch. Dann können wir auch direkt feiern, dass Maevis mich heute angeschrieben hat, um mich zu fragen, ob ich Bedarf an einem Management habe.«

»Uhhh«, macht Holly. »Das wurde aber auch Zeit. Ich hoffe, du hast Ja gesagt?«

»Ich habe ihr ein paar Terminvorschläge für ein Kennenlernen geschickt«, erwidere ich zufrieden. »Also wahrscheinlich sollte ich lieber dich zum Abendessen einladen, um mich bei dir zu bedanken.«

»Glaub mir, ich habe damit nichts zu tun«, widerspricht Holly. »Du hast Maevis von ganz allein verzaubert.«

»Soso.« Wir lachen beide, dann macht sich Stille zwischen uns breit. Schnell überlege ich, was ich sagen könnte, um unser Gespräch noch etwas in die Länge zu ziehen. »Was machst du jetzt?«

»Ich weiß noch nicht. Ich bin gerade erst aus dem Casino gekommen. Vielleicht suche ich mir einen Supermarkt, kaufe mir etwas zum Knabbern und mache zur Feier des Tages einen Leseabend.«

Schallend pruste ich los. »Du feierst, indem du ein Buch liest?«

»Ein *gutes* Buch«, entgegnet sie und wird ernst. »Ich bin eigentlich nicht der Typ für Partys. Dass ich heute Abend allein in dieses Casino gegangen bin ... war eine Herausforderung. Ich freue mich echt darüber, aber ich habe auch nichts dagegen, jetzt in den Van zurückzukehren. Dann habe ich mich zwar nur für gute zwei Stunden herausgeputzt, aber was soll's? Wenigstens habe ich ein paar coole Fotos von mir gemacht.«

Ich denke an ihren nackten Rücken und muss schlucken. »Das stimmt. Das Bild in deinem Feed ist ...« Hammer. Hinreißend. Atemberaubend. Bei der Suche nach einem Wort, das mich nicht wie einen Volltrottel dastehen lässt, scheitere ich grandios. »Schön«, sage ich schließlich und stöhne innerlich auf. Schön? Wirklich?

»Danke! Hey, ich muss Schluss machen. Da ist ein freies Taxi.«

»Schreib mir, wenn du im Van bist«, bitte ich sie, bevor

ich mich stoppen kann. Sie schuldet mir nichts. Keinen Anruf, keine Nachricht, nicht mal einen Gedanken – und doch könnte ich nicht ruhig schlafen, wenn sie mir nicht wenigstens Bescheid gibt, dass sie gut angekommen ist.

Sie kichert. »Hast du Angst, dass ich meinen Gewinn doch noch verzocke?«

»Ich mache mir bloß Sorgen. Du siehst hinreißend aus, und ich habe dich nur auf einem Foto gesehen. Die Kerle in dem Casino hatten dich live vor Augen und ...« Ich kann mich gerade noch bremsen, bevor ich mich um Kopf und Kragen rede. Ich muss auf Holly wirken wie ein Blödmann. Nervös fahre ich mir mit einer Hand durchs Haar. »Schreib mir einfach, okay?«

»Mache ich«, verspricht sie mir, danach verabschiedet sie sich noch mal. Im Auflegen höre ich, wie sie den Taxifahrer anspricht. Meine Musik geht wieder an und erinnert mich daran, dass ich in L.A. auf einer Parkbank sitze – egal, wie sehr mir unsere Telefonate das Gefühl geben, ich wäre hautnah dabei.

Holly

Grand Canyon, Arizona

Du siehst hinreißend aus. Pascals Worte gehen mir auch am nächsten Morgen nicht aus dem Kopf, während ich meine Haare zu einem Zopf flechte und mich anziehe. Das grüne Kleid liegt zusammengeknüllt in dem Wäschesack unterm Bett. In Salt Lake City werde ich dringend einen Waschsalon aufsuchen müssen. Allmählich gehen mir nämlich die Kleidungsstücke aus, weil Pascal mir mindestens eine Kofferladung an Hosen, Röcken und Oberteilen wieder ausgeredet hat.

Die übrigen Teile lassen sich dafür alle miteinander kombinieren und sind perfekt für Wandertouren an wärmeren Tagen geeignet. Auch auf den Fotos für Instagram sehen sie gut aus – mein quietschbunter Feed hat in der letzten Zeit eine ganz schöne Veränderung durchgemacht. Dort finden sich jetzt viele Bilder in Naturtönen wieder, und ich mag die Ruhe, die dadurch eingekehrt ist. Diese spiegelt sich auch in den Bildunterschriften wider, die immer länger und persönlicher werden.

Ich mag diese Seite an mir.

Diese ernstere, erwachsenere Holly.

Und offenbar bin ich nicht die Einzige, die begeistert davon ist. Meine Fotos bekommen mehr Kommentare und Likes denn je, und mein Account wächst wie verrückt. Ich könnte mir also gut vorstellen, dass ich auch nach unserem Tausch einiges davon beibehalten werde.

Dennoch bleiben auch die blöden Kommentare nicht aus, was mir eigentlich nur zeigt, dass es egal ist, was ich mache: Es wird immer jemanden geben, der etwas an mir auszusetzen hat oder sinnlosen Hass unter meinen Fotos verteilt.

Während ich den Van abfahrbereit mache, klingelt mein Telefon.

»Hey, Mom!«, begrüße ich sie.

»Holly! Was hast du dir dabei nur gedacht?«, entgegnet sie aufgebracht, und mir wird klar, dass die Reiseunterlagen endlich angekommen sein müssen.

Ich setze mich hin. Das könnte ein längeres Gespräch werden. »Ich wollte euch überraschen.«

»Das ist dir gelungen.« Mom seufzt. »Ich dachte, ich hätte deutlich genug gesagt, dass ich nicht nach L.A. zurück möchte.«

»L.A. ist riesig, Mom, und es hat sich in den letzten einundzwanzig Jahren mit Sicherheit sehr verändert«, erwidere ich unglücklich. Ich hatte gehofft, sie würde anders reagieren. Dass es vielleicht einfach eine Sache der Kosten gewesen wäre und sie die Vergangenheit bloß vorschiebt. »Eliza und George würden sich bestimmt freuen, wenn du über deinen Schatten springst.« Sie bleibt für einen Moment stumm. »Mom?«

»Ich … Okay«, gibt sie sich schließlich geschlagen. »Ich will dich wiedersehen. Es ist schrecklich, dass wir uns so lange nicht mehr umarmt haben.«

»Das finde ich auch. Ich vermisse dich. Euch alle.«

»Wir dich auch, Schatz … Tut mir leid, dass ich mich so lange quergestellt habe.«

»Ich kann's ja verstehen«, entgegne ich und denke an Leslie und Jackson.

»Wie geht es dir?«, fragt sie. »Leslies Buch ist letzte Woche erschienen. Katherine hat mir ein Exemplar vorbeigebracht. Ich hab's direkt ins Altpapier geworfen, als sie weg war.«

Ich lächle vor mich hin, während ich mir vorstelle, wie Mom das Buch mit spitzen Fingern packt und in den Müll befördert. Auch wenn sie mit Leslies Mutter immer noch gut befreundet ist, hält sie stets zu mir. »Danke. Mir geht's okay, schätze ich, ich versuche Leslie zu ignorieren und fahre zur Ablenkung in den Grand Canyon, wenn ich den Van startklar gemacht habe.«

»Wow, da war ich vor dreiundzwanzig Jahren das letzte Mal. Ich bin gespannt, wie es dir gefällt.«

»Ich auch.« Ich erzähle ihr von meinen Tagen in der Wüste und der Begegnung mit dem Skorpion, denn das Video, in dem all diese Dinge vorkommen, wird den tatsächlichen Erlebnissen auf meiner Reise überhaupt nicht gerecht. »Und gestern Abend war ich zum ersten Mal im Casino«, berichte ich und spüre, wie die Aufregung wieder in meinen Adern zu kribbeln beginnt. »Stell dir vor, ich habe beim Roulette gewonnen.«

»Was?« Sie lacht laut auf. »Wie viel?«

»Siebenhundertzwanzig Dollar.«

»Oh, Wahnsinn, da hast du aber richtig viel Glück gehabt.«

»Definitiv«, antworte ich, verstaue die restlichen Sachen und setze mich schließlich hinters Steuer. Unser Gespräch wendet sich Pascal zu, und Mom beginnt, mich über den Mann auszufragen, der gerade in meinem Apartment wohnt. Ich gestehe ihr, dass ich ihn wirklich gerne mag – und muss wieder an das denken, was er gestern Abend zu mir gesagt hat.

»Er hört sich sehr sympathisch an«, sagt Mom schließlich. »Wir freuen uns auf jeden Fall auf euren Livestream heute Abend. Eliza hat extra ein Kabel besorgt, mit dem sie das Handy an den Fernseher anschließen kann. So können wir euch in Großaufnahme zusehen.«

»Das ist toll.« Mein Herz füllt sich mit Liebe für meine Familie. Ich bin so erleichtert, dass Mom schließlich doch eingewilligt hat, nach L.A. zu kommen, und nehme mir vor, den Besuch für sie so schön wie möglich zu gestalten. »Ich habe dich lieb, Mom. Grüß Eliza und George von mir, ja?«

»Mache ich. Pass auf dich auf!«, erwidert sie und drückt einen Kuss in den Hörer. Ich lege auf und stecke mein Handy in die Halterung neben dem Lenkrad, bevor der Van mit einem Röhren des Motors zum Leben erwacht und ich mich auf den Weg Richtung Osten mache.

★

Ich parke den Van an der Touristeninfo im Grand Canyon Village und strecke mich genüsslich. Die Fahrt hierher hat zwar nicht allzu lange gedauert, aber lange genug, dass es mir nun in den Beinen juckt, etwas zu unternehmen. Auch Orlando reckt und streckt sich, bevor er zwischen den Sitzen in den hinteren Bereich des Fahrzeugs klettert, um sich am Kühlschrank zu reiben.

»Du hattest eben erst dein Frühstück«, erinnere ich ihn. Er maunzt. »Das muss noch ein bisschen warten, ja?«

Er setzt sich hin und fängt an, sein Fell zu putzen, als hätte er mich nie um Futter gebeten. Lachend nehme ich mein Handy aus der Mittelkonsole, um zu sehen, was ich während der Fahrt verpasst habe.

Pascal hat mir ein kurzes Video geschickt. Mit angehaltenem Atem klicke ich es an und beobachte, wie er in die Kamera lächelt. »Hey, Holly, ich hoffe, du hast gut geschlafen. Ich wollte dir nur kurz einen Beweis schicken, dass deine Pflanzen immer noch leben.« Er ändert die Perspektive, und ich sehe, wie er mit der freien Hand die Balkontür öffnet, um mir die Pflanzen zu zeigen, die unter meiner Pflege gerade so überlebt haben. »Ich würde meinen, ich habe die hier sogar ein bisschen besser im Griff als du.«

»Pfff«, mache ich, aber ich fürchte, er hat recht. Irgendwie sehen sie deutlich frischer und lebendiger aus.

Dann hält er noch mal sein Gesicht in die Kamera und fügt mit einem Anflug von Schadenfreude hinzu: »Aber ich zeige dir gerne, wie es geht, wenn du wieder zurück bist. Genieß den Grand Canyon!«

Ich schaffe es nicht mal, mein dämliches Grinsen zu unterdrücken, und nehme eine Sprachnachricht für ihn auf: »Guten Morgen auch an dich! Ich hoffe, dir ist klar, dass sie das am Anfang immer machen? Die tun nur so, als würde es ihnen gut gehen, damit du denkst, du hättest es voll drauf. Spätestens in zwei Wochen zeigen sie ihr wahres Gesicht«, plappere ich drauflos. »Sag dann nicht, ich hätte dich nicht gewarnt.« Ich mache einen kurzen Moment Pause und schaue zum ersten Mal seit meiner

Ankunft wieder aus dem Fenster. »Ich bin schon angekommen und dezent überwältigt. Der Canyon ist so groß. Ich besorge mir jetzt erst mal eine Karte, und dann überlege ich, ob ich mir nicht dein Mountainbike schnappe, um die Gegend zu erkunden. Ich wünsche dir einen entspannten Sonntag. Freue mich auf unseren Livestream heute Abend.« Ich presse die Lippen aufeinander, um nicht noch weiterzureden, und schicke die Nachricht ab. Dann öffne ich den Chat mit Maevis und sehe, dass ich auch von ihr eine Sprachnachricht erhalten habe.

Ich höre sie ab, während ich nach hinten klettere, um mich mit Sonnenmilch einzucremen.

»Hey, Süße, ich hoffe, dir geht's gut«, beginnt meine Managerin. »Es gibt schlechte Neuigkeiten, und ich denke, es ist besser, wenn du sie von mir hörst.«

Mit der Sonnenmilchflasche in der Hand halte ich inne. Ihre Tonlage vertreibt meine gute Laune in Windeseile.

»Bitte dreh jetzt nicht durch, ja? Leslies Buch ist in die *New York Times*-Bestsellerliste eingestiegen. Dir ist wahrscheinlich klar gewesen, dass das passieren könnte, aber nach allem, was war … Das muss sich echt beschissen für dich anfühlen, also … Ich bin für dich da, ja? Wenn du reden willst, ruf mich einfach an.«

Matt klappe ich auf dem Stuhl am Schreibtisch zusammen.

Leslies Buch? Ein *New York Times*-Bestseller?

»Toll«, seufze ich wenig begeistert und reibe mir übers Gesicht. Als ich die Ankündigung für ihr erstes Buch gesehen habe, war mir klar, dass ihr Projekt von Erfolg gekrönt sein würde, so wie es bisher mit allem war, was sie angefasst hat. Mir war klar, dass das Buch sich sehr gut verkaufen würde. Mir war auch klar, dass ich keine Begeisterungssprünge für sie machen würde.

Aber ich habe nicht damit gerechnet, dass mir die Nachricht sämtliche Luft aus der Lunge drücken würde. Dass all die Wut und der Hass und die Verzweiflung, die ich in den letzten zwei Jahren so mühsam heruntergeschluckt habe, auf einen Schlag wieder da sein würden.

Fähig, mich mit in die Tiefe zu ziehen.

Das darf ich nicht zulassen.

»Kein Problem, ich werde das ignorieren«, rede ich mir selbst gut zu. Orlando hopst auf die Schreibtischplatte und reibt sein Köpfchen an meiner Schulter, als wüsste er, dass ich gerade Beistand gebrauchen kann. »Ich werde das ignorieren«, wiederhole ich noch einmal etwas bestimmter und kraule den Kater hinter den Ohren. »Ich lasse nicht zu, dass sie mir die Freude an meiner Arbeit nimmt, okay, Orlando? Ich lasse sie nicht gewinnen. Nicht schon wieder.«

Er stupst mich an, als wolle er sagen: »Du kriegst das hin.«

Fest entschlossen, mir von Leslie nicht den Tag verderben zu lassen, creme ich mich weiter ein, packe Snacks, Getränke sowie die Kameraausrüstung in meine Tasche und gebe Orlando noch etwas frisches Wasser und ein paar Katzenleckerlis. Nach einem kurzen Abstecher in die Informationsstelle des Grand Canyon Village öffne ich die Hintertüren des Vans, um das Mountainbike samt schwarzem Helm aus dem Stauraum unter dem Bett zu holen. Es glänzt wie neu.

Ich schließe den Van ab und mache mich mit der Karte vertraut, um mir eine der einfacheren Fahrradrouten auszusuchen. Seit meinem Umzug nach L.A. saß ich nicht mehr auf einem Bike, aber sagt man nicht immer, Fahrradfahren könne man nicht verlernen?

Wenn ich merke, dass ich zu unsicher bin, kann ich ja immer noch wieder umdrehen und den Canyon zu Fuß erkunden. Aber das Fahrrad fühlt sich an, als wäre es für mich gemacht. Nachdem ich den Sattel eingestellt und mich mit den Bremsen und der Gangschaltung vertraut gemacht habe, folge ich einem Weg, der mich an Pinien und Tannen vorbeiführt, die ihren typisch holzigen Geruch verbreiten. Ich atme tief ein, lasse alle Gedanken an Leslie los und versuche, den Fahrtwind auf meinen Wangen zu genießen.

Ich kann es kaum erwarten, den Canyon zu sehen, aber es dauert noch eine ganze Weile, bis ich überhaupt die ersten Felsformationen im Hintergrund erkennen kann. Zunächst durchquere ich ein kleines, besiedeltes Tal, in dem die Gebäude aussehen wie aus einem Westernfilm. Dort mache ich eine kleine Trinkpause, bevor ich schließlich einem Weg folge, der an der Straße entlang bergauf führt. Eine Weile lang verfluche ich mich für den Einfall, den Canyon mit dem Rad zu erkunden. Der Schweiß läuft mir in Bächen den Rücken hinab, mein Schnaufen verschreckt wahrscheinlich alle Tiere im Umkreis von fünf Meilen, aber als ich den ersten Aussichtspunkt erreiche, weiß ich wieder, wieso ich diese Anstrengung auf mich genommen habe.

Vor mir erstreckt sich eine riesige Schlucht. Zu beiden Seiten ragt Gebirge auf, geschichtet aus verschiedenen Gesteinsarten. Manche davon schimmern rötlich im Licht, manche sind grün bewachsen. Die Sonne malt ein Spiel aus Licht und Schatten in die Landschaft, in der Ferne hängt leichter Dunst über den höchsten Felsen.

»Wow«, murmle ich und schiebe das Rad zum Geländer, um den Ausblick in mich aufzusaugen. Ergriffenheit schleicht sich in mein Herz, weil ich noch nie etwas so Gewaltiges gesehen habe – und obwohl ich nicht allein hier bin, sondern mir den Moment mit vielen anderen Touristen teile, fühlt es sich an, als wäre das hier ein Geschenk nur für mich.

Eines, das ich auch mit meinen Zuschauern teilen will. Verdammt! Über die Neuigkeiten von Maevis habe ich komplett vergessen, auf der Fahrt hierher ein bisschen zu filmen. Schnell hole ich die Kamera raus und mache ein paar Aufnahmen von der Aussicht, dann befestige ich sie an der Halterung, die Pascal eigens für solche Abenteuer am Lenker angebracht hat, und schwinge mich wieder aufs Fahrrad, um der Straße entlang des Wanderweges zu folgen. Hier lässt es sich fast ohne Anstrengung fahren, und dieses Mal denke ich auch daran, nicht nur die Landschaft, sondern auch mich zu filmen. Manchmal steige ich sogar ab, lege die Kamera an den Wegrand, fahre dran vorbei und sammle die Kamera dann wieder ein, um später Videomaterial zu haben, mit dem ich meinen Ausflug untermalen kann.

Zwischendurch halte ich immer wieder an Aussichtspunkten und sauge die gewaltige Aussicht auf, in der Hoffnung, die Erinnerung daran für immer speichern zu können.

Hopi Point stellt sich als der Aussichtspunkt heraus, den ich von zahlreichen Instagram-Postings kenne – und genauso voll ist die Stelle auch, an der man einen weitläufigen Ausblick über den Canyon hat. Die Menschen posieren vor dem überwältigenden Panorama und machen Selfies, von denen bestimmt einige direkt im Anschluss auf Instagram gepostet werden.

Ich mache ebenfalls ein paar Aufnahmen und Fotos, schicke Pascal einen Schnappschuss von mir, auch wenn mir die Haare auf der feuchten Stirn kleben, und fahre dann weiter, um mir eine weniger belebte Stelle für meine Mittagspause zu suchen.

Während ich mein Sandwich esse, denke ich zum ersten Mal wieder an Leslie und ihr Buch. Ein Buch zu veröffentlichen, war immer mein Traum, nicht ihrer. Als wir damals noch zusammen als *The Creative Bugs* an diesem Traum gearbeitet haben, war ich diejenige, die all die Texte geschrieben hat. Leslie hat sich stattdessen lieber um die Fotos und das Cover gekümmert. Ich weiß noch genau, wie wir manchmal stundenlang über ihre Entwürfe und Designs diskutiert haben, und frage mich, ob es daran lag, dass sich unsere Wege letztendlich getrennt haben. Vielleicht hatte sie einfach eine andere Vision von unserer Arbeit als ich und hat geradezu auf die Chance gewartet, mich endlich abzuschütteln.

Oft genug habe ich mich gefragt, ob ich an ihrer Stelle dasselbe getan hätte, aber die Antwort lautet jedes Mal gleich: hätte ich nicht. Selbst wenn ich gewollt hätte, dass sich unsere Wege trennen, hätte ich mir nicht einfach hinterrücks ein eigenes Management gesucht und sie vor vollendete Tatsachen gestellt. Ich hätte aber auch unsere Freundschaft nicht verraten, hätte nicht alles aufgegeben, was wir uns gemeinsam erarbeitet haben, sondern nach einem Management gesucht, das uns so genommen hätte, wie wir waren: als *The Creative Bugs,* zwei Freundinnen, die eine gemeinsame Leidenschaft hegen.

Seufzend packe ich die leere Brotbox zurück in meinen Rucksack und trinke etwas. In meinem Bauch brodelt die Wut darüber, dass Leslie meinen Traum vom eigenen Buch nun vor mir verwirklicht hat und damit auch noch so erfolgreich ist. Und noch wütender bin ich über mich selbst, weil mich das so eifersüchtig macht. Ich wünschte, ich könnte einfach loslassen. Sie ihr Ding machen lassen, über den Verrat hinwegsehen, die Vergangenheit nicht immer wieder vor meinem inneren Auge abspulen, aber das ... so etwas kann man nicht vergessen.

Das geht einfach nicht.

Mit einem Seufzen steige ich wieder aufs Mountainbike, aber egal, wie fest ich in die Pedalen trete, vor meinen Gefühlen kann ich jetzt nicht mehr flüchten. Ich habe die Gedanken an Leslie in meinen Kopf gelassen und kann sie nicht mehr vergessen. Ich erinnere mich wieder an all ihre virtuellen Seitenhiebe, an die Kommentare ihrer Fans unter meinen Videos, die ich seit dem Tag unserer Trennung immer wieder löschen muss, an Leslies unschuldiges Lächeln auf Instagram-Fotos und daran, wie Jackson ihr den Arm um die Schultern legt.

Jackson.

Meine Hände schließen sich automatisch fester um den Lenker, weil die Erinnerungen so wehtun.

Vergiss sie, denke ich wütend. Denk nicht mehr dran. Konzentrier dich aufs Hier und Jetzt.

Wenigstens lässt es sich mit so viel Wut im Bauch schneller fahren. Bald biege ich von der Straße auf einen schmalen Rad- und Fußweg ab, der wieder dichter bewachsen ist. Das Fahrrad vibriert auf der Schotterpiste, bis meine Hände schon zu kribbeln beginnen, aber ich genieße es, den Weg mit jeder Faser meines Körpers zu spüren. Es geht auf und ab, vorbei an Bäumen und Büschen, und nur gelegentlich kommt mir jemand entgegen.

Aber je weiter ich fahre, umso erschöpfter und unaufmerksamer werde ich. So sehe ich erst zu spät, dass es nach einer Kurve plötzlich wieder bergab geht, und kann nicht mehr rechtzeitig bremsen. Sofort gerät das Rad auf dem Kies ins Rutschen und steuert geradewegs auf einen Baum zu.

Pascal

Los Angeles, Kalifornien

20 Frisch geduscht schlüpfe ich in ein schwarzes Shirt und öffne eine Flasche Club Mate, um mich damit auf den Balkon zu verziehen. Hier sitze ich mittlerweile fast jeden Abend, um mit Holly über den Tag zu reden. Ich baue ein Stativ auf und stecke mein Handy um kurz vor acht in die Halterung.

In meinem Magen kribbelt es, weil ich mich auf das Gespräch mit Holly schon den ganzen Tag freue. Nachdem sie mir ein Foto von ihrem Trip zum Grand Canyon geschickt hat, habe ich nichts mehr von ihr gehört.

Um Punkt acht gehe ich online und begrüße mein Publikum. Es dauert keine Minute, da ploppt ihre Anfrage zum Beitritt in das Video auf meinem Bildschirm auf. »Da ist sie auch schon«, sage ich freudig, während sich auf meinem Bildschirm ein zweites Fenster aufbaut.

»Hey, Leute! Wie geht's euch?« Holly winkt in die Kamera. Sie sitzt auf dem Bett, die Lichterkette in ihrem Rücken, und hat noch feuchte Haare, weil sie offenbar auch gerade erst duschen gewesen ist. Auf ihrer Wange zeichnet sich eine rote Schramme ab.

»Was ist denn mit dir passiert?«, frage ich besorgt. Sie ist doch nicht etwa mit dem ...

»Ich hatte eine kleine Begegnung mit einem Baum.«
Sie verzieht das Gesicht zu einer Grimasse und zuckt zusammen, weil ihre Wange offenbar wehtut. »Halb so wild. Und keine Sorge: Dein Mountainbike lebt auch noch.«

»Äh«, mache ich und würde am liebsten sagen, dass das Mountainbike meine geringste Sorge ist, aber ich erinnere mich gerade noch rechtzeitig daran, dass uns die ganze Welt zuhören kann. »Nun, auf die Geschichte bin ich gespannt«, sage ich also stattdessen, um Holly zum Erzählen aufzufordern.

Und das tut sie. Sie berichtet von ihrem Ausflug in den Grand Canyon und davon, dass sie zum ersten Mal seit einer Ewigkeit wieder Rad gefahren ist, was letztendlich darin resultierte, dass sie durch ihre Unachtsamkeit auf einer Schotterpiste ausgerutscht und gegen einen Baum geprallt ist. »Der Baum hat mich quasi gerettet. Wenn er nicht im Weg gestanden hätte, wäre ich den ganzen Weg runtergerutscht.« Sie deutet auf ihre Wange. »Er hat mir sogar eine schöne Erinnerung an den Ausflug dagelassen. Danach habe ich jedenfalls den Shuttle-Bus zurück zum Van genommen. Das war zum Glück kein Problem.« Gut gelaunt erzählt Holly von ihrem Tag, doch ich werde das Gefühl nicht los, dass etwas nicht stimmt. Auf mich wirkt ihre Fröhlichkeit wie eine Maske. War der Unfall vielleicht doch nicht so harmlos, wie sie es darstellt?

Wir reden noch eine Weile über die anderen Erlebnisse unserer Woche, wobei Holly viel mehr erzählen kann, weil alles, was ich erlebt habe, überwiegend Familiendinge sind. Dennoch berichte ich von meinem Experiment, ausschließlich vegan zu essen, von meinem Perlenunfall und dem Streit mit der Kaffeemaschine, und auch die Ausstellung, die ich vor ein paar Tagen besucht habe, lasse ich nicht aus. »Insgesamt also eine sehr erfolgreiche Woche. Ich würde sagen, wir haben unsere Wochenaufgabe beide gut erfüllt.«

»Das finde ich auch.« Holly wedelt mit einem neuen Umschlag in die Kamera. »Sollen wir die nächsten öffnen?«

»Absolut.« Ich schnappe mir den Umschlag, den sie so aufwendig verziert hat, und stelle fest, dass ich mich auf die neue Herausforderung freue. »Du zuerst«, fordere ich Holly dennoch auf.

»Okay.« Sie grinst vielsagend und öffnet ihren Umschlag. *»Liebe Holly, ich finde, mein Van kann ein bisschen mehr Charme gebrauchen. Tob dich aus, sei kreativ, erschaff ein Stück Erinnerung, das auch nach diesem Tausch bleiben wird«*, liest sie vor und blickt dann mit großen Augen in die Kamera. »Oh, wirklich? Du vertraust mir deinen Van an?«

»Ich gebe ihn in die besten Hände.« Ich zucke mit den Schultern, als wäre das ein Klacks, aber in Wirklichkeit hat diese Wochenaufgabe große Bedeutung für mich. Als ich sie geschrieben habe, dachte ich daran, eine Erinnerung an unseren Tausch zu bekommen. Eine Erinnerung an den Geschmack von Pistazieneis und an eine der verrücktesten Sachen, die ich in meinem Leben je getan habe.

Doch jetzt sind noch so viele andere Sachen dazugekommen, an die ich mich gerne für immer erinnern will: an Gespräche unter dem Sternenhimmel und Hollys Lachen in meinem Ohr. An ihr Jubeln in Las Vegas und den Trost, den sie mir gespendet hat, als ich ihr von Mom erzählt habe. An unsere unzähligen Nachrichten und all den Schnickschnack, den ich in ihrer Wohnung finde und der mir zeigt, wie viel Freude sie an so kleinen Dingen hat.

Wenn ich in drei Wochen wieder in meinen Van ziehe, will ich nicht, dass es ist, als hätte sie nie dort gewohnt. Als wäre sie nie ein Teil meines Lebens gewesen.

Nein, ich …

»Pax?« Holly beißt sich auf die Lippe und blickt mich erwartungsvoll an.

»Hm?«

»Machst du deinen Umschlag auf?«

»Ach so, ja.« Ich räuspere mich und halte den bemalten Umschlag in die Kamera, um noch mal hervorzuheben, wie unterschiedlich wir ticken. Auch dieses Mal hat sie die Wochenaufgabe in geschwungener Schrift mitten auf einem verzierten Blatt platziert. »*Lieber Pax, wie du mittlerweile wissen dürftest, habe ich einen eigenen Online-Shop, der davon lebt, regelmäßig neue Produkte zu bekommen. Mach deine Fans glücklich und gestalte dein eigenes Produkt / deine eigenen Produkte, mit dem / denen wir deine Fans nach diesem Tausch glücklich machen können. Ich helfe dir dann bei der Umsetzung, wenn ich wieder da bin. Viel Spaß, Holly*«, lese ich vor. »Das ist ein Witz, oder? Ich habe so was noch nie gemacht!«

Holly kringelt sich vor Lachen. »Ich bin mir sicher, dass du ein paar gute Ideen hast.«

»Haha, ja.« Ich reibe mir über den Nacken und lasse meinen Blick über die Kommentare fliegen, die in rasender Geschwindigkeit eingehen. Die Leute sind begeistert. Selbst wenn das Produkt hässlich wird, wird es sich vermutlich verkaufen wie verrückt. Das ist das Schöne daran, ein so großes Publikum zu haben. »Darf ich dann in deinem Lager wühlen und mir dort Inspiration suchen?«

»Es gehört ganz dir«, witzelt Holly. »So wie alles in meiner Wohnung. Und wenn du nebenbei etwas aufräumen möchtest: Lass dich nicht abhalten.«

Lachend gucke ich noch mal in die Kommentare.

Oooh, Herzflattern.

So würde ich auch gerne von einem Mann angesehen werden.

Könnt ihr nicht mal ein Video zusammen machen, in dem ihr wirklich nebeneinandersitzt?

Ihr passt so gut zusammen.

#Paxollyforever

Ich schlucke. Die Kommentare bringen mich total aus dem Konzept.

»Pax?«

»Hm?« Ich reiße meinen Blick vom Chat los und sehe wieder zu Holly. Ich muss mich jetzt echt konzentrieren, wenn ich noch einen vernünftigen Satz bilden will.

»Was hast du heute Abend noch vor?«

»Ich weiß nicht. Schätze, ich begebe mich auf die Suche nach Inspiration und Tutorials, um ein Produkt zu entwerfen?« Meine Gedanken sind immer noch bei dem Hashtag, den unsere Fangemeinde für uns erfunden hat. Es ist verrückt, aber diese Zusammenarbeit mit Holly hat schon so viel für mich verändert. Mehrere Tausend neue Follower in wenigen Tagen, eine Anfrage von ihrer Managerin Maevis, so viele Mails, dass ich kaum mit dem Lesen hinterherkomme … Aber das alles konnte ich noch gar nicht richtig realisieren, weil ich die ganze Woche lang in Gedanken bei Holly war. Oder mir den Kopf über meine Familie zerbrochen habe.

»Ich genieße jetzt noch ein bisschen den Ausblick über den Grand Canyon. Morgen geht's nach Salt Lake City. Ich brauche dringend einen Waschsalon und einen richtigen Kaffee.«

»Hört sich gut an.« Ich will vorschlagen, dass wir noch ein paar Fragen beantworten, doch da kündigt sie schon den Livestream für nächsten Sonntag an und macht sich an die Verabschiedung. Mein Blick gleitet zur Uhr. Das waren noch nicht mal dreißig Minuten. Überrascht über das abrupte Ende stammle ich: »Klar. Dann bis nächsten Sonntag!«

Wir beenden das Video. Die darauffolgende Stille fühlt sich sonderbar an. Sie tut fast ein bisschen weh.

Ich nehme mein Handy aus der Halterung und öffne den Chat mit Holly.

> Ist alles in Ordnung?
> Habe ich etwas Falsches gesagt?

Schwer atmend reibe ich mir mit den Händen übers Gesicht, dann trinke ich einen Schluck und warte darauf, dass sie antwortet.

> Mach dir keine Sorgen. Mit uns ist alles gut.

Sie wird noch einen Moment als online angezeigt, dann ist sie weg und ich sitze rätselnd vor ihren Worten. Wenn sie nicht sauer auf mich ist, was ist dann los?

> Wenn du jemanden zum Zuhören brauchst,
> bin ich da.

Ich lege das Handy mit einem Knoten im Bauch weg. Mehr kann ich nicht tun. Wenn sie reden will, habe ich ein offenes Ohr für sie. Wenn nicht, muss ich das wohl oder übel akzeptieren und hoffen, dass sie in ein oder zwei Tagen wieder besser drauf ist.

★

Ich wische mir die feuchten Handflächen an der Jeans ab und ziehe erneut mein Handy aus der Hosentasche, um meine Nachrichten zu checken.

»Ich glaube nicht, dass sie noch kommt«, grummelt Micah. Er sitzt auf Hollys Couch, die Unterarme auf die Knie gestützt.

»Ich habe nicht wegen Allegra drauf geguckt.« Ich fahre mir durchs Haar und setze mich neben ihn. »Holly meldet sich seit Sonntag kaum noch. Ich weiß nicht, was ich falsch gemacht habe. Erst war alles super und dann«, ich zucke mit den Schultern, »plötzlich nicht mehr.«

»Vielleicht hat sie gerade einfach viel zu tun. Hast du nicht gesagt, sie arbeitet an ihrem ersten Buch?«

»Schon, aber ...«

Das Klingeln der Haustür unterbricht mich mitten im Satz. Ich werfe Micah einen vielsagenden Blick zu, dann eile ich in den Flur, um aufzumachen. Mein Herz füllt sich mit Freude, als ich Allegras warmes Lächeln sehe.

»Pascal!« Sie fällt mir um den Hals, und ich werde in eine Wolke ihres frischen Parfüms gehüllt. Ihre langen Wuschellocken finden prompt den Weg zwischen meine Lippen. Die Vertrautheit zwischen uns ist sofort wieder da.

Ich drücke sie an mich, froh, dass sie gekommen ist und uns damit zumindest ihre Zuverlässigkeit bewiesen hat.

»Ich freue mich so, dich zu sehen, Lela.« Ich lasse sie los, fasse sie an den Schultern und lehne mich zurück, um sie zu betrachten. Ihre blauen Augen erinnern mich sofort an Moms, mit dem Unterschied, dass Allegra so gut wie immer Make-up auflegt und ihre langen Wimpern noch mit Mascara betont. Sie trägt ein schwarzes Top zu grauen Jeans und sieht aus, als hätte sie abgenommen, aber nicht so sehr, dass es ungesund wäre.

»Das riecht himmlisch«, sagt sie und löst sich von mir. »Hast du etwa Pizza gemacht?«

»Nur das Beste für meine Schwester.« Ich trete zur Seite, damit sie reinkommen kann, und schließe die Tür hinter ihr. Sie sieht sich um, macht die paar Schritte ins Wohnzimmer und erstarrt zur Salzsäule, als sie Micah entdeckt.

»Was wird das?«, fragt sie nach einer Schrecksekunde an mich gewandt. »Was macht *er* hier?«

»Sich entschuldigen«, sage ich, bevor Micah den Mund aufmachen und etwas sagen kann, was sie dazu veranlasst, gleich wieder zu gehen. »Er hat gesagt, du antwortest ihm nicht. Also habe ich angeboten, euch beide zum Essen einzuladen. Wie in alten Zeiten, stimmt's?«

Allegra verzieht das Gesicht und packt ihre Handtasche fester, als würde sie tatsächlich mit dem Gedanken spielen, auf der Stelle kehrtzumachen. Doch dann tritt Micah auf sie zu und lächelt sie schüchtern an. »Es tut mir leid. Ich hätte dich nicht so anfahren sollen. Ich habe mir bloß Sorgen gemacht.«

Sie starrt ihn einen Moment stumm an, und ich habe

das Gefühl, die Zeit steht still. Doch dann entspannen sich ihre Gesichtszüge, und sie nickt.

Erleichtert atme ich aus. »Das Essen ist fast fertig. Was möchtest du trinken, Lela? Bier? Wasser? Cola?«

»Wasser ist gut.« Sie stellt ihre Tasche auf dem Tisch ab und beginnt, sich umzusehen. Als ich merke, dass sie nicht einfach gehen wird, lasse ich sie mit Micah allein, um mich um das Essen zu kümmern. In der Küche lehne ich mich erschöpft gegen die Theke und verschnaufe einen Moment. Hoffentlich war das eine gute Idee.

★

Dieses Mal essen wir am Esstisch im Wohnzimmer, weil der Balkon zu klein für uns drei ist. Die Pizzen sind nach Moms Rezept gebacken, bloß den Belag habe ich komplett vegan gehalten, was Micah mit einem beeindruckten Nicken zur Kenntnis nimmt.

Allegra seufzt, nachdem sie den ersten Bissen probiert hat. »Das schmeckt wirklich lecker. Ich habe fast vergessen, wie gut das Rezept ist.«

»Sie hatte es eben drauf.« Mein Herz zieht schmerzhaft, als ich an Mom denke. Ihr Vater war Pizzabäcker und hat ihr das Handwerk beigebracht. Ihr Wissen hat Mom dann an uns weitergegeben. Zwar hat Hollys Wohnung keinen Steinofen, aber zumindest einen Pizzastein habe ich in den Untiefen ihrer Küche entdeckt, auf dem wir die Pizzen nacheinander backen. Wir teilen uns die erste, während die nächste bereits im Ofen ist.

»Du hast echt ihr Talent in der Küche geerbt«, sagt Micah. »Die Lasagne letztens war auch schon so gut.«

»Wie lange bist du denn schon hier?«, fragt Allegra erstaunt, also erzähle ich von Holly und unserem Experiment. Hier und da nickt Allegra beeindruckt oder reißt einen Witz, und es fühlt sich an, als wäre ich nie weggegangen. Wir sind für einen Moment einfach nur Geschwister, die einen schönen Abend miteinander verbringen.

Irgendwann hole ich die dritte Pizza aus dem Ofen, und Micah erzählt von einem Einsatz am Wochenende, bei dem sie einen Brand auf einem Filmset in Hollywood löschen mussten. Es tut gut, ihm zuzuhören, zu sehen, wie sehr er seinen Job liebt, wie sehr ihn das erfüllt, was er tut, doch dadurch wird mir auch schmerzlich bewusst, dass Mom ihn so nicht mehr erleben wird.

Als sie starb, hatte ich mein Studium gerade erst beendet, aber Allegra hatte keine Ahnung von nichts, und Micah hat viel geträumt, aber wenig getan. Mom wollte immer nur das Beste für uns.

»Mom wäre stolz auf dich«, sage ich unvermittelt. Micah neigt den Kopf, nimmt mein Lob an. »Ich glaube, sie wäre stolz auf uns alle.« Ich blicke zu Allegra, die mit dem Zeigefinger den Rand ihres Glases nachfährt. Sie sieht nachdenklich aus. »Ich bin es jedenfalls.«

Sie seufzt. »Jetzt übertreibst du aber. Du warst doch gar nicht hier. Du hast doch keine Ahnung, was wir jeden Tag treiben.«

Ich will protestieren, doch dann schlucke ich meine Worte herunter. Mir war klar, dass sie mir den gleichen Vorwurf machen würde wie Micah, und jetzt kann ich zumindest sehen, dass ich ihnen mit meinem Fortgang wehgetan habe.

»Ich bin *jetzt* hier«, erwidere ich. Meine Stimme zittert

mehr, als mir lieb ist. »Ich will nachholen, was ich verpasst habe. Ich brauchte diese Zeit, um zu verarbeiten, was geschehen ist.«

Micah schnaubt. Ich werfe ihm einen vorwurfsvollen Blick zu. *Das ist nicht besonders hilfreich, Bruder.*

»Glaubst du, du kannst einfach zurückkommen und so tun, als wäre nichts geschehen?« Allegra verschränkt die Arme vor der Brust. In ihren Augen glitzert es verräterisch, aber sie behält die Kontrolle und lässt keine weiteren Emotionen an die Oberfläche.

Ich wäge meine nächsten Worte gut ab. »Hör zu, ich verstehe, dass ich euch enttäuscht habe. Dass ich euch im Stich gelassen habe, als ihr mich brauchtet… aber könnt ihr mich nicht auch verstehen? In der Zeit, als Mom im… im Hospiz lag, hat Dad Tag und Nacht bei ihr verbracht. Ich bin der Älteste. Ich habe mich darum gekümmert, dass alles läuft. Ich war plötzlich der Erziehungsberechtigte.«

Die Erinnerung legt sich wie eine eiserne Faust um mein Herz. Ich habe mich so sehr um Micah und Allegra gekümmert, dass ich darüber mein eigenes Leben komplett vergessen habe. Morgens bin ich zwei Stunden eher aufgestanden, um das Haus zumindest ein bisschen aufzuräumen und Frühstück für alle zu machen, bevor ich die beiden schließlich geweckt habe, damit sie nicht zu spät zum Unterricht kommen. Nachmittags habe ich Mom besucht und abends das Essen für alle gemacht und dafür gesorgt, dass Allegra und Micah nichts Lebenswichtiges vergessen.

»Ich habe einen Job ausgeschlagen, weil ich wusste, dass unsere Familie das nicht verkraften würde«, fahre ich fort, als die beiden nichts sagen. »Das war okay. Ich wollte für euch da sein. Aber als Mom dann nicht mehr da war und Dad wieder mehr Zeit zu Hause verbracht hat und du, Micah, mit der Ausbildung angefangen hast... ich hab's einfach keine Minute mehr zu Hause ausgehalten, okay? Ich konnte nicht mehr.«

Ich schlucke die Tränen runter, nicht bereit, so viel Schwäche zu zeigen. Auch jetzt noch schlüpfe ich lieber wieder in die Rolle des Erwachsenen. Die des Elternteils. »Ich liebe euch mehr als alles andere auf der Welt«, spreche ich mit brüchiger Stimme weiter. »Und es tut mir wirklich leid, dass es euch nicht gut geht, aber habt ihr auch nur eine Sekunde mal daran gedacht, dass nicht nur ihr Mom verloren habt?«

Ein paar Augenblicke lang ist es still in Hollys Wohnung. So still, dass ich jeden meiner Atemzüge höre. Dann räuspert sich Micah. »Ich verstehe dich, Pascal, wirklich. Ich hätte mir bloß gewünscht, wir wären da als Team durchgegangen. So wie früher.«

Allegra hat die Arme um sich geschlungen, als müsse sie sich halten, um nicht auseinanderzubrechen. Sie blinzelt gegen die Tränen an – und ich ahne, dass Micah der Einzige in diesem Raum ist, der Moms Tod einigermaßen verarbeitet hat.

»Du hättest nicht den Vater spielen müssen«, fährt er fort. »Wir hätten uns die Aufgaben besser aufteilen können, ich meine, wir waren doch alle alt genug. Ist ja nicht so, als wären wir noch Kinder gewesen.«

Ich schüttle den Kopf. »Es ist okay, wie es gelaufen ist. So hattet ihr wenigstens die Möglichkeit, eure Träume weiterzuverfolgen«, erwidere ich leise. »Und das habt ihr doch, oder?« Ich richte das Wort an Allegra, um einen

Bogen zu dem Grund zu schlagen, wegen dem ich sie eigentlich eingeladen habe. Nicht besonders geschickt, das wird mir klar, als sie Micah einen bösen Blick zuwirft und trotzig das Kinn hervorstreckt. »Ich meine, du studierst wieder, das ist doch super, oder?«, rudere ich ein bisschen zurück.

»Ihr könnt aufhören mit den Spielchen«, entgegnet sie wütend. »Ich hätte mir denken können, dass ihr mich nur deshalb zum Essen eingeladen habt.« Sie steht ruckartig auf und greift nach ihrer Handtasche. »Das muss ich mir echt nicht anhören.«

»Lela, warte!« Ich schiebe den Stuhl so schnell nach hinten, dass er ins Wanken gerät, und greife nach ihrem Arm. »Wir machen uns doch nur Sorgen. Micah hat erzählt, was geschehen ist. Wenn du da in irgendwelche Gangaktivitäten reingeraten bist, dann helfen wir dir. Du musst nur mit uns reden. Wir sind für dich da.«

»Ach ja?« Sie fährt herum und funkelt uns zornig an. »So wie ihr in den letzten anderthalb Jahren für mich da gewesen seid? Danke, darauf kann ich gut verzichten. Belly und Logan kümmern sich wenigstens um mich.« Sie reißt sich los und deutet mit dem Zeigefinger auf Micah. »Wenn du ein guter Bruder wärst, würdest du versuchen, ihn aus all dem rauszuhalten, Micah. Er hat damit nichts zu tun.«

Micah hebt abwehrend die Hände. »Wie stellst du dir das eigentlich vor? Ich bin kein Cop – ich versuche nur, das Beste aus dem zu machen, was mir Ben erzählt hat. Wenn du schlau wärst, würdest du von allein einen weiten Bogen um Logan und seine Leute machen.«

»Du kapierst es nicht, oder? Logan will aussteigen. Das

hat er den Cops sogar gesagt, aber sie haben ihn bloß ausgelacht. Du weißt genau, wie diese Stadt tickt, Micah.« Allegra wischt sich über die Wangen, denn mittlerweile kann sie die Tränen nicht mehr zurückhalten. »Wenn ihr mir wirklich helfen wollt, dann helft ihm. Oder haltet euch raus aus meinem Leben. Ich bin auch ohne euch gut zurechtgekommen.«

»Lela!« Micah springt auf.

Sie wendet sich ab und stapft aus der Wohnung. Mit einem lauten Knall fällt die Tür hinter ihr ins Schloss.

»Super gemacht, Pascal«, brummt Micah und eilt an mir vorbei, um ihr hinterherzurennen. Ich will etwas erwidern, ihm sagen, dass ich nichts dafür kann, dass sie so tickt, wie sie tickt, aber da ist er längst aus der Wohnung verschwunden. Seufzend lasse ich mich auf die Couch fallen und schließe hilflos die Augen.

Wieso mache ich eigentlich immer alles schlimmer?

Weil nach ein paar Minuten noch niemand zurück ist, räume ich den Tisch ab und schlüpfe in meine Sportsachen. Ich mag Hollys Wohnung, aber gerade habe ich das Gefühl, die Farben und Gerüche und der ganze Kleinkram erschlagen mich. Draußen laufe ich zum Beverly Gardens Park, um zumindest etwas Grün um mich herum zu haben.

Heute hängt der Smog schwer in den Straßen und erinnert mich wieder daran, wieso ich mich gegen ein Leben in der Stadt entschieden habe. Ich hasse es hier. Ich hasse die überfüllten Straßen und die Touristen, die hupenden Autos und Sirenen, den Geruch nach Abgasen und verbranntem Frittierfett. Ich hasse es, dass ich hier nicht zur Ruhe finden kann, dass mein Kopf wie vernebelt ist, wenn sich die Welt so schnell um mich dreht. Und ich hasse es, meine Familie nicht zusammenhalten zu können, obwohl es meine Aufgabe wäre.

Es tut mir so leid, Mom, denke ich mit einem Knoten in der Brust und setze mich auf die gleiche Parkbank, auf der ich beim letzten Mal mit Holly telefoniert habe. Nur dieses Mal bin ich alles andere als glücklich.

Holly

Salt Lake City, Utah

21 »Vielen Dank.« Ich lächle dem Kellner zu, als er den Mocca Frappuccino mit Karamellsirup vor mir abstellt, und widme mich dann wieder der Datei vor mir, an der ich seit dem Wochenende nichts mehr gemacht habe. Heute ist Dienstag. Die Deadline für mein Buch sitzt mir im Nacken, und ich muss immer noch zwei Kapitel schreiben und alles einmal überarbeiten, bevor ich es dem Verlag schicken kann.

Aber Leslies Erfolg hat sich wie ein riesiger Felsbrocken zwischen mich und das Manuskript geschoben.

Das Buch fühlt sich plötzlich sinnlos an. All die Leidenschaft, die in dieses Projekt geflossen ist, ist verpufft, die Wörter, die ich mir mühsam aus den Fingern sauge, lesen sich so verknotet, dass ich davon Kopfschmerzen bekomme, also lösche ich sie Buchstabe für Buchstabe wieder.

Ich werd's vermasseln, denke ich zum wiederholten Male. Ich werde meine Deadline nicht einhalten können, und wenn doch, wird das Ergebnis so schlecht sein, dass der Verlag es sich noch einmal anders überlegt. Mich nicht veröffentlichen will.

Oder es wird doch veröffentlicht und ist so schlecht, dass es keiner lesen wird.

Plötzlich arbeite ich nicht mehr an der Verwirklichung meines großen Traums, sondern stecke in einem Wettkampf. Wenn ich nicht in die *New York Times* komme, wird es sich anfühlen, als hätte ich versagt, dabei geht es doch überhaupt nicht darum.

Sollte es zumindest nicht.

Aber ich kann diese Gedanken einfach nicht abstellen. Seufzend klappe ich den Laptop zu und hole mein Tablet hervor, um mir noch mal die Entwürfe anzusehen, die ich für die Umgestaltung des Vans gezeichnet habe. Pascal wird sich entweder freuen, oder er wird außer sich sein vor Wut, wenn er das Resultat sieht. Allein der Gedanke, dass ich mein DIY wieder rückgängig machen könnte, lässt mich daran glauben, dass meine Idee eine gute ist.

Während ich meinen Frappuccino trinke, schreibe ich eine Einkaufsliste und suche auf Google Maps nach dem nächsten Baumarkt sowie einem Campingplatz, auf dem ich mein Projekt umsetzen kann. Danach packe ich alles bis auf mein Handy zurück in meine Tasche und blicke aus dem Fenster.

Meine Gedanken drehen sich im Kreis. Ich sehe immer nur Leslie und ihr gekünsteltes Lachen vor mir, sehe die Momente unserer Vergangenheit, in denen ich dachte, unsere Freundschaft würde ihr genauso viel bedeuten wie mir und nichts könnte uns trennen.

Wie so oft in den letzten Tagen würde ich am liebsten Pascal anrufen und ihm erzählen, was mich beschäftigt, aber ich fürchte mich zu sehr davor. Was, wenn er meine Sicht der Dinge nicht versteht? Oder mich verurteilt? Sich im schlimmsten Fall sogar auf ihre Seite schlägt, so wie es Jackson damals getan hat?

Also stecke ich schließlich auch mein Handy weg, trinke aus und bezahle, um mich auf die Suche nach einer neuen Ablenkung zu machen.

Das Café befindet sich im Zentrum von Salt Lake City, den Van habe ich etwas weiter außerhalb geparkt und bin mit dem Bus in die Stadt gefahren. Irgendwie mochte ich den Gedanken nicht, den Van in einem dunklen Parkhaus abzustellen und Orlando dort allein zu lassen. Ich hatte gehofft, ein Ortswechsel würde mir dabei helfen, mich wieder auf das Manuskript konzentrieren zu können, aber stattdessen hat mich die Zeit im Café nur noch mehr heruntergezogen.

Ich lasse mich eine Weile durch die verregneten Straßen Salt Lake Citys treiben, blicke in Schaufenster, ohne die Auslagen wirklich zu sehen, und lasse die Vergangenheit Revue passieren. Als ich plötzlich direkt in Leslies Gesicht blicke, bleibe ich wie angewurzelt stehen. Blinzelnd fokussiere ich meine Umgebung. Ich stehe vor einer Buchhandlung, deren Schaufensterdekoration aussieht wie ein Altar, der nur für Leslie erbaut wurde.

Glam Up Your Life – 100 DIYs für ein glitzerndes Leben. Vor dem Plakat mit ihrem Buchcover und einem Porträt von ihr haben sie zahlreiche der Bücher dekorativ aufgestapelt. *Das neue Buch von Erfolgs-Youtuberin Madame DIY,* steht da.

Ich kannte den Titel, ich habe mir den Trailer angesehen und das Video, in dem sie ihre Veröffentlichung ankündigt. Ich kannte sogar den Buchumschlag mit dem Foto von ihr, das sie in einem sanften Licht abbildet. Sie trägt darauf ein luftiges zartrosa Kleid, die blonden Haare fallen ihr weich über die Schultern, ihre blauen Augen strahlen intensiv.

Ich kannte das alles.

Und doch wirft es mich vollkommen aus der Bahn, ihr Buch in diesem Schaufenster zu sehen.

Scheiße.

Ich wünschte, ich könnte ihr den Erfolg gönnen, aber ich spüre bloß heiße Eifersucht durch meine Adern pulsieren – und das regt mich am meisten auf. Dass ich einfach nicht loslassen kann. Dass sie mich immer noch so sehr beeinflusst.

Meine Füße tragen mich wie von selbst in die Buchhandlung. Ich brauche keine zwei Minuten, um ihr Buch zu finden, immerhin steht es direkt auf Platz sieben im Regal mit den *New York Times*-Bestsellern.

Am liebsten würde ich die Bücher aus dem Regal reißen, sie auf den Boden werfen, darauf rumtrampeln wie ein kleines Kind, aber da Leslie davon sowieso nichts mitbekommt, bringt mich das kein Stück weiter.

Also balle ich bloß die Hände zu Fäusten und versuche, mich zu beruhigen. Erst als mein Herzschlag wieder etwas langsamer geht, nehme ich eines ihrer Bücher in die Hand und blättere durch die Seiten. Mir stockt der Atem, als ich an den Worten hängen bleibe. An Worten, die mir so bekannt vorkommen, dass ich sie im Schlaf aufsagen könnte.

Worte, die einst meine gewesen sind.

★

Ich habe keine Ahnung, wie ich es zurück zum Van geschafft habe, denn als ich die Tür zum Wagen aufschließe und von Orlando mit lautem Maunzen begrüßt werde, tost die Wut immer noch so laut in mir, dass ich gar nichts anderes wahrnehme.

Drinnen werfe ich den Beutel mit dem Buch auf die Arbeitsplatte, als hätte ich mich daran verbrannt. Erschrocken von dem lauten Geräusch huscht Orlando aufs Bett und verkriecht sich zwischen den Kissen.

Wieso habe ich dieses Buch überhaupt gekauft?

Ich schnaube auf. Meine Gedanken rasen, weil ich keine Ahnung habe, was ich jetzt tun soll. Ich will schreien vor Wut, etwas kaputt machen, all diese negative Energie rauslassen, bevor ich implodiere.

Ich drehe mich im Kreis, fühle mich zum ersten Mal von der Enge des Vans eingezwängt. Hier ist viel zu wenig Platz, zu wenig Raum. Und so wenig Luft zum Atmen, dass mir schon die Ohren klingeln.

Erst einen Augenblick später merke ich, dass es nicht meine Ohren sind, die klingeln, sondern mein Handy.

Als ich es aus dem Rucksack ziehe und einen Blick aufs Display werfe, seufze ich wehmütig auf. Es ist Pascal – und ich drücke ihn weg. Ich kann jetzt unmöglich mit ihm reden.

Doch Pascal lässt sich nicht so leicht abschütteln. Er versucht es noch mal. Und auch noch ein drittes Mal, also gehe ich schließlich doch ran, weil mir der Gedanke kommt, dass etwas passiert sein könnte.

»Hey, ich, sorry…«, setze ich an, doch dann klappe ich den Mund zu, weil ich keine Ahnung habe, was ich eigentlich sagen will.

»Holly?« Pascals Stimme zu hören, tut gut. Sie vertreibt den roten Nebel in meinem Kopf. »Können wir kurz sprechen?«

Ich ziehe meine Jacke aus, hänge sie auf und setze mich auf den Stuhl am Schreibtisch. Atmen. Denken. Reden. »Klar. Was ist los?«

»Das Gleiche wollte ich dich fragen«, erwidert er besorgt. »Du bist seit ein paar Tagen so abwesend und ... Wenn ich etwas falsch gemacht habe, dann sag es mir bitte.«

»Du denkst, *du* hättest etwas falsch gemacht?« Die Verwunderung darüber holt mich unvermittelt zurück in die Gegenwart. Für einen Augenblick vergesse ich sogar, dass ich vor einer Sekunde noch vor Wut gekocht habe. »Pascal, du ... du bist perfekt. Ich ...«

»Oh, danke«, unterbricht er mich. »Das weiß ich wirklich zu schätzen.«

Ich muss lachen. Trotz des Buches und meiner Schreibblockade und meiner schlechten Stimmung muss ich lachen – und dafür mag ich Pascal umso mehr.

»Tut mir leid, dass ich in den letzten Tagen so abwesend war«, nuschle ich schließlich. »Ich war ... Ich war so sehr mit meinem Buch beschäftigt, dass ich darüber alles andere vergessen habe.«

Pascal schweigt lange. Wenn ich nicht seinen ruhigen Atem hören würde, würde ich denken, er hätte aufgelegt. »Das glaube ich dir nicht«, sagt er schließlich, und mir sinkt für einen Moment das Herz in die Hose. »Weißt du, Holly, wir kennen uns vielleicht noch nicht lange, aber ich glaube, ich weiß allmählich ziemlich gut, wie du tickst – und ich denke, du hast keine Ahnung, wie du damit umgehen sollst.«

Verwirrt blinzle ich. »Womit?«

»Mit deinen Gefühlen.«

»Was?«, frage ich. Meine Stimme klingt schrill, und mein Herzschlag beschleunigt sich. Denkt er, ich habe Gefühle für ihn? O Gott, *habe* ich Gefühle für ihn? Auf der Suche nach einer Erwiderung fange ich an herumzustottern. »Ich ... das ... du ...«

»Ich weiß, was eine solche Reise mit einem machen kann«, fährt er ruhig fort, also presse ich die Lippen aufeinander. »Ich habe das auch durchgemacht. Wenn du allein bist und dir Zeit nimmst, alles um dich herum auszublenden, dann ... kommen dabei manchmal Emotionen und Erinnerungen hoch, von denen du dachtest, du hättest sie längst hinter dir gelassen.«

Oh, es geht gar nicht darum, dass ich Gefühle für ihn haben könnte, stelle ich erleichtert fest und lasse mich in den Stuhl zurücksinken.

»Es ist okay, wenn du Zeit für dich brauchst. Ich wollte nur sichergehen, dass ich nichts verkehrt gemacht habe.«

»Hast du nicht«, antworte ich schnell und spüre den Drang in mir, ihm endlich zu erzählen, was mich gerade beschäftigt. »Und es ist auch nicht das, es ist ... Leslies Buch.«

»Wessen Buch?«

»Leslie Turner alias Madame DIY. Sie war mal meine beste Freundin. Sie hat damals im Haus gegenüber gewohnt, und wir haben echt alles zusammen gemacht. Auch unseren ersten Youtube-Kanal: *The Creative Bugs*«, erkläre ich ihm. Mein Herz beginnt unwillkürlich schneller zu schlagen, während ich mit mir ringe. Soll ich ihm die ganze Geschichte erzählen? Kann ich ihm genug vertrauen?

»Was ist dann passiert?«, fragt er vorsichtig nach. »Also, wenn du darüber reden möchtest ...«

Einen Moment zögere ich noch, aber es ist, als hätte er mit seinen Worten eine Schleuse in mir geöffnet: Die ganze hässliche Geschichte fließt plötzlich aus mir heraus. Ich erzähle ihm von unseren Anfängen auf Youtube, davon, wie wir uns aus dem Nichts einen riesigen Kanal aufgebaut haben und das zu unserer großen Leidenschaft – und später auch zu unserem Berufswunsch – wurde. An manchen Stellen kämpfe ich mit den Tränen, manchmal kann ich nicht mal weiterreden, weil mich das Vergangene immer noch so aufwühlt. »Aber eines Tages hat sie ein Angebot von einem Management bekommen. Ich habe davon erst erfahren, als sie plötzlich einen eigenen Kanal hatte – und das auf Instagram verkündet hat.«

Pascal zieht scharf die Luft ein. »Was? Wie konnte sie dir so in den Rücken fallen? Das tut mir so leid, Holly.«

»Sie hat sich nicht mal getraut, mit mir darüber zu reden, bevor das alles durch war. Weißt du, Pascal, das hat mich echt am härtesten getroffen. Wir haben immer alles zusammen gemacht, und dann kommt sie mit so einer Ego-Nummer um die Ecke, aber okay ... ich bin darüber hinweg. Oder war es zumindest, bis vor ein paar Monaten ihr Buch angekündigt wurde.« Ich wische mir mit dem Handrücken die Tränen aus dem Gesicht und hole den Beutel, in dem ich ihr Buch verstaut habe. Zögerlich ziehe ich es heraus und betrachte das Bild von der Frau, mit der ich so viele Jahre mein Leben geteilt habe. Die Wut streckt ihre heißen Finger nach mir aus. »Wir haben damals zusammen an einem Buch gearbeitet. Ich habe die Texte geschrieben, sie hat sich um die Fotos und das Design gekümmert. Das mit dem Buch ...

das war immer *mein* großer Traum, nicht ihrer. Und nun erscheint ihres vor meinem und wird auch noch ein Bestseller.«

»Shit«, murmelt Pascal. »Ich kann verstehen, dass dich das runterzieht«, fügt er mitfühlend hinzu. »Würde es mich auch.«

»Das ist nicht alles«, flüstere ich, als hätte ich Angst, jemand könne unser Gespräch belauschen. »Ich habe heute einen Blick ins Buch geworfen, Pascal. Ich glaube, Leslie hat meine alten Texte in ihrem Buch verwendet.«

»Was?« Nun klingt Pascal wirklich schockiert. »Das ist ein Witz, oder?«

»Ich wünschte, es wäre einer.«

»Fuck. Mann, Holly, das ist richtig übel.«

Obwohl wir beide einen Moment lang schweigen, fühle ich mich endlich weniger allein. Pascal kann zwar nichts dagegen unternehmen, er ist genauso machtlos wie ich, aber wenigstens ist er da und hört mir zu. Versteht mich. Nimmt meine Gefühle ernst.

»Kannst du das irgendwie nachweisen? Das fällt doch sicher unter irgendwelche Plagiatsgesetze, oder?«, fragt er, nachdem er verarbeitet hat, was ich ihm erzählt habe.

»Das ist das Problem. Kurz nachdem wir uns so zerstritten haben, ist meine Festplatte kaputtgegangen, und ich hatte nichts mehr. Kein Videomaterial, keine Fotos, kein Manuskript. Alles weg. Wenn ich dem nachgehen wollen würde, ich könnte es nicht. Ich kann's nicht nachweisen. Ich weiß nur, dass das meine Worte sind, die ich da heute gelesen habe.«

»Mist«, murmelt er und hält inne. Als er weiterspricht, hat sich sein Tonfall verändert: »Wäre es möglich, dass sie deine Festplatte mit Absicht kaputt gemacht hat? Dass sie das auf lange Sicht geplant hat?«

»Nein.« Ich winke ab. »Ich wüsste gar nicht, wie sie ... O mein Gott.« Ich stocke, weil mir ein abscheulicher Gedanke kommt, einer, von dem ich hoffe, dass er sich nicht bewahrheitet, denn das wäre ... »Ich ruf dich gleich zurück, ja?«

Ich lege auf, bevor er etwas sagen kann, und scrolle durch meine Kontakte, bis ich bei Jackson angelangt bin. Wenn ich zu lange darüber nachdenke, mache ich es nicht, also drücke ich sofort auf den Anrufen-Button und halte mit rasendem Herzen den Atem an.

Einen Moment später nimmt er das Gespräch an. »Holly?«

Er klingt überrascht. Seine Stimme nach all der Zeit zu hören, lässt in mir den ganzen großen Schmerz seines Betrugs wieder aufleben, als hätte er mich erst gestern verlassen.

»Jackson, hi«, stoße ich hervor. Einen Augenblick lang frage ich mich, wieso er meine Nummer immer noch gespeichert hat, aber letztendlich spielt es keine Rolle. »Ich ... ich wollte dich etwas fragen. Hast du einen kurzen Moment Zeit?«

»Klar, warte eine Sekunde.« Er sagt etwas zu jemandem, dann höre ich, wie sich die Hintergrundgeräusche verändern, weil er den Raum verlässt. »Was gibt's denn?«

»Ich«, setze ich an und verstumme, weil ich keine Ahnung habe, wie ich das Thema ansprechen soll, ohne es ihm direkt vor den Kopf zu knallen. Aber andererseits bin ich ihm auch keine Nettigkeit schuldig. »Hast du damals meine Festplatte kaputt gemacht?«

»Woah, nur mal kurz was fragen, hm?« Für einen Augenblick klingt er wütend, dann seufzt er matt. »Hör mal, ich weiß, dass das mit Leslie nicht richtig war. Ich wollte ihr bloß helfen und…«

Mir wird abwechselnd heiß und kalt. Ich springe auf, zu aufgewühlt, um noch still sitzen zu können. Ich muss an die frische Luft, jetzt sofort, denn der Van fühlt sich plötzlich an wie ein Käfig, also schnappe ich mir die Autoschlüssel und gehe raus. Auf dem Campingplatz ist nicht viel los, sodass wenigstens keiner dabei zusehen kann, wie ich die Fassung verliere.

»Was zur Hölle? Du gibst es also zu? Das warst wirklich du?«, brülle ich ihn beinahe an. »Willst du mich verarschen? Weißt du eigentlich, wie viel Schaden du damit angerichtet hast?«

»Ich weiß, Holly, ich weiß. Ich dachte nur, der Schaden wäre größer, wenn du das Filmmaterial über Leslie veröffentlichst und…«

Ich raufe mir die Haare. »Wovon redest du da? Was für Filmmaterial?« Ich habe keinen blassen Schimmer, was er meint.

»Leslie hat gesagt, du hättest auf der Festplatte Videos von ihr, die ihr echt schaden könnten, wenn sie an die Öffentlichkeit kommen«, erklärt er zögerlich. Schwer atmend höre ich ihm zu. Mit jedem seiner Worte dreht sich mir vor Wut und Entsetzen weiter der Magen um. Ich kann einfach nicht glauben, dass sie ihm eine solche Lüge erzählt hat, damit er meine Festplatte zerstört. »Sie sagte, du würdest vermutlich sehr wütend sein, wenn sie dir von dem Vertrag erzählt, und hatte Angst, dass du dann etwas Unüberlegtes tust.«

»Ich? Etwas Unüberlegtes? *Ich?*« Heiße Tränen rinnen mir über die Wangen. Ich sinke entkräftet an der Seite des Vans zu Boden. »Jackson, wie lange waren wir zusammen? Wie lange kennst du mich, verdammt? Habe ich jemals etwas getan, um anderen zu schaden?«, frage ich ihn. Ich glaube das alles nicht. Wie kann er so etwas von mir denken? Nach allem, was wir zusammen erlebt haben, ich meine …

»Nein, ich …« Er räuspert sich. »Weißt du, sie hat mich gefragt, ob ich ihr eine Kopie besorgen kann, damit sie nachsehen kann. Und dann hat sie so geweint, und ich wusste nicht … Ich habe einfach nicht nachgedacht. Das war dumm. Und es tut mir leid, Holly. Wenn du willst, bezahle ich dir die Festplatte. Schick mir deine Kontodaten, ja?«

Ich schnaube auf. »Gott, Jackson, du kapierst es nicht, oder?«, frage ich ihn mit einem bitteren Geschmack auf der Zunge. »Es geht mir nicht um die verdammte Festplatte. Hier geht's um die Wahrheit und darum, dass du nicht zu mir gehalten hast, als ich dich gebraucht habe.«

»Holly …«

Ich beende den Anruf, bevor er noch etwas sagen kann, und lege das Handy neben mich auf die Erde. Mehr will ich nicht hören, mehr muss ich nicht wissen, um zu verstehen, was damals wirklich geschehen ist. Um zu verstehen, dass die beiden Menschen, denen ich auf dieser Welt am meisten vertraut habe, mich hintergangen haben.

Ich kann nicht glauben, dass ich so dumm war, nichts zu bemerken, bevor es zu spät war. Ich kann ja nicht mal glauben, dass Menschen so niederträchtig sein können. Dass man jahrelange Freundschaften einfach durch den

Dreck zieht oder auf so gemeine Art und Weise die Arbeit eines anderen Menschen zerstören kann – bloß um sich selbst einen Vorsprung zu verschaffen.

Doch obwohl ich mit meiner Menschenkenntnis so heftig auf die Nase gefallen bin, sehne ich mich nach Pascals Stimme. Ich will ihn hören, ihm erzählen, was damals wirklich vorgefallen ist, ihm vertrauen und hoffen, dass wenigstens er mein Vertrauen nicht missbraucht.

Ich kann das nicht mehr allein mit mir herumtragen.

Ich *will* das nicht mehr allein mit mir herumtragen.

Also rufe ich Pascal zurück und berichte ihm unter Tränen von dem Gespräch mit Jackson. Ich erzähle ihm davon, wie sehr es wehtut, so hintergangen worden zu sein, und wie viel Angst ich davor habe, noch einmal so verletzt zu werden.

»Es tut mir so leid, Holly«, flüstert er, als ich keine Worte mehr finde und meine Tränen verbraucht sind. »Ich wünschte, ich könnte etwas tun, um das für dich leichter zu machen.«

Ich fühle mich schrecklich. Leer. Taub. »Eine Umarmung wäre schön«, flüstere ich und drücke das Handy fester an mein Ohr, als könnte ich Pascal so näher bei mir haben.

»Nun, das ließe sich vielleicht einrichten«, erwidert er. Ich kann das Lächeln aus seiner Stimme heraushören. »Ich dachte schon, du fragst mich nie, ob wir uns treffen wollen.«

»Treffen?« Das bringt mich tatsächlich zum Lachen. »Wir sind meilenweit voneinander entfernt.«

»Und haben beide noch keine Pläne fürs Wochenende, oder?«

Pascal

Los Angeles, Kalifornien

22 »Du fliegst wohin?«, wiederholt Micah ungläubig. »Fürs Wochenende? Um dich mit Holly zu treffen?«

»Für die Arbeit, ja«, keuche ich in meinen Hörer, während ich Liegestützen mache.

»Für die Arbeit.« Micah lacht schallend auf. »Wer's glaubt, wird selig. Sag doch einfach, dass du scharf auf sie bist.«

»Bin ich nicht! Okay, vielleicht ein bisschen.« Ächzend bleibe ich liegen und strecke meine schmerzenden Arme aus. »Kannst du es mir verübeln? Wir schreiben uns jeden Tag Nachrichten, telefonieren oft bis spät in die Nacht miteinander. Ich mag sie einfach.«

»Genug, um für ein Wochenende nach Sacramento zu fliegen«, wiederholt Micah ungläubig. »Du könntest dir auch einfach einen Porno reinziehen.«

Ich verdrehe die Augen und stehe auf. »Ich will sie nicht flachlegen. Sie macht gerade eine harte Zeit durch und kann ein bisschen Ablenkung gut gebrauchen.« Nach allem, was sie mir über ihren Ex und Leslie erzählt hat, will ich für sie da sein. Ich will sie in den Arm nehmen und … Gut, vielleicht will ich sie auch küssen. »Hast du noch was von Allegra gehört?«, wechsle ich das Thema. Bislang haben wir es vermieden, über das misslungene Abendessen neulich zu sprechen.

Micah schnaubt. »Sie geht nicht an ihr Handy, wenn ich anrufe. Ich hab's über Bens Handy versucht, aber da hat sie sofort wieder aufgelegt, als sie meine Stimme gehört hat.«

»Also so wie bei mir.« Mit einem Seufzen verlasse ich das Wohnzimmer, um mir etwas Frisches zum Anziehen aus dem Schrank im Schlafzimmer zu holen. »Ich habe keine Ahnung, was wir machen sollen.«

»Sie soll einfach ihr Ding machen«, erwidert Micah. »Ich habe die Schnauze gestrichen voll. Wenn sie meint, unsere Hilfe nicht zu brauchen, soll sie halt sehen, wie sie allein zurechtkommt.«

»Hm.« Begeistert bin ich über Micahs Vorschlag nicht, aber wahrscheinlich funktioniert umgekehrte Psychologie bei Allegra am besten. »Wir können es ja mal versuchen. Aber wir sollten zumindest einen Zeitrahmen dafür festlegen. Ich will sie nicht einfach im Stich lassen.«

»Will ich doch auch nicht«, sagt mein Bruder beschwichtigend. »Sagen wir vier Wochen? Wenn sie sich bis dahin nicht eingekriegt hat, reden wir mit Dad?«

»Hört sich nach einem Plan an«, stimme ich zu. Wir quatschen noch einen Moment weiter, aber dann fängt Micah an, wegen Holly nachzubohren, und ich schwindle ihm etwas von einem Termin vor, um seinen Fragen aus dem Weg zu gehen.

Lachend verabschiedet er sich und wünscht mir viel Spaß. Mit einem Kopfschütteln lege ich das Handy weg und springe unter die Dusche, um den Schweiß von meinem Sportprogramm und die Sorgen wegen Holly fortzuspülen. Aber das fällt mir nicht leicht, jetzt, da ich weiß, was geschehen ist und die Verzweiflung in ihrer Stimme gehört habe. Ich hoffe, dass ich sie an unserem gemeinsamen Wochenende etwas aufmuntern kann.

★

Innerlich wappne ich mich, aber nichts hätte mich auf das Chaos vorbereiten können, das in Hollys Kammer, ihrem »Endgegner«, auf mich wartet. Ihr Lager für den Online-Shop ist winzig und beherbergt nicht nur lauter Gerätschaften, von denen ich keine Ahnung habe, wofür sie gedacht sind, sondern auch zwei Wände voll mit deckenhohen Regalen, in denen sie ihre Produkte lagert.

Als ich das letzte Mal in dieses Zimmer geschaut habe, hat mir ein Blick gereicht, um zu beschließen, dass ich diesen Raum einfach ignorieren werde, während ich hier wohne … aber die neue Wochenaufgabe zwingt mich wohl oder übel dazu, mich näher mit diesem Teil von Hollys Leben auseinanderzusetzen.

Also mache ich ein paar zögerliche Schritte hinein und sehe mich um. Es gibt eine Arbeitsfläche, unter der sich ein Regal mit Versandkartons in allen möglichen Größen befindet. Darüber hängt ein Lochbrett, an dem jede Menge Kleinkram befestigt ist. Paketband, buntes Washitape, Stifte, Aufkleber, Lineale, Scheren und andere Dinge, die man in einem Büro gut gebrauchen kann. Ich schätze, diesen Platz nutzt sie normalerweise zum Packen ihrer Bestellungen, aber jetzt stapeln sich auf der Arbeitsfläche mehrere Kartons mit dem Logo einer Druckerei. Neue Produkte vielleicht?

An der gegenüberliegenden Wand befindet sich ein weiterer Tisch, auf dem eine Papierschneidemaschine und ein paar andere sonderbare Geräte stehen.

In einem der Regale befinden sich mehrere Drucker, wobei drei davon auf den zweiten Blick überhaupt keine Zufuhr für Papier haben. Wahrscheinlich sollte ich mir ein paar von Hollys Studio-Vlogs ansehen, um herauszufinden, was sie mit all dem Zeug eigentlich macht.

Wenigstens muss ich mir meine Produkte nur ausdenken. Mit der Umsetzung fühle ich mich nämlich schon jetzt gnadenlos überfordert.

Vorerst ignoriere ich also all die Gerätschaften und stöbere stattdessen durch die Regale mit Hollys eigenen Produkten. Ich finde Illustrationen, Lesezeichen, Postkarten und Sticker-Sets, bedruckte Tassen und Jutebeutel, ja sogar Emaille-Pins und eigene Washitape-Rollen hat Holly im Angebot. Viele der Sachen habe ich online schon mal gesehen, immerhin habe ich mir ja ihren Shop und ein paar Videos dazu angesehen, aber all diese Sachen auf einem Haufen zu sehen, erfüllt mich mit Ehrfurcht. Sie versteht ihr Business und ist dazu noch so kreativ – wie soll ich da bitte ein Produkt entwerfen, das daneben nicht total blass aussieht?

Seufzend hebe ich einen Karton mit unbedruckten Tassen vom einzigen Stuhl in diesem Raum und stelle ihn auf den Boden, bevor ich mich selbst hinsetze. Mein Blick bleibt an einem Becher hängen, der neben etwas steht, was aussieht wie ein sonderbares Bügeleisen. Im Becher befinden sich Stifte und noch mehr Zeug, das ich noch nie im Leben gesehen habe. Doch es ist der Aufdruck, der mich zum Schmunzeln bringt. In schönstem Handlettering steht dort: »Gestern war hier aufgeräumt – schade, dass du das verpasst hast«.

Dieser Spruch ist so typisch Holly, dass ich das Gefühl habe, sie würde neben mir stehen und mich durch ihr Lager führen. Von neuer Motivation erfüllt, fange ich an, ihre anderen Produkte zu durchstöbern. Doch als sich auch nach einer ganzen Weile kein kreativer Geistesblitz bei mir ankündigt, kehre ich schließlich zurück in die Küche, um mir einen Kaffee zuzubereiten.

Es hat nicht lange gedauert, bis sich die Tasse mit dem Aufdruck »Ein Lächeln versteht man in jeder Sprache« zu meiner Lieblingstasse gemausert hat, und während ich so dastehe und die heiße Flüssigkeit in die Tasse tropfen sehe, frage ich mich, ob sie diese Tasse auch selbst gestaltet hat. Der Stil ist ihrem zumindest sehr ähnlich.

Mit meinem Kaffee, einem Stift und meinem Notizbuch verziehe ich mich schließlich auf den Balkon, um dort in Ruhe nachdenken zu können, aber ich brauche keine fünf Minuten, bis mir endlich eine zündende Idee kommt.

★

Als ich am Freitag der Menge zum Ausgang des Flughafengebäudes in Sacramento folge, umfasse ich den Riemen meiner Reisetasche automatisch fester. Mein Herz schlägt schneller, aber noch versuche ich mir zumindest einzureden, dass es die Aussicht auf ein Wochenende in der Natur ist, die mich mit so viel Aufregung erfüllt. Nicht das Wiedersehen mit Holly.

Das kann ja auch gar nicht sein. Immerhin kennen wir uns erst seit gut drei Wochen und haben uns nur ein paar-

mal persönlich getroffen. Unmöglich also, dass meine Vor-
freude daher rührt.

Die Schiebetüren vor mir gleiten geräuschlos auf. Ich
verlasse das Gebäude und finde mich auf einem breiten
Gehweg wieder. Auf dem Seitenstreifen sind zahlreiche
Taxen und Autos geparkt, an denen Menschen lehnen und
auf Kunden, Freunde oder Familienmitglieder warten.
Auf der Suche nach Holly und dem vertrauten Umriss
meines Vans sehe ich mich um.

Mein Blick gleitet über ein paar Autos hinweg, bleibt
kurz an einem bunt bemalten Van stehen, der aussieht,
wie – Moment mal! Ich blinzle und schaue noch mal
genauer hin.

Fassungslos starre ich das Auto an, bis ich merke, dass die
Frau, die gegen das Metall der Tür lehnt, mir wild zuwinkt.
Holly.

Und mein Van.

Mein Van kann ein bisschen mehr Charme gebrauchen. Damit
habe ich jedenfalls nicht gerechnet. Als ich näher an das
Fahrzeug herantrete, weiß ich gar nicht, wohin ich zuerst
schauen soll – ob auf Holly oder meinen kunterbunten
Van, der überhaupt nicht mehr minimalistisch weiß ist.
Um genau zu sein, entdecke ich keinen einzigen Flecken
Weiß mehr.

»Woah, Holly!«, begrüße ich die Frau, die mir in den
letzten Wochen kaum aus dem Kopf gegangen ist. Sie
beginnt zu grinsen und schiebt die Sonnenbrille in ihr
Haar. Die Schramme von ihrem Fahrradunfall schimmert
immer noch leicht lila. Ihre braunen Augen gleiten prü-
fend über mein Gesicht.

»Gefällt es dir?«, fragt sie nervös.

»Das ist … ungewohnt. Außergewöhnlich. Einfach der Wahnsinn!« Ich breite die Arme aus, um sie in die versprochene Umarmung zu ziehen. Sie zögert keine Sekunde, sondern umfasst meine Taille. Ich vergrabe meine Nase in ihrem Haar und atme tief ein. »Schön, dich zu sehen.«

»Schön, *dich* zu sehen.« Mit einem leisen Seufzen löst sie sich von mir. Bei näherer Betrachtung fällt mir auf, dass unter ihren Augen leichte Schatten liegen und das Strahlen in ihrem Blick etwas gedämpft ist.

Sie sieht aus, wie ich mich nach dem Abendessen mit meinen Geschwistern gefühlt habe. Das freie Wochenende haben wir wohl beide bitter nötig.

»Okay, rutsch mal ein Stück«, sage ich mit einem Grinsen. »Ich will mir das genauer anschauen.«

Der Van ist ein Kunstwerk, das die schönsten Flecken meiner Reise widerspiegelt. Zumindest weiß ich jetzt, wieso sie mich nach einer Liste meiner Lieblingsorte gefragt hat. Wasserfälle, ein See, das Blau des Meeres, halb verdeckt von einem Surfbrett, das im Sand steckt. Riesige Mammutbäume, wie ich sie im Sequoia-Nationalpark bestaunt habe, und eine Schlucht, so orange und leuchtend wie der Grand Canyon. Selbst mein Mountainbike hat sie auf dem Lack verewigt, eine kleine Version davon, die an einem Baum lehnt und darauf wartet, das charakteristische Gebirge der Sierra Nevada zu erkunden.

Nachdem ich mich diese Woche ausführlich mit ihrem Online-Shop und ihrer Art zu illustrieren auseinandergesetzt habe, um mein eigenes Produkt zu entwerfen, wusste ich ja schon, dass sie verdammt viel Talent hat. Aber das … Das überwältigt mich. »Holly, das ist … ich weiß gar nicht, was ich sagen soll.«

Sie lächelt mich verlegen an und schiebt die Hände in die Taschen ihrer Jeansshorts. »Ich hoffe, du magst es. Ich hatte schon ein bisschen Angst, dass es dir zu bunt wäre.«

»Auf keinen Fall«, versichere ich ihr und klopfe mit der flachen Hand auf die Motorhaube. »Ich liebe es! Das wird mich jetzt immer an alles erinnern, was ich auf meinen Reisen erlebt habe.«

»Das Beste hast du noch gar nicht gesehen.« Die Grübchen auf ihren Wangen vertiefen sich. »Aber darauf musst du noch ein bisschen warten.«

Ich ahne, dass sie das Dach des Vans meint, aber das kann ich auf dem Parkstreifen vor dem Flughafen wohl kaum erkunden, also nicke ich.

»Du hast das Fahren doch sicher vermisst, oder?«, fragt sie und wirft mir den Schlüssel zu, ohne auf meine Antwort zu warten. Ich fange ihn auf, schließe meine Hand um den Mercedes-Schlüsselanhänger und merke, wie mein Herz vor Freude einen Satz macht.

Endlich wieder unterwegs.

★

Wir fahren die Interstate Richtung Süden, vorbei an dicht besiedeltem Gebiet, das hier und da von hohen Palmen unterbrochen wird, und hören dabei laut Musik. Die Straßen sind voll, es scheint, als wären gerade alle auf dem Weg irgendwohin, um den 4. Juli bloß nicht zu Hause zu verbringen. Orlando hat mich mit einem Fauchen begrüßt und sich auf Hollys Schoß zusammengerollt, von wo aus er mich so lange argwöhnisch beobachtet hat, bis er vor Erschöpfung eingeschlafen ist.

Der Yosemite-Nationalpark liegt etwa vier Stunden von Sacramento entfernt, und ich denke, Holly wird froh sein, das Lenkrad für eine Weile abgeben zu können. Immerhin ist sie ja auch schon bis zum Flughafen gefahren.

Hätten wir nicht aufgrund des Feiertages Panik geschoben und das erstbeste Ziel gewählt, das uns eingefallen ist, hätten wir uns mit Sicherheit für einen besser gelegenen Nationalpark entschieden. Aber da Holly nach dem Wochenende sowieso noch das Napa Valley und San Francisco erkunden möchte, haben wir nicht lange gefackelt und eines der wenigen verbleibenden Zimmer in einer Lodge mitten im Yosemite Valley für mich gebucht.

Während der Fahrt sprechen wir über den 4. Juli und darüber, wie wir ihn in den letzten Jahren verbracht haben, und das führt mich unweigerlich dazu, Holly von den Problemen mit Allegra und Micah zu erzählen. Sie hört mir aufmerksam zu und hakt an der ein oder anderen Stelle nach, bis ich mich selbst nicht mehr jammern hören kann und sie danach frage, wo sie so gut zeichnen gelernt hat. Ich bin überrascht, dass sie damit erst angefangen hat, als sie nach L.A. gezogen ist – angesichts des Vans und der Sachen, die ich in ihrem Lager gesehen habe, hätte ich gedacht, dass sie schon ihr Leben lang zeichnet.

Wir lachen viel, manchmal schweigen wir auch eine Weile, ab und zu singen wir zu den Songs, die im Radio laufen – und ich liebe es, dass Holly genauso motiviert mitsingt wie ich, obwohl sie genauso selten die Töne trifft.

Ich denke an all die Fahrten im Van, die ich bisher allein gemacht habe, und je näher wir unserem Ziel kommen, umso klarer wird mir, dass ich das Autofahren noch kein einziges Mal so sehr genossen habe wie heute.

Holly

Yosemite-Nationalpark, Kalifornien

23 Wir brauchen fast sechs Stunden statt der angegebenen vier, um endlich die Lodge zu erreichen, in der Pascal ein Zimmer für sich gebucht hat – auf allen Zufahrtsstraßen zum Nationalpark herrschte dichter Verkehr. Niemals hätte ich damit gerechnet, dass wir hier auf eine Touristenhochburg stoßen, doch Pascal belehrt mich eines Besseren.

»Ich glaube, es gibt kaum einen Tag im Jahr, in dem es hier nicht brechend voll ist.« Er schaltet den Motor aus, lässt den Schlüssel stecken und lehnt sich mit geschlossenen Augen gegen die Kopfstütze. Mittlerweile ist der heitere Zug um seine Mundwinkel verschwunden, stattdessen hat er die Lippen aufeinandergepresst. Kein Wunder, wenn ich daran denke, wie platt ich gestern Abend nach der langen Fahrt von Salt Lake City aus gewesen bin. »Als ich das letzte Mal herkommen wollte, habe ich den Weg mit dem Shuttleservice zurückgelegt. Da kam mir der Verkehr nicht so schrecklich vor.«

»Vielleicht benutzen die Busse andere Straßen«, überlege ich und schnalle mich ab, um durch die Lücke zwischen den Sitzen nach hinten zu klettern und Orlando ein verspätetes Mittagessen zu geben.

»Vielleicht.« Ich höre, wie Pascals Gurtschloss klickt und er sich zu mir gesellt. Ohne zu fragen, hole ich zwei Gläser aus dem Schrank und einen eiskalten Himbeer-Eistee aus der Kühlung. Er bedankt sich mit einem müden Lächeln und stürzt das Getränk in einem Zug hinunter.

Ich grinse und reiche ihm die Flasche, damit er sich nachschenken kann, während ich meinen eigenen Eistee genieße.

Nachdem Pascal sich etwas ausgeruht hat, macht er sich auf den Weg, um in der Lodge einzuchecken. Es kommt mir komisch vor, dass er nicht in seinem Van schlafen wird, aber so erschien es uns am einfachsten, um unsere Challenge nicht durcheinanderzubringen. Schließlich ist der Van gerade mein Zuhause.

Die Zeit, in der Pascal fort ist, nutze ich, um mich ein wenig frisch zu machen und ein paar Sandwiches für unseren ersten Ausflug vorzubereiten. Als Pascal wieder da ist, packen wir den Proviant zusammen mit Wasser und unserem Filmequipment in zwei Rucksäcke und cremen uns die Nasen ein, um nicht direkt einen Sonnenbrand zu bekommen.

»Wollen wir unsere Zuschauer ein bisschen zappeln lassen?«, fragt Pascal gut gelaunt und zückt sein Handy. »Wir machen beide ein Foto an der gleichen Stelle und lassen sie raten, mit wem wir hier sind.«

Ich lache auf. »Die Idee gefällt mir.«

Also suchen wir uns einen Platz, von dem aus wir einen schönen Blick über das Tal haben, und machen nacheinander Selfies. Einen Moment später lade ich das Bild in meine Instagram-Story hoch, um meinen Followern zu zeigen, wo ich mich gerade befinde.

*Ich bin im Yosemite Valley – und ratet mal, wen ich mitge-
nommen habe!*

Anschließend füge ich ein Kommentarfeld hinzu, in
dem sie spekulieren können, wer dieses Wochenende an
meiner Seite wandern wird. Wenn sie nicht nur meinem,
sondern auch Pascals Account folgen, werden sie schnell
eins und eins zusammenzählen können.

★

Da es schon recht spät ist, wandern wir eine kurze Route,
die hinter der Lodge zu einem Wasserfall führt. Es ist voll,
aber nicht so voll, dass es nervig wäre – im Gegenteil, die
meisten Leute grüßen freundlich und stecken mich mit
ihrer guten Laune an. Auch Pascal ist deutlich anzusehen,
wie sehr ihm die Natur dabei hilft, sich zu entspannen
und wieder zu sich zurückzufinden.

Auf der Fahrt hierher hat er mir erzählt, wie es in letz-
ter Zeit mit seiner Familie gelaufen ist, also wundert es
mich nicht, dass er einen Ausflug wie diesen mindestens
ebenso sehr braucht wie ich.

Als wir den Wasserfall erreicht haben, streift er seinen
Rucksack ab, lehnt ihn gegen einen Felsen und sinkt am
Ufer des Baches auf die Knie, um seine Hände ins kalte
Wasser zu tauchen.

Lächelnd folge ich ihm, schalte die Kamera ein und
mache ein paar Aufnahmen davon, wie er mit geschlossenen Augen das kühle Wasser genießt.

»Du siehst glücklich aus«, stelle ich leise fest.

Sein Blick findet meinen sofort. »Wie könnte ich hier
nicht glücklich sein? Du solltest die Kamera ausschal-

ten und es auch mal probieren«, schlägt er vor, zieht die Hände aus dem Wasser und trocknet sie notdürftig an seiner Hose ab, um mir die Kamera abzunehmen. Ich reiche sie ihm, bevor ich selbst meinen Rucksack absetze und mich am Ufer hinknie.

Pascal klettert über ein paar Steine, die aus dem Wasser ragen, um mich von vorne zu filmen.

»Puh, das ist ja eisig«, stoße ich überrascht aus, lasse meine Hände aber im Wasser und schließe die Augen, um mich ganz auf das Gefühl zu konzentrieren. Ich spüre die Strömung an meinen Fingern und die untergehende Sonne auf meiner erhitzten Haut, höre die Vögel und das Tosen des Wasserfalls, das sich mit den Gesprächen der Menschen um uns herum vermischt.

Ich atme tief ein und seufzend wieder aus und spüre, wie die Anspannung aus meinen Schultern verschwindet.

Dann öffne ich die Augen wieder und stelle fest, dass Pascal die Kamera hat sinken lassen. Er beobachtet mich mit einem unergründlichen Blick, der mein Herz schneller schlagen lässt.

»Was ist?«, frage ich ihn unsicher. »Warum siehst du mich so an?«

Er schüttelt leicht den Kopf, fährt sich mit einer Hand durch das lockige Haar und verliert beinahe den Halt auf dem Stein, kann sich aber gerade noch abfangen. »Du bist wunderschön. Das ist alles«, sagt er schließlich ernst.

Überrascht öffne ich die Lippen, um etwas zu erwidern, doch dann belasse ich es bloß bei einem Lächeln. Er kommt zu mir zurück, um mir die Kamera zu reichen. Seine Finger streifen meine, und die Berührung jagt einen Stromschlag durch meinen Körper.

»Die Sonne geht bald unter. Wollen wir zurück zum Van?«, fragt er zögernd.

»Klar.« Ich schlinge mir den Kameragurt um den Hals, schultere meinen Rucksack und versuche, nicht zu viel in sein Kompliment hineinzudeuten, aber das fällt mir alles andere als leicht. Immerhin bekomme ich so etwas nicht jeden Tag gesagt.

Auf dem Parkplatz der Lodge verabreden wir uns zum Abendessen im Van, nachdem wir beide duschen waren. Wir lächeln uns noch einmal zu, dann verschwindet Pascal in der Unterkunft. Ich blicke ihm hinterher und beiße mir auf die Lippe, um mein glückliches Grinsen zumindest so lange zu unterdrücken, bis ich außer Sichtweite bin.

★

Ich schlüpfe in frische Unterwäsche und ein rotes Sommerkleid, tusche mir die Wimpern und lege Lippenstift auf, den ich dann aber wieder entferne, weil ich mir heute ohne besser gefalle. Als ich meine Kosmetiktasche gerade wieder verstaut habe, klopft es an die Seitentür des Vans.

»Also, entweder war ich sehr langsam, oder du duschst in Lichtgeschwindigkeit«, begrüße ich Pascal, der mit einem breiten Lächeln vor der Tür steht. Nun trägt er eine lange Jeans und einen grauen Hoodie. Seine dunklen Haare glänzen noch feucht.

»Ist das wieder eine *Star Wars*-Referenz? Habe ich es hier etwa mit einem waschechten Fan zu tun?«, fragt er verschmitzt.

»Ha, ich fürchte, das waren nur Glückstreffer. Ich gucke nur selten Filme. Komm rein!« Ich trete beiseite, um ihn in den Van zu lassen. Orlando kommt sofort angeschlichen, um Pascal argwöhnisch zu begutachten. »Ich muss mir noch schnell die Haare kämmen, sonst sehen die morgen aus wie ein Vogelnest. Aber du kannst gern schon den Reis kochen.«

»Mache ich.« Pascal beugt sich hinunter, um Orlando zu streicheln, aber darauf hat mein Kater wohl keine Lust, denn er macht zwei Sätze und springt dann auf das Bett. Ich klettere ihm hinterher, um mich auf die Matratze zu setzen und Pascal nicht im Weg zu stehen. Dort rubble ich meine Haare trocken und beginne, sie zu entwirren.

Mit wenigen Handgriffen hat Pascal den Reis angestellt und beginnt, das Gemüse zu schneiden. Er wirkt, als hätte er den Van nie verlassen. So sehr eins mit seiner Umgebung, dass es mir schon fast leidtut, ihn mit unserem Projekt aus seinem Alltag gedrängt zu haben.

Ich flechte meine Haare zu einem Zopf, dann öffne ich uns zwei Flaschen Bier, mit denen wir auf ein schönes Wochenende anstoßen. Wir reden über die Wanderung, die wir für morgen geplant haben, während wir das Gemüse und den Tofu anbraten.

»Du machst das gerne, oder? Kochen?«, frage ich ihn, als Pascal alle Zutaten anrichtet und gekonnt etwas frische Petersilie auf dem Holzbrett klein hackt.

»Was hat mich verraten?«, fragt er neugierig.

»Die Petersilie. Ich bezweifle, dass mein Ex überhaupt erkannt hätte, dass man dieses Grünzeug essen kann.«

Er lacht und verteilt das Kraut mit reibenden Fingerspitzen über den Schalen. »Mom hat es mir beigebracht. Ich fühle mich ihr näher, wenn ich am Herd stehe.«

Gerührt betrachte ich ihn, doch er konzentriert sich

ganz darauf, unserem Abendessen das letzte Finish zu verpassen. »Als sie krank wurde, war ich dafür zuständig, dass meine jüngeren Geschwister überhaupt eine warme Mahlzeit bekommen haben. Dad war meistens bei ihr im Hospiz, Micah jagt die Küche in die Luft, wenn er kocht, und Allegra lässt sich lieber bekochen, auch wenn sie es theoretisch selbst ziemlich gut kann.«

»Ist Micah nicht bei der Feuerwehr?«

»Ja.« Lachend holt er zwei Löffel aus der Schublade. »Aber mit zwölf hat er mal fast die Küche abgefackelt, als er sich Nudeln mit Tomatensoße machen wollte. Ich glaube, das hat ihn langfristig geprägt.«

»Das kann ich mir vorstellen«, erwidere ich belustigt und denke mit einem Kribbeln im Bauch an die Überraschung, die ihn heute noch erwartet. »Wollen wir auf dem Dach essen?«

Er nickt, also hole ich Orlandos Geschirr und die lange Leine. »Ich leine ihn immer noch an, weil ich Angst habe, dass er wegrennt, wenn ich den Van auflasse. Dabei legt er sich meistens einfach ins Bett und pennt.«

»Na ja, darauf ankommen lassen würde ich es wohl auch nicht«, meint Pascal. »Wie alt ist Orlando eigentlich?«

»Noch nicht ganz zwei. Ich habe ihn gekauft, kurz nachdem ich nach L.A. gezogen bin, weil ich …« Ich verstumme. Weil ich sonst niemanden hatte, wollte ich sagen, aber das fühlt sich nicht richtig an. Schließlich bin ich diejenige gewesen, die sich für diesen Neuanfang entschieden hat. Aber selbst wenn ich online zig Freunde und Fans habe – Instagram und Youtube sind eben nichts im Vergleich zu dem persönlichen Kontakt, den ich vorher hatte. Es ist ganz egal, wie viele Likes oder Kommentare ich bekomme, egal, wie nah sich mir meine Zuschauer fühlen, wenn ich sie in meinem Alltag mitnehme – am Ende befindet sich immer eine Wand zwischen uns, die die Holly versteckt, die ich wirklich bin. Und wer weiß schon, ob meine Zuschauer mein wahres Ich genauso sehr mögen würden wie das, was ich ihnen online präsentiere …

»Vielleicht hätte ich mir auch eine Katze anschaffen sollen«, witzelt Pascal, der offenbar ganz genau weiß, was ich eigentlich sagen wollte – und dem es anscheinend manchmal genauso geht wie mir.

»Nicht alle sind so abenteuerlustig wie Orlando«, sage ich mit einem Lächeln.

»Hast du ihn deshalb so genannt? Weil du an Orlando Bloom als Pirat denken musstest?«

Ich winke ab. »Dann hätte ich ihn eher Sparrow genannt. Nein, er hat mich an einen anderen Kater erinnert, den ich mal in Orlando getroffen habe, als ich mit meiner Familie dort Urlaub gemacht habe.«

»Das hört sich an, als würdest du von einem Menschen reden.«

Ich grinse und nehme Orlando auf den Arm, nachdem ich ihm sein Geschirr angelegt habe. Als ich ihn Pascal entgegenstrecke, maunzt er aufgebracht. »Jetzt hast du seine Gefühle verletzt«, erkläre ich Pascal.

Er lacht, verbeugt sich aber vor meinem Kater. »Ich bitte um Verzeihung, Hoheit Orlando, der 13. weiße Tiger des Van-Life, Bezwinger der Menschen … Entschuldigung, der Dosenöffner. Das mit der Katzensprache muss ich noch üben.«

Unbeeindruckt von Pascals Rede klettert Orlando über meine Schulter und springt aufs Bett. »Ich finde, du hast das schon ganz gut gemacht«, sage ich, als ich Pascals zerknirschten Gesichtsausdruck sehe.

»Na danke.« Lachend sammeln wir alles zusammen, was wir fürs Abendessen brauchen. Ich binde Orlando an der Küchenzeile fest, damit er sich frei im Van bewegen, aber nicht abhauen kann, und dann klettern wir über mein Bett… Pascals Bett… das Bett hinaus auf das Dach des Vans.

Ich nehme die Teller und Flaschen entgegen, stelle sie neben dem Scheinwerferlicht ab und warte gespannt auf Pascals Reaktion, wenn er sieht, was ich auf das Dach des Vans gemalt habe.

Er zieht sich hoch, verharrt mit einem Bein auf der Kante, bevor er auch den Rest seines Körpers aufs Dach schwingt. »O mein Gott, Holly.«

»Überraschung!« Ich breite die Arme über dem gemalten Sternenhimmel aus und rutsche etwas näher an die Kante, damit er einen guten Blick auf das kleine Kunstwerk hat. »Damit du die Milchstraße auf deinen Reisen in Zukunft immer bei dir hast.«

»Das ist…« Ihm stockt der Atem. Seine braunen Augen suchen meine, und es könnte sein, dass sie leicht feucht schimmern. Vielleicht ist das aber auch nur Einbildung. »Danke«, sagt er schließlich fest und schiebt die Teller zur Seite, um mich in den Arm zu nehmen. »Ich weiß nicht, ob ich jemals ein so bedeutungsvolles Geschenk bekommen habe.«

Ein breites Grinsen schleicht sich auf meine Wangen. »Gern geschehen«, murmele ich an seiner Halsbeuge und schließe für einen Moment die Augen, um tief einzuatmen und die Anspannung der letzten Woche loszulassen. Wenn ich eines von Pascal lernen kann, dann ist es, im Hier und Jetzt zu leben. Den Augenblick zu genießen.

Also verbanne ich Leslie, Jackson und all die anderen fiesen Gedanken aus meinem Kopf und konzentriere mich auf den Mann, der sich extra in ein Flugzeug gesetzt hat, um mich zu sehen.

Pascal

Yosemite-Nationalpark, Kalifornien

24 Ich kann immer noch nicht fassen, wie Holly in nur einer Woche dieses Kunstwerk erschaffen hat, aber der Sternenhimmel, auf dem wir sitzen und unser Abendessen genießen, ist das beste Zeugnis ihrer Arbeit. Jetzt weiß ich jedenfalls, wieso sie mit ihrem Buch nicht vorangekommen ist.

»Wie lief es denn mit dem Produktdesign?«, fragt sie neugierig nach.

Ich winke ab. »Ich glaube nicht, dass meine Ideen etwas taugen.«

»Erzähl doch mal.«

»Also gut. Ich dachte an Notizbücher oder Kalender, die den Leuten dabei helfen können, mehr Klarheit über ihren Lebensweg zu finden. Mit ausreichend Platz, um eigene Ziele zu definieren, und vielleicht verschiedenen Anregungen und kleinen Aufgaben, um das Leben einfacher und minimalistischer zu gestalten«, erzähle ich ihr.

Sie nickt nachdenklich. »Das hört sich doch schon mal gut an.«

»Meinst du nicht, dass es so was bereits gibt?«

»Ganz bestimmt sogar.« Holly grinst und deutet mit der Gabel auf mich. »Aber nicht von dir und nicht in der

Art und Weise, wie du es gestalten würdest. Das ist doch wie mit den Videos: Du bist bestimmt nicht der erste Youtuber, der Videos über Minimalismus oder Van-Life macht. Und ich bin auch nur eine von vielen DIY-Youtuberinnen. Aber es ist unser Charakter und unsere Art, die Welt zu betrachten, die unsere Arbeit zu etwas Einzigartigem machen. Niemand sonst könnte den Kalender so gestalten, wie du es tun wirst – und das allein sollte Grund genug sein, deine Idee weiterzuverfolgen.«

»Darauf sollten wir anstoßen«, entgegne ich, fast ein bisschen überrascht, dass sie mich mit so wenigen Worten von einem Projekt überzeugen konnte, an dem ich die ganze letzte Woche gezweifelt habe.»Schätze, du wirst mich nach unserem Tausch nicht so schnell wieder los, wenn du das wirklich mit mir durchziehen willst.«

»Vielleicht möchte ich das ja gar nicht.« Sie lächelt mich schief an, bevor sie sich wieder ihrer Buddha-Bowl widmet. Auf ein Geständnis folgt ein Rückzug. Allmählich durchschaue ich sie.

Ich stupse sie leicht an, damit sie mich wieder ansieht. »Wie bist du eigentlich auf die Idee eines eigenen Online-Shops gekommen?«, frage ich, um uns vor einer unangenehmen Stille zu bewahren.

»Ich habe vor einiger Zeit angefangen, das zu zeigen, was ich in meiner Freizeit male – und die Leute haben ständig nachgefragt, wo sie meine Designs kaufen können.« Holly zuckt mit den Schultern. »Also habe ich mir irgendwann gedacht, ich probier's einfach mal, auch wenn ich lange der Meinung war, ich wäre gar nicht gut genug, um damit Geld zu verdienen. Mittlerweile bietet mir der Shop einen netten Zusatzverdienst.«

»Ich habe mir dein Lager angesehen, in der Hoffnung, dort Inspiration für meine Wochenaufgabe zu finden, aber irgendwie hat mich das mehr eingeschüchtert, als mir zu helfen.«

Sie lacht. »Das sind doch bloß ein paar Postkarten und so was, nichts Besonderes.«

»Für mich waren sie das«, entgegne ich und denke an den Spruch auf dem Becher, der so gut zu Holly passt: *Gestern war hier aufgeräumt – schade, dass du das verpasst hast.* »Besonders, meine ich.«

★

Als wir mit dem Essen fertig sind, bringe ich das Geschirr runter und hole uns noch zwei Flaschen Bier. Und tatsächlich: Orlando liegt auf dem Bett zwischen den Kissen und schläft tief und fest. Er hebt nicht mal den Kopf, als die beiden vollen Flaschen aneinanderklirren, bevor ich sie auf das Dach des Vans stelle und mich selbst wieder hochziehe.

Holly hat die Beine an den Körper gezogen und das Kinn auf einem Knie abgelegt. Ihr Blick geht in die Ferne, sie scheint tief in Gedanken versunken zu sein. Ob sie an Leslies Buch denkt? Der Grund, wieso ich ihr diesen Ausflug vorgeschlagen habe. Um sie von der Wut abzulenken, die sie am Schreiben hindert.

Als ich mich wieder neben sie setze, blinzelt sie mich beinahe überrascht an. »Es ist wirklich einmalig hier«, sagt sie leise und nimmt die geöffnete Flasche entgegen. »Die Berge sehen wunderschön aus, wie ein Gemälde.«

Ich folge ihrem Blick und kann nur zustimmen. Die

Sonne wirft ihr rosa Licht auf die zerklüfteten Felswände in der Ferne, an den Abendhimmel sind ein paar weiße Wattewolken getupft. Unter uns schlängelt sich der Merced River durchs Tal. An manchen Stellen ist das Wasser dunkel, fast schwarz, an anderen reflektiert es den leuchtenden Himmel. Der Parkplatz neben der Lodge ist nicht unbedingt der malerischste Ort der Welt, aber selbst hier ist die Aussicht eindrucksvoll, und wenn ich daran denke, dass die Tannen, die so hoch um uns in die Luft hinaufragen, schon seit Urzeiten den Witterungen trotzen, wird es eng in meiner Kehle. Es sind diese Momente, die mir klarmachen, wie unbedeutend wir Menschen doch eigentlich sind – und wie viel Einfluss wir dennoch auf die Welt um uns herum haben.

Ich räuspere mich, schiebe die philosophischen Gedanken von mir und blicke zu Holly, die in die Ferne schaut.

»Gefällt dir das besser als die Wüste?«, frage ich sie neugierig.

Sie zuckt unentschlossen mit den Schultern und sieht mich an. Ihre Augen wirken in der Dämmerung unnatürlich groß und ziehen meinen Blick an wie eine Motte das Licht. »Es gefällt mir alles besser als mein Apartment in L.A.«, gesteht sie leise, und es ist die Art, wie sie diese Worte sagt, die mir instinktiv zu verstehen gibt, wie sehr ihre Welt durch unseren Tausch ins Wanken geraten ist.

Sie wird nie wieder dieselbe sein.

Und ich glaube, das macht ihr Angst.

»Was ist mit dir?«, fragt sie. »Fehlt dir dein Van?«

Ich ziehe ein Bein an den Körper, das andere lasse ich über den Dachrand hinunterbaumeln, so wie ich es schon an vielen Abenden gemacht habe. Zuerst will ich antworten, dass ich den Van auf jeden Fall vermisse, aber dann wird mir klar, dass ich die letzten beiden Wochen in L.A. gar nicht so übel fand. Der Kontakt mit Micah und Allegra – wie schwierig er gerade auch sein mag – tut mir gut. Es tut auch gut, mehr Platz zu haben und mich beim Kochen wieder mehr austoben zu können, weil ich eine richtige Küche zur Verfügung habe. Ich genieße die Badewanne und das Bett, das deutlich größer ist als das im Van – und es ist auch schön, nicht mehr stundenlang fahren zu müssen, um von A nach B zu kommen. In L.A. ist alles vor Ort: der nächste Supermarkt gleich um die Ecke, Lieferservice en masse, Kinos, Ausstellungen, Parks und Cafés in unmittelbarer Nähe.

»Manchmal«, sage ich schließlich. »Ich vermisse die Stille, aber nicht die Einsamkeit. Die Freiheit, tun und lassen zu können, wonach mir der Sinn steht, aber nicht das Kopfzerbrechen darüber, wohin die Reise als Nächstes gehen soll. Und auf keinen Fall vermisse ich die langen Staus oder die Tage, an denen der Van streikt, weil irgendwas kaputt ist. Aber ich glaube, in die Stadt will ich trotzdem nicht zurück. Es ist laut und hektisch. Der Smog, all der Asphalt, die vielen Menschen … das würde mich auf Dauer verrückt machen.«

»Aber ewig in einem Van leben?«

»Keine wirkliche Option, ich weiß. Irgendwann will ich auch eine Familie gründen, da kommt mir der Van vermutlich in die Quere.«

Sie kichert. »Wie viele Kinder möchtest du denn haben? Vielleicht passen sie ja in einen Anhänger.«

Ich pruste los. »Du würdest deine Kinder also in einem Anhänger transportieren? Lass das bloß nicht deinen zukünftigen Mann hören. Nicht dass er sich das noch anders überlegt.«

»Na, noch ist da niemand in der engeren Auswahl«, meint sie und spielt mit dem Etikett ihrer Bierflasche.

Ist das eine Einladung? Ihre Augen funkeln mich an. Ich schmunzle, trinke etwas. Ein süßes Lächeln umspielt ihre Lippen, und das Verlangen, sie zu küssen, wird beinahe übermächtig. Aber wenn ich ihre Anspielungen falsch deute, könnten die nächsten beiden Wochen unangenehm werden.

Wenn ich sie jedoch richtig deute – und sie mich genauso gern küssen würde –, was würde dann aus uns werden, wenn dieser Tausch vorbei ist? Würde sie in L.A. bleiben und ich weiterziehen? Würden wir Abend für Abend telefonieren, sie auf ihrem Balkon, ich unter dem Sternenzelt, bis der Kontakt immer loser wird und wir einander nicht mehr halten können?

Scheiße, ist das nicht egal? Geht es nicht um das, was wir in diesem Augenblick wollen? Darum, den Moment zu leben, statt ständig an die Zukunft zu denken oder in der Vergangenheit zu verharren?

»Sieh mal, die Sonne ist fast weg«, unterbricht Holly meine Gedanken und deutet auf die majestätischen Berggipfel, die eben noch in ein zartes Rosa getaucht waren. Nun kann man förmlich dabei zusehen, wie der letzte Rest Farbe über den Felsen klettert und verschwindet. Einen Augenblick später liegt der Berg im Dunkeln da, und ich habe durch meine viele Grübelei den richtigen Moment verpasst, Holly zu küssen.

»Ich liebe Sonnenuntergänge«, sage ich, um mich von den tobenden Gefühlen in meinem Inneren abzulenken.

Es war vielleicht nicht der schönste Sonnenuntergang, den ich je gesehen habe, aber er ist besonders, weil ich ihn zusammen mit Holly genießen konnte. »Sie sind überall anders und doch irgendwie gleich. Keine Ahnung, wie viele ich schon gefilmt habe.«

»Einige.« Sie stößt mich sacht mit dem Ellbogen an. »Zumindest waren schon einige in deinen Videos zu sehen.«

Ich zucke entschuldigend mit den Schultern. »Ich kann den Farben einfach nicht widerstehen.«

»Verständlich.« Sie fröstelt. »Wollen wir reingehen? Allmählich wird es echt kühl.«

Ich nicke, also packen wir die Sachen zusammen und klettern zurück in den Van.

Sie schließt die Hecktüren hinter uns und sperrt damit die Kälte aus. Die Lichterkette taucht alles in ein warmes Licht und erinnert mich an den Tag, an dem sie abgereist ist.

Hast du schon eine Idee, wo es jetzt hingehen soll, habe ich sie gefragt.

Wohin das Schicksal mich führt, hat sie erwidert.

Ich frage mich, ob sie ihrem Ziel bereits näher gekommen ist. Vielleicht liegt es daran, dass wir uns nun besser kennen, vielleicht aber auch daran, dass ihr die letzten beiden Wochen geholfen haben, etwas Ruhe zu finden – sie scheint zumindest deutlich ausgeglichener zu sein, trotz all der Dinge, die sie gerade beschäftigen.

Orlando streckt sich genüsslich und kommt überraschenderweise auf direktem Weg zu mir. Also lasse ich meine Hand vorsichtig über sein weiches Fell gleiten.

»Abends ist er immer ein bisschen verschmuster«, flüstert Holly. »Wenn du magst, nimm ihm ruhig das Geschirr ab.«

Vorsichtig öffne ich den Verschluss und streife es ab. Orlando wirft sich auf den Rücken, macht sich lang, und ich lege meine Hand auf seinen warmen Bauch. Ich hatte nie ein Haustier, aber in diesem Augenblick spiele ich ernsthaft mit dem Gedanken, mir auch irgendwann eine Katze zuzulegen.

Genau in diesem Moment fährt Orlando die Krallen aus und umklammert meine Hand. »Au«, mache ich erschrocken und versuche, sie zurückzuziehen, doch er hat sich festgekrallt und rammt seine Fangzähne in meinen Zeigefinger. »O mein Gott, er beißt mich!«

»Orlando!«, schimpft Holly und umfasst meinen Arm, damit ich stillhalte. Einen Augenblick später lässt der Kater von mir ab und flitzt davon.

»Verdammt!« Ich begutachte meinen Finger, der ein paar rote Striemen zeigt, aber nicht stark verletzt ist. »Und ich habe gerade noch überlegt, mir auch eine Katze zu kaufen.«

Holly beißt sich auf die Unterlippe und versucht, ihr Lachen zu unterdrücken. »Lass mal sehen.«

Sie nimmt meine Hand in ihre und lässt ihre Fingerspitzen über meine Haut tänzeln. Ich schlucke und versuche, die Gänsehaut auf meinem Rücken zu ignorieren, aber das ist schwer, denn Holly ist mir jetzt so nah, dass ich die Sommersprossen auf ihrer Nase zählen könnte.

»Ich glaube, er mag mich nicht besonders«, murmle ich.

»Vielleicht.« Hollys Mundwinkel zucken. »Vielleicht hätte ich dir aber auch sagen sollen, dass er es hasst, am Bauch gestreichelt zu werden.«

»Das ist ein Witz, oder? Wieso wirft er sich dann vor mir auf den Rücken?«

Sie zuckt mit den Schultern. »Katzen sind die widersprüchlichsten Tiere, die mir je begegnet sind.« Sie wendet meine Hand und gleitet mit dem Zeigefinger über die Abdrücke, die Orlandos Zähne hinterlassen haben. Schließlich sieht sie mir direkt in die Augen. »Aber ich glaube, er mag dich dennoch.«

»Ja?«, frage ich mit angehaltenem Atem und einem Kribbeln im Bauch. Ihr langsames Nicken ist alles, was ich brauche, um Gewissheit zu haben. Jetzt gibt es kein Zögern mehr, kein Was-wäre-wenn, nur noch mich und Holly, die mir von der ersten Begegnung an den Kopf verdreht hat. Ich schließe den Abstand zwischen uns, berühre ihre Lippen mit meinen, und in dem Moment, in dem mich ihr süßer Atem streift, ist es um mich geschehen.

Holly keucht überrascht auf, aber dann legt sie ihre Hände an meine Wangen und küsst mich mit einer Dringlichkeit, die tief in meinem Inneren widerhallt. Ich umfasse ihre Taille, ziehe sie an mich, ja schon fast auf mich, während ich mich mit dem Rücken gegen die Wand des Vans sinken lasse.

Als wir einige Zeit später Luft holen müssen, berühren sich unsere Nasenspitzen, und unsere Blicke sind fest ineinander verankert.

Ich verspüre den Drang, etwas zu sagen – ihr zu sagen, wie gern ich sie mag und dass das hier Bedeutung hat, für mich, für meine Zukunft, für die Art, wie sich meine Welt weiterdrehen wird, aber weil ich nicht kitschig sein will, lächle ich bloß und küsse sie noch mal.

Irgendwann, viele Minuten später, die mir wie eine

kleine Ewigkeit vorkommen, lösen wir uns voneinander, denn wenn wir es nicht täten, würden wir die Dinge vermutlich überstürzen.

»Ich glaube, ich gehe besser mal rüber, oder?«, frage ich leise.

»Morgen wird ein langer Tag«, erinnert sie mich sanft.

Holly begleitet mich zur Seitentür. Dort schlüpfe ich in meine Schuhe, streichle – wenn auch etwas zögerlicher als zuvor – Orlandos Köpfchen und beuge mich zu Holly, um mich noch einmal in einem Kuss zu verlieren. Dieses Mal ist er weniger stürmisch, aber nicht weniger gefühlvoll. Drei kunterbunte Wochen voll mit langen Gesprächen, leise geflüsterten Wahrheiten am Telefon und Nachrichten, die wir uns beinahe jeden Tag geschrieben haben. All das spüre ich und noch viel mehr.

»Das war ein wunderschöner Tag«, wispert Holly an meinen Lippen. »Schlaf gut.«

»Du auch, Holly.« Ich löse mich von ihr und verlasse den Van. Sie lehnt sich gegen den Türrahmen und sieht dabei aus, als wäre sie für dieses Leben in Freiheit geboren worden.

Ich winke ihr noch einmal zu, aber um den Abschied nicht noch länger rauszuzögern, drehe ich mich schließlich um und kehre zur Lodge zurück.

Holly

Yosemite-Nationalpark, Kalifornien

25 Um kurz vor acht bin ich längst fertig angezogen, habe Orlando versorgt, unseren Proviant vorbereitet und alles für eine Tasse Filterkaffee bereitgestellt. Nun lauere ich auf dem Schreibtischstuhl zwischen den beiden Vordersitzen und schiele aufgeregt immer wieder zwischen meinem Handy und dem Eingang der Lodge hin und her, um den Moment nicht zu verpassen, in dem Pascal hinauskommt.

Beim Gedanken an unsere Küsse gestern Abend wird mir immer noch schwindelig. Ich wünschte, er wäre geblieben. Ich wünschte, wir hätten das meiste aus der Zeit gemacht, die wir miteinander haben. Aber gleichzeitig lässt mich die Aussicht darauf, noch zwei ganze Tage mit ihm zu verbringen, dezent panisch werden.

Was, wenn ihm heute auffällt, dass er mich eigentlich doch nicht so cool findet? Was, wenn er unseren Kuss bereut? Was, wenn – oh, verdammt. War er das gerade?

Ich werfe das Handy so schnell auf den Schreibtisch, dass es hinunterfällt, doch da bin ich schon bei der Küchenzeile, um den Kaffee aufzugießen.

Einen Augenblick später klopft Pascal an die Tür.

»Bin gleich da«, zwitschere ich, stelle den Wasserkocher und den benutzten Filter weg und atme einmal tief durch.

Alles wird gut.

Mit den Emaille-Tassen in der Hand gehe ich vorsichtig zur Tür, um Pascal zu öffnen.

»Ich dachte mir, du freust dich bestimmt über einen guten, alten Filterkaffee«, begrüße ich ihn und halte ihm die Tasse entgegen.

»Oh, wow.« Er nimmt mir die Tasse ehrfürchtig ab. Mit geschlossenen Augen inhaliert er den Duft des frisch aufgebrühten Getränks und seufzt so sehnsüchtig auf, dass ich den Widerhall in meinem Herzen spüre. Wie jemand so sehr in Kaffee verliebt sein kann, ist mir ein Rätsel, aber ich genieße es, ihn so glücklich zu sehen. »Können wir bitte jeden Morgen so starten?«, fragt er mich schließlich mit einem breiten Lächeln.

»Das könnte mir gefallen«, erwidere ich amüsiert, aber unsere Worte machen mir deutlich bewusst, dass es nicht immer so sein wird, weil wir einfach in zu verschiedenen Welten leben. Aber darüber will ich mir heute keine Gedanken machen.

Heute gehört der Gegenwart.

★

Die Route führt uns über den Merced River auf die andere Seite des Tals, das trotz der frühen Uhrzeit schon voller Tagestouristen ist. Viele von ihnen tragen genau wie wir Rucksäcke und Kameras, und einige von ihnen werden mit Sicherheit die gleiche Route entlangwandern, für die auch wir uns entschieden haben. Aber Pascal erzählt

mir, dass es im Yosemite-Nationalpark oft so voll ist – und
der 4. Juli scheint wohl der Tag schlechthin zu sein, um
einen Wanderausflug zu machen.

Die erste Meile laufen wir nahezu schweigend und
genießen die frische Morgenluft. Der Weg ist gesäumt
von moosbedeckten Felsen und Wildblumen, Eichen und
Kiefern spenden kühle Schatten, die mich aber schon bald
nicht mehr frösteln lassen, weil ich mich warm gelaufen
habe.

Ab und zu filmen wir uns gegenseitig dabei, wie wir
dem mal schmalen, mal etwas breiteren Weg folgen. Als
wir den ersten Aussichtspunkt erreichen, von dem aus
man einen grandiosen Ausblick auf die gegenüberliegenden Yosemite Falls hat, bleiben wir zum ersten Mal stehen,
um etwas zu trinken und ein paar gemeinsame Aufnahmen für unsere Vlogs zu machen.

Gegen Mittag erreichen wir Glacier Point. Der Aussichtspunkt, zu dem auch ein Bus fährt, ist dicht gefüllt
mit Touristen, die in alle Richtungen Fotos schießen. Von
hier aus kann man fast den ganzen Nationalpark über-
blicken, die Wasserfälle, den Sentinel Dome und ein paar
andere charakteristische Wipfel der Sierra Nevada.

»Den Sentinel Dome habe ich mit Dad und Micah
vor ein paar Jahren mal bestiegen«, erzählt mir Pascal und
deutet auf den kuppelartigen Berg. »Wir waren früher oft
zusammen wandern. Dad hat das geliebt. Er hat lange in
der Erdbebenforschung an der CalTech gearbeitet.«

»Oh, das klingt spannend.« Ich nicke anerkennend.
»Und jetzt arbeitet er dort nicht mehr?«

»Mittlerweile hat er wieder einen neuen Job, aber…«,
Pascal zuckt mit den Schultern und verstaut seine Wasser-

flasche wieder im Rucksack, »… Moms Tod hat ihn in ein Loch gerissen. Er hat immer noch mit Depressionen zu kämpfen. Das sagt zumindest Micah. Ich selbst war noch nicht bei ihm.«

Überrascht sehe ich ihn an. »Nicht?«

Pascal lächelt verlegen. »Habe mich noch nicht getraut. Das erste Aufeinandertreffen mit Micah und Allegra war schlimm genug. Schätze, so ist das, wenn man sich nicht viel Mühe gibt, den Kontakt zur Familie aufrechtzuerhalten«, gesteht er betreten. »Ich weiß auch nicht, irgendwie hat sich das jedes Mal angefühlt, als würde die Wunde wieder aufreißen. Besonders mit Dad. Mit ihm zu sprechen, erinnert mich so sehr an Mom.«

Ich sage nichts, weil ich nicht weiß, wie sich ein solcher Verlust anfühlt, aber ich schiebe meine Hand in seine, um ihm zu zeigen, dass ich hier bin und zuhöre, wenn er reden möchte. Er wirft mir einen kurzen Blick zu, bevor er etwas zuversichtlicher weiterspricht.

»Aber ich bin froh, wieder Kontakt zu Micah und Allegra zu haben. Micah hat mir am meisten gefehlt.«

»Ihr seid euch wirklich nah, oder?« Ich denke an Eliza, mit der ich früher nie viel anfangen konnte, weil sie einfach noch zu jung war. Vielleicht wäre das mittlerweile anders, vielleicht sollte ich mir insgesamt mehr Mühe mit meiner Schwester und meinen Eltern geben, denn wie schnell etwas Gewohntes zerbrechen kann, zeigt mir Pascals Familiengeschichte zu gut.

»Micah und ich sind nur dreizehn Monate auseinander. Wir sind wie beste Freunde aufgewachsen«, sagt er nachdenklich. »Aber ich schätze, diese besondere Beziehung habe ich zerstört, als ich fortgegangen bin.«

»Ich glaube, der Unterschied zwischen Freundschaft und Familie ist, dass Familienbande viel stärker sind, zumindest dann, wenn sie lange Zeit sehr gut funktioniert haben.« Ich drücke seine Hand. »Er kennt dich wie kein anderer, und wenn du ihm sagst, wie du dich fühlst, wird er dir irgendwann verzeihen können.«

»Verzeihen vielleicht, aber diese tiefe Verbundenheit … ich glaube, die ist weg und wird es immer bleiben.« In Pascals Augen schimmert die Furcht darüber, dass er den Bruder, so wie er ihn kannte, verloren hat. Ich wünschte, ich könnte ihm helfen, ihm irgendetwas Tröstendes sagen, etwas, was Zuversicht vermittelt, aber vermutlich hat er recht. Etwas, was man einmal kaputt macht, wird nie wieder auf die gleiche Weise ganz sein.

»Vielleicht wird eure Beziehung zueinander aber auch besser«, überlege ich laut. »Wenn ihr euch bemüht, offen und ehrlich zueinander zu sein … Ihr seid beide älter, ihr habt beide viel durchgemacht. Gib noch nicht auf, ja?«

Pascal bleibt stehen und zieht mich sanft zur Seite, damit wir anderen Wanderern nicht den Weg versperren. Er steht dicht vor mir und mustert mich mit einem unergründlichen Blick. Mir wird abwechselnd heiß und kalt, und ich fürchte beinahe, ich habe mich zu weit vorgewagt, als er lächelnd den Kopf schüttelt und mir eine Haarsträhne hinters Ohr schiebt. »Danke, Holly. Genau das musste ich hören.«

»Ich weiß«, erwidere ich mit einem frechen Grinsen, bevor ich ihn weiterziehe – immerhin haben wir noch einige Meilen vor uns.

★

Der Weg wird anstrengender, was vielleicht auch daran liegt, dass wir erschöpfter sind. Wanderer begegnen uns hier weniger, die meisten von ihnen haben sich offenbar die kürzeren Routen ausgesucht.

Wann immer es die Strecke zulässt, nutzen Pascal und ich die Zeit, um uns besser kennenzulernen. Er erzählt mir Geschichten aus seiner Kindheit und Abenteuer, die er mit dem Van erlebt hat, und ich erzähle ihm von Maybrook und meiner Familie.

»Bist du mit deiner Familie auch wandern gegangen?«, fragt er mich irgendwann.

»Früher schon, ja.« Ich lächle vor mich hin und denke an all die Ausflüge, die wir zu viert gemacht haben. »George liebt die Natur, er ist sogar Gärtner. Wir sind früher oft weggefahren, aber seit Mom mal auf ihr Knie gestürzt ist, kann sie nicht mehr so lange Strecken laufen. George ist mein Stiefvater«, sage ich, weil mir klar wird, dass ich ihn Pascal gegenüber immer nur »Stiefvater« genannt habe. »Aber er ist eigentlich wie ein richtiger Dad für mich. Ich war fünf, als Mom ihn geheiratet hat. Keine Ahnung, wieso ich ihn nicht Dad nenne.«

Dabei wäre George von allen Männern auf der Welt derjenige, der diese Bezeichnung wirklich verdient hätte. Ob er wohl traurig darüber ist, dass ich ihn nie so genannt habe?

»Die letzte richtige Wanderung habe ich mit Jackson gemacht«, erzähle ich weiter und denke an das Telefonat, das ich vor ein paar Tagen mit ihm geführt habe. »Gott, ich kann immer noch nicht glauben, dass er meine Festplatte kaputt gemacht hat.« Ich merke, wie die Wut wieder in mir aufsteigt, und beiße mir auf die Lippen. »Tut mir leid, eigentlich wollte ich das Thema dieses Wochenende gar nicht aufbringen. Positive Vibes und so.«

»Blödsinn.« Pascal drückt meine Hand. »Das war doch der Zweck dieser Verabredung. Wollten wir uns nicht gegenseitig wieder aufmuntern, um die nächsten zwei Wochen zu überstehen?«

»So schlimm, hm?«, hake ich nach, um ihn – und mich – von Jackson und Leslie abzulenken. »Willst du mir erzählen, was dich so bedrückt?«

»Moment! So leicht kommst du mir nicht davon. Außerdem habe ich dir auf der Fahrt ja schon mein Leid geklagt. Du bist dran. Was wirst du wegen Leslies Buch unternehmen?«

Mist.

»Ich weiß es nicht. Jedes Mal, wenn ich drüber nachdenke, sehe ich rot. Ich bin so scheißwütend darüber, dass sie denkt, so was wäre okay. Gut, ich bin nicht die Einzige, die Arbeit und Gedanken in das Buch gesteckt hat, und die Texte konnten ja auch nur entstehen, weil wir uns vorher überlegt haben, was wir machen wollen und wie wir es umsetzen wollen, aber...« Ich atme tief ein und versuche, mich zu bremsen, bevor ich mich wieder vollends in Rage rede. »Sehe ich das falsch, Pascal? Hat sie vielleicht doch das Recht dazu, die Sachen weiterzuverwenden? Vielleicht hat sie ja auch gar nicht wirklich drüber nachgedacht.«

»Sie hat deinen Ex gebeten, deine Festplatte zu zerstören«, wirft Pascal ernst ein. »So was macht man nur, wenn man etwas im Sinn hat, was nicht in Ordnung ist.«

Niedergeschlagen blicke ich ihn an. »Du meinst also, sie hat schon damals drüber nachgedacht, das Buch allein zu machen?«

»Das vielleicht nicht, aber zumindest wollte sie dir schaden. Vielleicht hatte sie auch Angst, dass du das Buch ohne sie veröffentlichen würdest«, überlegt er.

»Hm, das mag sein.« So habe ich das noch gar nicht betrachtet. Wenn sie Jackson wirklich aus Angst gebeten hat, dann …

»Das gibt ihr trotzdem nicht das Recht, deine Texte zu stehlen und als ihr geistiges Eigentum auszugeben«, erinnert er mich sanft.

»Ich weiß.«

Pascal bleibt stehen und dreht sich zu mir, damit ich ihm in die Augen sehen kann. »Es ist okay, wenn du beschließt, nichts deswegen zu unternehmen, Holly«, sagt er. »Aber wenn du das tust, tu es bitte nur für dich. Nicht aus Rücksicht. Nicht für Jackson. Du allein darfst entscheiden, welche Option dir mehr Frieden bringt.«

Er blickt mich warm und mitfühlend an, und seine Worte finden den direkten Weg in mein Herz. Sie öffnen es und lassen all den Schmerz ans Tageslicht, den ich so lange darin verborgen gehalten habe, und ich lasse sie. Lasse zu, dass mir die Trauer über Leslies Betrug die Kehle zusammenschnürt, lasse zu, dass die Wut über Jackson so sehr wehtut wie schon lange nicht mehr.

»Ich bin aus Maybrook weggegangen, weil dort niemand meine Version der Geschichte geglaubt hat«, spreche ich endlich das aus, was ich so lange verdrängt habe. »All unsere Freunde standen auf Leslies Seite. Selbst Jackson. Alle dachten, ich hätte sie so sehr fertiggemacht, dass sie sich ein eigenes Management suchen musste. Ich hab's dort keine Sekunde länger ausgehalten.«

Sobald die Worte raus sind, kommen die Tränen. Pascal zieht mich an seine Brust, lässt seine Hände in beruhigenden Bewegungen über meinen Rücken kreisen und hält mich, bis mein Körper irgendwann nicht mehr von Weinkrämpfen geschüttelt wird und mir das Atmen wieder leichter fällt.

Ich wünschte, er würde mich nicht so schwach sehen, aber gleichzeitig ist er der Einzige, dem ich diese Geschichte je vollständig anvertraut habe, weil ich geahnt habe, er würde mich verstehen.

»Schhh«, macht er. Als seine Lippen meinen Haaransatz berühren, weiß ich, dass ich ihn nicht wieder gehen lassen möchte. Noch nie hat mich jemand so gehalten.

Ich hebe den Kopf, blinzle die letzten Tränen weg und blicke ihm in die Augen, die so viel gleichzeitig sagen. *Ich verstehe dich. Ich hasse sie, weil sie dir so wehgetan hat. Ich bin bei dir. Ich mag dich.*

Er legt seine Hände an meine Wangen und streichelt mich zärtlich. »Es tut mir leid, dass sie dich so sehr verletzt hat.«

Da sind sie. Die Worte, auf die ich seit jenem Tag warte. Die, auf die ich von meinen Freunden – insbesondere von Jackson – gehofft habe. Die, die mich innerlich komplett zerstören, weil mir bewusst wird, wie sehr mich die Vergangenheit immer noch schmerzt.

Aber seine Worte sind auch heilsam für meine Seele, wie ein Flicken auf dem Riss in meinem Herzen.

Ich kann nichts erwidern, kann nicht sprechen, nicht lächeln, kann nur fühlen, und ich fühle so viel, dass ich mich nicht traue, Pascal dabei in die Augen zu sehen. Also presse ich mein Gesicht an seine Halsbeuge, atme seinen erdigen Duft ein und schließe meine Arme ganz fest um ihn, weil es der einzige Weg ist, ihm zu zeigen, wie viel es mir bedeutet, dass er an meiner Seite ist.

★

Nachdem meine Tränen getrocknet und das Nachbeben unseres Gesprächs verklungen sind, wandern wir auf der Suche nach einer Stelle für unsere Mittagspause weiter. Es dauert keine Viertelstunde, da greift Pascal nach meiner Hand und verhakt seine Finger mit meinen. Ich muss lächeln, weil ich an all die schönen Momente denke, die wir dieses Wochenende schon miteinander geteilt haben. An all die Berührungen, die zufälligen und die absichtlichen, und an unseren Kuss … Ich frage mich, was er darüber denkt, ob er sich genauso sehnsüchtig eine Wiederholung wünscht oder ob er sich aus einem bestimmten Grund zurückhält. Aber dann hätte er ja sicher nicht meine Hand genommen, oder?

Es fällt mir schwer, mir nicht den Kopf über uns zu zerbrechen, aber zum Glück bin ich sofort abgelenkt, als wir die Illilouette Falls erreichen. Das Rauschen des Wasserfalls begrüßt uns schon von Weitem, und nachdem wir ein paar Aufnahmen für unsere Vlogs gemacht haben, suchen wir uns einen ruhigen Fleck für unsere Picknickdecke.

Wir schlüpfen aus den Wanderstiefeln und packen unsere Rucksäcke aus. Sandwiches, Obst, Wasser, eine Thermoskanne mit Kaffee, eine Tafel Schokolade … Vielleicht bin ich beim Einkaufen für dieses Wochenende ein bisschen übermotiviert gewesen, aber ich konnte einfach nicht widerstehen.

Pascal schnuppert mit geschlossenen Augen an seiner Tasse. »Gott, ich liebe Kaffee so sehr.«

Lachend gieße ich mir selbst etwas ein. »Hast du schon jemals versucht, ohne Kaffee auszukommen?«

Verwirrt runzelt er die Stirn. »Warum sollte ich so etwas tun?«

»Weiß nicht. Wieso machst du eine 30-Tage-vegan-Challenge oder versuchst, einen Monat lang jeden Tag eine Stunde zu meditieren?«, frage ich nach und denke an all die anderen Monats-Challenges, die ich auf seinem Kanal entdeckt habe.

»Ich probiere gerne neue Dinge aus, um zu sehen, was ich davon in mein Leben übernehmen möchte. So habe ich schon einiges über mich gelernt – und ein paar Dinge aus meinem Leben gestrichen, die mir nicht gutgetan haben.«

»Sagt man nicht, Kaffee hätte auch Auswirkungen auf die Gesundheit?«

»Ach, das ist Quatsch.« Er wackelt mit dem Zeigefinger, um seine Worte zu untermalen. »Wenn überhaupt wohl eher positive. Kreativität, Leistungssteigerung, … Und mehr fällt mir gerade nicht ein.«

Wir lachen und lassen unsere Tassen aneinanderklirren.

»Uh, ich habe eine Idee!« Eilig stelle ich meine Tasse ab, schnappe mir die Kamera, schalte sie ein und richte sie auf mein Gesicht. »Hiermit fordere ich Pax Pacis offiziell dazu heraus, 30 Tage lang auf Kaffee zu verzichten und ein Video über seine Erfahrungen zu machen«, erkläre ich feierlich und kann ein fieses Grinsen nicht unterdrücken. Sofort schwenke ich um, um Pascals Reaktion einzufangen.

Er will gerade von seinem Sandwich abbeißen, lässt es aber mit geweiteten Augen sinken. »Das hast du nicht getan«, stößt er hervor, dann verengt er die Augen, und ehe ich die Kamera abschalten kann, fügt er hinzu: »Hiermit fordere ich Holly Wood dazu heraus, Marie Kondos Aufräumprinzipien auf ihre Wohnung anzuwenden.«

»Was? Hast du nicht gesagt, so schlimm wäre es gar nicht?«

»Das war, bevor ich eingezogen bin.« Sein Tonfall ist neckend, in seinen Augen funkelt die Belustigung. »Aber jetzt, da ich weiß, wie es ist, dort zu leben, finde ich, ein bisschen Marie Kondo täte deinem Büro ganz gut.«

»Pffft«, mache ich und stupse ihn mit dem Fuß an. »Das sagst du ja nur, weil du immer noch nachtragend wegen der Perlen bist.«

»Ha, ich zeig dir gleich, was nachtragend bedeutet.« Er umfasst meinen Knöchel und beginnt, mich zu kitzeln. Ich winde mich, lege die Kamera neben uns und stürze mich auf ihn, um mich zu rächen. Doch Pascal zeigt sich unbeeindruckt, und als ich auch nach ein paar Minuten immer noch keine empfindliche Stelle gefunden habe, gebe ich mich schließlich geschlagen.

»Verdammt, bist du denn gar nicht kitzelig?«, frage ich ihn schnaufend.

Er grinst und lässt seine Finger an meiner Taille hinauftänzeln. »Du meinst, so wie du?«

Die Berührung jagt mir einen Schauder über den Rücken. Erst jetzt wird mir bewusst, wie nah wir uns sind. Ich sitze rittlings auf seinem Schoß, unsere Gesichter keine Handbreit voneinander entfernt, und mein Herz schlägt so schnell, dass ich denke, es muss mir jeden Moment aus der Brust springen. Ich bin nicht außer Atem, weil ich mich so angestrengt habe, ihn zu kitzeln, ich bin außer Atem, weil mein Körper beschlossen hat, dass er keine Luft mehr braucht, wenn er Pascal haben könnte.

Ich versuche, mich daran zu erinnern, was er gerade gesagt hat, aber sein Anblick macht es mir wirklich schwer. Die Sonne hat feine Sommersprossen auf seine Nase gemalt, in seinen Augen tanzt die Freude. Ich tippe ihm mit dem Zeigefinger auf die Nasenspitze.

»Ich finde schon noch deine Achillesferse«, murmle ich, als ich mich wieder an seine Worte erinnere, und lasse meinen Finger über seine Wange bis hin zu seinen Lippen gleiten. Zu diesen Lippen, von denen ich noch ganz genau weiß, wie gut sie sich auf meinen anfühlen.

Sein Grinsen verschwindet unter meiner Berührung, dafür öffnen sich seine Lippen leicht, und seine Hand gleitet von meiner Taille in meinen Nacken. Unsere Blicke verhaken sich ineinander, als er mich dichter an sich heranzieht.

»Ich glaube, dafür musst du nicht lange suchen«, erwidert er mit rauer Stimme und küsst mich, bis mir schwindelig wird.

Pascal

Yosemite-Nationalpark, Kalifornien

26 »Wann hast du das erste Mal drüber nachgedacht, ein Buch zu schreiben?«, frage ich Holly, als wir einige Zeit später im Tal ankommen und die letzte Meile zurück zur Lodge laufen. Die Sonne hat mir die Nase verbrannt, und die Muskeln in meinen Beinen schmerzen vor Erschöpfung. Aber egal, wie müde ich bin, ich möchte nicht, dass dieser Tag mit Holly je endet.

»Weiß ich gar nicht so genau«, antwortet sie nachdenklich. »Wir hatten nie viel Geld, also haben wir unsere Bücher oft in der Bücherei ausgeliehen. Als ich noch kleiner war, war das eine Riesensache für mich. Jeden zweiten Freitagnachmittag sind Mom und ich nach Blacksburg gefahren, um neue Bücher zu holen, und irgendwie hatte ich schon immer ein Faible für Sachbücher.« Sie lacht leise. »Vor allem, wenn schöne Bilder drin waren. Ich habe jedes Mal mindestens ein Bastelbuch mitgenommen, und wenn Mom gerade ihren Lohn bekommen hat, sind wir manchmal sogar noch in den Kunstfachhandel gegangen. Dann durfte ich mir dort auch noch etwas aussuchen.«

»Das hört sich toll an.« Ich stelle mir eine jüngere Holly vor, die sich vor Begeisterung über all die verschiedenen Bastelmaterialien geradezu überschlägt. Heute kann sie sich vermutlich alles genau dann kaufen, wenn sie es braucht – aber vielleicht ist ihre Vergangenheit auch der Grund dafür, dass sie sich hinterher so ungern von den Sachen trennt.

»Mom hätte schon damals ihr letztes Hemd dafür gegeben, dass ich glücklich bin«, fügt sie hinzu. »Deswegen würde ich ihr gern ein Haus kaufen. Ihr ein bisschen von dem zurückgeben, was sie mir mit meiner Kindheit geschenkt hat.«

Ich erinnere mich an unser Gespräch im *Vegan Toast* zurück. »Du hast mal gesagt, dass sie das nicht möchte. Hast du schon mal drüber nachgedacht, dass das vielleicht nicht ihre Sprache der Liebe ist?«, frage ich.

»Ihre Sprache der Liebe?«, wiederholt Holly mit großen Augen.

»Gary Chapman.« Ich hebe entschuldigend die Schultern. »Ich habe sein Buch erst vor Kurzem entdeckt. Seiner Theorie nach gibt es fünf verschiedene Sprachen der Liebe mit unterschiedlichen Dialekten, und jeder spricht eine andere. Wenn du lernst, die Sprache deines Partners – oder wie in diesem Fall: die Sprache deiner Mom – zu sprechen, steht einer harmonischen Zukunft nichts mehr im Wege.«

»Du meinst, ich verstehe meine Mom nicht richtig?«

»Vielleicht«, gebe ich mit einem entschuldigenden Lächeln zu bedenken. »Ich glaube, dass deine Sprache der Liebe ›Geschenke, die von Herzen kommen‹ ist. Deshalb hast du dich auch so über die Lichterkette gefreut. Und mich mit dem bemalten Van überrascht. Weil es dir viel bedeuten würde, ein Haus als Dank für eine schöne Kindheit geschenkt zu bekommen, denkst du vermutlich, deine Mutter müsste sich darüber genauso freuen.«

Mit jedem meiner Worte reißt Holly die Augen weiter auf. Offenbar war das eine Punktlandung.

»Aber so wie sich das anhört, spricht deine Mom eher eine andere Sprache, nämlich die der Zweisamkeit. Die Tage in der Bibliothek, die nur euch beiden gehört haben, der Wunsch danach, dass du sie endlich wieder besuchen kommst… Es scheint, als würdest du ihr am besten zeigen können, dass du sie liebst, wenn du Zeit mit ihr verbringst.«

»*Deshalb* hat sie also dem Trip nach L.A. doch zugestimmt«, überlegt Holly laut und erzählt mir, dass sie ihre Familie für ein paar Tage nach L.A. eingeladen hat. »Wow, Pascal, das ist… Welche Sprache sprichst du?«

»Die der Körperlichkeit. Mir bedeuten Berührungen sehr viel«, antworte ich, ohne zu zögern. »Umarmungen, Händchen halten.« Ich halte unsere miteinander verschlungenen Finger etwas höher und lasse den Satz ins Leere laufen, weil ich nicht will, dass Holly denkt, sie müsse dieses Wochenende etwas tun, wozu sie nicht bereit ist.

»Sex?«, beendet sie meinen Satz nichtsdestotrotz.

»Auch, ja. Ich finde den Begriff der Körperlichkeit allerdings schlecht gewählt. Viele assoziieren das nur mit Geschlechtsverkehr, aber es geht dabei um viel mehr als das. Körperlichkeit ist vor allem Nähe, sich spüren, wissen, dass der andere da ist.«

Holly bleibt stehen und zieht mich zu sich heran. »Das heißt also, hiermit kann ich dir zeigen, wie sehr ich dich mag, oder?«, wispert sie und stellt sich auf die Zehenspitzen, um mir einen sanften Kuss auf die Lippen zu drücken. Ich lächle an ihrem Mund, schiebe meine Hand in ihren Nacken und vertiefe den Kuss, um ihr meine Antwort auf ihre Frage zu geben.

★

Wie auch schon am Abend zuvor trennen wir uns für eine kurze Dusche. Ich schicke Micah zwei Fotos von unserem Ausflug und wünsche ihm einen ruhigen Dienst. Als ich fertig angezogen bin, hat er geantwortet und wünscht uns ebenfalls einen schönen Abend – inklusive Zwinker-Smiley. Dieser Mistkerl!

Ich schicke einen lachenden Smiley zurück, dann stecke ich das Handy in meine Hosentasche, schaue noch einmal in den Spiegel und kehre zum Van zurück. Auch heute ist Holly noch nicht ganz fertig gestylt, aber das stört mich nicht im Geringsten. Während sie in ihrem grünen Las-Vegas-Kleid auf dem Bett sitzt und sich die Haare kämmt, begrüße ich Orlando mit einer Streicheleinheit und fange an, das Gemüse für unsere Nudeln mit Tomatensoße zu schneiden.

Irgendwann kommt sie dazu und hilft mir, versucht es zumindest, aber die Küche ist so eng, dass wir uns ständig berühren und schon bald das Abendessen vergessen, um uns stattdessen zu küssen.

Sie schmeckt nach Himbeer-Eistee und Sonnenstrahlen, und als ihre Finger den Weg unter mein T-Shirt finden, hebe ich sie aufs Bett und stelle mich zwischen ihre Beine. Meine Lippen gleiten über ihr Kinn hin zu ihrer zarten Halsbeuge, küssen die Stelle, an der ihr Puls aufgeregt flattert und …

Hinter mir zischt es.

»Oh, verdammt, das Wasser!«, stößt Holly hervor, aber da habe ich mich schon umgedreht, um die Temperatur der Herdplatte runterzudrehen und in den Nudeln zu rühren, die mittlerweile schon mehr als al dente sein dürften.

Wir lachen über uns und zwingen uns dazu, das restliche Abendessen ohne Ablenkungen zuzubereiten, bevor wir aufs Dach klettern, der Sonne beim Untergehen zusehen und unsere Pasta genießen.

»Eigentlich sollten wir gleich live gehen«, erinnert mich Holly und verzieht das Gesicht, weil sie offenbar genauso wenig Lust darauf hat wie ich, den Abend mit der halben Welt zu teilen. »Morgen werden wir es nicht schaffen, weil du dann noch im Flugzeug sitzt.«

»Wir könnten es ausfallen lassen.« Ich ziehe eine Grimasse. »Aber ich glaube, unsere Follower warten alle sehnsüchtig auf Neuigkeiten von Team Paxolly.«

»Davon erzählen wir ihnen aber nichts, oder?«, fragt Holly mit unsicherem Blick, und ich schüttle den Kopf. Wir haben ja selbst noch nicht darüber gesprochen, was »davon« überhaupt bedeutet, also geht das auch unsere Zuschauer nichts an.

Nachdem ich die Teller runtergebracht und für Eisteenachschub gesorgt habe, zücken wir unsere Handys und setzen uns dicht nebeneinander, um jeweils auf beiden Bildschirmen zu sehen zu sein. Schon nach wenigen Minuten explodieren die Zuschauerzahlen förmlich, zusammen schauen uns mehr als zehntausend Menschen zu. Dieser Zuspruch erinnert mich wieder daran, wieso wir auch heute online gegangen sind, obwohl wir eigentlich keine Lust hatten: Die Menschen warten auf uns. Sie verlassen sich darauf, unseren Abenteuern lauschen zu können. Sie fiebern mit unserem Tausch mit, wollen erfahren, wie wir mit den unterschiedlichen Herausforderungen umgehen … und manche von ihnen brennen darauf zu wissen, ob mehr zwischen uns passieren wird.

Wir unterhalten uns über die Aufgaben der zweiten Woche, über die Höhepunkte und Niederlagen – wobei wir ein paar Themen ausklammern – und öffnen schließlich die Umschläge für die dritte Woche unserer Challenge.

Lieber Pax, um wirklich in mein Leben abzutauchen, wirst du um ein DIY nicht herumkommen. Meine neueste Leidenschaft: Epoxidharz. Bastel uns etwas Schönes. Viel Spaß! Holly

»Noch ein Projekt?«, jammere ich, nachdem ich laut vorgelesen habe, was Holly mir diesmal aufgetragen hat. Bei dem Gedanken daran, mich in ihrer Wohnung auf die Suche nach DIY-Material zu machen, schaudert es mich. Die Perlen sind mir noch zu gut in Erinnerung. »Was zum Henker ist Epoxidharz?«

»Das weißt du nicht? Dann solltest du dir dringend mein Video dazu angucken.« Sie grinst mich an, bevor sie ihren eigenen Umschlag öffnet.

Liebe Holly, normalerweise mache ich die Interviews für meinen Podcast, aber ich hätte nichts dagegen, auch mal als Gast aufzutreten und dir für die nächste Episode Frage und Antwort zu stehen. Ich bin schon sehr gespannt! Pax

Noch während sie liest, fängt sie an zu jubeln, weil ihr die Aufgabe offenbar gefällt. »Wie aufregend! Ich habe ja jetzt schon zig Ideen.«

Wir reden noch eine Weile über die Wochenaufgaben, beantworten ein paar Fragen und verabschieden uns, als es zu dämmrig zum Filmen wird. Als der Livestream vorbei ist, fühlt sich die Welt gleich viel ruhiger an.

»Ich will wirklich nicht zurück nach L.A.«, murmle ich und stecke mein Handy zurück in die Hosentasche. Der Livestream hat mich daran erinnert, dass mein kleiner Ausflug in die Natur morgen wieder vorbei ist. Ich werde den Van vermissen und die grenzenlose Freiheit, die er mit sich bringt. Machen können, was man will und wann man will. Keine Konventionen, keine Erwartungen, außer die, die man an sich selbst hat.

Aber ganz besonders werde ich Holly vermissen.

In L.A. wartet ein volles, aber doch gähnend leeres Apartment auf mich, eine Familie, die ihren Scheiß nicht im Griff hat, und mein Dad, dem ich dringend einen Besuch abstatten sollte. Vor allem der Gedanke an meinen Dad dämpft meine Stimmung gewaltig.

»Das kann ich verstehen.« Holly greift nach meiner Hand, windet ihre schmalen Finger um meine und lässt ihren Daumen über meinen Handrücken kreisen. Mittlerweile sitzen wir fast im Dunkeln. »Es sind nur noch zwei Wochen«, sagt sie, um mich zu trösten, dabei hört sie sich selbst traurig an. Ob sie genauso wenig nach L.A. zurück möchte? Oder möchte sie auch nicht, dass unser gemeinsames Abenteuer endet?

Mir gehen so viele Fragen durch den Kopf. Was ist das zwischen uns? Wie wird es weitergehen? Kommst du mit? Bleibe ich bei dir? Wird das eine Fernbeziehung? Wie soll das überhaupt klappen?

Aber ich stelle ihr keine einzige davon, zu wertvoll ist die Zeit, die ich hier noch mit ihr habe. Ich will sie nicht mit Zukunftsschwarzmalerei verschwenden, sondern den Moment leben. So, wie ich es schon so oft getan habe in den letzten anderthalb Jahren. So, wie ich es in meinen Videos vermittle. Wie es am einfachsten ist, aber gleichzeitig auch am schwersten. Denn wer schafft es schon, sich nicht den Kopf über die Zukunft zu zerbrechen? Der Mensch ist nicht dafür gemacht, im Augenblick zu leben. Er hat ein Gehirn geschenkt bekommen, die Möglichkeit, sich an Vergangenes zu erinnern und Zukünftiges zu planen – und je mehr ich mir darüber Gedanken mache, umso klarer wird mir, dass ein Leben im Hier und Jetzt eine Farce ist. Ein Konstrukt, das Menschen entworfen haben, weil Vergangenes sie zu sehr schmerzt und Zukünftiges sie zu sehr ängstigt und sie sich lieber weiterhin vormachen, dass sie glücklich wären. *Je weniger du denkst, desto glücklicher bist du.*

Ich schnaube, genervt über mich selbst und das Durcheinander meiner Gefühle.

Holly blickt mich irritiert an. »Ist alles in Ordnung?«

»Sorry, ich war gerade total in Gedanken.« Ich fahre mir durchs Haar und blinzle sie verlegen an. »Mir ist irgendwie klar geworden, dass ich meinen Zuschauern totalen Unsinn erzähle, wenn ich versuche, ihnen beizubringen, mehr im Hier und Jetzt zu leben und sich weniger den Kopf zu zerbrechen.«

»Aber das ist doch eigentlich was Gutes«, entgegnet Holly verwirrt.

»Ist es das? Ich bin mir nicht mehr sicher. Ist das nicht eigentlich die perfekte Ausrede, um sich nicht mit den wichtigen Themen des Lebens auseinanderzusetzen? Ich meine, sieh mich an. Ich habe anderthalb Jahre den Augenblick gelebt und fange erst jetzt an, um meine Mom ...«

... *zu trauern,* will ich sagen, aber da ist plötzlich ein Kloß in meinem Hals, der mich am Weitersprechen hindert. Anderthalb Jahre, die ich durch die Weltgeschichte gebummelt bin und verdrängt habe, dass Mom gestorben ist. In denen ich so getan habe, als wäre alles in Ordnung.

Alles beim Alten in L.A.

»Gott, ich kann nicht glauben, was ich für ein Arsch war«, flüstere ich und denke an Micah, der mir vorgeworfen hat, ein Egoist zu sein. Die Familie im Stich gelassen zu haben. Ich bin gereist, habe mich selbst verwirklicht, während er seine Trauer aufgearbeitet und wirklich weitergemacht hat.

Die Erinnerungen an Moms letzte Tage tauchen plötzlich vor meinem inneren Auge auf. Ich sehe sie lachen, trotz des nahenden Endes. Ihre Wangen waren längst eingefallen, der Krebs hat ihren Körper einfach aufgefressen. Ich erinnere mich noch genau, wie sie mich bat, das Fenster weit zu öffnen. Das wuchtige Krankenhausbett näher daranzuschieben, damit sie wenigstens ein bisschen das Gefühl haben konnte, nicht im Sterbebett zu liegen.

»Ich wäre gerne noch mal nach Italien gereist«, hat sie gesagt. »Das bereue ich zutiefst. Wenn du irgendwann die Möglichkeit hast, nach Italien zu fliegen, tu es, ja? Ach, was sage ich da? Am besten erkundest du die ganze Welt und bleibst irgendwann einfach an deinem Lieblingsort.«

Sie hat mich angelächelt, voller Wärme im Blick, und

ich wusste in dem Moment ganz genau, dass sie jedem ihrer Kinder etwas mit auf den Weg geben wollte. Eine Aufgabe. Ein Ziel, das sie nach ihrem Tod verfolgen könnten. »Das Leben ist zu schön, um lange traurig zu sein, Pascal.«

Ein paar Tage später war sie tot – und das Loch, das sie in unsere Familie gerissen hat, hat diese letzten schönen Momente mit sich in die Tiefe gezogen, wo sie bis heute in Vergessenheit geraten waren.

»Pascal?« Hollys Stimme dringt wie durch einen Nebel zu mir. Sie klingt vorsichtig, irgendwie erstaunt. Fast so, als würde sie sich einem frisch geborenen Kätzchen nähern. »Weinst du?«

»Nein, ich…« Ich fahre mir über die Wangen und merke erstaunt, dass sie feucht sind. Ich habe nicht mal mitgekriegt, dass ich angefangen habe zu weinen. »Sorry, das muss eine allergische Reaktion sein. Heuschnupfen oder so.«

Sie lacht kurz leise auf, murmelt etwas, was ich nicht verstehe, und im nächsten Moment drückt sich ihr warmer Körper an mich. Sie schlingt ihre Arme um mich, ihr Gesicht liegt an meiner Halsbeuge, wo ihr süßer Atem mich kitzelt. Ich erwidere ihre Umarmung, vergrabe meine Nase in ihrem weichen Haar und schließe die Augen. *Das Leben ist zu schön, um lange traurig zu sein.*

»Ich habe sie echt geliebt«, gestehe ich leise. Die Dunkelheit fängt meine Worte schützend auf. »Meine Mom, meine ich. Ich vermisse sie und weiß nicht, wie ich jemals damit klarkommen soll, dass sie nicht mehr da ist.«

Holly ist lange still. So lange, dass ich nicht weiß, ob sie überhaupt noch etwas erwidern wird, aber dann spricht sie doch. »Ich glaube, es wäre komisch, wenn du sie nicht dein ganzes Leben lang vermissen würdest. Aber irgendwann tut es vielleicht nicht mehr so weh.«

»Das hoffe ich«, murmle ich in ihr Haar, und in diesem Moment sind es ihre Arme, die mich vor dem Fall bewahren.

Holly

Yosemite-Nationalpark, Kalifornien

27 Wir sitzen noch lange auf dem Dach, eng umschlungen, bis ich ein Zittern nicht mehr länger unterdrücken kann.

»Wollen wir reingehen?«, frage ich Pascal, ein bisschen wehmütig darüber, dass unser gemeinsames Wochenende bald vorbei ist. Sein Flug geht zwar erst am späten Nachmittag, aber wir haben noch eine lange Fahrt vor uns.

»Ja, komm. Du fröstelst ja schon.« Er küsst meine Schulter, bevor er sich von mir löst und hinunter in den Van klettert. Ich reiche ihm die Gläser und folge ihm. Wie gestern Abend liegt Orlando auch heute wieder zwischen den Kissen und rekelt sich müde, als ich die Tür hinter uns schließe. Dieses Mal streichelt Pascal seinen Bauch allerdings nicht, sondern wäscht das Geschirr ab, während ich Orlando von der Leine befreie.

Mein Blick bleibt an Pascals Rücken hängen. Ich frage mich, was er wohl denkt. Würde er über Nacht bei mir bleiben, wenn ich ihn darum bitte?

Möchte ich das überhaupt?

Er stellt die Gläser auf das Abtropfgitter und dreht sich zu mir um, als hätte er meinen Blick gespürt. Ein Lächeln liegt auf seinen Lippen. »Was ist?«

»Nichts.« Ich krabble an die Bettkante. »Komm her.«

Pascal trocknet sich die Hände ab und tritt zwischen meine Beine. Ich betrachte ihn ausgiebig, die dunklen Augen und die noch dunkleren Wimpern, die Bartstoppeln und das markante Kinn. Als ich ihn vor ein paar Wochen zum ersten Mal gesehen habe, war er einfach ein Mann mit tiefgründigem Blick und bemerkenswerten Worten, aber jetzt... Jetzt steht da jemand vor mir, der mein Herz berührt. Der mir Geschichten von seiner Familie erzählt und mir aufmerksam zuhört, der mich in den Arm nimmt und tröstet, mit mir lacht und sogar vor mir weint, weil die Vergangenheit ihn immer noch gefangen hält.

Genau wie mich.

Und genau wie für mich muss auch für ihn dieses Wochenende heilsam gewesen sein, denn die Schatten unter seinen Augen sind verschwunden, und in seinem Blick liegt eine Gelassenheit, die ansteckend ist.

Ich will nicht, dass er geht. Heute nicht, morgen nicht. Ich will ihn und alles, was er mitbringt. Die Überforderung mit meinen DIY-Projekten, unsere gegensätzlichen Lebensstile, die Leidenschaft, seinen Humor... ihn.

»Bleib bei mir«, bitte ich ihn mit einem Zittern in der Stimme.

Seine Augen weiten sich kaum merklich, dann nickt er und legt eine Hand an meine Wange. Sein Daumen streicht über meine Unterlippe. In mir zieht es aufgeregt, jetzt, da ich weiß, dass er bleiben wird, und ich beuge mich vor, um ihn zu küssen. Er schmeckt immer noch nach Eistee, verheißungsvoll, süß. Er vertieft den Kuss, zieht mich dichter an sich heran. Ich rutsche an die Kante des Bettes, verhake meine Beine hinter seinen und lasse meine Hände auf der Suche nach seiner warmen Haut unter sein T-Shirt gleiten.

Als ich fündig geworden bin, keucht er auf und ermuntert mich damit, mit meinen Händen weiter auf Wanderschaft zu gehen. Ich erkunde seinen Rücken, die Wirbelsäule, die Rippenbögen und schließlich auch seinen festen Bauch, auf dem ich einer Spur Haare bis zu seinem Gürtel folge.

Er flüstert meinen Namen, zieht mich zu einem weiteren tiefen Kuss heran und treibt das gleiche Spiel mit mir. Irgendwann werde ich ungeduldig und lehne mich auf dem Bett weiter zurück. Er zieht sein T-Shirt aus und folgt mir, während seine dunklen Augen hungrig über meinen Körper gleiten. Die Lichterkette wirft ein warmes Licht auf seine Haut.

»Du bist tätowiert«, stelle ich überrascht fest und lasse meine Finger über den Schriftzug auf seiner rechten Brust gleiten. »*The trouble is, you think you have time*«, lese ich leise vor und spüre, wie sich mein Herz zusammenzieht. »Oh, Pascal.«

Die Worte treffen einen Punkt tief in mir und erinnern mich an die Vergänglichkeit des Augenblicks, und das stimmt mich wehmütig, weil wir nur noch ein paar gemeinsame Stunden haben. Ich lege meine Hand auf sein Herz, spüre, wie es kraftvoll schlägt, und als ich in Pascals Augen sehe, weiß ich instinktiv, dass es in dieser Nacht nur für mich schlagen wird.

Und obwohl ich merke, wie sehr es ihn danach verlangt, mich voll und ganz zu spüren, überlässt er mir das Tempo. Ich reize es aus, erkunde jede Stelle seines Körpers mit meinen Händen und später auch mit meinen Lippen. Ganz langsam öffne ich seine Hose, ziehe ihm die grauen Boxershorts herunter und koste von ihm.

»Holly.« Seine Stimme ist ein raues Stöhnen. Er fasst mir in die Haare, unentschlossen, ob er mich zurückhalten oder bitten soll weiterzumachen. Schließlich entscheidet er sich dafür, mich zu sich hochzuziehen. Ich blicke ihm tief in die Augen, sein Blick ist offen und verletzlich, eine Einladung, die Nacht zu einer der schönsten Erinnerungen unserer Leben werden zu lassen.

Und genau das ist es, was wir bis in die frühen Morgenstunden tun.

★

Tapp.

Tapp-tapp.

Etwas Schweres senkt sich auf meine Brust, vier harte Pfoten, die auf mir herumtapsen, auf der Suche nach einer bequemen Position. Orlando. Ich öffne die Augen und habe im nächsten Moment einen buschigen Schwanz im Gesicht.

»Urgh, Orlando«, murmle ich und streiche mir die dünnen Härchen von den Lippen. Fühlt sich an, als hätte ich die Hälfte davon bereits verschluckt.

»Miau«, macht er und legt sich so hin, dass er mich mit großen, unschuldigen Augen anblicken kann. Dann noch mal: »Miau.«

»Ich weiß.« Ich streiche ihm über das flauschige Fell und rutsche etwas dichter an Pascal heran, der seelenruhig neben mir schläft. Sein warmer Atem streift meine Wange, seine Hand ruht auf meinem nackten Bauch. Ein Lächeln breitet sich auf meinen Lippen aus, als ich an die vergangenen Stunden denke. Allein die Erinnerung daran, wie er mich mit seinen Augen verschlungen hat, bringt das Ziehen in meinen Unterleib zurück.

Doch Orlando lässt es nicht zu, dass ich Pascal mit sanften Küssen wecke und eine zweite Runde einfordere. Er will sein Frühstück, und das am besten sofort.

»Ey!«, flüstere ich, weil er mir schon wieder mit seiner Samtpfote auf die Nase getippt hat. »Ist ja gut. Na los.«

Vorsichtig löse ich mich von Pascal, um mich um meinen Kater zu kümmern. Ich suche nach meiner Unterwäsche und dem Kleid, ziehe mich an und serviere Orlando seine Portion Nassfutter, bevor ich das Fenster öffne, um etwas frische Luft in den Van zu lassen. Es ist noch früh am Morgen, und der Himmel über dem Yosemite Valley ist so bewölkt, dass es heute bestimmt Regen gibt. Einen passenderen Abschied könnte ich mir kaum vorstellen.

Es sind nur noch zwei Wochen, Holly. Unser Tauschexperiment wird bald vorbei sein. Was danach passiert – keine Ahnung.

Ein sehnsüchtiges Seufzen kommt mir über die Lippen, und ich blicke in Richtung Bett. Pascal schläft immer noch. Er hat gar nicht gemerkt, dass ich aufgestanden bin. Die Decke ist runtergerutscht und entblößt seine nackte, gebräunte Brust mit der Tätowierung.

The trouble is, you think you have time.

Traurig denke ich daran, wieso er sich diese Worte hat tätowieren lassen, und frage mich unwillkürlich, was ich tun würde, wenn meine Mom sterben würde. Der

Gedanke ist so fürchterlich, dass sich sofort ein Kloß in meinem Hals bildet und ich zum Bett schleiche, um mein Handy zu holen. Nachdem ich den Flugmodus rausgenommen habe, gehen gefühlt tausend Benachrichtigungen ein, aber ich ignoriere sie alle und öffne stattdessen den Messenger.

> Mom, ich hab dich lieb. Ich freu mich drauf,
> euch bald wiederzusehen.

Ein paar Augenblicke später klingelt mein Handy. Es ist Mom. Schnell verlasse ich den Van, um in Ruhe zu telefonieren. Draußen ist es frisch, doch auf dem Parkplatz herrscht bereits reges Treiben, weil viele Gäste heute wieder abreisen.

»Holly? Ist alles okay? Ist etwas passiert?«, fragt Mom beunruhigt.

»Mir geht's gut«, sage ich schnell und erkläre ihr, dass ich mich sehr auf unser Wiedersehen freue. Ich erzähle ihr von Pascal und davon, dass wir uns nähergekommen sind. Davon, dass ich Gefühle für ihn entwickle, so tiefe Gefühle, dass ich selbst Angst davor habe, was geschieht, wenn die Zeit unserer Challenge um ist. Ich erzähle ihr von seiner Mom und seinen Geschwistern, von seiner rastlosen Reise und davon, wie sehr mich die Vorstellung ängstigt, ohne meine Familie zu sein. Dann kann ich die Tränen nicht mehr zurückhalten.

»Ich weiß auch nicht, wieso ich weinen muss«, schluchze ich und lehne mich mit dem Rücken gegen den Van. »Eigentlich geht's mir doch gut.«

»Bist du sicher?«, fragt Mom leise und sorgt dafür, dass

ich nur noch mehr weinen muss. Hektisch wische ich mir über die Wangen. Wenn Pascal jetzt aufwacht und rauskommt, um nach mir zu suchen, soll er mich bloß nicht so sehen. Dann denkt er noch, mein Gefühlsdilemma wäre seine Schuld. »Was ihr da macht ... dieser Wohnungstausch auf Zeit ... Das ist nichts, was ohne Konsequenzen bleibt. Eure Leben sind so verschieden, kein Wunder, dass man da beginnt, das eigene infrage zu stellen.«

Ich lasse mich auf den Boden sinken und blicke gen Himmel, während sie weiterspricht.

»Als ich damals nach L.A. gegangen bin, hatte ich mir in den Kopf gesetzt, Schauspielerin zu werden.« Sie lacht leise auf. »Das Leben dort war so anders, als ich es von zu Hause gewöhnt war. Dein Vater war ziemlich bekannt, seine Familie hatte viel Geld, und sie waren nicht besonders begeistert darüber, dass dein Vater etwas mit mir angefangen hat ... Das Leben war furchtbar kompliziert, er musste ständig zu Terminen, und immer, wenn wir Zeit miteinander verbracht haben, mussten wir aufpassen, dass uns die Presse dabei nicht ablichtet, damit er keinen Stress mit seiner Familie bekam. Tja, und als ich dann schwanger wurde, wusste ich, dass ich ein Leben in der Öffentlichkeit – und diese Großeltern – niemals für dich wollen würde. Also bin ich aus L.A. fortgegangen.«

»Und er hat dich nicht zurückgehalten«, murmle ich verbittert. Mom hat mir nie viel von ihrer Zeit in L.A. erzählt, ich habe keinen blassen Schimmer, wer mein Dad sein könnte, aber ich will es auch gar nicht wissen. Lieber stelle ich mir vor, dass er gar nicht existiert, als mich ein Leben lang zu fragen, wieso er sich nie für mich interessiert hat.

»Er war ein Arsch. Ihm war seine Karriere schon immer wichtiger als alles andere. Aber das spielt ja jetzt keine Rolle. Ich will dir nur sagen: Ich weiß, wie es ist, wenn zwei Welten aufeinanderprallen. Ich weiß, was das für tiefe Gefühle mit sich bringen kann und dass man sich und seine Ziele plötzlich infrage stellt.«

»Aber was, wenn ich am Ende eine andere bin?«

»In deinem Herzen wirst du immer die Gleiche bleiben«, verspricht sie mir. »Doch du wirst innerlich wachsen. Nur manchmal wächst man eben so sehr, dass das alte Leben plötzlich eine Nummer zu klein geworden ist.«

★

Nach dem Telefonat schleiche ich mich zurück in den Van. Dass Pascal so ein Morgenmuffel ist, hätte ich nicht gedacht. Im Gegenteil, eigentlich hatte ich erwartet, dass er der Frühaufsteher von uns ist. Carpe diem und so – wäre das nicht voll sein Ding?

Weil wir noch ein bisschen Zeit haben, bis wir abfahren müssen, krieche ich zurück zu ihm unter die Bettdecke und reibe meine kühlen Beine an seinen, bis er sich rührt und seine Arme um meinen Körper schlingt.

»Warum hast du so eisige Beine?«, murmelt er verschlafen.

Ich drücke ihm einen Kuss auf die Nasenspitze. »Weil es kalt draußen ist.«

»Du warst schon draußen?« Er blinzelt mich träge an. »Wie spät ist es?«

»Halb neun«, entgegne ich belustigt. »Also, wie genau bekommt man dich aus den Federn? Mit Küssen?« Ich hauche zärtliche Küsse auf sein Kinn und arbeite mich hinunter zu seiner Halsbeuge. »Oder hättest du lieber einen frisch aufgebrühten Kaffee?«

Ich halte inne und suche seinen Blick, aus dem langsam die Schläfrigkeit weicht.

»Du machst mir die Entscheidung wirklich nicht leicht«, brummt er, bevor er mein Gesicht in beide Hände nimmt und mich zu einem tiefen Kuss heranzieht, »aber ich muss bis neun Uhr auschecken, also sollte ich mich besser beeilen.«

Er lässt seine Lippen noch einmal über meine gleiten, taucht mit der Zunge in meinen Mund und kostet von mir, bevor er sich schließlich mit einem wehmütigen Seufzen losreißt und seine Kleidung zusammensucht. »Ich würde mich trotzdem über einen Kaffee freuen«, sagt er, als er fertig angezogen ist und in seine Schuhe schlüpft. »Also zumindest, wenn du dir auch einen machst. Wenn nicht, mache ich mir später selbst einen.«

»Dein Wunsch ist mir Befehl«, witzle ich – dann ist er weg.

Ich lasse mich zurück in die Kissen fallen und blicke einen Moment an die Holzdecke des Vans. Dieses Wochenende zählt definitiv zu den besten meines Lebens. Nicht nur die wunderschöne Natur, vor allem die Nähe zu Pascal haben es so bedeutsam für mich gemacht.

Ich wünschte, er müsste nicht zurück nach L.A. Ich wünschte, wir hätten uns diesen Tausch niemals ausgedacht, sondern uns etwas anderes überlegt. Etwas, was wir gemeinsam hätten machen können. Aber gleichzeitig weiß ich auch, dass ich diese Reise brauche, um zu mir selbst zurückzufinden.

Genauso wie er die Zeit in L.A. braucht, um mit dem Verlust seiner Mutter zurechtzukommen und die Beziehung zu seiner Familie zu kitten. Daran ändern auch die Gefühle zwischen uns nichts.

★

Auf der Rückfahrt nach Sacramento versuchen wir, uns unsere gedrückte Stimmung nicht anmerken zu lassen, aber sie liegt so schwer über uns wie die dunklen Wolken am Himmel. Dennoch albern wir herum und reden über Videos und Ideen, über den Trip, über uns und tausend belanglose Dinge. Wir geraten in einen Stau und fahren von der Interstate ab, um uns einen Parkplatz zu suchen und eine kurze Pause einzulegen. Kaum haben wir den Van geparkt, küssen wir uns, bis wir fast vergessen, wohin wir eigentlich unterwegs sind. Aber dann schnappt sich Pascal meinen Laptop, um nach seinem Flug zu sehen – in der irren Hoffnung, er würde wegen des Wetters ausfallen –, und uns wird klar, dass wir allmählich weiterfahren sollten.

Als Pascal den Van anderthalb Stunden vor seinem Abflug vor dem Flughafengebäude zum Stehen bringt, habe ich Kopfschmerzen von der anstrengenden Fahrt und unserem pausenlosen Gespräch.

Aber ich hätte es niemals anders gemacht.

Pascal stellt den Motor aus, hält das Lenkrad mit beiden Händen fest, als wolle er sich im Stillen von seinem Van verabschieden. Ich frage mich, wie schwer es ihm fällt, jetzt wieder in die Stadt zurückzukehren.

»So, da wären wir«, sagt er schließlich.

»Ja, da wären wir.« Ich schnalle mich ab und drehe mich zu ihm. »Gerade noch rechtzeitig.«

Er tut es mir gleich und setzt sich so hin, dass er mich direkt ansehen kann. Er hebt die Mundwinkel, aber das Lächeln auf seinen Lippen erreicht seine Augen nicht. »Das war ein schönes Wochenende.«

Stumm strecke ich eine Hand aus, um ihn zu berühren. Unsere Finger verhaken sich miteinander, er lässt seinen Daumen über meinen Handrücken gleiten. »Komm gut nach Hause«, sage ich, bevor mir klar wird, dass L.A. nicht sein Zuhause ist. Der Van ist es.

Und doch fällt es ihm nicht auf. Er nickt und beugt sich vor, um mir einen sanften Kuss zu geben. »Ich freue mich schon darauf, dich wiederzusehen, Holly«, raunt er an meinem Mund.

»Und ich mich erst.« Obwohl mir nicht danach zumute ist, muss ich grinsen, dann steigen wir aus dem Van, damit er sein Gepäck aus dem hinteren Teil des Wagens holen kann. Auf dem Bürgersteig herrscht reger Betrieb.

»Holly?«

»Ja?« Erwartungsvoll blicke ich Pascal an. Er fährt sich durchs Haar, sieht mich einen Moment nachdenklich an, bevor er abwinkt.

»Ah, schon gut.«

»Okay?«

Er kommt zu mir, um die Verwirrung auf meinem Gesicht und die Fragen in meinem Kopf fortzuküssen. Als er schließlich seinen Rucksack und die Reisetasche nimmt, seine Cap aufsetzt und mit einem Winken in Richtung der automatischen Schiebetüren geht, habe ich schon vergessen, dass er irgendetwas von mir wollte.

Ich blicke ihm hinterher, bis er im Flughafengebäude verschwindet, und noch ein bisschen länger, falls er es sich anders überlegt und doch wieder herauskommt. Aber das tut er nicht. Natürlich nicht, immerhin hat er für den Flug viel Geld bezahlt – und nicht jeder verdammte Wunsch geht in Erfüllung.

Pascal

Los Angeles, Kalifornien

28 Micah wartet auf einer der Bänke in der Ankunftshalle auf mich. Er ist so sehr in seinen Lesestoff vertieft, dass er nicht mal merkt, wie ich mich neben ihn setze.

»Ist das wirklich ein Buch?«, frage ich ihn neckend. Er zuckt zusammen, klappt das Taschenbuch zu und versucht, es in seinen Rucksack zu stopfen, aber ich bin schneller und schnappe es mir. *» Wir sind das Klima«,* lese ich überrascht den Titel. »Interessante Wahl.«

»Ach, halt die Klappe.« Er nimmt mir das Buch ab, steckt es in seinen Rucksack und steht auf, um zum Ausgang zu gehen. Dabei pflückt er die Pilotensonnenbrille von seinem Kragen und setzt sie sich auf.

»Nein, wirklich.« Ich eile ihm hinterher. »Wenn du fertig bist, kannst du es mir ausleihen. Ich würde es auch gerne lesen.«

»Das ist nicht meins«, brummelt er und schiebt sich die Sonnenbrille auf die Nase, ehe die Türen vor uns aufgleiten.

»Von deiner Kollegin?«

»Von wem sonst?« Er wirft mir einen kurzen Blick zu. »Du siehst ausgeruht aus. Hattet ihr ein schönes Wochenende?«

»Hatten wir.« Ich kann ein breites Grinsen nicht unter-drücken, während meine Gedanken zu Holly wandern. »Es war wunderschön.«

»Du hast also mit ihr geschlafen, hm?«

»Ein Gentleman schweigt und genießt«, entgegne ich glücklich. Wir laufen zum Kurzzeitparkhaus, in dem Micah geparkt hat. Mittlerweile ist es in L.A. nicht mehr ganz so heiß, aber trotzdem ist die Luft hier deutlich stickiger als im Nationalpark. Verdammte Abgase.

»Du willst mir wirklich nicht verraten, ob das etwas Einmaliges war?«, hakt Micah ungläubig nach und legt eine Hand auf sein Herz. »Und hier stehe ich und denke, wir wären Brüder.«

Ich lache auf. »Netter Versuch, aber ich habe selbst keine Ahnung. Ich weiß, was ich will. Aber ob es auch das ist, was sie möchte, steht noch in den Sternen.«

»Was willst du denn?«

Ich atme tief ein und denke an das, was mich verfolgt, seit ich Holly in Sacramento allein gelassen haben. Das, was mir schon vorher ab und zu durch den Kopf gegeistert ist.

»Ich glaube, meine Reise ist vorbei«, erwidere ich schließlich.

Micah bleibt wie angewurzelt stehen und nimmt seine Sonnenbrille ab, um mich eindringlich zu mustern. »Ver-arschst du mich gerade? Was willst du damit sagen?«

Ich schüttle langsam den Kopf. »Ich überlege, dauerhaft in L.A. zu bleiben. Ich habe schon vor dem Wochenende darüber nachgedacht. Als wir uns wiedergesehen haben, das war … das tat einfach gut. Und jetzt, da wir auch wie-der mehr Kontakt haben, fühlt es sich irgendwie falsch an, all das in ein paar Wochen hinter mir zu lassen. Klar, ich liebe den Van und die Freiheit, aber… ich liebe euch mehr. Holly spielt in die Entscheidung auch rein, ja, aber in erster Linie möchte ich näher bei euch sein.«

Er starrt mich einen Augenblick stumm an, dann fängt er an zu grinsen und fällt mir um den Hals. Überrascht von seiner plötzlichen Herzlichkeit schließe ich die Augen und drücke ihn fest an mich. »Pascal, das ist großartig! Hast du schon nach einer Wohnung gesucht? Ich kann die anderen mal fragen, irgendwer…«

»Hey, mach mal halblang.« Lachend löse ich mich von ihm. »Lass mich erst mal den Tausch mit Holly zu Ende bringen, danach mache ich mir Gedanken, wie es weitergehen soll. Ich weiß zumindest, dass ich kein Apartment mitten in der Stadt haben will. Das ist mir zu laut.«

»Ein Häuschen in Pasadena vielleicht?«, überlegt Micah, während wir die Treppen im Parkhaus nehmen, um auf die richtige Etage zu gelangen. »Dad würde sich freuen, wenn du in seine Nähe ziehst.«

»Ich weiß nicht, ob das die richtige Wahl ist. Aber mir fällt schon was ein. Erst mal habe ich diese Woche noch genug zu tun.«

»DIY mit Epoxidharz, hm?«

»Du hast den Livestream gesehen?«, frage ich erstaunt. »Seit wann hast du Instagram?«

Er öffnet den abgerockten Toyota unseres Dads, und ich werfe meine Reisetasche auf die Rückbank.

»Quinn hat sich deinen Livestream angeschaut, als wir gemeinsam Dienst hatten, und ich habe ihr vielleicht ein kleines bisschen über die Schulter geguckt«, gesteht er und rutscht hinters Steuer. Ich setze mich auf den Beifahrersitz. »Seit ich ihr erzählt habe, dass mein Bruder eine kleine Internetberühmtheit ist, verfolgt sie jeden deiner Schritte. Ich sag's dir, mittlerweile glaube ich fast, dass sie dich besser kennt als ich.«

»Das bezweifle ich.« Denn egal, wie viel ich im Internet von mir zeige, die wirklich wichtigen Gedanken behalte ich meistens für mich. Die Schwierigkeiten mit meiner Familie, der Tod meiner Mutter, meine Gefühle für Holly... so was hat da draußen nichts verloren. Das gehört nur mir allein und den Menschen, die Bedeutung für mich haben.

»Also, Epoxidharz«, setzt Micah an. »Hast du noch nie gemacht, oder?«

»Ich habe keinen blassen Schimmer, was das ist.«

»Wie gut, dass dein Bruder die richtigen Leute kennt.«

★

»Das, Leute, ist mein Bruder Micah«, sage ich, als ich am nächsten Morgen in Dads Auto steige und die Kamera voll auf Micah ausrichte. »Sag Hallo, Micah.«

Micah sieht mich genervt an. »Muss das sein?«

»Du hast gesagt, du hättest die Lösung für mein DIY-Problem. Hättest dir doch denken können, dass ich mit der Kamera auftauchen würde.«

Er seufzt und setzt ein schiefes Grinsen auf. »So besser?«

»Perfekt!« Ich lache und drehe die Kamera so, dass sie einfängt, wie ich die Tür schließe und mich anschnalle. Dann richte ich sie auf mein Gesicht. »Also, mein kleiner Bruder ist kein Fan von den sozialen Medien, aber als er erfahren hat, dass ich für meine neue Wochenchallenge mit *Holly Wood's DIY* etwas aus Epoxidharz basteln soll, hat er seine Hilfe angeboten.«

»Weil ich ein guter Bruder bin«, fügt Micah hinzu. Ich lache und richte die Kamera noch mal auf sein Gesicht. Später werde ich ihn fragen müssen, ob ich die Sachen wirklich verwenden darf, aber bis dahin habe ich einfach ein bisschen Spaß mit ihm.

»Der beste Bruder, den es gibt,« bestätige ich lachend. »Also, willst du endlich das Geheimnis lüften und mir verraten, wohin wir fahren?«, frage ich ihn.

»Wir besuchen einen alten Kumpel aus dem College«, erklärt er. »Jonah hat eine Werkstatt in Venice Beach und stellt unter anderem Tischplatten und Wanddeko aus Epoxidharz her.«

»Tischplatten?« Ungläubig reiße ich die Augen auf. »Du verarschst mich doch, oder?«

Micah schüttelt lachend den Kopf. »Du wirst schon sehen. Die Sachen sind genial.«

»Nun, Freunde, ich bin echt gespannt und werde vermutlich aus dem Staunen nicht mehr herauskommen.« Ich beende die Aufnahme, lege die Kamera aufs Armaturenbrett und drehe mich halb zu Micah. »Ohne Witz, Mann, danke, dass du mir hilfst.«

»Merk dir das gut. Irgendwann fordere ich eine Gegenleistung dafür.«

»Ach, ich dachte, das wäre das Dankeschön dafür, dass ich mit Allegra geredet habe.«

»Pffft«, macht er. »Das nennst du reden? Der Schuss ist ja wohl nach hinten losgegangen.«

»Ja, leider.« Seufzend fahre ich mir mit einer Hand durchs Haar. »Denkst du, wir sollten diese Woche noch einen Versuch starten? Vielleicht zusammen mit Dad?«

»Dad da mit reinziehen?« Micah verzieht nachdenklich

das Gesicht. »Ich weiß nicht. Das könnte richtig schiefgehen. Eigentlich habe ich gerade das Gefühl, dass sowieso nichts klappen wird.«

»Hast du noch mal mit deinem Mitbewohner gesprochen? Vielleicht machen wir uns ja auch unnötig Sorgen, und die Sache hat sich längst geklärt.«

»Ben darf mir nichts erzählen. Er hat mich einmal gewarnt, aber mehr kann er nicht tun, eben weil durch Allegra eine Verbindung zu den Crips besteht. Sie ermitteln noch.«

»Verstehe.«

Während der Fahrt zerbrechen wir uns den Kopf darüber, was wir für unsere Schwester tun können, doch als Micah schließlich den Wagen in Venice Beach parkt, sind wir immer noch kein Stückchen weiter. Ich schalte die Kamera wieder ein und filme, wie wir aussteigen und uns auf den Weg zu Jonahs Werkstatt machen.

B-Roll filme ich am liebsten. Das sind die Clips, die viele Youtuber unterschätzen, weil sie denken, dass ihr Gesicht vor laufender Kamera ausreicht. Aber ein Video wird erst dann richtig gut, wenn das Bildmaterial die Message unterstreicht. Wenn es eine eigene Geschichte erzählt. Und wann immer ich diese scheinbar unwichtigen Aufnahmen für ein Video mache, habe ich das Gefühl, wirklich im Hier und Jetzt zu sein. Meine Umgebung *wirklich* wahrzunehmen. Das Rauschen der Wellen, die raschelnden Palmen, Touristen, die sich beim Anblick der bunten Häuschen an der Strandpromenade gar nicht wieder einkriegen, Gruppen von Jugendlichen, die schwere Taschen an den Strand schleppen, um sich dort einen schönen Tag zu machen.

»Ich habe ganz vergessen, was das für ein Gefühl ist, hier zu sein«, sage ich zu Micah. Er steht neben mir, die Hände lässig in die Taschen seiner Jeans geschoben, und sieht aus, als würde er den Anblick des gefüllten Strandes ebenso genießen wie ich.

»Da werden Kindheitserinnerungen wach, oder? Ich war auch schon eine Weile nicht mehr hier.«

»Absolut«, erwidere ich und stelle erstaunt fest, dass diese Erinnerungen nicht wehtun. Micah und ich sind früher oft in Venice gewesen, manchmal auch mit dem Rest der Familie. Wir haben Beachvolleyball gespielt oder sind um die Wette geschwommen, lange Tage im Sand, oft mit einer himmlisch duftenden Pizza zum Abendessen oder zumindest einem riesigen Eis in der Hand.

»Heute würden wir es wahrscheinlich hassen.« Micah deutet auf den Strand. »Guck dir mal an, wie voll es ist. War das früher auch schon so?«

Lachend mache ich einen letzten Schwenk über den Strand. »Bestimmt – und wahrscheinlich haben wir es früher schon gehasst, aber so ist das eben mit den Dingen, die man mit Sentimentalität betrachtet. Sie erscheinen einem immer besser, als sie es tatsächlich waren.«

»Ekelhaft, wie weise du geworden bist.« Micah stößt mir den Ellbogen in die Rippen und lacht. »Komm, Jonah wartet schon auf uns.«

Ich lache ebenfalls und folge ihm bis zur nächsten Ampel, damit wir die breite Straße überqueren können.

Jonahs Werkstatt befindet sich in einem hellblau gestrichenen Häuschen in einer der Seitenstraßen. Staunend betrachte ich die Schaufenster, in denen wahre Kunstwerke ausliegen. Tischplatten, eine schöner als die andere,

Uhren und weiterer Wandschmuck, Untersetzer und Tabletts, Schmuck, Lesezeichen, Notizbücher – es scheint fast, als könnte man aus Epoxidharz alles machen, wenn man nur weiß, wie es geht. Ein Schild über der Tür verrät uns in geschwungener Schrift, dass wir an der richtigen Stelle sind.

Jonah's Resin Art.

Ich mache ein paar Aufnahmen von außen, bis Micah sich ungeduldig räuspert, also stecke ich die Kamera schließlich weg und folge ihm hinein. Ein Glöckchen über der Tür kündigt unseren Besuch an.

Neugierig sehe ich mich um. Neben ein paar größeren Möbeln stehen hier auch ganz viele kleine Einzelteile herum, die anscheinend alle aus Epoxidharz gefertigt sind. Mein Blick bleibt an einem Strandbild hängen. Das untere Drittel sieht aus wie mit echtem Sand bedeckt, der Rest ist blau mit weißer Gischt.

»Das ist ein Foto, oder?«, frage ich überrascht und trete näher heran, bis ich erkennen kann, dass es sich dabei keinesfalls um ein Foto handelt. Die Farben scheint er mit dem klaren Harz gemischt zu haben, sie verlaufen fröhlich ineinander, verwirbeln, bis man nicht mehr erkennt, wo die eine anfängt und die andere aufhört. »O mein Gott, das ist wirklich gut.«

Mein Blick gleitet weiter zu all den anderen Kunstwerken in diesem Raum. Es gibt vieles im Meer-Look, dekoriert mit Muscheln und anderem Treibgut. In manche Teile hat Jonah Plastikreste eingearbeitet, die aussehen, als würden sie durch den Ozean treiben.

Ich lasse meine Finger über ein Schild mit dem Hinweis gleiten, dass ein Teil des Erlöses an eine Naturschutzorganisation gespendet wird, die Plastik aus den Ozeanen fischt. Sofort beschließe ich, heute nicht ohne leere Hände nach Hause zu gehen.

»Hallo, hallo, hallo!« Ein Hüne kommt aus der angeschlossenen Werkstatt und reibt sich die Hände an einem Handtuch ab. »Micah Moretti, das ist ja schon eine Ewigkeit her.«

Er grinst breit, tritt um den Tresen herum, um mit meinem Bruder einzuschlagen.

»Schön, dich zu sehen, Jonah. Das ist mein Bruder Pascal.«

»Ha, weiß ich doch.« Jonah kommt zu mir und bricht mir bei der Begrüßung fast die Hand. Er hat kurzes, blondes Haar und blaue Augen, in denen die Lebensfreude tanzt. »Der berühmte Pax Pacis − wobei ich zugeben muss, dass ich dich erst durch den Tausch mit Holly entdeckt habe.«

»Du kennst Holly?«, frage ich verblüfft nach.

»Nicht persönlich, aber ich gucke schon seit Jahren ihre Videos«, gibt er gelassen zu. »Wenn es sie nicht geben würde, gäbe es wohl auch dieses Geschäft nicht.«

»Was? Echt? Sie flippt bestimmt aus, wenn sie das erfährt. Hey, Jonah, würde es dir was ausmachen, wenn ich das in den nächsten Vlog einbaue?«

»Dein Ernst?« Er reißt die Augen auf. »Es wäre mir eine Ehre.«

Also filme ich, wie Jonah uns vom Beginn seiner DIY-Leidenschaft erzählt und davon, wie er irgendwann den Sprung gewagt und dieses Geschäft gegründet hat, nachdem sich die Sachen über seinen Online-Shop so gut verkauft haben. Er zeigt uns ein paar seiner Lieblingsstücke und führt uns durch die Werkstatt. Danach erklärt er, wie man Epoxidharz benutzt und es mit anderen Materialien verbindet. Ich schleppe die Kamera auf dem Stativ durch die Gegend und zeichne alles gewissenhaft auf. Eine gute Stunde später fragt Jonah mich schließlich, ob ich schon eine Idee habe, was ich für die Challenge machen will.

»Sicher«, entgegne ich, weil mir das schon innerhalb der ersten Minuten im Geschäft klar geworden ist. Micah und Jonah sehen mich neugierig an. »Ich werde einen Tisch bauen, und du darfst mir dabei helfen, Micah.«

Belustigt grinst er mich an. »Erst Holly, jetzt ich − gib doch einfach zu, dass du es allein nicht schaffst, berühmt zu werden.«

»Arsch«, entgegne ich mit ausgestrecktem Mittelfinger, aber das lässt ihn nur noch lauter lachen.

Holly

Napa Valley, Kalifornien

29 Mein Kopf dröhnt, als wäre ich wieder sechzehn und hätte am Abend zuvor zu heftig in meinen Geburtstag reingefeiert. Ich würde am liebsten im Bett liegen bleiben, aber Maevis macht mir einen Strich durch die Rechnung.

»Guten Morgen«, trällert sie fröhlich ins Telefon.

Ich stöhne und lasse mein Handy beinahe wieder fallen. »Zu laut.«

Sie lacht. »Was ist los? Hattest du nicht ein supergeniales, hoch motivierendes Wochenende mit Pascal?«

»Mh«, murmle ich, doch statt mich über das vergangene Wochenende zu freuen, werde ich bloß traurig darüber, dass ich nun zwei Wochen warten muss, bis ich Pascal das nächste Mal sehe.

»Und du hast schon wieder unser Meeting vergessen, oder?«

»Hab Erbarmen!«, bitte ich sie und reibe mir über die Augen. »Ich habe dich nicht vergessen, ich wusste nur nicht, dass es schon so spät ist. Ich saß gestern acht Stunden im Auto. Mein Kopf fühlt sich an, als würde er platzen.«

»Du Ärmste.«

»Ich rufe dich in fünfzehn Minuten zurück, okay? Tut mir leid, dass du warten musst.«

»Schon gut, ich beantworte in der Zeit einfach ein paar Mails«, erwidert sie beruhigend. Also lege ich auf, falle noch mal für einen Augenblick in die Kissen zurück und starre an die mit Holz verkleidete Decke. Trotz meiner Kopfschmerzen geht es mir einigermaßen gut. Ich fühle mich ruhiger, ausgeglichener. Als hätte das Wochenende mir ein Stück Gelassenheit zurückgegeben. Die Zeit mit Pascal tat gut, die Zweisamkeit, die Momente in der Natur, die Antworten auf all die Fragen, die ich mir in den letzten drei Wochen gestellt habe. Auch wenn das, was zwischen Pascal und mir passiert ist, zugleich tausend neue Fragen aufgeworfen hat.

Mal ganz abgesehen von all den Reaktionen auf unseren Livestream, die mich gestern beinahe dazu gebracht hätten, Instagram von meinem Handy zu schmeißen. So viele Hasskommentare habe ich schon lange nicht mehr an einem Tag bekommen, dabei haben wir noch nicht einmal bekannt gegeben, dass es zwischen uns gefunkt hat.

Ich öffne den Chat mit Pascal und sehe, dass er längst unterwegs ist. Er hat mir ein Foto von Micah und sich in Venice Beach geschickt. Die Ähnlichkeit zwischen den beiden Brüdern haut mich immer noch um. Micah ist zwar kleiner, aber dafür noch muskulöser. Kein Wunder, immerhin muss er für die Arbeit als Feuerwehrmann top-fit sein.

Seine Augen haben einen helleren Ton als Pascals, und er trägt einen kurzen, akkurat gestutzten Vollbart, was ihn etwas jünger wirken lässt. Er sieht sympathisch aus – und ich frage mich, ob ich ihn eines Tages kennenlernen werde.

Guten Morgen, Holly! Ich hoffe, du hast gut geschlafen und genießt deinen Tag im Napa Valley. Micah und ich sind in Venice Beach und besuchen einen alten College-Freund, der anscheinend weiß, was Epoxidharz ist und was ich damit anfangen kann. Sehr aufregend! Freu mich drauf, dich wiederzusehen. X Pascal

Seine Worte zaubern ein Lächeln auf mein Gesicht. Ich antworte ihm schnell, dann stehe ich auf, füttere Orlando, suche mir Kopfschmerztabletten und etwas zum Anziehen und bereite mich auf mein Gespräch mit Maevis vor.

Doch als ich den Laptop starten will, bleibt der Bildschirm schwarz.

»Was ...«, murmle ich irritiert und drücke erneut auf den Button, um meinen Laptop hochzufahren. Doch nichts passiert. Akku leer? Während ich mein Ladekabel suche und den Laptop anschließe, rufe ich Maevis zurück.

»Hey, da bist du ja. Also, erzähl mir alles. Ich will jedes Detail deines Wochenendes wissen.«

»Ich dachte, das wäre ein geschäftliches Meeting.« Ich mache mir etwas zum Frühstücken, um mich davon abzuhalten, ungeduldig einen schwarzen Bildschirm anzustarren. Der Akku braucht ein bisschen Zeit, um aufzuladen. Nach dem Frühstück funktioniert der Laptop bestimmt wieder.

»Und ich dachte, euer Wochenende wäre auch rein geschäftlich gewesen«, erwidert Maevis fröhlich. »Na los, wie war es? Hat er dir Gedichte vorgelesen? Habt ihr zusammen den Sternenhimmel bestaunt? Okay, ich weiß, dass ihr das getan habt, ich habe schließlich euren Livestream verfolgt. Aber bitte, *bitte* sag mir, dass da mehr zwischen euch war. Hat er dich geküsst?«

»Warum denkst du das?«, frage ich, um sie noch ein bisschen auf die Folter zu spannen.

»Hallo? Jeder Blindfisch sieht die Funken zwischen euch. Die Chemie stimmt einfach. Eure Zuschauer shippen euch nicht umsonst so sehr.«

»Nun…«

»Nuuuun?«

»Es könnte sein, dass das mehr Privatvergnügen als Geschäftsmeeting war«, gebe ich zu und stelle meine Müslischale neben den Laptop. Orlando hat sein Frühstück in der Zwischenzeit längst aufgegessen und macht es sich auf der zerwühlten Bettdecke bequem.

»Ich hab's gewusst!«, jubelt Maevis lautstark. »Von wegen ›Ich brauche keinen Mann, um glücklich zu sein‹.«

»Brauche ich auch nicht!« Ich setze mich an den Tisch und versuche, noch einmal meinen Laptop einzuschalten. Mit angehaltenem Atem warte ich darauf, dass etwas passiert.

Aber es tut sich nichts. Der Bildschirm bleibt schwarz. Scheiße.

»Holly? Was ist los? Freust du dich denn gar nicht?«

»Mein Laptop ist kaputt.«

»Was?« Überrascht hält Maevis inne. »Das nenne ich mal einen gekonnten Themenwechsel. Wie ist das passiert?«

»Ich weiß es nicht. Er springt einfach nicht mehr an.« Nachdem ich überprüft habe, ob ich das Ladekabel wirklich richtig eingesteckt habe, versuche ich es noch einmal. Aber es ist zwecklos. »Ich glaube, er ist hinüber.«

»Mist! Und dein Manuskript?«

»Ich habe eine Sicherung in der Cloud.« Seit der Nummer mit der Festplatte damals sichere ich alles doppelt und dreifach, es ist also nicht so schlimm, aber …

Frustriert lasse ich mich zurück in den Sitz sinken und rufe mir ins Gedächtnis, dass es nicht meine Schuld war, dass die Festplatte damals zerstört wurde. Das hat Jackson getan. Für Leslie.

Ich versuche, mich zu erinnern, woran ich zuletzt gearbeitet habe. Aber es will mir nicht einfallen, weil ich am Wochenende gar nichts daran gemacht habe.

»Wie alt ist der Laptop denn?«, fragt Maevis. »Vielleicht wird es einfach Zeit für einen neuen.«

»Zwei Jahre? Zweieinhalb. Ich habe ihn gekauft, kurz bevor ich nach L.A. gezogen bin.«

»Hm, also nicht so alt. Vielleicht ist es ja nur ein kleiner Defekt, den du leicht reparieren lassen kannst.«

»Ja, vielleicht.« Ich weiß nicht, woran es liegt, aber die Sache bereitet mir Bauchschmerzen, und ich habe ein ungutes Gefühl. Der kaputte Laptop ist kein großes Drama, alle meine Dateien sind gesichert, und an den Kosten liegt es auch nicht. Klar wäre es ärgerlich, dafür jetzt mehrere Hundert Dollar hinblättern zu müssen oder mir sogar ein neues Gerät zu kaufen, aber das wäre nichts, was mein Konto nicht verkraften würde.

Wieso also fühlt es sich wie ein Schlag in die Magengrube an?

»Süße, ich weiß, dass dich das jetzt belastet, aber wir müssen wirklich dringend über ein paar Dinge sprechen«, erinnert mich Maevis sanft und reißt mich damit für einen Moment aus meinem Gedankenchaos. »Ich würde dir wirklich gerne Zeit geben, aber ich habe diese Woche so viele Termine, dass wir jetzt jede Minute nutzen sollten.«

»Klar, nein, alles gut.« Ich klappe den Laptop zu, hole mir stattdessen mein Bullet Journal und mein Stiftemäppchen und öffne die Tür, um mich auf die Treppe zum Van zu setzen und ein bisschen frische Luft zu tanken. »Okay, schieß los, was hast du für mich?«

★

Zwei Stunden später ist von der guten Laune vom Wochenende nicht mehr viel übrig. Mein Kopf fühlt sich immer noch an, als würde er jeden Moment platzen, mein Laptopbildschirm bleibt schwarz, und jetzt tut vom vielen Mitschreiben auch noch mein Handgelenk weh. Zwei Sponsoren sind abgesprungen, weil ihnen der neue Look meines Instagram-Feeds nicht gefällt, ein Dritter hat das Budget drastisch gekürzt, weil er im ersten Halbjahr nur rote Zahlen geschrieben hat. Außerdem hat mich Maevis ermahnt, trotz all der Aufregung meine Zuschauer nicht zu vergessen und die Beziehung zu ihnen zu pflegen.

Ich lege mein Bullet Journal neben mich, blicke eine Weile hinaus auf die weinbedeckten Hügel des Napa Valleys und lasse die unglaubliche Weite der Landschaft auf mich wirken. Gestern Abend habe ich noch einen guten Stellplatz gefunden, den ich ganz für mich allein habe. Die Luft ist erfrischend und tut mir gut. Es ist kühler geworden, aber dennoch warm genug, um ohne Jacke draußen zu sitzen. Irgendwo zwitschern ein paar Vögel, doch ansonsten ist es ruhig.

Seufzend lehne ich meinen schmerzenden Kopf gegen den Türrahmen und versuche, mich auf die positiven Dinge in meinem Leben zu konzentrieren. Ich denke an

Pascal und unser Wochenende, daran, wie wir miteinander geschlafen haben, wie er mich gehalten hat, als wäre ich das Kostbarste, das er je in den Händen hatte. Ich denke an die Geschichten, die er mir erzählt hat, und den Trost, den er mir gespendet hat, als ich ihn so dringend brauchte. Und ich denke an seine Mom und daran, wie traurig es ist, jemanden, der einem so viel bedeutet, so früh zu verlieren.

Und dann denke ich daran, wie er auf der Fahrt zum Flughafen meinen Laptop genommen hat, um nach seinem Flug zu schauen.

Schlagartig sind die Bauchschmerzen wieder da – und jetzt weiß ich auch, wieso.

★

»Das Logicboard ist hinüber«, sagt der Typ hinter dem Verkaufstresen mit einer Miene wie drei Tage Regenwetter. »Wir können es austauschen, aber das ist sehr teuer. Eigentlich ein Totalschaden. Haben Sie schon drüber nachgedacht, sich ein neues Gerät zuzulegen?«

»Können Sie mir sagen, wie das Logicboard kaputtgegangen ist?«, frage ich, ohne auf seinen schwachen Verkaufsversuch einzugehen. Einen neuen Laptop muss ich sowieso mitnehmen, aber vorher will ich wissen, was passiert ist.

»Puh, das könnte verschiedene Gründe haben.« Der Mann zuckt mit den Schultern. »Unsachgemäße Nutzung, Hardwarefehler, vielleicht ist es auch einfach ein fehlerhaftes Gerät. Soll vorkommen.«

»Unsachgemäße Nutzung?«

»Benutzen Sie Ihr Laptop oft im Bett?«

Verwundert runzle ich die Stirn. »Gelegentlich. Warum?«

»Na, da haben Sie's.« Der Mann klatscht in die Hände, als hätte er einen Heureka-Moment. »Unsachgemäße Nutzung. Meistens liegt der Fehler nicht im Gerät selbst, sondern am Nutzer.«

Ich rümpfe die Nase. »Ich achte aber schon darauf, dass das Gerät nicht zu heiß wird.«

»Dann liegt es vielleicht doch am Laptop«, erwidert er gelassen – und ich fühle mich auf den Arm genommen. »Wollen Sie direkt einen neuen mitnehmen? Zur Sicherheit können Sie unsere erweiterte Garantie direkt dazukaufen.«

Hat er gerade versucht, einen Witz zu machen, frage ich mich verwundert, doch der Verkäufer bleibt bei seiner ausdruckslosen Miene.

»Greift die Garantie dann auch bei unsachgemäßer Nutzung?«

»Das kommt ganz drauf an.« Er verzieht das Gesicht zu etwas, was wohl ein Lächeln sein soll. »Ich drucke Ihnen die Garantie-Bedingungen gerne aus, dann können Sie sich selbst ein Bild machen.«

Ich schaffe bloß noch ein Nicken, zu mehr bin ich nach diesem Gespräch einfach nicht mehr imstande. Er verschwindet im Hinterzimmer, während ich mich im Geschäft umsehe, um mir einen neuen Laptop auszusuchen.

Am liebsten würde ich gar keinen mitnehmen und mir mit der Auswahl mehr Zeit lassen. Aber da ich dringend an meinem Buch weiterarbeiten muss, bleibt mir gar nichts anderes übrig, als so schnell wie möglich einen Ersatz zu kaufen.

Eine halbe Stunde später und viele Hundert Dollar ärmer verlasse ich das Geschäft und lasse mich noch eine Weile durch das Shoppingcenter in Santa Rosa treiben. Mir ist zwar nicht nach Einkaufen zumute, aber die Einsamkeit und Stille im Van ist mir gerade auch zu viel. Meine Gedanken kreisen um Pascal, und irgendwie schäme ich mich dafür, dass ich für einen winzigen Moment gedacht habe, er könne meinen Laptop mutwillig zerstört haben.

Ich wünschte, ich könnte den Gedanken rückgängig machen. Ihn einfach verschwinden lassen. Aber auch wenn ich mir jetzt sicher bin, dass er nichts damit zu tun hatte, fühle ich mich nicht besser. Ich habe es ihm für einen kleinen Augenblick unterstellt. Ihm nicht vertraut, wie ich ihm vertrauen sollte – vor allem nach unserem gemeinsamen Wochenende.

Er hat sich mir gezeigt, mir offenbart, wer wirklich hinter Pax Pacis steckt, wie verletzlich er ist. Und trotzdem kommen mir bei der erstbesten Gelegenheit Zweifel, weil Jackson und Leslie so viel kaputt gemacht haben.

Niedergeschlagen kehre ich zum Van zurück, um mir etwas zum Abendessen zu machen und meinen neuen Laptop einzurichten. Ich ignoriere mein Handy, obwohl Pascal mit Sicherheit ungeduldig auf eine Nachricht von mir wartet. Aber es fühlt sich an, als hätte sich ein Riss zwischen uns aufgetan. Ein kleiner Riss, fast unsichtbar, vor allem für Pascal, dennoch kommt er mir in diesem Augenblick unüberwindbar vor.

Pascal

Los Angeles, Kalifornien

30 Als ich um sechs Uhr morgens aufwache, bin ich alles andere als ausgeschlafen, aber meine Gedanken wandern sofort zurück zu Holly. Ich nehme mein Handy, rufe den Chat mit ihr auf und sehe, dass sie mir immerhin mitten in der Nacht noch geantwortet hat.

Sorry, mir geht's gut. Verrückter Tag. Schlaf gut.

Nicht gerade beruhigend, nachdem ich den ganzen Montag über versucht habe, ihr mit meinen Nachrichten eine Reaktion zu entlocken. Sie hat nicht einmal darauf reagiert, dass ich mich schon darauf freue, sie wiederzusehen.

Was, wenn ich ihr zu vorschnell war? Oder sie nicht das Gleiche empfindet wie ich?

Seufzend stehe ich auf, lege mein Handy auf den Nachttisch und ziehe mich an. Seit ich zurück in L.A. bin, fühlt es sich an, als würde mein Kopf keine Pause mehr einlegen. Meine Gedanken hetzen von einem Punkt zum anderen, es ist, als würde sich der Großstadttrubel auf meine Denkweise übertragen. Wo vorher Klarheit und Fokus herrschte, ist jetzt bloß Chaos.

Und dagegen komme ich nicht mal mehr mit einer Meditation an.

Ich schnüre meine Schuhe, stecke Handy, Geld und die Hausschlüssel ein und mache mich dann auf den Weg nach draußen. So früh ist die Luft noch herrlich frisch, und der Verkehr hält sich in Grenzen. Das wird sich schon bald ändern, aber für die paar Minuten genieße ich die unvollkommene Ruhe, die mir die Stadt zu bieten hat, und versuche, wieder Ordnung in meine Gedanken zu bringen.

Micah und ich machen Fortschritte. Hollys Rat, ehrlich mit ihm zu sein, ihm zu sagen, was ich fühle, hat geholfen. Gemeinsam zu Jonah zu fahren und die Sachen für das DIY-Projekt zu besorgen, hat uns etwas gegeben, worüber wir unsere Beziehung erneut aufbauen können – und ich freue mich darauf, meinen Bruder heute Nachmittag wiederzusehen und mit dem Projekt anzufangen.

Allegra hingegen reagiert überhaupt nicht mehr auf meine Nachrichten oder Anrufe. Das wird noch dauern, bis sie nicht mehr wütend auf uns ist. Aber egal, wie nachtragend sie ist, irgendwann wird sie den Weg zurück in unser Leben finden. Da bin ich mir sicher.

Nur Holly … Holly bereitet mir Bauchschmerzen. Ich habe das Gefühl, etwas falsch gemacht zu haben, aber ich komme nicht darauf, was es sein könnte. Habe ich etwas gesagt, was sie verletzt hat? Bereut sie, was zwischen uns gelaufen ist? Das gemeinsame Wochenende war wunderschön, sie war glücklich, das haben mir zumindest ihre Augen verraten – und normalerweise täusche ich mich darin nie.

Also was ist passiert, dass sie sich mir plötzlich so verschließt und auf Abstand geht?

Ich wünschte, Mom würde noch leben. Ich wünschte, ich könnte mich an den Esstisch setzen, mir von ihr einen Kaffee kochen lassen und sie fragen, ob Gefühle immer so kompliziert sind. Was würde sie mir wohl antworten?

Ein paar Schritte weiter steigt eine Frau aus einem Taxi, und mir bleibt für einen Augenblick das Herz stehen. Sie sieht aus wie eine jüngere Version von Mom.

Keine Ahnung, ob mir meine Augen nun schon Streiche spielen oder ob mir das Universum ein Zeichen schickt, aber ich sprinte los und strecke eine Hand hoch in die Luft.

»Warten Sie«, rufe ich, bevor sie die Tür zur Rückbank schließen kann. »Ich nehme das Taxi.«

Die Frau blickt irritiert in meine Richtung, aber ihre Gesichtszüge werden weich, als sie versteht, was ich will. Sie beugt sich nach vorn, um dem Fahrer Bescheid zu geben, und als ich etwas außer Atem bei ihr ankomme, lächelt sie mich an.

»Danke«, sage ich und stelle überrascht fest, dass sie von Nahem überhaupt nicht aussieht wie Mom. Sie wünscht mir einen angenehmen Tag und verschwindet. Ich rutsche auf die Rückbank und nicke dem Fahrer im Rückspiegel zu. »Zum Mountain View Cemetery«, bitte ich ihn.

★

Auch heute tragen mich meine Beine wie von selbst zu Moms Grab. Ich schiebe die Hände in die Hosentaschen, begrüße alle, die mir entgegenkommen, mit einem knappen Nicken und versuche, den Knoten in meiner Kehle nicht zu dick werden zu lassen.

Als ich ihr Grab erreicht habe, nehme ich die mittlerweile vertrockneten Dahlien herunter und lege sie neben mich auf den Boden. Irgendwie stimmt es mich traurig, dass seit meinem letzten Besuch niemand mehr hier gewesen ist.

»Hey, Mom«, sage ich leise. »Tut mir leid, dass ich es nicht eher geschafft habe. Ich könnte deinen Rat gebrauchen.«

Ich schaue über meine Schultern, um sicherzugehen, dass mir niemand zuhört und mich für verrückt erklärt, dann erzähle ich Moms Grabstein alles, was mich gerade beschäftigt. Es tut gut, mir die Dinge von der Seele zu reden. Den Bruch mit meinen Geschwistern, die einsamen Stunden im Van, die Wende, die mit der Nachricht von Maevis kam. Meine Gefühle für Holly, die ich nicht einsortieren kann, weil wir immer einen Schritt vor und zwei zurück machen.

»... und jetzt verschließt sie sich wieder vor mir.« Mittlerweile sitze ich im Schneidersitz vor Moms Grabstein. »Ich wünschte, ich wüsste, woran ich bei ihr bin. Du hast mir beigebracht, über meine Gefühle zu reden, aber ... was, wenn ich sie damit verschreckt habe? Ich meine, was, wenn ihr das zu viel war?«

»Gott, Pascal, hast du wirklich so mit ihr geredet?«, ertönt plötzlich eine Stimme. »Kein Wunder, dass sie sich nicht mehr meldet.«

»Was?« Ich fahre herum und entdecke Allegra, die mit ein bisschen Abstand hinter mir stehen geblieben ist und offenbar schon eine Weile zuhört. Mit der schwarzen Jeans, ihrer dunkelblauen Bluse und den hohen Schuhen sieht sie aus, als hätte sie sich für eine Abendveranstaltung zurechtgemacht. »Wie lange stehst du schon da?«

»Lange genug.« Sie schnaubt und kommt näher, da sehe ich, dass sie geweint hat. Ihr Make-up ist verschmiert, auch wenn sie sich offenbar Mühe gegeben hat, die Wimperntusche wegzuwischen. »Hey, Mom, hör nicht auf ihn. Er muss sich dringend ein paar Eier wachsen lassen, dann lösen sich seine Probleme im Nu in Luft auf.«

»Ey!«

»Was denn? Ist doch so.« Allegra lacht trocken auf. »Hör auf rumzujammern und ruf sie einfach an. Sie wird dir schon sagen, was los ist.«

»Hmpf«, mache ich, aber Allegras Gesichtsausdruck ist Grund genug, um erst einmal nicht weiter über Holly nachzudenken. »Was ist passiert?«

»Das interessiert dich doch sowieso nicht.« Sie umfasst ihre Handtasche fester. »Ich komme einfach später wieder.«

»Lela, warte«, rufe ich, als sie sich umdreht, um zu gehen. Ich eile ihr hinterher und bekomme sie am Arm zu fassen. In ihren Augen wallen Tränen auf. »Was ist los?«, frage ich noch einmal mit mehr Nachdruck. »Bitte rede mit mir!«

Einen Augenblick lang sträubt sie sich, aber dann überrascht sie mich mit einer Umarmung. Ich lege meine Arme um ihre bebenden Schultern und streichle ihr tröstend über den Rücken.

»Ihr hattet recht«, schluchzt sie. »Mit Logan.«

»Wieso das denn? Hat er ... Gott, hat er dir wehgetan?« Ich fasse sie an den Schultern, schiebe sie ein Stück zurück, um sie aufmerksam zu betrachten.

Sie schnieft und schüttelt den Kopf. »Als ich gestern Abend nach Hause gegangen bin, habe ich ihn mit jemandem sprechen gehört. Wir waren zum Essen verabredet, aber ich bin ein bisschen spät dran gewesen, weil ich noch mal zurück in die Bibliothek musste. Er stand vorm Wohngebäude und hat telefoniert.« Allegra verzieht schmerzerfüllt das Gesicht. »Ich … Ich weiß nicht genau, aber das hörte sich nicht an, als würde er aussteigen wollen.«

»Okay, und dann? Hast du ihn konfrontiert?«

Sie schüttelt den Kopf. »Ich bin gegangen.« Dann holt sie ihr Handy aus der Tasche und zeigt mir, wie viele Anrufe seit gestern bei ihr eingegangen sind. Logan hat siebenundzwanzig Mal versucht, sie anzurufen. Das nenne ich mal hartnäckig. »Ich habe keines der Gespräche angenommen, aber ich glaube, er ahnt, dass ich etwas weiß, und hat Angst, dass ich ihn bei der Polizei anschwärze.«

»Shit. Hat er dir auch geschrieben?« Beunruhigt blicke ich mich um. Hoffentlich weiß er nicht, wo sie ist.

Sie nickt und öffnet ihren Messenger. »Er will unbedingt in unser Zimmer. Belly ist gerade in Phoenix und besucht eine alte Schulfreundin. Ohne mich kommt er nicht rein.«

Ich runzle die Stirn. »Hört sich an, als hätte er dort etwas versteckt.«

»Das vermute ich auch.«

»Auf jeden Fall kannst du dorthin nicht zurück, bis das nicht geklärt ist«, beschließe ich besorgt. »Wir sollten bei Micah anrufen. Vielleicht hat er eine Idee, was wir tun können, um dich zu schützen.«

Sie beginnt wieder zu weinen. Ich ziehe sie in meine Arme, lege mein Kinn auf ihren Kopf und halte sie fest. »Das wird schon wieder«, flüstere ich ihr beruhigend zu.

Mein Blick fällt auf Moms Grabstein. »Ich lass nicht zu, dass dir was geschieht, Lela.«

★

»Du wirst auf keinen Fall zurück ins Wohnheim gehen«, sagt Micah entschieden und verschränkt die Arme vor der Brust. »Am besten wechselst du sogar die Universität.«

»Das meinst du nicht ernst, oder?«, frage ich leise nach, aber mein Bruder sieht nicht aus, als würde er Witze machen.

Allegra sitzt auf Micahs Couch, umklammert eine dampfende Tasse Kaffee und blickt müde aus dem Fenster. Unter ihren Augen liegen dunkle Schatten. Sie muss schon länger als vierundzwanzig Stunden wach sein.

»Die Crips sind gefährlich.« Micah lässt die Arme sinken und setzt sich neben Allegra. Er legt eine Hand auf ihr Knie. »Wenn Logan dort irgendwem erzählt hat, dass ihr zusammen seid, läufst du mit einer Zielscheibe auf deinem Rücken herum. Solange wir nicht wissen, in welche krummen Geschäfte er verwickelt war, hältst du dich also besser so fern wie möglich vom Gebiet der Gang.«

»Die USC liegt doch aber nicht mal in der Nähe von deren Territorium«, werfe ich ein. Ich kann Micahs Überlegung verstehen, aber unsere Schwester aus ihrem gewohnten Umfeld zu reißen, ist ... vielleicht ein bisschen überstürzt. »Zumindest war das vor zwei Jahren noch nicht so.«

»Liegt sie auch heute nicht, aber die UCLA wäre weiter entfernt. Oder vielleicht schaust du dir mal das Studienprogramm in Sacramento oder San Francisco an?«, schlägt Micah vor.

»Hast du den Verstand verloren?«, fragt Allegra schrill und fuchtelt so heftig mit der Kaffeetasse, dass die Flüssigkeit beinahe überschwappt. »Ich werde weder die Stadt wechseln noch die Universität. Ich habe endlich etwas gefunden, was mir Spaß macht. Das werde ich bestimmt nicht aufgeben.«

»Aber …«

»Vergiss es, Micah. Ich suche mir gerne eine neue Wohnung und breche meinetwegen auch den Kontakt zu Belly ab, aber ich werde mich bestimmt nicht für den Rest meines Lebens verstecken«, unterbricht sie ihn.

Micah seufzt und blickt Hilfe suchend zu mir, aber ich zucke bloß mit den Schultern. Dieses Mal bin ich auf Allegras Seite.

»Lasst uns erst mal mit Ben reden, okay?«, lenkt Micah schließlich ein. »Er wird die Situation besser einschätzen können und weiß mit Sicherheit auch, wie wir dich da raushalten können.«

»Und wenn er mich verhaftet?«, fragt Allegra nervös.

»Wird er nicht.« Er knufft ihr Knie. »Wenn du ihm erzählst, was du uns erzählt hast, wird er dir helfen. Wenn es aber einen Grund gibt, wieso wir nicht die Polizei einschalten sollten, musst du uns diesen jetzt nennen.«

»Hallo? Wie lange kennen wir uns jetzt?« Sie verschränkt die Arme vor der Brust. »Denkst du wirklich, ich wäre da in etwas verwickelt?«

»Na ja, wenn ich ganz ehrlich bin, habe ich nicht das Gefühl zu wissen, was gerade in deinem Leben abläuft, Lela«, gesteht Micah. »Ich weiß, dass du nicht mehr zur Psychologin gehst – und es ist auch okay für mich, wenn du das Geld, das wir dir jeden Monat geben, für etwas anderes brauchst. Aber ich frage mich schon, wofür du es ausgibst.«

Sie seufzt und vergräbt das Gesicht in ihren Händen. »Ich kann nicht glauben, dass meine eigenen Brüder denken, ich würde mein Geld für Drogen rauswerfen.« Sie hebt den Kopf wieder und funkelt Micah wütend an. »Ich habe die Therapie abgebrochen, weil sie mich nicht weitergebracht hat. Und das Geld ist kein Drogengeld, das kannst du mir glauben.«

»Okay.« Er hebt beschwichtigend die Hände.

»Okay?« Sie runzelt die Stirn. »Einfach: okay?«

Er zuckt mit den Schultern. »Ja, okay. Du bist uns keine Rechenschaft schuldig, wofür du dein Geld brauchst. Es steht dir zu, und wenn du davon etwas bezahlst, was dir mehr bringt als eine Therapie, dann ist das okay.«

Allegra sieht ihn verwirrt an – und auch ich frage mich, was plötzlich mit Micah los ist. Sonst will er doch immer alles ganz genau wissen.

»Ben dürfte jeden Moment nach Hause kommen«, sagt Micah und sieht mich an, als hätte er eine grandiose Idee. »Ich habe einen Bärenhunger. Ihr auch?«

»Ein paar Pancakes wären nett«, stimmt Allegra zu. Sie setzt ein zuckersüßes Lächeln auf. Erwartungsvoll blicken meine Geschwister mich an.

»Echt jetzt?« Ich stöhne auf. Waren wir nicht gerade noch in eine lebenswichtige Diskussion verwickelt? »Wieso muss ich Frühstück besorgen?«

»Weil du der Älteste bist«, entgegnet Micah mit einem Grinsen und greift in seine Tasche, um mir seine Schlüssel zuzuwerfen. »Dads Auto steht vor dem Haus. Ist dein Glückstag.«

»Sehr witzig«, grummle ich, mache mich aber trotzdem daran, ihre Bestellung in mein Handy zu tippen, um nichts zu vergessen. Bevor ich das Apartment verlasse, deute ich aber noch mal drohend auf die beiden. »Hier wird keine Entscheidung ohne mich getroffen. Klar?«

»Jawohl, Sir.« Micah salutiert, verdreht dabei aber die Augen. »Keine Sorge, als ich das letzte Mal nachgesehen habe, hatte ich schon Bartwuchs. Ich mache keine Dummheiten mehr.«

»Nur weil man einen Bart trägt, ist man nicht automatisch erwachsen«, mischt sich nun auch Allegra ein und zerzaust ihm die Haare. Auf ihren Lippen liegt ein verschmitztes Lächeln, eines, das ich schon Ewigkeiten nicht mehr gesehen habe, und mir wird klar, dass − egal, wie beschissen die Situation gerade ist − wir endlich wieder eine Familie sind.

★

Angespannt warte ich darauf, dass Holly den Anruf annimmt. Als sie es endlich tut, bin ich fast ein bisschen überrascht.

»Holly?«

»Ja?« Sie lacht leise auf. »Du hörst dich verwundert an. Wolltest du eigentlich jemand anderes anrufen?«

»Nein«, schiebe ich schnell hinterher. »Sorry. Ich sitze gerade im Auto. Ich wurde beauftragt, Frühstück zu besorgen.«

»Von wem?«

»Allegra und Micah. Wir haben gerade eine kleine Familienkrise«, erkläre ich ihr.

»O nein, was ist passiert?«

Ich überlege kurz, wie viel ich ihr von Allegras Problem erzählen kann, aber weil ich Holly mit allem vertrauen würde, entscheide ich mich für die ganze Geschichte. Sie hört aufmerksam zu, stellt ein paar Fragen und flucht einige Male. »Deswegen habe ich mich heute noch nicht gemeldet«, sage ich schließlich. »Eigentlich wollte ich heute Morgen schon bei dir anrufen.«

»Und mich fragen, was los ist?«

»Das heißt, es *ist* etwas los?«

Sie seufzt. »Ich muss mich bei dir entschuldigen, Pascal.«

Ich runzle die Stirn und trete auf die Bremse, um noch vor der Kreuzung anzuhalten – und nicht erst mittendrauf. »Wieso das denn?«

»Als ich gestern meinen Laptop anmachen wollte, war er kaputt. Ist einfach nicht mehr angesprungen. Und dann ist mir eingefallen, dass du ihn zuletzt benutzt hast, um nach deinem Flug zu sehen«, erklärt sie zögerlich.

»Er funktionierte noch einwandfrei, als ich ihn benutzt habe«, erwidere ich verwirrt.

»Ich weiß, ich ... Nach allem, was mit Jackson und Leslie geschehen ist, dachte ich ...«

Mir wird sofort klar, was sie da andeuten will. »Du dachtest, *ich* hätte ihn kaputt gemacht?«

»Ich weiß, und es tut mir so leid, Pascal. Ich habe dir nicht vertraut, obwohl du mir nie einen Anlass gegeben hast, an deinen Absichten zu zweifeln.«

Ich kann nicht glauben, dass sie wirklich denkt, ich könnte etwas so Hinterhältiges machen. Sie auf so gemeine Art und Weise zu betrügen. »So etwas würde ich niemals tun, Holly.«

»Weiß ich doch«, flüstert sie erstickt in den Hörer. Ich suche mir eine Stelle am Straßenrand, weil ich mich gerade nicht mehr auf den Verkehr konzentrieren kann. Nicht, wenn Holly und ich ein solches Gespräch führen. »Ich weiß auch nicht, wieso ich das überhaupt gedacht habe. Ich glaube, Leslie und Jackson haben so viel kaputt gemacht. Ich denke, ich bin einfach noch nicht bereit für etwas Neues.«

Ihre Worte dringen zwar zu mir durch, aber ich verstehe sie nicht. Verwirrt fahre ich mir mit einer Hand durchs Haar und stelle den Motor aus.

»Ich mag dich wirklich gern, Pascal«, fährt Holly fort. »Du hast so viel durchgemacht, und ich will dir nicht noch mehr wehtun. Du hast jemanden verdient, der sich voll und ganz auf dich einlassen kann.«

»Ist das jetzt ein Es-liegt-nicht-an-dir-sondern-an-mir-Gespräch?«, frage ich. Mein Tonfall klingt schärfer als beabsichtigt, aber ich kann nicht anders. Es macht mich traurig, dass sie mir nicht vertraut, und es macht mich verdammt noch mal wütend, dass sie denkt, sie wäre nicht gut genug. »Wir haben ja noch nicht mal darüber gesprochen, was das zwischen uns überhaupt ist.«

Sie schluckt hörbar. Dass sie nicht widerspricht, ist Antwort genug.

Ich atme schwer aus und lehne den Kopf mit geschlossenen Augen gegen die Nackenstütze. Meine Hände zittern, mir ist übel, und ich erinnere mich für einen Moment daran zurück, wie ich mich von meiner ersten Freundin getrennt habe. *Es liegt nicht an dir, sondern an mir.* So ein Scheißspruch, echt.

Ich schlucke den Kloß in meinem Hals hinunter, versuche, einen klaren Kopf zu bewahren, aber die Enttäuschung in mir ist groß. »Kann ich dich etwas fragen?«

»Alles, was du willst.«

»Als wir uns am Sonntag voneinander verabschiedet haben ... hast du da gehofft, unsere Geschichte würde weitergehen?« *Oder war dir da schon klar, dass du mich abservieren willst,* schießt es mir durch den Kopf, und ich hasse mich für den Gedanken, hat sie mir doch gerade erst gestanden, dass sie Probleme damit hat, Vertrauen aufzubauen. Und, Scheiße, ich kann es ja sogar verstehen. Wäre ich so hintergangen worden, würde es mir vermutlich ähnlich gehen, aber ...

»Schon, ja ... Ich weiß nicht. Wie soll das gehen?«, beginnt sie, und ich kann hören, wie sie mit den Tränen ringt. »Sieh uns doch an: Wir sind so unterschiedlich. Das würde niemals funktionieren, selbst wenn wir es wollten.«

»Und du willst es nicht«, beende ich ihren Satz entmutigt und balle die Hände zu Fäusten, bis es wehtut, weil es das Einzige ist, was meine Tränen zurückhält. »Schon verstanden.«

»Pascal ...«

»Ich muss los, Holly. Wir schreiben uns wegen der Wochenaufgaben ja sicher noch.«

»Aber ...«, setzt sie an und verstummt. Einen Moment lang bin ich zuversichtlich, dass sie noch etwas sagen wird, was die Situation zum Guten wendet. Doch dann spricht sie weiter und macht alle meine Hoffnung zunichte. »Es tut mir leid, dass ich nicht die bin, die du in mir gesehen hast.«

Holly

Napa Valley, Kalifornien

31 Zum Klang von *Conversations in the Dark* tippe ich die letzten Worte meiner Danksagung. Sie ist länger geworden als erwartet, denn irgendwie gibt es – trotz meiner Einsamkeit an manchen Tagen – viele Menschen in meinem Leben, die Bedeutung für mich haben. Jetzt, da ich die Namen meiner Familie auf dem weißen Bildschirm vor mir sehe, merke ich wieder, wie sehr sie mir fehlen – und wie sehr ich mich auf meinen Geburtstag freue, weil sie mich dann endlich besuchen kommen.

Auch Pascal habe ich in die Danksagung aufgenommen. Wäre er nicht gewesen, hätte ich dieses Buch vielleicht niemals beendet – und das allein hätte eigentlich eine Erwähnung an erster Stelle verdient.

Meine Gedanken driften zu unserem Telefonat zurück. Ich weiß nicht mal, was in mich gefahren ist. Eigentlich wollte ich mich bei ihm entschuldigen, weil ich ihn unter Verdacht hatte, und plötzlich sprangen da Worte über meine Lippen, die ich überhaupt nicht vorgesehen hatte. *Es liegt nicht an dir, sondern an mir.* So ein abgedroschener Spruch und so verletzend, auch wenn er in meinem Fall sogar stimmt. Denn Pascal ist perfekt.

Ich bin diejenige, die ihr Leben nicht im Griff hat. Die

es nicht hinbekommt, sich auf etwas Neues einzulassen, weil sie so große Angst davor hat, wieder betrogen zu werden.

Ich seufze und zwinge mich dazu, die Danksagung noch einmal zu überprüfen. Als ich mir sicher bin, dass ich niemanden vergessen habe – ich habe sogar Asher aus dem Supermarkt in die Liste aufgenommen –, speichere ich das Dokument unter einem neuen Dateinamen ab: *Wood – Upcycling: Wie du alten Lieblingsstücken ein neues Leben schenkst – final.*

»Wow«, flüstere ich ehrfürchtig und überfliege noch ein letztes Mal die Seiten, die mich über so viele Wochen begleitet haben. »Orlando, ich hab's geschafft! Ich bin tatsächlich fertig geworden.«

Orlando hopst auf den Schreibtisch und marschiert einmal quer über die Tastatur, aber das kann mir gerade so was von egal sein. Ich bin einfach nur stolz auf mich, dass ich es wirklich durchgezogen habe.

Und zumindest in diesem einen Augenblick bin ich mir sicher, das beste DIY-Buch geschrieben zu haben, das die Welt je gesehen hat.

Ich knuddle Orlando, bis er in meinen Armen zappelt, um Abstand zu gewinnen. Dann trinke ich mein Glas Wein aus und schreibe die Mail an meine Lektorin Juliette. Vor lauter Freude über das fertige Manuskript vergesse ich beim ersten Mal, die Datei anzuhängen, und muss direkt noch eine Nachricht hinterherschicken.

Aber dann bin ich wirklich fertig und schnappe mir mein Handy, um allen Bescheid zu sagen, dass ich es geschafft habe. Als ich entdecke, dass ich einen verpassten Anruf von Maevis habe, rufe ich sie direkt zurück.

»Hey, Holly!«

»Hi! Du glaubst nicht, was gerade passiert ist«, begrüße ich sie aufgeregt.

»Ach, Mist, ich hatte gehofft, du würdest es von mir erfahren.« Sie seufzt niedergeschlagen. »Tut mir echt leid.«

»Äh, was?« Ich blinzle verwirrt. »Ich wollte dir sagen, dass mein Manuskript fertig ist. Ich hab's gerade an den Verlag geschickt.«

»Oh«, bringt sie heraus. Und dann noch mal mit mehr Enthusiasmus: »Oh! Das ist ja toll! Herzlichen Glückwunsch!«

»Danke!« Ich grinse so breit, dass es wehtut, aber das ist egal. Heute ist alles egal, heute ist ein guter Tag.

»Dann können dich meine schlechten Nachrichten ja nicht mehr umwerfen, oder?«, fragt Maevis vorsichtig nach.

Sofort verfliegt ein Teil meines Glücksgefühls. »Schon wieder schlechte Nachrichten?«

»Tut mir leid, Süße. Charlotte Johnson hat heute ihre Teilnahme an der Social Media Week abgesagt«, erzählt sie mir. »Leslie hat ihren Platz auf dem Diskussionspanel eingenommen.«

O Shit. Leslie und ich als Gäste auf der gleichen Veranstaltung? Das kann nicht gut gehen. Mein Magen zieht sich zusammen.

»Du musst nicht teilnehmen, wenn du nicht willst. Wir können das immer noch absagen«, unterbricht Maevis die Stille.

Ich denke einen Moment drüber nach, schüttle dann aber entschlossen den Kopf. »Nein«, erwidere ich fest. »Die Convention ist wichtig für mich, und ich lasse mir von Leslie nicht die Show stehlen. Ich will mich nicht mehr verstecken. Damit bin ich fertig.«

Und mit ein bisschen Glück werde ich ihr auch direkt sagen können, was ich wirklich von ihr halte.

★

Ich fülle ein Glas mit dem Wein, den ich auf meiner Radtour heute Vormittag gekauft habe, und setze mich damit an den Schreibtisch. Mein Mikrofon für den Podcast steht bereit, der neue Laptop ist eingerichtet und läuft, Orlando ist versorgt und wird hoffentlich nicht zwischendrin lautstark einen Nachschlag oder eine Streicheleinheit einfordern.

Aber mir ist kotzübel. Keine Ahnung, ob ich bereit dazu bin, Pascal wiederzusehen. So zu tun, als wäre alles zwischen uns in bester Ordnung, um ein tolles Interview hinzubekommen. Nicht, nachdem ich ihn so sehr enttäuscht habe.

»Ich glaube, ich kann das nicht«, flüstere ich mit einem Blick auf die Uhr. Es geht jeden Moment los. Ich sollte das Videomeeting starten. Pascal wartet sicher schon auf mich.

Scheiße. Ich atme tief durch, trinke mein Weinglas in einem Zug leer und fülle es noch mal, bevor ich schließlich all meinen Mut zusammennehme und das Programm starte, mit dem wir das Interview aufzeichnen wollen.

Es dauert keine Minute, da ist auch Pascal online, und er sieht ebenfalls fertig aus: blass, mit dunklen Schatten unter den Augen, ein gekünsteltes Lächeln im Gesicht. Er sitzt in L.A. in meinem Büro, an dem Tisch, an dem ich meistens arbeite.

»Hey«, begrüßt er mich.

»Hey.«

Ich kann das nicht.

»Bist du aufgeregt?«, fragt er mich, und ich kann förmlich spüren, wie er sich dazu zwingt, in den Businessmodus zu wechseln. Also atme auch ich noch einmal tief durch und versuche, meine Gefühle abzuschalten. Das hier ist Arbeit. Ich bin jetzt nicht mehr die private Holly, sondern die, die professionell genug ist, sich ihre Emotionen nicht anmerken zu lassen. Ich schaffe das. Und alles, was nicht professionell genug ist, können wir rausschneiden, bevor er den Podcast hochlädt.

»Ein bisschen«, gebe ich zu und halte den Wein in die Kamera. »Aber zum Glück habe ich den hier. Damit sollte es machbar sein.«

Er lacht trocken und hebt eine Flasche Bier in die Höhe. »Prost! Aber nicht zu viel davon. Nicht dass wir nachher noch lallen.«

»Ich hoffe, dafür ist es noch nicht zu spät.« Ich grinse und schalte das Licht über dem Schreibtisch ein, um genauso gut ausgeleuchtet zu sein wie Pascal. Das Interview wird nach dem Schnitt immerhin auch auf Youtube erscheinen, weshalb die Bildqualität einigermaßen gut sein sollte. »Wollen wir loslegen?«

»Ich bin bereit.«

Ich entsperre mein Tablet, um mir noch einmal die Fragen anzusehen, die ich vorbereitet habe, und starte die Aufzeichnung.

»Hallo und herzlich willkommen zu einer neuen Episode von Pax Pacis, dem Podcast, in dem wir über Minimalismus in Leben und Arbeit sprechen. Mein Name ist Holly, und heute haben wir einen ganz besonderen Gast: Pascal Moretti, den Gründer dieses Podcasts. Sag Hallo, Pascal.«

Er lacht, weil ich seine übliche Begrüßung voller Elan imitiert habe – und das bricht zumindest einen Teil des Eises zwischen uns. »Hey, Holly. Nun, das fühlt sich echt verrückt an, mal auf der anderen Seite zu sitzen.«

»Das glaube ich dir sofort. Für alle, die es nicht wissen: Pascal und ich machen gerade ein Experiment, in dem wir für vier Wochen unsere Leben getauscht haben und uns gegenseitig Aufgaben stellen, um noch tiefer in die Welt des jeweils anderen einzutauchen. Deshalb interviewe auch ich ihn und nicht er mich.«

»Ich bin sehr gespannt, was du dir für mich ausgedacht hast.«

»Hehe«, schmunzle ich und reibe mir die Hände, bevor ich wirklich ins Interview einsteige. »Starten wir doch mal mit einer einfachen Frage. Ich bin mir sicher, dass ich nicht die Einzige bin, die gerne wissen würde: Wie bist du auf den Namen Pax Pacis gekommen?«

Er lacht trocken auf. »Pax Pacis … Meine Spanischlehrerin hat mich früher immer Pax genannt. Ich war eine Zeit lang Schulsprecher und Streitschlichter, und Pax ist lateinisch für Frieden, schätze, sie hat das als sehr passend empfunden. Wann immer jemand das Wort nachschlägt, findet er es direkt mit dem Genitiv Pacis. Pax Pacis, ich finde den Klang cool, also ist der Spitzname hängen geblieben.«

»Oh, die Geschichte gefällt mir«, sage ich mit einem Lächeln. »Weißt du, ob deine Spanischlehrerin deinen Podcast kennt?«

»Keine Ahnung, aber falls ja – Mrs T., melden Sie sich doch mal.«

Ich blicke kurz auf meine Notizen, bevor ich weitermache. »Wenn du nicht gerade in meinem Apartment in L.A. lebst, reist du mit einem umgebauten Camper-Van durch Amerika. Wie lange machst du das schon, und wie bist du überhaupt auf die Idee gekommen?«

»Vor etwa zwei Jahren hat ein Todesfall in meiner Familie all meine Pläne durcheinandergebracht. Ich war gerade fertig mit dem Studium und wusste nicht, wie es für mich weitergehen sollte. Ich hatte kein richtiges Ziel vor Augen, und das hat mich fertiggemacht. Eines Morgens bin ich aufgewacht und dachte: So kann es nicht weitergehen. Durch Zufall habe ich kurz darauf gesehen, dass einer unserer Nachbarn seinen Van verkaufen will. Da hat es bei mir sofort klick gemacht.«

»Wow, du hast ihn also gekauft und selbst umgebaut – oder war das damals schon ein Camper-Van?«

»Ich habe ihn tatsächlich selbst umgebaut – mithilfe meines Dads. Ohne ihn wäre ich aufgeschmissen gewesen, ich habe nämlich kein besonderes Talent für Handwerksarbeiten.«

Ich muss lachen. Das wundert mich wenig angesichts der geringen Begeisterung, die er bisher für den DIY-Kram aufgebracht hat. »Und als du losgefahren bist, hast du dir einfach gedacht, du dokumentierst das Ganze und stellst es auf Youtube ein?«

»Ich bin gelernter Filmemacher«, erklärt er. »Mein Herz hat schon immer fürs bewegte Bild geschlagen, von daher war der Gedanke naheliegend, meine Reise mit der Kamera zu begleiten.«

»Und seitdem lädst du jede Woche ein Video hoch und machst diesen Podcast, in dem du mit deinen Gästen über einen bewussteren und minimalistischen Lebensstil sprichst. Bist du ein Minimalist, weil dein Van nicht so viel Platz hergibt, oder hast du dieses Mindset schon vorher gehabt?«

»Bei mir ist es ein bisschen anders gelaufen als bei vielen, mit denen ich schon darüber geredet habe«, gibt Pascal zu. »Dadurch, dass ich damals noch bei meiner Familie gewohnt habe, hatte ich sowieso nur das, was in mein Zimmer gepasst hat. Es ist also nicht so gewesen, dass mich meine Besitztümer erschlagen hätten, sondern eher so, dass es keine große Sache war, in einen Van zu ziehen und nur mit dem Nötigsten klarzukommen. Aber je mehr ich mich mit dem Thema auseinandergesetzt habe, umso mehr ist mir bewusst geworden, dass Minimalismus durchaus etwas ist, was sich durch mein gesamtes Leben ziehen wird. Also selbst wenn ich den Van irgendwann verkaufe, werde ich nicht anfangen, Dinge zu sammeln.« Bei diesem Satz blickt mir Pascal durch die Kamera direkt in die Augen, und für einen Moment fühlt es sich an, als hätte sich zwischen uns nichts verändert. Als wären wir immer noch ein Mann und eine Frau, die auf dem besten Weg sind, sich ineinander zu verlieben. Trotz aller Widrigkeiten. Schnell stelle ich die nächste Frage, bevor mich die Wehmut überrollen kann.

»Was genau bedeutet Minimalismus denn für dich?«

»Mir geht es nicht unbedingt darum, mit möglichst wenig klarzukommen, sondern eben nur die Dinge in mein Leben zu lassen, die ich darin wirklich haben möchte. Das geht eigentlich schon eher in Richtung Essentialismus – und der kann für jeden anders aussehen. Für dich hätte das zum Beispiel eine ganz andere Bedeutung, weil du allein für deine Arbeit schon mehr Dinge brauchst als ich«, erklärt er. »Ich möchte bewusste Entscheidungen treffen. Bestes Beispiel: Kleidung. Jeder kennt das. Man kauft dieses eine Paar Schuhe oder die Jacke, weil man im Geschäft noch felsenfest davon überzeugt ist, dass sich damit das Leben ändert. Ein oder zwei Jahre später findet man dann im Kleiderschrank ebendieses Paar Schuhe wieder – immer noch originalverpackt. Solche Käufe kann man vermeiden, wenn man sich darauf konzentriert, bewusste Entscheidungen zu treffen. Sich im Geschäft fragt, wieso man dieses Paar Schuhe unbedingt mitnehmen möchte. Liegt es daran, dass man neue Schuhe braucht, oder doch eher daran, dass man gerade versucht, mit Shopping ein emotionales Loch zu füllen?«

Ich schlucke und fühle mich ertappt. Die Dinge, die ich in den letzten Monaten gekauft habe, waren selten bewusste Entscheidungen. Oft habe ich mich treiben lassen, habe das ausgewählt, was mich in jenem Moment angesprochen hat, was mir ein gutes Gefühl gegeben hat. An den meisten dieser Tage habe ich mich wirklich einsam gefühlt. »O Mann, jetzt habe ich das Gefühl, ich sollte unbedingt mal ausmisten.«

Er wirft mir ein entschuldigendes Lächeln zu. »Auch ein Mensch mit vielen Dingen kann ein Essentialist sein. Wie gesagt: Es geht darum, nur die Sachen in dein Leben zu lassen, die du wirklich darin haben willst.«

»Bezieht sich das bei dir denn nur auf Dinge oder auch – zum Beispiel – auf die Arbeit oder auf Menschen?«

»Ich versuche, das Prinzip auf jeden Aspekt meines Lebens anzuwenden, und habe gemerkt, dass es deutlich einfacher wird, je weniger man sich um Dinge kümmern muss, die man eigentlich nicht mag. Bei der Arbeit würde ich zum Beispiel nie ein Projekt annehmen, hinter dem ich nicht zu hundert Prozent stehe, weil Zeit das kostbarste Gut ist, das wir haben.« Er sieht mich an, schluckt, und ich frage mich, ob er an seine Mom denkt oder an die viel zu kurze gemeinsame Zeit, die wir hatten. Der Schmerz steht ihm für einen Augenblick ins Gesicht geschrieben. »Und genauso ist es mit Menschen, die mir nicht guttun«, fährt er etwas rauer fort.

»Das finde ich eine sehr inspirierende Einstellung«, erwidere ich erstaunt. Zwar war mir vieles davon schon bewusst, aber es noch mal so gebündelt von ihm zu hören, geht mir irgendwie unter die Haut. »Aber noch mal zurück zum Thema Kleiderschrank«, hangele ich mich an meinen Notizen entlang, um nicht den Faden zu verlieren. »Seit wir uns kennen, habe ich dich noch nie in bunter Kleidung gesehen. Kann das sein?«

Er lacht. »Gut möglich. Ich trage nur Schwarz, Grau und Weiß, und von meinen Jeans und T-Shirts habe ich mehrere im gleichen Schnitt. Das macht es deutlich leichter, die Sachen miteinander zu kombinieren, und spart morgens Zeit bei der Auswahl des Outfits.«

»Ist das nicht langweilig?«, frage ich nach. »Also, ich meine, es steht dir gut, aber vermisst du nicht manchmal ein bisschen Abwechslung? Ich könnte nie ohne meine bunten Sommerkleider auskommen. Wenn ich gut gelaunt bin, drückt sich das meistens auch in den Farben meiner Kleidung aus.«

»Ich habe eine Bluejeans. Die ziehe ich an, wenn mir nach Farbe ist«, witzelt Pascal, und ich denke an den Abend auf meinem Balkon zurück, an dem er tatsächlich seine Bluejeans getragen hat. Was das wohl zu bedeuten hat? »Ansonsten hat mich das ungemein befreit, mir weniger Gedanken über meine Kleidung machen zu müssen und nur dann etwas Neues zu kaufen, weil etwas anderes kaputtgegangen ist. Jetzt wende ich kaum noch Zeit auf, um nach Sachen zu suchen, die mir gefallen, und gebe auch kein Geld mehr für Dinge aus, die dann doch nur liegen bleiben.«

»Du hast also kein einziges Teil in deinem Kleiderschrank, das überflüssig ist?«

Er grinst. »Vielleicht die Weihnachtssocken, die mir meine Schwester Allegra vor ein paar Jahren geschenkt hat. Aber die haben sentimentalen Wert und dürfen bleiben.«

»Da freut sie sich bestimmt sehr drüber.« Ich lächle und schiele auf meine Fragenliste, entscheide mich aber dann, lieber noch weiter auf das einzugehen, was Pascal gesagt hat. »Wie passt das für dich zusammen? Sentimentalität und Essentialismus? Ich habe zig Fotos und Erinnerungsstücke zu Hause. Sachen, die ich geschenkt bekommen habe, alte Kunstwerke, Dinge, mit denen ich Erinnerungen und Gefühle verbinde. Ich glaube, mir würde es sehr schwerfallen, ohne diese Sachen zu leben.«

»Das verstehe ich. Und ich glaube, so geht es sehr vielen Menschen. Aber genau wie bei jedem anderen Prinzip auch kannst du ja selbst entscheiden, inwieweit du bereit bist, es auf dein Leben anzuwenden. Es gibt nicht den perfekten Minimalisten, es gibt auch nicht die perfekte minimalistische Wohnung. Wichtig ist meiner Meinung nach nur, dass du dich bewusst dafür entschieden hast, Dinge zu behalten, weil sie dir Freude bringen, und nicht aus einem Pflichtgefühl anderen gegenüber heraus.«

»Hallo, Marie Kondo«, necke ich ihn.

Er grinst mich verschmitzt an. Mein Herz macht einen Satz. »Genau: Wenn's dir keine Freude macht, kann's weg.«

»Nachdem du mir letztes Mal gesagt hast, mein Apartment könnte ein bisschen Ordnung gut gebrauchen, habe ich mich in die Materie eingelesen«, erwidere ich mit hochgezogener Braue. »Und ich glaube, du hast recht. Durch unseren Austausch ist mir bewusst geworden, wie viel einfacher ein Leben sein kann, in dem man sich nicht ständig um all seine Besitztümer kümmern muss.«

»Gern geschehen.«

Wir lachen, und ich frage ihn, ob er durch unseren Austausch auch etwas gelernt hat.

»Das habe ich tatsächlich«, antwortet er mit einem langsamen Nicken. »Unser Experiment und damit auch die Rückkehr nach L.A. haben mir verdeutlicht, dass es im Prinzip egal ist, ob man in einem Van wohnt oder in einem – entschuldige – gut gefüllten Apartment. Glück kommt von innen heraus und hat weniger mit den Dingen zu tun, die man besitzt oder geleistet hat, als mit den Menschen, mit denen man seine Zeit verbringt.«

Mein Herz setzt einen Moment lang aus. Scheiße. Jetzt kommen mir doch die Tränen. Wieso kann ich mich nicht auf ihn einlassen? Wieso kann ich die Vergangenheit nicht ruhen lassen und endlich einen Schritt nach vorne machen? Mit ihm.

»Sorry.« Ich wische eine Träne von meiner Wange und lache auf, um meine sentimentale Stimmung zu überspielen. »Ich glaube, aus deinen Worten können wir alle sehr viel für uns mitnehmen.«

Sein Blick wird weich. »Was ist mit dir?«, fragt er mich

und bringt mich damit vollkommen aus dem Konzept. Eigentlich geht es hier doch gar nicht um mich, es geht um ihn und seine weisen Worte. »Was hast du durch unseren Tausch gelernt?«

»Ich weiß nicht«, stammle ich und atme tief ein, um die aufkeimende Panik zu unterdrücken und ihm eine sinnvolle Antwort zu geben. »Ich glaube, ich werde den Van vermissen«, fahre ich dann fort. Pascals Blick ist so intensiv, dass ich für einen Augenblick vergesse, dass wir mitten in einer Aufzeichnung stecken. »Wahrscheinlich werde ich mich sehnsüchtig daran erinnern, wie frei ich mich gefühlt habe, als ich auf dem Dach des Vans gesessen und mit dir in den Himmel geschaut habe, um Sterne zu zählen. Ich werde an Sonnenuntergänge in der Wüste denken und daran, wie schön es war, in meiner ersten Wüstennacht deinen Atemzügen zu lauschen. Und jedes Mal, wenn ich frisch aufgebrühten Filterkaffee rieche, werde ich daran denken müssen, wie es war, ihn auf deine Weise zuzubereiten, obwohl er mir so doch eigentlich gar nicht schmeckt.«

Er schmunzelt, aber ich kann in seinen Augen sehen, wie nah ihm meine Worte gehen. »Immer noch nicht?«

»Ein bisschen vielleicht«, gebe ich mit einem kleinen Lächeln zu.

»Weißt du, ich könnte dir ein Angebot machen, aber ich bin mir nicht sicher, ob es das ist, was du *wirklich* willst.« Er pausiert einen Moment, denkt nach, holt tief Luft und redet dann weiter. »Du kannst meinen Van haben. Du kannst ihn kaufen, wenn du möchtest. Ich brauche ihn nicht mehr.«

Es dauert ein paar Sekunden, bis seine Worte wirklich

zu mir durchdringen. »Du... Was?«, frage ich verdattert. Ich bin überrascht, nein, schockiert über das, was er mir da gerade anbietet. »Du willst deinen Van verkaufen? Aber... Aber... Das geht doch nicht!«

»Ich will wieder näher bei meiner Familie sein«, erwidert er mit einem entschuldigenden Lächeln. »Die letzten Wochen haben mir deutlich gezeigt, was mir am meisten gefehlt hat. Ja, das Van-Life war schön, ich habe mich dadurch stark weiterentwickelt. Aber wie ich eben schon sagte: Ein Leben ohne die Menschen, die mir am meisten bedeuten, ist für mich kein richtiges Leben.«

Matt lehne ich mich zurück. Er will den Van verkaufen. Den Van. Sein Zuhause, das ihn die letzten zwei Jahre so treu begleitet hat.

Was habe ich nur angerichtet?

»Aber du hasst die Stadt«, flüstere ich nach wie vor ungläubig. Ich kann mir einfach nicht vorstellen, wie Pascal plötzlich wieder in L.A. lebt. Wie er sein Leben in Freiheit aufgibt, um es gegen eins in Großstadttrubel und Smog einzutauschen.

»Ich werde mir ein bisschen außerhalb der Stadt ein Apartment suchen, denke ich. Genau weiß ich es noch nicht. Ich weiß nur, dass der Van einen neuen Besitzer sucht. Also biete ich ihn dir an.«

»Ich...« Weiter komme ich nicht. In mir tosen die Gedanken wie in einem Wirbelsturm. Das Interview ist längst vergessen. Er hätte mir genauso gut sagen können, dass er nicht von diesem Planeten ist. Pascal ohne seinen Van, das ist ein Bild, das ich einfach nicht in meinen Kopf hineinbekomme.

Er sieht mich so erwartungsvoll an, und mir wird bewusst, dass ich ihm immer noch eine Antwort schuldig bin. Will ich den Van? Will ich aus meinem Leben ausbrechen und zwei Jahre durch die Gegend reisen, nur um zu dem Schluss zu kommen, dass ein Wohnort – egal, wie schön er ist – ohne die richtigen Menschen niemals zu einem Zuhause werden kann? Weiß ich das nicht längst?

»Ich will den Van nicht«, antworte ich ihm leise.

Pascal lehnt sich vor. »Was willst du dann?«

All die Verwirrung in meinem Inneren weicht der Gewissheit, die ich schon seit Tagen in meinem Herzen herumtrage und von der ich mich bloß nicht getraut habe, sie auszusprechen. Aber jetzt, jetzt ist der Moment da, mutig zu sein. Die Chance zu ergreifen, die er mir hier bietet, die Vergangenheit ruhen zu lassen und mein Glück selbst in die Hand zu nehmen.

»Dich«, flüstere ich. »Ich will dich.«

Pascal

Los Angeles, Kalifornien

32 Der Bus riecht muffig und erinnert mich an meine Schulzeit. Ich lenke mich mit Gedanken an gestern Abend ab, lasse Hollys Worte wieder und wieder Revue passieren, bis sie sich ganz tief in meine Erinnerung gebrannt haben. *Dich. Ich will dich.* Zwei Schritte vor, einer zurück – als ich mich daran erinnert habe, wie sie tickt, wurde mir bewusst, dass sie mich aus Angst von sich stößt. Nicht weil sie nichts für mich empfindet.

Mein Plan, ihr den Van anzubieten, damit sie erkennt, was sie im Leben wirklich will, ist aufgegangen. Gott sei Dank. Ich hatte wirklich Angst, sie verloren zu haben, bevor wir einander überhaupt richtig gefunden hatten.

Ich wünschte, unser Tausch wäre bereits vorbei und ich könnte sie endlich wieder in meine Arme ziehen. So fühlt es sich beinahe unwirklich an, dass sie tatsächlich eine Beziehung mit mir möchte. Als hätte ich unser Gespräch gestern bloß geträumt, aber nein, ich habe den Chatverlauf einer Nacht, der mir das Gegenteil beweist.

Bevor ich allerdings mein Handy rausziehen und die Worte nachlesen kann, mit denen wir uns in den frühen Morgenstunden voneinander verabschiedet haben, bleibt der Bus mit quietschenden Reifen stehen. Ich schnappe mir meinen Rucksack, winke dem Fahrer zu und steige an der Haltestelle aus, die mir so vertraut ist.

Ein paar Minuten Fußweg bringen mich zurück in die Vergangenheit.

Mit jedem Schritt werde ich langsamer, bis ich schließlich vor der niedrigen Steinmauer stehen bleibe, auf der ich als Kind oft balanciert bin. Das Gras dahinter ist vertrocknet, kein Wunder, nach der Hitzeperiode, die wir gerade erst überstanden haben. Der große Baum vor dem Haus und die Büsche, die den Weg säumen, könnten dringend einen Rückschnitt gebrauchen.

In der Einfahrt steht Dads Toyota, direkt daneben, an die Hausfassade gelehnt, Micahs Fahrrad. Ich wappne mich gegen die Flutwelle der Erinnerungen und drücke das Tor auf, um dem Weg entlang zur Haustür zu folgen. Zwar habe ich immer noch die Schlüssel, aber irgendwie kommt es mir merkwürdig vor, sie zu benutzen.

Ich fühle mich hier nicht mehr zu Hause, aber fremd fühle ich mich auch nicht. Die zwei Stufen sind immer noch windschief, und als ich den Blick nach rechts schweifen lasse, entdecke ich ihn: den Schaukelstuhl, in dem Mom immer gesessen und gewartet hat, bis wir abends zurückgekehrt sind.

Fast fühlt es sich an, als würde sie immer noch dort sitzen. Ich sehe sie vor mir, eine graue Wolldecke um die Schultern gelegt, ihr Strickzeug auf dem Schoß. Sie hätte mit mir geschimpft, weil ich so lange nicht hier gewesen bin, dann wäre sie aufgesprungen, um mich liebevoll in ihre Arme zu schließen.

Aber das wird sie nie wieder tun, wie mir in diesem Augenblick einmal mehr schmerzlich bewusst wird.

»Da bist du ja endlich. Dad, Pascal ist da!« Micah hat die Haustür geöffnet und tritt zu mir heraus auf die Veranda. Er legt einen Arm um meine Schultern und zieht mich ins Innere des Hauses. Genug Ablenkung, um nicht mehr über Mom nachzudenken.

»Mein verlorener Sohn.« Dad breitet die Arme aus. Ich falle hinein und stelle erleichtert fest, dass er immer noch nach Pfefferminz riecht.

»Hey, Dad.« Ich drücke mich noch einmal an ihn, dann lasse ich ihn wieder los, um ihn zu betrachten. In seinen braunen Augen liegt immer noch ein dunkler Schatten, aber er sieht besser aus als an dem Tag, an dem ich abgereist bin. »Wie geht's dir?«

»Mal so, mal so.« Er reibt sich über den grau melierten Bart, der länger und unordentlicher ist als der von Micah. Sein Markenzeichen. Ich glaube, ich habe ihn noch nie ohne Bart gesehen. »Komm rein! Als Sally gehört hat, dass du heute kommst, hat sie einen Linseneintopf gekocht.«

»Oh, ich hoffe vegetarisch«, sagt Micah und reibt sich die Hände. »Wieso kocht sie nie was, wenn ich dich besuche?«

»Weil sie Dads Nachbarin ist und nicht seine Haushälterin«, werfe ich ein. Micah verdreht die Augen und marschiert voran in die Küche. Dad folgt ihm, nur ich bleibe noch einen Moment im Flur stehen. Hier ist alles noch so vertraut wie früher. An der Garderobe ziehe ich meine Schuhe aus und setze den Rucksack mit meinem Filmequipment ab. Mein Blick bleibt an der Fotogalerie über dem Schuhschrank hängen, die wir schon vor Jahren dort angebracht haben.

Als ich Moms strahlendes Lächeln sehe, frage ich mich,

wie Dad es schafft, jeden Tag an den Bildern von ihr vorbeizugehen, ohne vollends zusammenzubrechen. Ich bin erst wenige Minuten hier und habe jetzt schon das Gefühl, ich könnte jeden Moment in Tränen ausbrechen.

»Kommst du, Pascal?«, ruft Micah. »Das sieht himmlisch aus.«

»Sicher.« Ich reiße mich von den Fotos los und folge den beiden in die Küche, in der sich ebenfalls nicht viel verändert hat. Aber zu meiner Überraschung stelle ich fest, dass Dad den Tisch in der Küche gedeckt hat. Den, an dem wir seit Moms Tod nicht mehr gegessen haben. »Wir essen hier?«

Dad nickt und deutet auf den Stuhl, auf dem ich früher immer gesessen habe. »Was möchtest du trinken? Club Mate? Ich habe extra ein paar Flaschen besorgt.«

»Gern, danke.«

Verblüfft beobachte ich, wie Micah unfallfrei den Eintopf erhitzt und Dad sich in der Zwischenzeit um die Getränke kümmert. Sie witzeln sogar herum, während ich mich fühle, als wäre ich in der Vergangenheit gefangen. Immer wieder erwische ich mich dabei, wie ich zur Tür blicke, auf Mom und Allegra warte, darauf, dass wir alle wieder an einem Tisch sitzen.

Doch so wird es nie wieder werden, und das lässt meine Fassade schließlich bröckeln. Als Dad einen Teller Eintopf vor mir abstellt, kann ich die Tränen nicht länger zurückhalten.

★

Vorsichtig berühre ich den obersten der Bleistiftstriche am Türrahmen, der meine Körpergröße an meinem achtzehnten Geburtstag markiert. Dass die Striche immer noch hier zu sehen sind und wie die Ringe eines Baumes mein Alter anzeigen, überrascht mich. Irgendwie habe ich gar nicht mehr daran gedacht, dass es bei uns Tradition war, am Morgen eines Geburtstages die Körpergröße nachzumessen.

Ich drücke die Türklinke runter und betrete mein altes Zimmer. Der flüchtige Duft nach frisch gewaschener Wäsche hängt in der Luft, und für einen Augenblick wundere ich mich darüber. Hat Dad mein Bett frisch bezogen, als er gehört hat, dass ich in L.A. bin, oder ist der Duft bloß eine Erinnerung an alte Zeiten?

Auch hier hat sich nicht viel verändert. Der Schreibtisch ist gähnend leer, nur in dem Container darunter befinden sich vermutlich immer noch ein paar alte Studienunterlagen. Auf dem Bett liegt die graue Tagesdecke, die ich schon besitze, seit wir mein Kinderzimmer zu einem Jugendzimmer umgestaltet haben.

Ich setze mich aufs Bett und sehe mich um, versuche, mich daran zu erinnern, wie es gewesen ist, als das hier mein Zuhause war. Als es normal für mich war, auf diesem Bett zu liegen und fernzusehen oder zu lesen, als ich an diesem Schreibtisch gesessen und die ersten Projekte für mein Studium umgesetzt habe. Ich versuche, mich daran zu erinnern, wie ich mich gefühlt habe. War ich glücklich? Oder habe ich insgeheim schon immer den Ruf nach Freiheit vernommen?

»Hier steckst du.« Ich zucke zusammen, als Micah mit der Hand gegen die geöffnete Tür klopft. »Ich habe dich schon überall gesucht.«

»Sorry, ich brauchte mal ein paar Minuten«, erwidere ich, stehe auf und streiche die Decke glatt.

»Fühlt sich komisch an, hm?«

»Schon.« Ich zucke mit den Schultern und folge ihm hinaus auf den Flur, wo ich die Tür mit einem leisen Klicken hinter uns schließe. »Nicht mehr wie zu Hause, aber trotzdem irgendwie vertraut.«

»Ich weiß, was du meinst. So ging es mir auch ein paar Wochen, nachdem ich in meine eigene Wohnung gezogen bin. Mittlerweile habe ich sogar bei manchen Sachen vergessen, wo sie stehen, und muss Dad fragen.«

Lachend gehen wir die Treppe hinunter.

»Aber ich könnte schwören, dass es an seiner Putzfrau liegt«, erzählt Micah weiter. »Jedes Mal, wenn sie da war, ist das ganze Haus umgeräumt.«

Deswegen also die frische Bettwäsche.

»Ich sage ihm die ganze Zeit, dass er sich endlich etwas Kleineres suchen soll, aber davon will er nichts hören.«

Ich bleibe abrupt stehen. »Moment, was? Du meinst, Dad sollte ausziehen?«

»Na ja, das Haus ist viel zu groß für ihn. Unsere Zimmer stehen die meiste Zeit leer. Allegra wird auch nur hier wohnen, bis sie etwas Neues gefunden hat. Und ich bezweifle, dass du zurück in dein altes Zimmer ziehen möchtest.« Micah zuckt mit den Schultern, als wäre das keine große Sache. Aber für mich ist es das. Wenn Dad das Haus verkaufen würde, wäre es, als würde er damit unsere Familiengeschichte verkaufen. An diesem Ort hängen zu viele Erinnerungen an unsere Familie, als dass ich mir jemals vorstellen könnte, dass jemand anderes als Dad hier wohnt. »Außerdem würde dann nicht an jeder Ecke die Vergangenheit lauern. Ich glaube schon, dass es ihm woanders besser gehen würde.«

»Aber das Haus verkaufen?«, frage ich ungläubig nach. »Wir sind doch hier aufgewachsen. Bedeutet dir das nichts?«

Micah fängt an zu lachen. »Ohne Witz, Pascal, bist *du* nicht eigentlich der Minimalist von uns? Glaubst du nicht, dass es Dad guttun würde, auch etwas Ballast abzuwerfen?«

»Ja, aber…« Ich verstumme, weil Micah recht hat. Hier geht es nicht um mich oder ihn oder Allegra. Wir haben alle irgendwie weitergemacht, aber Dad wohnt immer noch mit den traurigen Geistern der Vergangenheit zusammen. »Vielleicht. Lass uns da demnächst mal drüber reden. Für heute ist mir ehrlich gesagt nicht mehr nach solchen Themen.«

Micah sieht mich mitfühlend an und nickt. »Dann lass uns mal deinen Tisch bauen.«

Ich schnappe mir meinen Rucksack mit dem Filmequipment, dann holen wir uns noch etwas zum Trinken aus der Küche und machen uns auf den Weg in die Garage, in der schon alles für das DIY bereitsteht.

Auch wenn mir nicht nach filmen ist, belade ich die Kamera mit einer leeren Speicherkarte und einem frischen Akku und stelle das Stativ auf. Micah holt in der Zwischenzeit die Werkzeuge und sorgt für eine bessere Beleuchtung.

Jonah hat uns neben dem Notizbuch, das ich bei ihm gekauft habe, das Material und eine Anleitung mitgegeben, zusätzlich habe ich ein paar Youtube-Videos geguckt, in denen andere mit Epoxidharz experimentiert haben. Trotzdem fühle ich mich alles andere als bereit.

»Hoffentlich verkacke ich das nicht«, sage ich. »Holly wird mir das ewig vorhalten.«

»Das glaube ich auch.« Micah zieht belustigt eine Braue hoch. »Wie läuft es überhaupt mit ihr? Ihr seid beide so merkwürdig still gewesen in den letzten Tagen.«

Ich runzle die Stirn. »Was genau meinst du?«

»Na, auf Instagram. Da kommt ja fast gar nichts mehr.«

»O mein Gott.« Ich lache los. »Hast du dir jetzt doch Instagram zugelegt?«

Micah zuckt gelassen mit den Schultern und schiebt die Hände in die Hosentaschen. »Allegra hat mir erzählt, dass sie auch da ist – und ich hab's satt, immer nur von Quinn zu hören, was in euren Leben los ist. Also, was ist mit Holly und dir?«

Ich seufze theatralisch auf und greife nach einem Tuch, um meine Kameralinse zu polieren. »Sie hat mich abserviert«, locke ich Micah dann auf die falsche Fährte.

»O verdammt, war der Sex mit dir so schlecht?«

»Ey!« Ich werfe das Tuch nach ihm. »Wir haben uns gestern ausgesprochen«, füge ich dann hinzu und erzähle ihm, was nach dem Wochenende im Nationalpark geschehen ist. Es tut gut, mit ihm über Holly und meine Gefühle für sie zu sprechen, und obwohl Micah sonst immer einen flapsigen Spruch auf den Lippen hat, hält er sich zurück und hört mir zu. Vielleicht merkt er, wie sehr mir Holly am Herzen liegt.

»Ich bin jedenfalls sehr froh, dass sie den Van nicht wollte«, beende ich meine Erzählung. »Ich glaube, ich hätte es nicht verkraftet, sie noch mal damit wegfahren zu sehen.«

»Das kann ich mir gut vorstellen. Scheint, als hätte es

dich schwer erwischt.« Micah lächelt, doch dann wird sein Blick wieder ernst. »Aber bitte pass auf dich auf, ja? Das hört sich an, als hätte sie noch mit einigen Dämonen zu kämpfen. Ich will *dich* nicht wieder verlieren, wenn es zwischen euch doch nicht funktioniert.«

Es wird funktionieren, will ich sagen, aber ich bringe die Worte nicht über die Lippen, weil ich selbst nicht überzeugt bin. Was, wenn sie bei der nächsten Gelegenheit wieder die Panik packt? Was, wenn sie nicht lernt, mir zu vertrauen? Was, wenn wir plötzlich mehr Zeit miteinander verbringen und feststellen, dass wir uns doch nicht so sehr mögen?

»Wir werden sehen«, erwidere ich schließlich und klopfe auf die Werkbank. »Sollen wir loslegen? Der Tisch baut sich schließlich nicht von allein.«

Ich stelle die Kameras an, und wir machen uns an die Arbeit. Micah und ich bauen eine Form für die Tischplatte, deren Boden wir mit einer dünnen Schicht Epoxidharz ausgießen, bevor wir zwei große Stücke Treibholz mit der Kreissäge zurechtschneiden und sie als äußere Begrenzung des Tisches in die Form legen.

Zwischen den beiden Holzstücken soll ein kleines Kunstwerk entstehen, das an den Meeresboden erinnert. Also schütte ich etwas Sand und kleine Steine auf die Harzschicht und verteile alles sorgfältig, während Micah den Korb mit den Dingen holt, die wir am Venice Beach gesammelt haben: Muscheln, kleineres Treibholz und Kiesel in allen Formen und Farben. Wir dekorieren den kleinen Ozeanboden, und als wir damit fertig sind, bedecken wir alles mit einer weiteren Schicht Harz. Während wir warten, bis alles getrocknet ist, machen wir eine Pause.

»Sieht doch gar nicht so schlecht aus«, meint Micah zufrieden. »Oder was denkst du?«

»Der Teil war jetzt auch nicht so schwer zu vermasseln.« Ich fahre mir nervös durch die Haare. »Mir macht der nächste Part eher Sorgen. Ich habe schon seit dem College keine Acrylfarben mehr angefasst.«

Micah klopft mir auf die Schulter. »Na, dann wird's Zeit, dass du deinen inneren Künstler wieder rauslässt.«

Holly

San Francisco, Kalifornien

33 Einen Tag nachdem ich mein Manuskript abgegeben habe, fahre ich nach San Francisco, der letzten großen Station meiner Reise, und parke den Van in der Nähe der Golden Gate Bridge.

Kurz vor der Abenddämmerung besorge ich mir bei einem chinesischen Imbiss etwas zu essen und suche mir einen Platz am Strand, von dem aus ich den Sonnenuntergang beobachten kann. Die Aussicht auf die Bucht mit der ikonischen Brücke ist grandios, und ich bin nicht die Einzige, die im Sand sitzt und den warmen Sommerabend genießt. Zwei Männer haben es sich bei den Felsen auf einer Picknickdecke gemütlich gemacht und küssen sich, und eine junge Familie mit zwei Kindern packt gerade ihre Sachen zusammen, um den Strandtag zu beenden.

Ich atme tief durch und öffne die Schachtel mit den gebratenen Nudeln. Zum ersten Mal seit Wochen habe ich heute nichts zu tun. Das Buch ist geschrieben, meine Videos sind vorproduziert, meine Instagram-Beiträge geplant, der Shop pausiert, seitdem ich L.A. verlassen habe. Selbst der nächste Livestream steht erst morgen an.

Aber die Leere auf meiner To-do-Liste fühlt sich seltsam an. Wie ein schwarzes Loch, das sämtliche Gedanken über meine Zukunft wie magisch anzieht. In genau einer Woche werde ich nach L.A. zurückkehren. Zurück in ein Apartment, das sich nicht mehr wie meines anfühlen wird. In ein Leben, das mir in den letzten Wochen zu klein geworden ist. Und dann?

Jetzt, da ich Zeit habe, wirklich darüber nachzudenken, wie es für mich weitergehen kann, werde ich panisch, weil die Zukunft sich vor mir ausbreitet wie ein dichter, undurchsichtiger Nebel.

Immerhin weiß ich, was ich nicht mehr will.

Ich will keine Angst mehr haben, andere könnten mein Vertrauen missbrauchen. Ich will nicht mehr einsam sein. Ich will nicht mehr so viele Dinge sammeln, um damit Löcher in meiner Seele zu stopfen, die sich nicht stopfen lassen.

Ich will frei sein, aber gleichzeitig will ich ein Zuhause haben, in das ich jederzeit zurückkehren kann. Und L.A. ist nicht mein Zuhause, das ist mir in den vergangenen Wochen bewusst geworden. *Ein Leben ohne die Menschen, die mir am meisten bedeuten, ist für mich kein richtiges Leben.* So hatte es Pascal in unserem Interview gesagt – und dieser Satz geht mir seitdem nicht mehr aus dem Kopf. In L.A. fehlen die Menschen, die mir wichtig sind. Selbst wenn Pascal nach unserem Tausch wirklich dort bleibt und aus uns mehr als eine Erinnerung an diesen aufregenden Sommer wird – meine Familie fehlt mir dennoch. Ganz besonders Mom, aber Maybrook vermisse ich nicht im Geringsten. Zurück will ich nicht. Am liebsten wäre es mir, meine Familie würde zu mir ziehen.

Ich klappe den Deckel meiner Box mit gebratenen Nudeln zu und stelle sie neben mich. Auf der Golden

Gate Bridge sind die Lichter angegangen. Stumm und erhaben spannt die Brücke sich über die Bucht von San Francisco und sieht dabei aus, als könnte sie sämtlichen Stürmen trotzen.

Berührt von diesem Anblick zücke ich mein Handy, um ein Foto für meine Instagram-Story zu machen. Anschließend klicke ich auf mein Profil, um mir noch mal meine Postings der letzten drei Wochen anzusehen. Ich erkenne den Bruch mit meinem sonst so farbenfrohen Stil sofort. Er begann an dem Tag, an dem ich Pascal in mein Leben gelassen habe. Wir lächeln breit in die Kamera, nicht ahnend, dass uns die kommenden Wochen so sehr verändern würden. Ich frage mich, ob unseren Zuschauern bewusst ist, wie sehr ihr Vorschlag alles auf den Kopf gestellt hat. Ob sie sich nicht vielleicht sogar eine Veränderung für uns gewünscht haben.

Mehr Tiefgang in meinen Beiträgen, mehr echte Holly, statt immer nur Gute-Laune-Fake-Show. Ich möchte nicht mehr dahin zurück, wo ich gewesen bin. Ich mag mein Profil so, wie es jetzt ist. Ich mag *mich* so.

Und da kommt mir plötzlich ein Gedanke: Ich muss nicht mehr zurückkehren. Ich kann eine Tür hinter mir schließen, weil sich vor mir eine andere geöffnet hat. Ich kann den Weg weiterverfolgen, der sich vor mir aufgetan hat. Meine DIYs lassen sich auch an jedem anderen Ort der Welt machen.

Menschen verändern sich. Wieso sollte ich also mein Leben lang die gleichen Dinge tun?

Genau wie alle anderen darf auch ich meinem Herzen folgen. Und mein Herz zeigt mir ganz deutlich, in welche Richtung es will.

Ich schlucke den Kloß in meinem Hals hinunter, versuche, den Übereifer zu verdrängen, der mich gerade zum Pläneschmieden überreden will, und öffne stattdessen Pascals Profil, um zu sehen, ob seines auch eine so starke Veränderung durchgemacht haben.

Auf den ersten Blick ist nichts zu erkennen. Nur jemand, der weiß, welche Erkenntnis er in den letzten Wochen hatte, wird merken, dass er plötzlich mehr Persönliches, mehr Bilder mit Bedeutung zeigt. Aktuell ist da ein Foto mit Micah, der ihm bei seinem DIY-Projekt hilft, und ich entdecke außerdem ein Bild von einem etwas älteren Mann, der eine Bierflasche umklammert hält und in einen Garten hinausblickt. Man sieht sofort, dass es sich dabei um seinen Dad handelt. Er hat die gleichen braunen Augen wie alle Moretti-Männer und einen dichten Vollbart, der deutlich wilder ist als der von Micah.

Familie, steht unter dem Foto, und ich ahne, wie viel Bedeutung der heutige Abend für ihn haben muss. Dieses eine gemeinsame Abendessen, auf das die Familie seit zwei Jahren wartet. Ich bin mir sicher, dass es für jeden von ihnen heilsam wird – und dass Pascal mit seinem Wunsch, in L.A. zu bleiben, die richtige Entscheidung getroffen hat.

Pascals neuestes Foto zeigt eine Nahaufnahme von seinem Gesicht im Regen, dem ersten Regen, den es in L.A. seit Wochen gegeben hat. In seinen dichten Wimpern haben sich ein paar Tropfen verfangen, seine Lippen sind leicht geöffnet, seine Augen blicken ernst in die Kamera. Das Foto zieht mich sofort in seinen Bann. Hinterrücks erfüllt mich die Sehnsucht nach ihm, danach, ihn zu berühren, ihn zu küssen, sein Herz an meinem schlagen zu spüren.

Ich lese die Bildbeschreibung, die er dazu geschrieben hat:

Ich gehe die zwei Stufen zur Veranda hinauf. Da steht immer noch der alte Schaukelstuhl. Das Polster ist an zwei Stellen gerissen. An den einen Riss kann ich mich sogar noch erinnern, weil du ihn schon dreimal geflickt hast. Mir ist, als würde die graue Wolldecke dort immer noch deinen Geruch tragen, als würdest du immer noch hier sitzen und darauf warten, dass wir zurückkehren.

Aber zurückkehren ist schwer geworden. Es ist niemand mehr da, den es interessiert, ob wir unsere Schuhe ausziehen oder den Dreck ins Haus tragen. Es erinnert uns keiner mehr daran, uns vor dem Essen die Hände zu waschen, und überhaupt ist es lange her, dass der Duft nach deinem Essen das ganze Haus erfüllt hat.

Die Vorhänge im Wohnzimmer sind schwer von Staub und alten Erinnerungen, die Küche eine Gefahrenzone, die niemand zu betreten wagt, aus Angst vor all den ungeweinten Tränen.

Aber der einzige Weg, dich weniger zu vermissen, führt uns direkt durch die Hölle. Er leitet uns durch Erinnerungen, die wir in alte Holzschubladen gesperrt haben, und durch Gespräche, vor denen wir uns fürchten. Er bringt uns zusammen, wenn wir am liebsten davonlaufen würden, denn nur gemeinsam können wir lernen, wie das Atmen ohne dich funktioniert.

Und nein, es wird nicht leichter.

Es wird nur anders.

Ich vermisse dich, Mom.

»Oh, Pascal«, flüstere ich, den Tränen nahe. Seine Worte treffen mich direkt ins Herz, und ich weiß nicht, bei wem ich zuerst anrufen soll. Bei Pascal, um ihn zu trösten, auch wenn es ihm vermutlich schon viel besser geht als zu dem Zeitpunkt, an dem er den Beitrag geschrieben hat, oder bei meiner Mom, um ihr zu sagen, wie sehr ich sie liebe.

Aber da fällt mir ein Kommentar ins Auge, mit dem ich im Leben nicht gerechnet hätte.

> leslie_turner: Oh, Pax, es tut mir so leid, dass du deine Mom so früh verloren hast. Ich weiß, wie du dich fühlen musst. Mein Dad ist auch schon früh von uns gegangen, und es gibt keinen Tag, an dem ich ihn nicht vermisse. <3
>
> pax.pacis: @leslie_turner Danke, Leslie.

Die gebratenen Nudeln liegen mir plötzlich schwer im Magen. Was zur Hölle? Wieso hat sie seinen Beitrag kommentiert? Und wieso hat er darauf reagiert?

Ich scrolle zum Beitrag davor und öffne die Kommentare. Leslies Beitrag steht in der Liste ganz weit oben, weil die Leute ihr Herzchen en masse hinterherwerfen.

> leslie_turner: Dein Dad sieht dir so ähnlich. Tolles Foto! Bestes Beispiel dafür, dass ein Bild mehr als tausend Worte sagt. <3
>
> pax.pacis: @leslie_turner Danke, Leslie.

Ich scrolle zum Foto mit seinem Bruder Micah. Auch hier hat sie einen Kommentar geschrieben.

leslie_turner: Gott, ihr zwei seht euch so ähnlich!
Hoffe, euch hat das DIY mit Epoxidharz Spaß
gemacht – ich liebe dieses Material, daraus lassen
sich so schöne Dinge machen. Bin so gespannt auf
das Ergebnis. Wann zeigst du es? <3

pax.pacis: @leslie_turner Danke, Leslie. Schätze, das
fertige Etwas wird im nächsten Vlog zu sehen sein. 😉

leslie_turner: @pax.pacis Oh, du spannst uns aber
ganz schön auf die Folter. Freu mich auf das Video!

Meine Brust ist wie zugeschnürt. Tausend Szenarien gehen
mir durch den Kopf. Tausend Fragen, deren Antworten ich
nicht hören will. Was spielt sie für ein Spiel? Warum hat
er mir nicht erzählt, dass Leslie den Kontakt zu ihm sucht?
Und wieso schickt er ihr einen Zwinker-Smiley? Was hat
sie ihm noch geschrieben? Nicht in den Kommentaren,
sondern in persönlichen Nachrichten? In E-Mails?

Wie kann er erwarten, dass ich ihm vertraue, wenn er
so mit ihr kommuniziert?

Mir wird übel, so übel, dass ich für einen Augenblick
befürchte, mich gleich zu übergeben. Ich beuge mich vor,
atme durch die Nase und versuche, mich zu beruhigen.

Es gibt für alles eine logische Erklärung, versuche ich
mir einzureden. Aber für das hier gibt es keine Erklärung.
Keine Entschuldigung. Er weiß, wie sehr sie mir wehgetan hat – und trotzdem sagt er mir nichts von ihren Kommentaren. Trotzdem antwortet er ihr. Gott, vielleicht folgt
er ihr sogar?

Vielleicht …

Ich zucke zusammen, als mein Handy zu klingeln beginnt.

Pascal.

Shit.

Mit zitternden Händen nehme ich das Gespräch an. »Ja?«

»Hey, Holly«, begrüßt er mich ausgelassen. Im Hintergrund höre ich andere Stimmen. Gelächter. Er ist anscheinend immer noch bei seiner Familie. »Okay, also Micah und Allegra haben sich verbündet und halten mich so lange hier fest, bis ich dich gefragt habe.«

Seine gute Laune passt nicht zu dem Tumult in meinem Herzen. Sie steht in einem so krassen Widerspruch zu allem, was ich gerade fühle, dass ich für einen Moment gar nichts sagen kann.

»Puh, wie mache ich das? Also, ich habe auf Instagram gesehen, dass du mit Perry James befreundet bist, du weißt schon, der Regisseur«, stammelt er. »Ich wollte dich die ganze Zeit nicht fragen, weil sich das so komisch anfühlt, aber Micah meint, es wäre doch nichts dabei. Also mache ich es jetzt einfach. Bitte versteh mich nicht falsch.« Er holt tief Luft. »Würde es dir etwas ausmachen, mich ihm vorzustellen?«

Ich schließe die Augen, höre meinen Atem, höre das Rascheln der Blätter im Wind, das Heulen einer Sirene in der Ferne und die nervöse Stille am anderen Ende des Telefons.

Und dann höre ich mich, wie ich mich an den letzten Strohhalm klammere, der mir noch bleibt: »Seit wann weißt du, dass ich Perry James kenne?«

»Ich… hab's gesehen, als ich deinen Instagram-Feed

zum ersten Mal angeschaut habe«, erklärt Pascal verwundert. »Wieso fragst du?«

Der Schmerz, der mich bei seinen Worten überrollt, ist brutal. Mein Herz fühlt sich an, als würde jemand mit einer Brechstange auf meinen Brustkorb einschlagen. Die Wucht seiner Worte presst mir die Luft aus der Lunge. Die Gewissheit, dass ich ein weiteres Mal benutzt wurde, ein weiteres Mal auf jemanden reingefallen bin, der mir die Welt bedeutet hat, treibt mir heiße Tränen in die Augen.

»Holly?« Pascal klingt unsicher. »Ist alles in Ordnung?«

»Klar«, japse ich schmerzerfüllt. »Alles bestens. Mir ist nur gerade bewusst geworden, dass das alles nur ein riesiges Spiel für dich ist. Hat dir unser Wochenende Spaß gemacht, oder war das nur eine lästige Pflicht, um mein Vertrauen zu gewinnen? Damit ich dir dann den Weg zu Filmgrößen wie Perry James ebne?«

»Wow, was? Ich habe doch nur ... Ich wollte doch nicht ...«

»Du wolltest nicht was? Mich verletzen? Das hättest du dir überlegen sollen, als Leslie zum ersten Mal deine Fotos kommentiert hat. Oder als du auf ihre Kommentare reagiert hast«, fahre ich wütend fort, während ich mir die Tränen von den Wangen wische. »Aber du hast dir wahrscheinlich gedacht, die checkt eh nichts, immerhin ist sie ja sowieso ganz allein. Perfektes Opfer. Keine Freunde, die sie warnen können, sich auf den Typen einzulassen, bei dem alles zu gut ist, um wahr zu sein.«

»Wie bitte?«, unterbricht er mich empört. »Ist das dein Ernst? Das denkst du von mir, bloß weil Leslie auf Instagram mitmischen will?«

»Was soll ich denn sonst denken, Pascal? Warum hast du

es mir verheimlicht, wenn nicht, weil ihr befreundet seid? Hat sie dich auf mich angesetzt? Ist das ihre Art nachzutreten?«

»Jetzt mach aber mal halblang!«, entgegnet er wütend. »Du siehst Gespenster. Ich hab's dir nicht gesagt, weil es keine Rolle spielt. *Sie* spielt keine Rolle. Weder in meinem Leben noch in deinem.«

»Hat sie dir geschrieben?«, frage ich schwer atmend. Er antwortet nicht, und ich schließe die Augen, weil ich die Antwort kenne. Ich kenne sie, will sie nicht hören und wiederhole meine Frage trotzdem noch einmal. »Hat sie dir geschrieben, Pascal?«

»Holly, ich ...«

Er führt seinen Satz nicht zu Ende. Er weiß nicht, wie, weil es nichts auf dieser Welt gibt, was das, was er getan hat, wiedergutmachen könnte. Die Enttäuschung rollt über mich hinweg wie eine haushohe Welle, sie reißt mich mit sich in die Tiefe, auf den Grund des Meeres, an dem es kein Licht und keine Luft mehr gibt.

Dort gibt es nur noch mich und die Splitter meines Herzens.

Pascal

Los Angeles, Kalifornien

34 Wie betäubt lasse ich das Handy sinken. Sie hat aufgelegt. Einfach so. Ich sehe zu Micah und Allegra, die meinen Blick mit weit aufgerissenen Augen erwidern, und verstehe es nicht. Ich verstehe nicht, was da gerade passiert ist. Eben haben wir noch gelacht, und jetzt ...

»Hat sie gerade mit mir Schluss gemacht?«, frage ich verdattert.

Allegra umklammert das Kissen auf ihrem Schoß etwas fester. »Hörte sich ganz danach an«, sagt sie mitfühlend. »Zumindest das, was wir mitbekommen haben.«

Micah schluckt hörbar. »Nun, *das* wollten wir damit nicht erreichen.« Er sieht genauso geschockt aus, wie ich mich fühle. »Was hat sie gesagt? Warum reagiert sie so über, nur weil du sie nach dem Regisseur fragst?«

Ich schüttle den Kopf und versuche, meine Gedanken zu ordnen. »Sie war nicht deswegen sauer. Also nicht direkt«, antworte ich. »Ich glaube, das war nur der Tropfen auf dem heißen Stein. Ich muss sie zurückrufen, ich muss ihr das alles erklären.«

»Ich glaube nicht, dass das im Moment eine gute Idee ist«, ruft Allegra mir hinterher, aber da bin ich schon durch die Glastür in den Garten geschlüpft. Wie kann sie nur für eine Sekunde glauben, ich hätte mich mit Leslie verbündet? Es ist mir ein Rätsel. Ich meine, ja, Leslie hat mir geschrieben, aber ich bin doch nicht blöd. Mir war sofort klar, dass sie nur versucht, sich in Szene zu setzen und möglichst viele unserer Follower auch für sich zu gewinnen. Ich dachte, wenn ich Leslie immer nur kurz angebunden antworte oder sie sogar ganz ignoriere, würde sie irgendwann aufhören, mir zu schreiben.

»Komm schon, geh ran.« Ich versuche es noch ein zweites und ein drittes Mal bei Holly, aber sie antwortet nicht. Natürlich nicht. »Fuck. Fuck, fuck, fuck!«

Ich lasse meine Faust gegen die Wand des Gartenhauses sausen und japse auf, als heiße Schmerzen durch meine Finger schießen. Als ich die Hand zurückziehe, sind meine Knöchel blutig. Aber das ist mir egal, mir ist alles egal, nur nicht, dass Holly denkt, ich würde sie hintergehen.

Meine Gedanken rasen genau wie mein Herz. Ich wünschte, ich könnte meine Reaktionen auf Leslies Kommentare rückgängig machen, ich wünschte, Holly würde verstehen, dass das einfach Teil meiner Arbeit war und ich öffentlich nicht einfach auf Ignoranz schalten kann … aber ich verstehe auch, wieso es sie so wütend macht.

»Tut mir echt leid.« Micah taucht neben mir auf und legt mir eine Hand auf die Schulter. »Damit habe ich wirklich nicht gerechnet. Was genau ist denn passiert?«

»Ich habe ihr wehgetan«, erwidere ich niedergeschlagen und erzähle ihm von Holly und von Leslies Buch und davon, wie Leslie schon seit Tagen versucht, Kontakt zu mir aufzunehmen. »Ich würde Holly niemals so in den Rücken fallen.«

»Vielleicht merkt sie das, wenn sie ein bisschen Zeit hatte, darüber nachzudenken.«

»Ich weiß nicht. Vielleicht hattest du recht, vielleicht kann das mit uns nicht funktionieren, solange sie nicht bereit ist, mir zu vertrauen.«

Irgendwo in der Nachbarschaft spielen ein paar Kinder, ihre lachenden Stimmen werden vom Wind weitergetragen. Der Geruch eines BBQs zieht zu uns hinüber, aber in diesem Moment reizt mich das überhaupt nicht.

»Gib die Hoffnung noch nicht auf«, erwidert Micah und führt mich zur Veranda. Wir setzen uns auf den Vorsprung, und ich betrachte meine Finger, die immer noch wehtun. Aber der Schmerz ist nichts im Vergleich zu dem in meinem Herzen.

Hoffnung.

Worauf? Darauf, dass Holly plötzlich klar wird, dass ich nicht der Böse in dieser Geschichte bin? Dass ich mit jeder Faser meines Seins versuche, ein Partner für sie zu sein, auf den sie sich verlassen kann? Aber wozu? Was bringt es, wenn sie mir nicht vertraut?

»Du solltest Allegra fragen, ob sie das verarztet«, meint Micah schließlich und deutet auf meine Hand.

»Gleich.« Ich seufze und lege den Kopf in den Nacken, um in den Himmel zu sehen. Die Wolken haben sich verzogen und einem prachtvollen Sternenhimmel Platz gemacht, der mich von nun an immer an Holly erinnern wird. Klasse!

Um nicht noch wehmütiger zu werden, zwinge ich mich dazu, über etwas anderes nachzudenken und Micah die Frage zu stellen, die mich schon seit ein paar Tagen beschäftigt. »Kann ich dich was fragen?«

»Sicher.«

»Wieso wolltest du nicht wissen, was Allegra mit dem Geld macht?« Ich lehne mich zurück und stütze mich auf die Arme. »Ich meine, du hast ja überhaupt nicht nachgehakt. Das ist irgendwie untypisch für dich.«

Er schmunzelt. »Ich habe nicht nachgefragt, weil ich es weiß.«

»Du weißt es?«

»Sie spendet einen Teil davon an ein soziales Projekt in Skid Row«, erwidert er nicht ohne Stolz.

»Dem Obdachlosenviertel?«, hake ich verblüfft nach.

»Ja. Ich hab's von einem Kollegen auf dem Neunten erfahren, dessen Frau in einem Obdachlosenheim dort arbeitet. Allegra hat dort wohl in ihrem ersten Semester ausgeholfen und anschließend angefangen zu spenden. Er wollte sich bei mir bedanken.« Micah grinst mich an. »War ein bisschen peinlich zuzugeben, dass ich damit nichts am Hut habe.«

Ich nicke anerkennend. »Nun, das hätte ich nicht gedacht.«

»Ich auch nicht. Ich meine, hast du die Kisten mit Klamotten gesehen, die Ben und seine Jungs aus dem Wohnheim geholt haben? Der andere Teil des Geldes geht mit Sicherheit dafür drauf«, überlegt er.

»Ich könnte schwören, dass sie heute schon wieder eine andere Handtasche dabeihat.«

»Ich kann euch hören, ihr Mode-Banausen!« Ertappt drehen wir uns um. Allegra lehnt mit verschränkten Armen im Türrahmen und blickt uns mit funkelnden Augen an.

»Sorry«, nuschelt Micah, »aber ist doch so.«

Ich lächle bloß verlegen. Wo er recht hat ...

Sie schüttelt amüsiert den Kopf. »Kommt ihr? Dad hat endlich die Batterien für die Fernbedienung gefunden.«

»Na, Gott sei Dank.« Micah steht auf. »Ich dachte schon, das wird heute nichts mehr mit dem Film.«

★

Die letzten Tage unseres Tausches vergehen quälend langsam. Immer wieder versuche ich, Holly zu erreichen, aber sie reagiert weder auf Anrufe noch auf Nachrichten. Der Livestream ist dementsprechend ausgefallen – und die Nachrichten, die ich daraufhin bekommen habe, waren zu viele, um sie alle zu beantworten. Nur eine, eine hat mich richtig wütend gemacht.

Sie war von Leslie.

Hey, Pax,

ich habe gesehen, dass euer Livestream heute ausgefallen ist. Wirklich schade, ich habe mich so drauf gefreut, euch zusammen zu sehen. Ich hoffe, es ist alles in Ordnung? Holly hat ja auch schon ein paar Tage nichts mehr gepostet. Wir sind alte Freundinnen, und ich weiß, dass sie ihre Probleme oft mit sich herumträgt. Das macht eine Zusammenarbeit nicht immer leicht, aber ich finde, du machst das richtig toll. Da bekomme ich auch direkt Lust auf eine Kooperation.

<3 Leslie

Am liebsten hätte ich ihr geantwortet, dass sie sich ihr Mitleid sonst wohin schieben kann und sie sich bloß nicht noch mal melden soll, aber ich hab's nicht getan. Ich habe ihren Account blockiert. Etwas, was ich schon hätte machen sollen, als sie mir das erste Mal geschrieben hat.

Ich wünschte, ich könnte mit Holly darüber reden, aber nicht einmal auf meine Mail, in der ich ihr alles ausführlich erklärt habe, reagiert sie.

Am Dienstag, vier Tage bevor sie nach L.A. zurückkommt, packe ich meine Sachen zusammen und ziehe aus ihrem Apartment aus. Es fühlt sich falsch an, weiter dort zu wohnen, wenn sie beschlossen hat, mich aus ihrem Leben auszusperren. Also kehre ich in mein altes Kinderzimmer zurück. Dad freut sich darüber, dass sich das Haus wieder mit Leben füllt, immerhin wohnt Allegra nun auch wieder hier.

Der Einzige, der eine eigene Wohnung hat, ist Micah – und selbst der hängt in seiner freien Zeit immer häufiger bei uns herum.

Am Mittwoch gebe ich es auf, Holly mit Anrufen und Nachrichten zu bombardieren. Wahrscheinlich hat sie meine Nummer längst gesperrt, und ich kämpfe gegen Windmühlen. Ich werde warten müssen, bis sie wieder hier ist. Irgendwann wird sie aus dem Van ausziehen und mir den Schlüssel zurückgeben müssen. Das ist meine Gelegenheit, mit ihr zu sprechen.

Am Nachmittag gehe ich den Kleiderschrank in meinem alten Kinderzimmer durch, um ein paar der Sachen auszumisten, als Maevis mich anruft.

»Hallo, Pascal. Tut mir wirklich leid, dass du die nörgelnde Maevis so früh kennenlernen musst«, begrüßt sie mich. »Aber ihr postet beide seit Tagen nicht mehr, und jetzt ist auch noch euer Livestream ausgefallen... Was ist los? Ich habe deine Mail an Holly gesehen, aber ich werde nicht schlau draus. Was hat Leslie Turner damit zu tun? Ich will auf der Stelle Infos, damit ich heute endlich wieder ruhiger schlafen kann.«

Wenn die Lage nicht so aussichtslos wäre, hätte mich ihr Übereifer zum Lachen gebracht, aber so überlege ich einfach nur, wie viel ich ihr von Hollys Situation erzählen kann. Als sich im Gespräch herausstellt, dass Maevis einen großen Teil von Hollys Vorgeschichte mit Leslie kennt, beschließe ich, das volle Risiko auf mich zu nehmen, und fülle die Lücken, damit Maevis versteht, was geschehen ist.

»Ich wollte Leslie auf meinem Account nicht direkt sperren«, erkläre ich hilflos. »Immerhin ist sie auch eine bekannte Influencerin. Und ich reagiere auf fast alle Kommentare, die ich bekomme. Zumindest versuche ich es. Da fällt es doch sofort auf, wenn ich die von Leslie jedes Mal ignoriere.«

»Und auf ihre Nachrichten hast du nicht geantwortet?«

»Natürlich nicht«, entgegne ich entrüstet. »Wieso denken das alle von mir?«

»Entschuldige, ich wollte nur sichergehen.«

»Weißt du, wenn wir beweisen könnten, dass …« Ich stocke, als mein Blick auf einen Stapel Schulhefte fällt. Mathe, achte Klasse. Verrückt, dass das alles noch hier ist. Das bringt mich jedoch auf eine Idee. »Ich weiß, was ich machen kann. Hast du zufällig die Nummer von Hollys Familie?«

»Nein«, erwidert sie zögerlich. »Darf ich fragen, was du vorhast?«

»Holly einen Gefallen tun. Zumindest dann, wenn es klappt«, antworte ich, lege das Heft zurück auf den Stapel und weihe Maevis in meine Idee ein. Sie verspricht daraufhin, mir die Nummer zu besorgen.

»Hör mal, Pascal, ich finde es toll, dass du Holly zurückgewinnen willst, aber vielleicht wartest du damit noch bis nach der Social Media Week«, sagt Maevis ernst. »Die Convention wird schon stressig genug für sie. Eine andere Youtuberin hat abgesagt, und Leslie ist für sie eingesprungen. Holly und sie werden nächsten Dienstag zusammen in einer Diskussionsrunde sitzen.«

»Was?«

»Holly wollte nicht absagen. Sie wollte – ich zitiere – ›sich nicht mehr verstecken‹.«

»Das hört sich nicht gut an.«

»Ja, jetzt, da du mir erzählt hast, wie das mit Leslies Buch gelaufen ist, bin ich mir auch nicht sicher, ob es eine gute Idee ist, sie dorthin gehen zu lassen«, meint Maevis besorgt.

»Warten wir erst mal ab, ob Leslie nicht absagt, wenn ihr klar wird, dass Holly dabei ist«, überlege ich laut. »Vielleicht geht mein Plan ja auch auf, dann hat sich das bis dahin sowieso erledigt.«

Maevis seufzt. »Also gut. Ich besorge dir die Nummer, und du lässt deine Magie walten. Enttäusch mich bitte nicht! Und ruf an, wenn es Grund zur Sorge gibt. Ich will nicht erst über die sozialen Medien davon erfahren, wenn etwas schiefläuft, klar?«

»Glasklar.« Ich bedanke mich bei ihr und lege auf.

Während ich noch weiter über meinen Plan nachgrübele, fällt mein Blick auf den Umschlag, der unangetastet auf dem Schreibtisch liegt: die Aufgabe für diese Woche. Ich bezweifle, dass Holly und ich die Umschläge gemeinsam öffnen werden, aber bisher habe ich mich noch nicht getraut, allein hineinzuschauen. Vielleicht ist darin aber auch meine Antwort auf die Frage verborgen, wie ich Holly zurückgewinnen kann. Also schnappe ich mir den Umschlag, setze mich aufs Bett und öffne ihn nach kurzem Zögern.

Sie hat sich wieder viel Mühe mit der Gestaltung gegeben. Alles ist bunt und fröhlich und warm. Holly eben.

Lieber Pax, ich mag deine 30-Tage-Challenge-Videos wirklich gerne. Du hast jetzt drei Wochen wie Holly Wood gelebt, jetzt darfst du sieben Tage lang essen wie ich. Wenn du vegane Rezeptempfehlungen brauchst, melde dich. Guten Appetit!

Ich weiß nicht, ob ich heulen oder lachen soll. Ausgerechnet das, was ich an Tag eins für mich entschieden habe, soll meine letzte Wochenaufgabe sein? Damit werde ich ihr Herz wohl kaum für mich gewinnen können. Seufzend stecke ich den Zettel zurück in den Umschlag, lege ihn auf den Nachttisch und lasse mich in die Kissen fallen.

Ich vermisse sie. Ich vermisse ihr Lachen und die Art, wie sie anfängt, wild draufloszuplappern, wenn sie nervös ist. Ich vermisse ihre Sommersprossen und die Röte ihrer Wangen. Ich vermisse das Gefühl ihrer Haut an meiner und unsere langen abendlichen Gespräche. Ich vermisse es, meinen Alltag mit ihr zu teilen, weil sie zu einem so festen Bestandteil meines Lebens geworden ist, dass es sich nun anfühlt, als würde mir ein Körperteil fehlen.

Es schmerzt.

In jeder Faser meines Seins.

Holly

Los Angeles, Kalifornien

35 Ich parke den Van genau dort, wo ich ihn vor vier Wochen zum ersten Mal bestiegen habe, und breche in Tränen aus.

Es ist vorbei. Der Tausch ist vorbei. Gleich werde ich Pascal wiedersehen. Es wird wehtun, ihm die Schlüssel zur Freiheit zurückzugeben und so zu tun, als hätten mich die letzten Wochen nicht von Grund auf verändert. Als hätte er sich nicht in mein Herz geschlichen und mir Ideen in den Kopf geflüstert, die ich nicht mehr loswerde. Nicht jetzt, nicht morgen und vermutlich niemals.

Orlando liegt auf dem Beifahrersitz und döst vor sich hin. Er hat sich so sehr an das Leben unterwegs gewöhnt, dass ich mich frage, wie es ihm gefallen wird, plötzlich wieder jeden Tag die gleiche Aussicht zu haben. Wird er den Van ebenfalls vermissen?

Aber wie Pascal mir in der nicht geschnittenen Version unseres Interviews so treffend klargemacht hat: Es ist nicht der Van, den ich am meisten vermisse. Um genau zu sein, habe ich das Van-Life in der letzten Woche regelrecht gehasst, weil es ohne Pascal nichts Besonderes mehr ist. Ich habe es ja nicht einmal geschafft, die letzte Wochen-aufgabe durchzuziehen – eine Woche lang jeden Tag eine

Stunde meditieren –, was mitunter auch Pascals Schuld war. Wie soll das bitte gehen, den Geist zur Ruhe zu bringen, wenn die Gedanken immer wieder zu dem zurückkehren, was man verloren hat?

Ohne ihn ist der Van bloß ein Auto, das mich von A nach B bringt. Eines, in dem es keinen guten Kaffee gibt, weil Kaffee auf Pascals Art nur dann schmeckt, wenn ich ihn mit Pascal zusammen trinken kann. Es ist bloß ein Auto mit einer Campingtoilette, die immer dann voll ist, wenn man wirklich dringend aufs Klo muss, und mit zu wenig Platz für mich und meine Sachen. Eines, in dem ich mir immer wieder Ellbogen und Hüfte anstoße, weil das Bad zu winzig ist.

Nur ein Auto.

Nur ein verdammtes Auto.

»Komm, Orlando. Es wird Zeit, in unser altes Leben zurückzukehren.« Ich wische mir die Tränen von den Wangen und ziehe den Schlüssel aus dem Zündschloss. Dann klettere ich durch die Sitze nach hinten. Meine Handtasche und der Rucksack liegen schon fertig gepackt auf dem Bett, Orlando ist im Nu angeleint, und dann ist er da: der letzte Augenblick meines geliehenen Lebens. Der letzte Moment, in dem ich mir noch vorstellen kann, dass Pascal auf mich wartet und mir erklären wird, dass alles nur ein böser Traum war. Ich sollte die Kamera rausholen und filmen oder zumindest eine kleine Story für meine Instagram-Follower drehen, die schon seit Tagen kaum noch etwas von mir gehört haben. Aber ich bringe es einfach nicht über mich, die App zu öffnen und mit den Tausenden Benachrichtigungen umzugehen, von denen alle in die gleiche Richtung weisen.

Was ist mit Pax und dir?

Ist alles in Ordnung zwischen Pax und dir?

Wir vermissen Team #paxolly!

Ein Abend hat gereicht, damit ich die App beinahe gelöscht hätte. Einzig und allein die Tatsache, dass ich damit meinen Lebensunterhalt verdiene, hat mich davon abgehalten. Irgendwann werde ich also nicht mehr drum herumkommen, aber heute ist nicht der richtige Tag dafür. Ich teile viel mit meinen Fans, doch dieser Moment und meine Trauer über das, was zwischen Pascal und mir war, gehört mir allein.

Es wird keine Stunde dauern, bis ich den Van ausgeräumt habe und die Spuren der letzten vier Wochen verschwunden sind. Dass ich sie nicht alle verwischen kann, fällt mir erst auf, als ich den Van verlasse und die Tür hinter uns zugezogen habe. Er ist immer noch bunt bemalt. Ein Zeugnis meiner Kunst, ein Geschenk mit Bedeutung.

Ich schlucke die wieder aufsteigenden Tränen hinunter, setze Orlando auf den Gehweg und schließe den Van ab. Die Straßen fühlen sich vertraut an, aber doch irgendwie anders. Es ist laut. Hektisch. Und die Luft ist stickig.

Kein Wunder, dass Pascal es keine zwei Wochen ausgehalten hat, bevor er zurück in die Natur wollte. Oder wollte er das nur, um mein Vertrauen zu gewinnen?

Mit einem tiefen Seufzen überquere ich die Straße zu meinem Wohngebäude und bleibe vor dem Klingelschild stehen. Mein Herz schlägt unwillkürlich schneller.

Ich weiß nicht, ob ich dazu bereit bin, ihn wiederzusehen. Ich weiß nicht, ob ich jetzt schon mit ihm reden will.

»Holly?«

Ertappt drehe ich mich um. Vor mir steht ein Mann, den ich noch nie getroffen habe, den ich aber trotzdem sofort erkenne.

»Micah, oder?«

Er beginnt zu lächeln, und sein Lächeln erinnert mich schmerzhaft an das von Pascal. »Ja, genau. Freut mich, dich kennenzulernen.« Er streckt mir seine Hand entgegen. »Ich habe deine Schlüssel mitgebracht. Pascal ist schon vor ein paar Tagen ausgezogen.«

»Oh«, mache ich verwundert, und Enttäuschung breitet sich in mir aus. Offenbar hatte ein kleiner Teil von mir doch gehofft, ich würde ihn heute noch einmal wiedersehen.

»Er hat mich auch gebeten, dir mit den Umzugskartons zu helfen. Also, wollen wir?«

»Äh, klar.« Ich schließe die Tür auf und nehme Orlando auf den Arm, um mit Micah zusammen in meine Wohnung zurückzukehren. Alles fühlt sich einfach nur falsch an. Pascal sollte hier sein. *Er* sollte mir helfen, so wie er mir am Tag meiner Abreise geholfen hat. Wir sollten lachen und rumwitzeln und Instagram-Storys darüber drehen, wie es für uns weitergeht.

Ich schließe meine Wohnungstür auf und wappne mich für die Flut an neuen Eindrücken, die gleich auf mich einprasseln werden. Doch es passiert gar nichts. Es fühlt sich an, als hätte ich meine Wohnung nur für einen Spaziergang verlassen.

Stumm stelle ich meine Taschen im Flur ab und löse Orlandos Geschirr. Mit einem aufgeregten Maunzen läuft er sofort los, um die Wohnung zu erkunden.

»Komm rein«, sage ich matt zu Micah, der immer noch

in der Tür steht. »Du kennst dich hier ja schon aus. Ich hole nur kurz die Kartons.«

Ich gehe ins Wohnzimmer, sehe mich um, erwarte fast, dass Pascal hinter einer Topfpflanze hervorspringt und mir sagt, dass das alles bloß ein böser Scherz war, aber... Mein Blick bleibt an dem niedrigen Wohnzimmertisch hängen, der bei meiner Abreise noch nicht hier stand.

»O mein Gott«, flüstere ich und trete näher an das Möbelstück heran. Zwei große Stücke Treibholz rahmen einen Spalt ein, der mit Epoxidharz ausgegossen wurde.

Pascals Wochenaufgabe.

Der Tisch ist so wunderschön.

Ich falle auf die Knie, um die Unterwasserlandschaft im Spalt näher zu betrachten. Sie enthält so viele Details, bunte Kieselsteine, einen Schwarm silberner Fische, die Pascal augenscheinlich gemalt hat, weiße Brandung, die an das Holz des Tisches schlägt. Ich entdecke sogar einen gemalten Rochen, der über den sandigen Meeresgrund gleitet. Vorsichtig streiche ich mit den Fingern über die glatte Oberfläche.

»Gefällt er dir?«, fragt Micah hinter mir.

»Er ist unglaublich«, antworte ich leise und blicke zu ihm auf. »Wieso steht der noch hier? Pascal sollte ihn mitnehmen.«

Micah schüttelt den Kopf. »Das ist ein Geschenk für dich. Sieh mal.« Micah kniet sich neben mich und zeigt mir eine Inschrift auf der Seite des Tisches. *The trouble is, you think you have time,* lese ich und kann die Tränen nicht länger zurückhalten. Ich erinnere mich an unser Wochenende, daran, wie ich zum ersten Mal die schwarzen Linien des Tattoos auf seiner Brust berührt habe, wie er mit mir über die fünf Sprachen der Liebe gesprochen hat – und ich weiß sofort, was Pascal mir mit diesem Geschenk sagen möchte. »Er wollte dir nie wehtun, Holly. Wirklich nicht«, fährt Micah fort und legt eine Hand auf meine Schulter. Seine Berührung sollte mich trösten, mir zeigen, dass ich nicht allein mit meinem Schmerz bin, aber das tut sie nicht.

Sie erinnert mich bloß an das, was ich verloren habe.

★

Es dauert nicht lange, da haben Micah und ich all meine Dinge aus dem Van in die Wohnung gebracht und stehen am Straßenrand, um uns zu verabschieden.

»Kann ich dich etwas fragen?«

»Klar.«

»Wieso ist Pascal nicht hier? Ich habe fest damit gerechnet, dass ich ihn heute wiedersehen würde.«

»Was denn? Meine Wenigkeit reicht dir nicht?«, neckt Micah mich belustigt. Ich lache auf – es überrascht mich nicht im Geringsten, dass ich Micah gern mag. Er ist umgänglich, hilfsbereit und ehrlich. Aber das dachte ich von Pascal auch. »Hättest du ihn denn sehen wollen?«

Ratlos ziehe ich die Schultern hoch. Hätte ich? Ich weiß es nicht.

»Er hielt ein Wiedersehen zum jetzigen Zeitpunkt für keine gute Idee und hat gesagt, er will dir Zeit geben.« Micah fährt sich mit einer Hand über den Bart. »Ich persönlich glaube allerdings eher, dass er zu verletzt ist und sich deshalb nicht getraut hat zu kommen.« Micahs Worte sorgen dafür, dass sich mein Herz schmerzhaft zusammenzieht. »Hör mal, niemand ist perfekt. Jeder Mensch macht Fehler. Kontakt zu dieser Leslie haben, ohne dir davon zu erzählen: ziemlich uncool, wenn er diesen Kontakt initiiert hätte. Hat er aber nicht. Dich nach einem Mann fragen, der ihn beruflich weiterbringen könnte: keine große Sache, wenn man eine Beziehung führt.« Micah schiebt die Hände in seine Hosentaschen und sieht mich aufmerksam an. »Du weißt, wie du ihn erreichen kannst. Wenn du mich fragst, solltest du dich noch mal mit ihm treffen und dir seine Version der Geschichte anhören.«

Ich nicke. Zu mehr bin ich nicht imstande, weil ein dicker Kloß meine Stimmbänder blockiert.

»Mach's gut, Holly. Ich hoffe, wir sehen uns noch mal wieder.« Er klimpert mit den Schlüsseln zum Van und schließt ihn auf. Einen Augenblick später hat er sich hinters Steuer geschwungen und das bunte Ungetüm mit einem lauten Brummen gestartet. Ich blicke ihm hinterher, während er sich in den Verkehr einfädelt, und gehe erst zurück in meine Wohnung, als er längst verschwunden ist.

Micahs Worte hängen mir noch lange nach. In der Nacht liege ich bis weit nach Mitternacht wach und horche in die Umgebung. Es ist so laut hier. Der Verkehr, die Nachbarn, eine gelegentliche Sirene, aber am schlimmsten sind meine Gedanken, die sich im Kreis drehen … Ich werfe mich von einer Seite auf die andere, nehme mehrmals mein Handy in die Hand, bin kurz davor, Pascals Nummer wieder freizugeben und ihm zu schreiben.

Mich zu entschuldigen, weil ich überreagiert habe.

Aber dann erinnere ich mich daran, wie verraten ich mich gefühlt habe. Wie sehr es wehgetan hat zu erfahren, dass er hinter meinem Rücken Kontakt mit Leslie hatte.

Und das reicht, damit ich mein Handy zurück auf den Nachttisch lege.

Irgendwann kommt Orlando zu mir und rollt sich schnurrend auf meinem Brustkorb zusammen. Ich starre an die Decke und streichle sein flauschiges Fell, bis ich vor Erschöpfung einschlafe.

★

»Und du bist dir sicher, dass du das wirklich durchziehen willst?«, fragt Maevis mich zum wiederholten Male und sieht mich mitfühlend an. »Ich kann verstehen, wenn du abspringen willst. Das wäre okay.«

»Nein«, wiederhole ich und atme tief durch. »Ich schaffe das schon. Es ist nur eine Diskussionsrunde. Meine Fans warten auf mich.«

»Okay.« Maevis setzt ein breites Lächeln auf. »Du wirst das rocken. Lass dich nicht von ihr einschüchtern, okay?«

»Damit bin ich fertig.« Meine Worte klingen selbstsicherer, als ich mich fühle. Und als Leslie und ihre Managerin ein paar Minuten später den Raum betreten, ist mein Hals so trocken, dass ich keine Ahnung habe, wie ich überhaupt ein Wort herausbringen soll. Ihr Blick findet meinen sofort. Für einen Moment sehe ich eine Gefühlsregung darin aufflackern, die ich nicht deuten kann.

Angst?

Ich straffe die Schultern, hebe das Kinn. »Leslie.«

»Holly!« Sie kommt mit einem breiten Lächeln auf mich zu. Die Duftwolke ihres Parfüms trifft mich, bevor sie mich in den Arm nimmt. Ich höre das Auslösen einer Kamera, klopfe ihr auf den Rücken und trete dann so schnell wie möglich einen Schritt zurück. »Wie geht's dir? Du siehst toll aus.«

Ich kämpfe die aufbrandende Wut nieder. Schon backstage stehen wir im Fokus mehrerer Kameras, da muss ich meine Gefühle im Griff haben. Es gelingt mir, mir nichts anmerken zu lassen, als ich in gut gelauntem Tonfall antworte: »Mir geht es super, kann nicht klagen. Und dir? Herzlichen Glückwunsch zur Platzierung *deines* Buches.«

Ihr Lächeln gefriert. »Danke.«

Maevis legt eine Hand auf meine Schulter. »Holly, es geht gleich los.«

Doug von *The Doug Experience*, Lucy von *Planned by Lucy* und Corey von *Corey Holland Art* stehen bereits an der Tür zum Zuschauerraum. Jeder von ihnen begrüßt mich mit einer Umarmung und warmen Worten, obwohl wir sonst kaum Kontakt haben.

»Das Tauschexperiment mit Pax Pacis war echt cool«, sagt Lucy. »Ich weiß nicht, ob ich das gekonnt hätte. Einfach alles zurückzulassen.«

»Hat sich angefühlt wie Urlaub«, gestehe ich. »Ich glaube, um diesen Lebensstil wirklich zu verstehen, hätte ich deutlich länger unterwegs sein müssen.«

»Ich hab's auch verfolgt«, mischt sich Doug ein. »Aber was war denn mit eurem Livestream letzte Woche? Hattet ihr nicht noch eine Wochenaufgabe? Ich habe die echt gern geguckt.«

»Hat sich einfach nicht ergeben.« Ich zucke entschuldigend mit den Schultern. »Pascal und ich hatten beide nebenbei noch viel Arbeit.«

Zum Glück bleibe ich von weiteren Fragen verschont, weil endlich die Tür aufgeht und wir unter tosendem

Applaus auf die Bühne gebeten werden. Ich entdecke meinen Platz zwischen Corey und Doug und setze mich erleichtert hin. Dann erst blicke ich in den Zuschauerraum, der dicht gefüllt ist. Die Stuhlreihen sind alle besetzt, es stehen sogar Menschen im hinteren Bereich des Raumes, die uns reden hören wollen.

Ganz schön viele, denke ich mit einem mulmigen Gefühl im Magen. Mein Blick fällt auf Maevis, die in der ersten Reihe sitzt. Sie lächelt mir aufmunternd zu.

Ich lächle zurück, bevor ich das Publikum nach weiteren bekannten Gesichtern absuche – und fündig werde.

Pascal.

Pascal

Los Angeles, Kalifornien

36 Hollys Augen weiten sich überrascht, und mein Herz beginnt, schneller zu schlagen. Eigentlich hatte ich gehofft, sie würde mich erst entdecken, wenn die Diskussionsrunde schon begonnen und sie sich ein bisschen warm geredet hat.

Aber dafür hätte ich mich wahrscheinlich weiter nach hinten setzen müssen.

Ich lächle ihr zu, strecke einen Daumen nach oben, um ihr zu signalisieren, dass sie das toll machen wird, doch da wendet Holly ihren Blick bereits zum Moderator, der die anwesenden Youtuber nacheinander vorstellt. Alle fünf sind etwa gleich alt und betreiben schon seit Jahren erfolgreiche DIY-Kanäle.

Leslie trägt die blonden Haare in einem langen, geflochtenen Zopf. Ihre großen blauen Augen lassen sie unschuldig und jünger erscheinen, als sie tatsächlich ist. Ihr blassrosa Kleid betont diese Wirkung zusätzlich.

Mir ist sofort klar, wieso Leslies Management damals eine Trennung vorgeschlagen hat. Holly passt überhaupt nicht zu dem Süßes-Mädchen-Image, das Leslie vermitteln soll. Wo Leslie rosa glitzernde Mädchenträume verwirklicht, ist Holly eine Frau, die auch vor groben Arbei-

374

ten nicht zurückschreckt. Ich könnte wetten, dass Leslie noch nie einen Tisch gebaut oder einen Van lackiert hat.

»Also, Holly, wie wir alle mitverfolgen konnten, hast du gerade erst ein aufregendes Experiment hinter dich gebracht, das gar nicht viel mit dem eigentlichen Thema deines Kanals zu tun hat«, beginnt der Moderator die Gesprächsrunde. »Aber wenn ich das richtig sehe, war die Tausch-Challenge eine sehr erfolgreiche Sache. Erzähl doch mal, was ihr gemacht habt und wie ihr auf die Idee gekommen seid.«

Holly nickt erleichtert und beugt sich etwas vor, um ins Mikrofon zu sprechen. »Ich kannte Pax Pacis noch gar nicht, bevor wir für vier Wochen unsere Leben getauscht haben. Ich bin durch einen Kommentar unter einem meiner Videos auf ihn aufmerksam geworden. Und so kam dann eins zum anderen. Wir haben uns getroffen, über eine mögliche Zusammenarbeit gesprochen und uns überlegt, was wir machen könnten. Unsere Zuschauer haben uns schließlich die Entscheidung abgenommen und waren sich schnell einig.« Sie lächelt. »Eines der größten Learnings dieses Jahres: Frag niemals deine Zuschauer um Rat, wenn du nicht bereit bist, dein ganzes Leben auf den Kopf zu stellen.«

Ein Lachen geht durchs Publikum.

»Der Tausch hat dich also nachhaltig geprägt, hm?«, hakt der Moderator nach.

»Definitiv, ja. Vier Wochen aus dem bekannten Alltag auszubrechen, ermöglicht eine ganz neue Sichtweise auf das eigene Leben. Ich habe viel über mich gelernt und festgestellt, dass es Zeit wird, eine neue Richtung einzuschlagen.«

»Das hört sich spannend und sehr kryptisch an«, antwortet der Moderator und reißt theatralisch die Augen auf. »Ihr hattet ja vor zwei Jahren schon einen Image-Wechsel, als sich *The Creative Bugs* getrennt haben. Seitdem hört man nur tolle Neuigkeiten. Leslie, herzlichen Glückwunsch zur Veröffentlichung deines ersten Buches und der Bestseller-Platzierung.«

»Aw, danke schön.«

»Ich habe gesehen, dass auch Holly bald ein Buch veröffentlichen wird. Super interessant, dass sich eure Kanäle in so unterschiedliche Richtungen entwickelt haben, ihr aber dennoch das gleiche Ziel verfolgt habt.«

Gar nicht gut. Holly wird mit jedem Wort blasser, sie knetet ihre Hände, und auch Leslie sieht aus, als würde ihr zunehmend unwohler.

»Eure Fans lassen es ja immer ein bisschen so aussehen, als wärt ihr verfeindet, aber mal Hand aufs Herz, insgeheim tauscht ihr euch doch bestimmt regelmäßig aus, oder?«, fährt der Moderator fort.

Maevis wedelt mit der Hand vor ihrem Gesicht herum, als wolle sie dem Moderator signalisieren, dass er sich gerade auf explosives Terrain begibt. Doch selbst wenn er sie sehen würde, ließe er sich wohl kaum davon abhalten, seine Fragen zu stellen. Immerhin sind doch alle hier, um eine Show zu erleben.

»Wir haben schon früher von einem Buch geträumt«, sagt Leslie, weil Holly nicht antwortet. Die blickt auf ihre Hände und sieht aus, als wäre sie die Ruhe selbst. Dabei weiß ich, dass es ihr gerade furchtbar schwerfallen muss, nichts zu sagen.

Bitte, sieh mich an, flehe ich stumm. Als hätte sie meine

Gedanken gehört, hebt sie den Blick und findet meinen. Ich bin für dich da. Ich bin hier und steh das mit dir durch, versuche ich ihr zu vermitteln, und als würde ihr das Kraft geben, strafft sie die Schultern und richtet die Augen auf Leslie.

»Du meinst, *ich* habe früher von einem Buch geträumt«, unterbricht sie ihre ehemals beste Freundin. Im Publikum wird es mucksmäuschenstill. Oje, das habe ich jetzt nicht erwartet. »Wenn ich mich richtig erinnere, war *ich* diejenige, die die Texte geschrieben hat.«

Ich umfasse den Riemen meiner Tasche fester.

Leslie wird blass. »Ich … weiß nicht. Das musst du falsch in Erinnerung haben.«

»Ist das so?«, fragt Holly spitz. »Oder versuchst du dir das einzureden, damit du nachts besser schlafen kannst?«

Autsch.

»Gib's ihr, Holly!«, ruft jemand im Publikum, jemand anderes pfeift. Ich presse die Kiefer aufeinander, sehe tausend Arten vor mir, wie das hier eskalieren wird. Denn das wird es, da bin ich mir ganz sicher.

»Holly, ich habe keine Ahnung, wovon du sprichst.« Leslies Augen füllen sich mit Tränen. Sogar ihr Kinn beginnt zu beben. »Ich habe immer nur das Beste für uns gewollt, ich …« Sie hebt hilflos die Schultern und tupft sich eine Träne von der Wange. »Es war nie meine Absicht, dir wehzutun, und diese ganzen Anfeindungen … ich, tut mir leid, ich …«

Sie bricht vollends in Tränen aus, und ich verstehe die Welt nicht mehr. Müsste nicht eigentlich Holly diejenige sein, die hier die Fassung verliert?

»Ist das dein Ernst?«, fragt diese jedoch mit einem

wütenden Schnauben. »Glaubst du wirklich, jemand kauft dir diese Show noch ab? Hast du nicht schon genug kaputt gemacht?«

»Buhh, Holly!«, rufen ein paar von Leslies Fans.

»Ich weiß nicht, wieso du mir den Erfolg nicht gönnen kannst«, schnieft Leslie herzergreifend. »Aber was wundert es mich? Das konntest du früher ja auch schon nicht.«

»Ich kann dir sagen, wieso: weil es nicht deiner ist.« Hollys Stimme bricht. Sie springt auf, vom Mikrofon weg, sodass man im Publikum nicht mehr hören kann, was sie sagt. Auch unter den Zuschauern brechen nun aufgeregte Diskussionen los.

Eilig erhebe ich mich, um zu Holly zu gelangen. Ich kann sie da nicht allein durchgehen lassen. Ich will ihr beistehen, wenn sie Leslie sagt, was sie wirklich von ihr hält.

In Windeseile schlage ich mich durch das Publikum, das mit dem Streit auf der Bühne in eine ganz neue Dynamik geraten ist. Auf dem Weg dorthin öffne ich meine Tasche und hole einen Stapel Zettel heraus. Die Waffe, die ich nun in den Ring werfe, wird Leslie hoffentlich zum Schweigen bringen, denn wenn es eins kann, dann ist es die Wahrheit.

Einen Augenblick später bin ich an der Bühne angelangt und klettere hinauf. Der Moderator sagt etwas zu mir, aber dann ist er zu sehr von Leslie und Holly abgelenkt, die kurz davor sind, einander an die Gurgel zu gehen.

»Stopp!«, rufe ich, als ich die beiden erreicht habe. Holly entdeckt mich und lässt sofort die Hände sinken. Leslie fährt zu mir herum. Als sie mich erkennt, reißt sie verwundert die Augen auf.

»Pax?«, wispert sie unter Tränen.

»Genau der. Und das hier«, ich halte ihr den Papierstapel direkt vors Gesicht, sodass sie zurückzuckt, »ist der Grund, warum ich auf keine einzige deiner Nachrichten reagiert habe.«

Ich pfeffere die Papiere auf den Tisch. Das Deckblatt ist verrutscht, dennoch sind die Buchstaben auf dem obersten Blatt deutlich zu lesen. Für mich, für den Moderator, für Holly – und für Leslie.

»Wa… Woher hast du das?«, keucht Leslie mit einem panischen Blick.

»Von einer Mutter, die ihre Tochter so sehr liebt, dass sie alles aufbewahrt«, erwidere ich kalt. »Mach damit, was du willst. Das ist nicht das Original.«

Bevor Leslie noch etwas sagen kann, überbrücke ich den letzten Abstand bis zu Holly, die mich fassungslos ansieht. »Wollen wir gehen?«, frage ich sie sanft.

Sie nickt und streckt zaghaft ihre Hand nach mir aus. Ich verschränke meine Finger mit ihren und ziehe sie zu der Tür, aus der sie vor nicht einmal einer Viertelstunde gekommen ist. Dort blicke ich mich noch einmal zu Maevis um, die mir signalisiert, dass es okay ist, wenn wir die Veranstaltung verlassen. Die schwere Tür fällt hinter uns ins Schloss und sperrt den chaotischen Lärm sofort aus.

In der darauffolgenden Stille höre ich den Puls in meinen Ohren hämmern. Holly steht vor mir, blass, erschöpft und mit weit aufgerissenen Augen. Sie fasst sich an die Schläfe. »O mein Gott, was ist da gerade passiert?«

Holly

Los Angeles, Kalifornien

37 Jetzt, da das Adrenalin nicht mehr durch meine Adern strömt, zittere ich am ganzen Körper und sacke entkräftet zusammen. Mit jeder Sekunde, die verstreicht, wird mir deutlicher bewusst, dass ich gerade eventuell meine Karriere zerstört habe. Um Leslie vor aller Welt bloßzustellen.

»Hey, sieh mich an.« Pascal legt einen Finger unter mein Kinn. Seine Augen mustern mich besorgt. »Es wird alles gut.«

»Nichts wird gut, ich … ich hab's verbockt, ich … Was habe ich getan?«

»Schhh«, macht er und zieht mich in eine Umarmung. Ich klammere mich an ihn, atme seinen beruhigenden Duft ein und bin einfach nur dankbar, dass er da ist. »Du hast gar nichts verbockt. Du hast ihr nur gezeigt, dass du dir nicht alles gefallen lässt.«

»Aber die Leute … das wird einen Shitstorm geben, und Maevis wird furchtbar wütend sein, und …«, stammle ich, während ich versuche, mir die Konsequenzen auszumalen. »Niemand wird mehr meine Videos gucken. Ich habe nicht mal studiert, ich bin total aufgeschmissen ohne meine Arbeit.«

»Holly.« Pascal lehnt sich zurück, um mich anzusehen. »Du hast deine Karriere nicht zerstört, okay? Atme mal tief durch. Genau, so ist's gut.« Er atmet einen Augenblick mit mir, bis ich mich etwas beruhigt habe und der Nebel in meinem Kopf nachlässt. »Maevis ist nicht sauer auf dich. Um genau zu sein, hat sie damit schon gerechnet, nachdem ich ihr von Leslies Buch erzählt habe. Sie kümmert sich darum, dass dein Ruf keinen Schaden nimmt. Das ist ihr Job.«

»Sie wusste davon?«, frage ich verwirrt nach und lehne meinen Hinterkopf erschöpft gegen die Wand.

»Ich brauchte ihre Hilfe, um an die Nummer deiner Mutter zu kommen«, gesteht er und öffnet seine Umhängetasche, um noch ein paar mehr Blätter hervorzuzaubern. »Als sie gehört hat, was passiert ist, hat sie den Dachboden auf den Kopf gestellt und das hier gefunden.«

Zögernd nehme ich die Blätter entgegen und betrachte die Absätze, die mir so bekannt vorkommen. »Das alte Manuskript«, sage ich und berühre die obere Ecke des Blattes, in der nicht nur Leslies, sondern auch mein Name geschrieben steht. »Ich wusste nicht, dass es noch einen Ausdruck gibt.«

Pascal lächelt mich sanft an. »Das war Glück. Nachdem du mir erzählt hast, wie sehr deine Mom an dem Haus hängt, konnte ich mir gut vorstellen, dass sie nichts von dir wegwerfen würde, ohne dich vorher zu fragen.«

»Mom hat dir das geschickt?«

Er nickt. »Ich habe ihr erzählt, was Leslie getan hat. Sie war fuchsteufelswild, hat mir aber versprochen, sich zumindest bis nach der Convention zurückzuhalten, um nicht noch mehr Öl ins Feuer zu kippen.«

Ich lache leise auf, allmählich fühle ich mich wieder mehr wie ich selbst. »Mit Feuer meinst du mich, hm?«

»Nun, ich würde sagen, heute hat sich Leslie auf jeden Fall an dir verbrannt.«

»An dir ist echt ein Poet verloren gegangen«, erwidere ich neckend, und er zuckt grinsend mit den Schultern. Aber ich werde schnell wieder ernst. »Es tut mir leid, dass ich dir nicht vertraut habe. Was ich zu dir gesagt habe… Das war nicht fair.«

»Mir tut's leid, dass ich dir nichts von ihren Kommentaren und den Nachrichten erzählt habe. Ich kann verstehen, dass dich das verunsichert hat.«

Die Tür zum Zuschauerraum geht auf. Leslie betritt weinend den Raum, die Blätter dicht an ihre Brust gepresst. Ihr Blick fällt auf uns.

»Du!«, keucht sie, den Zeigefinger wütend in meine Richtung erhoben. Pascal schiebt sich schützend vor mich, aber ich trete neben ihn, weil ich seinen Schutz nicht brauche. Ich bin stark genug, um allein mit Leslie fertigzuwerden. »Hast du einen Knall, da so eine Szene zu machen? Weißt du eigentlich, was du damit anrichten kannst?«

»Hast du wirklich geglaubt, ich sitze neben dir und lass dich Lob für eine Arbeit ernten, die du nicht geleistet hast?«

Sie wedelt so wild mit den Blättern in ihrer Hand, bis ein paar davon zu Boden segeln. »Das war *unsere* Arbeit.«

»Genau, *unsere*. Deine Fotos, meine Worte. Du hattest kein Recht dazu, sie als dein Eigentum auszugeben.« Hinter Leslie geht die Tür erneut auf. Ihre Managerin kommt herein, dicht gefolgt von Maevis und ein paar anderen

Gesichtern, die ich nicht kenne. Leslie bekommt jedoch nicht mit, dass wir nicht mehr allein sind, weil sie so sehr in ihren Emotionen gefangen ist.

»Ich habe den Text verändert. Ich habe unser Buch nur als Inspiration genommen!«, sagt sie empört und deutet auf die losen Seiten.

»Du meinst, du hast jedes ›Wir‹ durch ein ›Ich‹ ersetzt?«, frage ich nach. »Denn die Worte, die *ich* in dem Buch gelesen habe, sind so dicht dran an der Ursprungsversion, dass man wohl kaum von Inspiration sprechen kann. Aber weißt du, was? Genieß deinen Erfolg. Herzlichen Glückwunsch.« Ich halte ergeben die Hände in die Höhe. »Ich hoffe, du hast wenigstens Jackson in der Danksagung erwähnt. So weit habe ich es leider noch nicht gelesen.«

Ihr entgleiten ein weiteres Mal die Gesichtszüge.

»Wäre doch nur fair, nachdem er dir das Rohmanuskript besorgt hat, findest du nicht?«

Hinter Leslie räuspert sich jemand. Es ist ihre Managerin. Leslie fährt herum und weicht einen Schritt zurück, als sie sieht, wie viele Menschen uns zugehört haben.

Maevis deutet mit einer Bewegung ihres Kopfes auf die Tür nach draußen und schleicht sich unauffällig aus der Gruppe der Neuankömmlinge.

»Ist das wahr?«, fragt Leslies Managerin. »Das Buch ist ein Plagiat, Leslie?«

Ich höre nicht mehr, was sie erwidert, denn ich ergreife Pascals Hand, um Maevis zu folgen. Kaum stehen wir im Freien, ringe ich nach Luft. Meine Knie fühlen sich an wie Wackelpudding. So sehr habe ich noch nie in meinem Leben Kontra gegeben.

»Holly, das war großartig«, lobt Maevis mich. »Du hast es

geschafft, dass Leslie sich ganz allein in die Scheiße geritten hat. Und jetzt macht, dass ihr wegkommt, bevor die anderen gleich rauskommen. Ich rufe dich später an, Süße.«

Sie umarmt mich kurz, drückt Pascals Schulter und verschwindet wieder im Inneren des Gebäudes. Ich konzentriere mich einfach nur aufs Atmen, denn wenn ich zu viel nachdenke, drehe ich womöglich durch.

»Soll ich den Fluchtwagen rufen?«, fragt Pascal amüsiert. »Micah sitzt bestimmt schon auf heißen Kohlen.«

»Micah ist auch hier?«

»Klar! Weiß doch jeder, dass man zu einer Schlacht nicht allein auftaucht.«

»Du wusstest, dass es eskalieren würde, oder?«

»Ich hatte da so eine Ahnung.« Er streckt mir seine Hand entgegen. »Also, was sagst du? Steigst du auf mein hohes Ross und lässt dich von mir in Sicherheit bringen?«

Ich muss lachen, schlage aber ein und lasse mich von ihm über das Gelände des Convention Centers ziehen. Hier und da höre ich, wie jemand unsere Namen ruft, aber wir laufen einfach weiter, während Pascal seinen Bruder anruft. Wir weichen ein paar Menschen mit Cosplay-Kostümen aus, brechen durch eine Warteschlange vor der Garderobe und eilen im Laufschritt hinaus auf den Vorplatz des Convention Centers.

»Da ist er!«, ruft Pascal und deutet auf einen blauen Toyota, der auf der Suche nach uns die Straße entlangrollt. Pascal winkt, und einen Augenblick später bleibt der Wagen vor uns stehen. Ich öffne die Tür und klettere auf die Rückbank, dicht gefolgt von Pascal. Micah sitzt hinterm Steuer und wartet ungeduldig, bis wir angeschnallt sind. Dann tritt er aufs Gaspedal.

»Ja, Mann, das fühlt sich an wie bei GTA«, jubelt er und beschleunigt noch mehr.

»Bist du nicht bei der Feuerwehr?« Ich drücke seine Schulter. »Da solltest du besser aufpassen, dass dich die Polizei nicht wegen erhöhter Geschwindigkeit drankriegt, oder?«

Er nimmt den Fuß vom Gas und grinst mich im Rückspiegel an. »Alter, Pascal, hast du gewusst, dass deine Freundin so eine Spielverderberin ist?«, neckt er mich.

Pascal legt seine Hand auf mein Knie und blitzt mich amüsiert an. »Noch nicht.«

»Tja, das passiert, wenn man sich seine Frauen im Internet sucht«, erwidere ich mit einem Lachen und verschränke meine Finger mit seinen. »Was du wirklich kriegst, erkennst du erst, wenn es zu spät ist.«

Pascal hebt unsere verschränkten Hände an seine Lippen und drückt einen Kuss auf meinen Handrücken. »Nun, dann habe ich wohl großes Glück gehabt.«

Pascal

Los Angeles, Kalifornien

38 Kaum haben wir die Wohnung betreten, halte ich es keine Sekunde länger aus. Mit einer schnellen Bewegung drehe ich Holly zu mir, sodass sie die Tür im Rücken hat, und lehne mich gegen sie. Sie keucht überrascht auf und blickt mich mit großen Augen an.

»Bitte sag mir, dass zwischen uns wieder alles in Ordnung ist«, flüstere ich.

Sie beißt sich auf die Unterlippe. »Wenn du mir verzeihen kannst, dass ich dich wegen Leslie so angefahren habe?«

Erleichtert schließe ich die Augen und schmiege mich noch enger an sie heran, um sie endlich, endlich, endlich wieder zu küssen. Sie zögert nicht lange, sondern öffnet die Lippen, um den Kuss zu vertiefen. Ihre Hände gleiten über meinen Rücken, unaufhaltsam, beinahe verzweifelt auf der Suche nach dem, was in den letzten Wochen gefehlt hat. Sie mag vielleicht nicht die gleiche Sprache der Liebe sprechen wie ich, aber ich spüre instinktiv, dass auch sie die Nähe und Intimität zwischen uns vermisst hat.

Es dauert nicht lange, da stolpern wir eng umschlungen durch die Wohnung in ihr Schlafzimmer, aus dem uns ein laut maunzender Orlando entgegenkommt.

»Tut mir leid, Sportsfreund, du musst draußen warten«,

sagt Holly zwischen zwei Küssen und schließt die Tür, um den Kater auszusperren. Sie knöpft ihre gestreifte Bluse auf, ich streife mein T-Shirt ab, dann fallen wir zusammen aufs Bett.

»Du hast mir so sehr gefehlt«, murmelt sie an meinem Ohr. »Aber versprich mir, dass wir nie wieder ein Tauschexperiment machen.«

»Darauf kannst du dich verlassen.« Wir besiegeln unsere Worte mit einem weiteren Kuss und verbringen den Rest des Nachmittages im Bett, um das nachzuholen, was wir in den letzten Wochen so schmerzlich vermisst haben.

★

Als wir am Abend in der Küche stehen, um zu kochen, ruft Maevis bei Holly an. Während ich die vegane Lasagne schichte, höre ich aufmerksam zu, um aus Hollys Erwiderungen irgendetwas über den Verlauf des Gesprächs zu erfahren. Unsere Handys haben den ganzen Tag lang unbeachtet auf dem Nachttisch gelegen, aber ich könnte mir gut vorstellen, dass die Nachricht von Leslies Betrug in den sozialen Netzwerken schon die Runde gemacht hat. Immerhin haben genug Menschen mitbekommen, was auf der Convention geschehen ist.

Ich bestreue die Lasagne mit dem Käseersatzprodukt, das ich in den letzten Wochen für mich entdeckt habe, und schiebe sie in den Ofen. Dann mache ich mich an den Abwasch, auch wenn ich darauf brenne zu erfahren, was Maevis für Neuigkeiten hat. Da Holly jedoch zum Telefonieren ins Wohnzimmer gegangen ist, muss ich mich wohl noch ein paar Minuten gedulden.

Als sie zurückkommt, liegt ein zufriedenes Lächeln auf ihrem Gesicht.

»Du siehst glücklich aus«, stelle ich fast ein bisschen überrascht fest. »Hatte Maevis gute Nachrichten?«

»Die besten.« Hollys Lächeln vertieft sich zu einem Grinsen. »Leslies Verlag hat mir eine Abfindung angeboten, damit ich nicht vor Gericht ziehe. Maevis hat außerdem gefordert, dass sie das Buch vom Markt nehmen – die Verhandlungen sind zwar noch nicht vorbei, aber es sieht gut aus. Bei Instagram und Youtube ist ein Video von unserem Streit aufgetaucht, und Leslies Management konnte nicht schnell genug reagieren. Das Video verbreitet sich mit rasender Geschwindigkeit.«

»Autsch.« Ich verziehe das Gesicht, weil allein die Vorstellung, mehrere Millionen Menschen könnten einen meiner Fehler sehen, entsetzlich ist. Selbst wenn es falsch war, was Leslie getan hat – dass das Video nun viral geht, ist hart.

»Ja, sie tut mir fast ein bisschen leid.« Holly zuckt mit den Schultern und lehnt sich mit dem Rücken gegen den Kühlschrank. »Aber sie ist selbst schuld. Wenn sie einfach den Mund gehalten hätte, wäre ich vielleicht gar nicht ausgeflippt, sondern hätte sie erst hinterher konfrontiert.«

»Ich bin auf jeden Fall froh, dass sie damit nicht durchgekommen ist.« Ich hänge das Geschirrtuch über die Ofentür und gehe zu Holly, um sie in den Arm zu nehmen. Sie legt ihren Kopf an meine Halsbeuge.

»Ich auch«, seufzt sie. »Aber letztendlich ist es mir fast egal, ob sie dafür bestraft wird oder ich Geld bekomme, um da nicht noch mehr Aufhebens drum zu machen. Eigentlich hätte ich mir bloß eine Entschuldigung von ihr gewünscht. Eine Entschuldigung und die Einsicht, dass sie einen Fehler gemacht hat.«

Ich küsse ihre Stirn. So ist Holly: niemals überheblich und immer darauf bedacht, sich fair zu verhalten. Und dafür liebe ich sie. »Das glaube ich dir sofort, aber weißt du, was? Ich denke, es gibt einfach Menschen auf dieser Welt, die so was nicht verstehen. Die sich nie entschuldigen und auch nie den Fehler bei sich sehen. Besser, du vergisst das so bald wie möglich.«

»Ja«, murmelt sie und hebt den Blick, um mich anzusehen. »Danke.«

Verwirrt runzle ich die Stirn. »Wofür?«

»Für deine Unterstützung und all die schlauen Gedanken.« Leise lacht sie vor sich hin. »Ich habe in den letzten Wochen so viel von dir gelernt – und sosehr ich dich auch vermisst habe, die Zeit allein im Van hat mich echt weitergebracht.«

Ich streiche ihr eine Strähne aus dem Gesicht und lasse meine Hand an ihrer Wange liegen. »Ob du es glaubst oder nicht: Ich habe auch viel von dir gelernt. Das ist das Schöne, wenn sich zwei Menschen begegnen, die so unterschiedlich sind.«

Sie drückt mir einen sanften Kuss auf die Lippen. »Und wie geht es jetzt mit uns weiter?« Ihre Worte sind fast nur ein Flüstern. »Wirst du wirklich in L.A. bleiben?«

Ich nicke ernst. »Ich kann mir einfach nicht vorstellen, wieder abzureisen. Allegra, Micah, Dad... und du. Vor allem du. *Hier* sind die Menschen, die mir etwas bedeuten.«

»Home is where the heart is.«

»Steht das nicht auch auf einer deiner Tassen?«, frage

ich belustigt und denke an die kunterbunte Sammlung in ihrem Küchenschrank.

»Ja. Oh, apropos: Mit den Tassen werde ich bestimmt nicht anfangen.« Sie löst sich von mir und öffnet den Schrank mit den Reinigern. »Ich dachte mir, ich könnte hier mit dem Entrümpeln beginnen. Von dem Zeug benutze ich nicht mal die Hälfte. Keine Ahnung, wo das alles herkommt.«

»Das mit Marie Kondo war ein Scherz«, sage ich, überrascht davon, dass sie tatsächlich darüber nachdenkt auszumisten. »Ich mag dein Apartment, so wie es ist. Für mich musst du nicht zur Minimalistin werden. Ich liebe dich auch so.«

Sie hält überrascht inne. Da wird mir bewusst, was ich gerade gesagt habe. Ich liebe sie. Verdammt! Falscher Moment für das ganz große Kino – und zu früh. Viel zu früh.

Ihre Augen sind ganz groß, als sie sich zu mir dreht. »Du ... liebst mich?«

Mir bricht der Schweiß aus, verlegen reibe ich mir über den Nacken, dann beschließe ich, einfach zu meinen Gefühlen zu stehen. Vielleicht bin ich ein bisschen vorschnell, vielleicht kann sie ihre Empfindungen für mich noch nicht in Worte fassen, aber spielt das wirklich eine Rolle? Das Leben ist zu kurz, um seine Gefühle für sich zu behalten. »Das tue ich. Mit jeder Faser meines Seins.«

Ihr Blick wird weich, in ihren Augen glitzern Tränen. »Oh, Pascal«, flüstert sie und kommt auf mich zu. Dicht vor mir bleibt sie stehen und schlingt ihre Arme um meine Taille. Sie stellt sich auf die Zehenspitzen, um mir einen langen Kuss zu geben. Erst als unser Kuss vorbei ist, erlöst sie mich endlich von der Anspannung und sagt die Worte, die mir die Welt bedeuten. »Ich liebe dich auch.«

★

»Gott, das war köstlich.« Holly lehnt sich seufzend zurück. »Du darfst gerne häufiger für mich kochen.«

Ich lache. »Das sagt Allegra auch immer.«

Wir sitzen auf dem Balkon und genießen den lauen Abend. Auf einmal sieht mich Holly aufgeregt an. »Was meinst du? Sollen wir live gehen? Wir haben das Ende unseres Tausches ja noch gar nicht angekündigt!«

»Jetzt?« Eigentlich würde ich lieber weiter nur mit Holly hier sitzen, hole aber seufzend mein Handy aus der Tasche, weil ich weiß, dass sie recht hat. Wir sollten da eine runde Sache draus machen, unseren Fans endlich das Update zu unserer Challenge geben, auf das sie schon so sehnsüchtig warten. »Rutsch mal ein Stück.«

Ich setze mich neben Holly, die ihr eigenes Handy gezückt hat.

»Wir machen es kurz, okay?« Sie drückt mir einen Kuss auf die Wange. »Erzählen wir ihnen von uns?«

Ich überlege einen Moment, dann schüttle ich den Kopf. »Wir spannen sie noch ein bisschen auf die Folter.«

Aber während des Streams kommt eins zum anderen, und irgendwie verraten wir dann doch, dass aus einem Du und einem Ich ein Wir geworden ist. Die Kommentare strömen nur so herein, aber wir ignorieren sie, während wir reden. Immerhin ist uns beiden bewusst, dass sich nicht jeder für uns freuen wird.

»Jedenfalls wollten wir euch wissen lassen, dass unser Tausch nun offiziell abgeschlossen ist und ich mich jetzt ans Ausmisten machen werde«, beendet Holly den Abschnitt, in dem wir über die letzten beiden Wochen des Tausches gesprochen haben. Nun, zumindest über die positiven Seiten. Unseren Streit und das ganze Leslie-Drama lassen wir außen vor, das hat in den sozialen Medien nichts verloren.

»Und auch ich habe einige Pläne, über die ihr bald mehr erfahren werdet«, schiebe ich ein, noch nicht bereit, meinen Zuschauern zu erzählen, dass das Van-Life für mich vorbei ist. Den Teil habe ich aus dem Podcastinterview mit Holly auch rausgeschnitten, denn diese Entscheidung ist so persönlich, dass ich sie erst bekannt geben möchte, wenn ich weiß, wie es für mich weitergeht. »Erst mal müssen wir uns jetzt neu sortieren und überlegen, welches große Projekt wir als Nächstes in Angriff nehmen werden. Die letzten vier Wochen haben unsere Leben ziemlich auf den Kopf gestellt, so viel ist sicher.«

»Ihr könnt ja eure Vorschläge mal in die Kommentare schreiben«, witzelt Holly, und ich sehe sie entsetzt an. In dem Moment wird ihr offenbar bewusst, dass sie einen Fehler gemacht hat, denn sie schlägt sofort eine Hand vor den Mund. »O nein, nein, nein! Das war ein Scherz. Bitte keine Vorschläge mehr!«

Aber als wir in die Kommentare blicken, stellen wir schnell fest, dass unsere Zuschauer offenbar großen Spaß daran haben, uns neue Challenges vorzuschlagen.

Macht eine Weltreise.

Baut ein Haus zusammen.

O ja, ein Tiny-House!

Ja, ein Tiny-House! Geile Idee!

»O verdammt«, murmle ich, weil die Kommentare schon wieder einstimmig werden. »Ein Tiny-House, echt jetzt?«

»Bei dir auch?« Scheinbar sind die Stimmen bei ihr ebenfalls sehr eindeutig. Sie lacht nervös auf. »Nun, wir melden uns zurück, wenn wir uns entschieden haben.«

Schnell beenden wir die Aufzeichnung und legen unsere Handys beiseite. Einen Moment sitzen wir einfach in der Stille. Mir gehen tausend Gedanken durch den Kopf, aber einer kristallisiert sich ganz schnell heraus: Ein Tiny-House wäre schon irgendwie cool.

Ich zucke zusammen, als Hollys Telefon klingelt. »Das ist Maevis«, informiert sie mich und nimmt das Gespräch an. »Hi … Ja, Pascal sitzt neben mir. Warte kurz.«

Sie hält das Handy zwischen uns und schaltet den Lautsprecher ein. »Hey, Maevis.«

»Hey! Ich habe euren Livestream gerade gesehen, und, Leute, ihr *müsst* das machen! Wir könnten einen eigenen Kanal dafür aufbauen und so viele coole Kooperationen an Land ziehen. Ich kann es schon ganz groß vor mir sehen.«

»Das hast du beim letzten Mal auch schon gesagt«, jammert Holly und blickt Hilfe suchend zu mir. Ich zucke mit den Schultern und grinse sie an. »Warte mal, hast du da etwa Bock drauf? Du? Mit deinen zwei linken Händen?«

»Hallo? Ich habe dir einen neuen Wohnzimmertisch gebaut«, widerspreche ich empört. »Hast du das schon vergessen?«

»Aber was ist mit meinem Shop? Und den ganzen Sachen, die ich für die Arbeit brauche? Wo soll das denn alles hin in einem Tiny House?«, fragt Holly mit leichter Panik in der Stimme.

»Das könnte man ja einplanen«, überlege ich und habe sofort eine Idee. »Wir könnten ein Extragebäude nur für die Arbeit bauen. Oder eine Art Outdoor-Atelier.«

Holly fängt langsam an zu nicken. »O ja, mit einem Büro und einem Lagerraum, wo genug Platz für deine Notizbücher und den anderen Kram wäre«, fügt sie dann hinzu.

»Und ein Filmstudio.«

»Aber wir bräuchten auch ein Gästezimmer, damit meine Familie zu Besuch kommen kann.« Holly kaut auf ihrer Unterlippe herum. Ich glaube, ihr ist gar nicht bewusst, dass sie gerade anfängt, eine Idee umzusetzen, von der sie im ersten Moment alles andere als begeistert war.

»Wir könnten den Van neben das Tiny House stellen. Wenn wir ihn ein bisschen umbauen, könnte er unser Gästequartier werden«, schlage ich vor und male mir aus, wie unser zukünftiges Haus aussehen könnte. Vielleicht ist es verrückt, jetzt schon vom Bauen zu reden. Immerhin wissen wir ja nicht einmal, ob wir es überhaupt mehr als eine Woche unter einem Dach aushalten würden. Aber ich schätze, das ist es, was unsere Generation ausmacht. Leben im Hier und Jetzt, Entscheidungen aus dem Bauch heraus treffen, statt sich eine dunkle Zukunft auszumalen. Das Universum hat sowieso seine eigenen Pläne. Vielleicht trennen wir uns in ein paar Wochen wieder, vielleicht heiraten wir aber auch und verbringen den Rest unseres Lebens miteinander. Wer weiß das schon?

Wenn mir eine Sache in den letzten Wochen noch mal so richtig bewusst geworden ist, dann diese: Das Leben ist zu kurz, um sich Sorgen über die Zukunft zu machen oder mit dem Kopf in der Vergangenheit zu leben. Wir denken, wir haben achtzig, vielleicht neunzig Jahre Zeit, aber manchmal endet ein Leben schon viel früher. Manchmal schaffen wir es nicht, unsere Träume Wirklichkeit werden zu lassen, da wir immer auf den richtigen Moment warten. Und dann stehen wir eines Tages da, blicken zurück und bereuen, nicht früher unserem Herzen gefolgt zu sein. Denn unsere Zeit verstreicht unweigerlich und ist das Einzige auf dieser Welt, das wir nicht zurückbekommen.

Und deshalb müssen wir sie nutzen, solange wir können.

Danksagung

Mittlerweile habe ich schon eine ganze Menge Bücher – und dementsprechend viele Danksagungen – geschrieben und stehe jedes Mal wieder vor der Herausforderung, hier etwas Besonderes hinzuzaubern. Das ist ein bisschen wie mit dem Geschichtenschreiben: Man will unbedingt etwas erschaffen, was noch nie da gewesen ist, und macht sich dann selbst so großen Druck, dass man die Danksagung erst Monate nach dem Buch abgibt (tut mir leid, Isabelle!).

Mein erster Gedanke war: Warum halte ich es nicht einfach ganz minimalistisch wie Pascal und sage »Danke und bis bald!«, aber das erschien mir dann doch ein bisschen zu kurz und knapp für die Arbeit und die Bedeutung, die in dieser Geschichte liegen.

Mit Pascal und Holly hat nämlich das begonnen, worauf ich in den letzten sechs Jahren hingearbeitet habe: die Zusammenarbeit mit einem großen Verlag.

Ich kann mich daran erinnern, dass das schon in der weiterführenden Schule immer mein großer Traum war. Irgendwo in meinem alten Kinderzimmer fliegt vielleicht sogar noch ein uraltes Autorenhandbuch herum, in dem ich die Adressen von Verlagen angekreuzt habe, denen ich gerne mein Manuskript schicken würde.

Dass es noch so viele Jahre dauern würde, bis ich mich wirklich traue, hätte ich nicht gedacht. Aber andererseits hätte ich auch nicht mit so vielen schlechten Erfahrungen along the way gerechnet, was vielleicht auch der Grund dafür war, dass ich so lange gewartet habe. Ich glaube, ich hatte viel zu große Angst davor, dass es mit einem großen Publikumsverlag an der Seite genauso sein könnte (Spoiler Alert: ist es nicht!).

Holly und Pascal sind erst entstanden, als ich mit meiner guten Freundin Tatjana darüber gesprochen habe, den Schritt endlich wagen zu wollen. Sie sagte mir: »Denk dran, den Zeitgeist zu treffen.« Und das war einer der besten Ratschläge, die sie mir machen konnte, denn so bin ich überhaupt erst auf die Idee gekommen, Minimalismus, Podcasting und Youtube in dieses Buch einzubauen. Also, danke an dich, Tatjana, dass du mir immer mit Rat und Tat zur Seite stehst.

Danken möchte ich auch meiner Agentin Gesa Weiß für ihr Vertrauen, für Änderungsvorschläge, Telefonate und aufregende E-Mails. Ich bin so froh, dass du mich auf dieser Reise begleitest und wir dieses schöne Zuhause für meine Reihe finden konnten.

Denn mit dem Piper Verlag hätte ich es wirklich nicht besser treffen können. Die Zusammenarbeit ist mein wahr gewordener Traum, weil einfach alles passt. Isabelle, es macht unglaublich viel Spaß, mit dir an Texten und am Marketing zu arbeiten. Danke, dass du dein Vertrauen in mich gesetzt hast.

Auch dem übrigen Team des Piper Verlags würde ich gerne dafür danken, dass sie sich mit so viel Mühe und Begeisterung hinter die Veröffentlichung dieser Reihe geklemmt haben – allen voran auch den Grafiker*innen, die mir während der Arbeiten an den Buchcovern sicher gerne mal den Hals umgedreht hätten.

Ein großes Danke geht auch an meine Kolleg*innen Laura und Sina, die mir damals bei der Agenturbewerbung schon geholfen haben. Außerdem möchte ich mich auch bei Corinna, Kim, Anika und Francis für den Beistand und die Schreibmarathons bedanken, die mir dabei geholfen haben, meine Deadline einzuhalten. Danke auch an Kira für die Gespräche über Agenturen und das Mutmachen und danke auch an Kathinka für die neu gewonnene Freundschaft und den Austausch.

Ein ganz besonders großes Danke geht an meine Familie, die immer wieder unter dem Abgabedruck zu leiden hat, weil ich mich einfach nicht besser organisiert bekomme und so auch an Feiertagen, Wochenenden und abends arbeiten musste, um dieses Buch fertigzustellen. Jens, du bist mein persönlicher Superheld. Ich liebe dich.

Und zu guter Letzt geht wie immer auch ein Dank an dich raus, weil du zu diesem Buch gegriffen und Holly und Pascal eine Chance gegeben hast. Ich hoffe, du liebst sie genauso sehr wie ich – und ich hoffe auch, dass du jetzt suuuuper neugierig auf Allegras und Micahs Geschichte bist. Hehe!

In diesem Sinne: Danke und bis bald!
Kim